Lysbe

MARLIES MEDEMA

# Lysbeth

Uitgeverij Mozaïek – Utrecht

Eerste druk, april 2023

Ontwerp omslag: Bij Barbara
Lay-out binnenwerk: Gewoon Geertje
Coverbeeld © Marie Cecile Thijs
Auteursfoto: Nienke van Denderen

ISBN 978 90 239 6158 1
ISBN (e-book) 978 90 239 6159 8
NUR 301
www.uitgeverijmozaïek.nl



Uitgeverij Mozaïek  vindt het belangrijk om op milieuvriendelijke en verantwoorde wijze met natuurlijke bronnen om te gaan. Bij de productie van het papieren boek van deze titel is daarom gebruikgemaakt van papier waarvan het zeker is dat de productie niet tot bosvernietiging heeft geleid.

# 1

## Amsterdam, februari 1617

Overal liggen scherven. De dakpannen zijn aan stukken gesmeten in de half gesmolten sneeuw. Het hout van de deur is versplinterd, alsof een leger mannen er met een bijl op heeft ingehakt. Ik doe een stap naar voren, voorbij een vrouw met een mottige bontstola en een mollige bakker met meel op zijn armen. Al dagen, weken, misschien wel maanden heb ik gevreesd dat er een ongeluk zou plaatsvinden, al wist ik niet precies hoe. Maar nu ik de feiten zie, kan ik ze nauwelijks geloven.

Het wemelt van de mensen bij dit pakhuis op de hoek van de Kromboomssloot, allemaal toegestroomd vanwege het spektakel. Straatjongens, zeelui, havenarbeiders, vrouwen met hun halsdoeken strak om hun schouders geslagen. Maar de man die ik zoek, zie ik nergens. Ik kijk opnieuw naar het dubbele pakhuis. De naam Schottenburch op de gevelsteen is beschadigd. De stoelen zijn op een grote hoop gegooid. Ik herken nog wat restanten van het podium waarop het spreekgestoelte stond. Terwijl ik naar de deur loop, worden de stemmen om me heen luider. Dreigender. Ik krimp ineen en voel me misselijk.

Twee dienaren van de schout komen naar buiten, met opgestroopte mouwen. Haastig stap ik op hen af. 'Neemt u me niet kwalijk,' zeg ik. 'Ik ben op zoek naar mijn echtgenoot. Hij heeft de bijeenkomst hier georganiseerd. Hebt u hem misschien gezien?'

Als ik de mannen wat vertwijfeld zie kijken, voeg ik eraan toe: 'Mijn naam is Lysbeth de Bisschop. Ik zoek mijn man. Koopman, midden veertig, donker haar, goedgekleed, gemiddeld postuur.'

'Ik dacht dat ik wel iets gehoord heb over een Bisschop,' aarzelt de een. 'Zonder "de" ervoor.'

'Dat kan kloppen,' zeg ik opgelucht. 'Dat is mijn man. Rem Bisschop. Toevallig hebben we bij onze geboorte bijna dezelfde familienaam meegekregen.'

De jongste van de twee fluit tussen zijn tanden. 'Als hij hier is geweest, hoop ik dat hij een veilig heenkomen heeft gezocht. Een groep omstanders heeft alle bezoekers van de bijeenkomst verjaagd.' Hij plukt aan het begin van een snorretje. 'U kunt beter naar huis gaan, mevrouw. Mijn baas heeft me opdracht gegeven dit pakhuis te sluiten.'

'Hé!' Als ik van de mannen wegloop, voel ik een hand op mijn schouder. Een in lompen geklede vrouw buigt zich naar me toe. 'Jij daar. Ik durf te wedden dat jij ook bij die gekken hoort.' Een tweede vrouw, met een sneeuwschep in haar hand, voegt zich bij haar. 'Ja hoor, ik weet het zeker. Ik heb 'r gezien. Met d'r mooie kleertjes.' De eerste vrouw neemt me van top tot teen op en spuugt voor me op de grond. 'Jij lelijke, ketterse snol. Maak dat je hier wegkomt, anders beland je in de gracht, net als de anderen.' Haar vriendin zwaait met haar sneeuwschep en ik deins achteruit. Ik kijk naar hun vijandige gezichten en weet dat ik hier weg moet. Nu.

'Izebel! Inhalige, afvallige wijven als jij lusten we rauw!' De vrouw haalt uit met de schep. Hij schampt mijn wang en beukt op mijn schouder. De vlammende pijn doet me schreeuwen. In een flits zie ik voor me hoe ik hier op de smerige keien zal vallen, vertrapt zal worden onder hun voeten. Dat nooit. Voor ik op mijn knieën beland, recht ik mijn rug en hervind mijn evenwicht. Ik bal mijn vuist en haal naar haar uit, zo hard als ik kan. Het is een onhandige beweging. Haar boezem is zo goedgevuld dat mijn vuist direct terugveert. Tot mijn verrassing doet de vrouw toch een stap naar achteren. Nog voor ze een volgende aanval kan doen, zet ik het op een lopen. Goddank komen de twee vrouwen niet achter me aan. Het enige wat me achtervolgt, zijn hun scheldkanonnades.

Ik weet niet precies hoe lang ik loop, laat staan welke straten en stegen ik insla. Mijn zware rokken belemmeren mijn vaart, mijn ademhaling is hoog en onregelmatig. Alles wat ik weet, is dat ik zo ver mogelijk weg wil zijn van de menigte die zich bij het pakhuis had verzameld als hongerige maden op het karkas van een dood dier. Op de plek waar Rem had moeten zijn. Ik betast mijn schouder, die pijnlijk klopt. De pijn is draaglijk. Mijn wang gloeit en ik herinner me hoe Rem er vanmorgen een kus op had gedrukt. Ik had amper gereageerd. Ik kon het niet.

Vanochtend hadden hij en ik elk aan een kant van het hemelbed gezeten, het nieuwe pronkstuk dat we vorig jaar hadden aangeschaft. Ik had een blik in de zilveren handspiegel geworpen die ik een paar maanden eerder van hem cadeau had gekregen. In het licht van de kaars zag ik een kleine, ronde vrouw met een rechte rug en een trotse blik in haar ogen. Mijn haren, ooit goudbruin, waren wat verbleekt, maar ondanks mijn eenenvijftig jaren vertoonde mijn huid nog weinig rimpels. Ik trok een van de schone kanten hemden over mijn hoofd en concludeerde dat het ding was gekrompen of dat mijn heupen weer wat waren gegroeid.

'Lysbeth, je móet er gewoon bij zijn. De mensen praten erover als jij niet bij me bent. Ik ben de organisator.' Rem stapte in zijn zwarte fluwelen kniebroek en trok zijn kousen recht.

'Misschien moet de organisator wat vaker met zijn vrouw overleggen.' Ik schoof met mijn voet de afgekoelde beddenpan opzij die ik voor ons slapengaan op de grond had gezet. Ik had altijd een hekel gehad aan vrouwen die tegen hun man praatten met zo'n zeurderig ondertoontje. Zeg gewoon wat je wilt, dacht ik. En trek anders je eigen plan. Maar nu klonk mijn stem precies zo. 'Dit betekent misschien een definitieve breuk met mijn familie,' voegde ik eraan toe.

Rem begon zijn haren te kammen. Ik keek naar zijn donkere krullen, die weigerden zich te laten temmen. Weerbarstig, net als hij. Als wij. Ik miste wat we ooit waren. Twintig jaar hadden we samen een bestaan opgebouwd, we waren vermogend, gerespecteerd en gelukkig. En nu bracht hij alles doelbewust aan het wankelen. Met de gedrevenheid die me ooit zo in hem had aangetrokken. Met de debatten die al maanden in ons huis plaatsvonden en die altijd over zaken gingen die niet voor de oren van de gevestigde orde bestemd waren.

'Weet je nog dat we pas getrouwd waren?' zei hij. 'Toen stond je open voor avontuur en werkten we keihard aan hetzelfde doel. Je geloofde dat je de wereld kon veranderen. Tegenwoordig sta je in de keuken te eten of je bent aan het mokken.'

'Dat is niet waar,' zei ik verontwaardigd. 'Hoe kun je überhaupt zien waar ik me mee bezighoud als je altijd weg bent?'

'Dat ik veel weg ben, hoort nu eenmaal bij mijn beroep. Vroeger klaagde je nooit, zelfs niet als ik weken op zee zat.'

'Zát je maar weer eens op zee. Dat zou de zaak een stuk eenvoudiger maken.'

Hij reageerde niet en ging naar beneden, terwijl ik in de stilte van de slaapkamer naar de beddenpan bleef staren.

Die ochtend bleef ik thuis met de meisjes, terwijl Rem naar het pakhuis aan de Kromboomssloot ging, samen met honderden belangstellenden. Jongemannen, oudere vrouwen, schoolkinderen en moeders met zuigelingen. Hollanders, Duitsers, Engelsen en mensen uit de zuidelijke Nederlanden. Nadat hij de deur achter zich dicht had getrokken vlak na die goedbedoelde, plichtmatige kus, had ik de luiken geopend en zag ik hem in de verte verdwijnen. Buiten had een groepje kinderen op een restant smeltende sneeuw een glijbaan gemaakt en buitelde achter elkaar aan, joelend van plezier, tot een van hen met een bons op het ijs belandde en de volgende over hem heen struikelde. Zo was het ook met deze bijeenkomst, dacht ik somber. Als er iemand zou vallen, was het Rem. En dan sleepte hij ons met zich mee.

In de natte sneeuwsmurrie vlak voor mijn voeten ligt een stuk papier. Ik raap het op. Het is een tekening met een onderschrift. Grote, gothische letters die van het papier lijken te schreeuwen. Er staat geen afzender bij. Met een ruk scheur ik het in tweeën. Net als ik de twee stukken op de grond wil gooien en erop wil stampen, bedenk ik me. Ik veeg ze droog aan mijn rokken, stop ze in het beursje onder mijn mantel en loop door, langs de kade van het Damrak. Dit is de straat waar Jan woont, mijn broer. Jan, koopman en accijnsmeester, is één van de 36 mannen die zitting hebben in de vroedschap* van de stad. Rem heeft invloed, maar Jan nog meer. Stond hij maar aan onze kant. Konden Rem en hij maar beter met elkaar overweg.

De voorkamer van Jans huis ruikt naar wildbraad, vers brood en pijptabak. Het jonge dienstmeisje balanceert met een schaal pastei en iets wat op een duivekater* lijkt. Jan is niet alleen. Tegenover hem aan tafel zit Reinier Pauw, die deze maand opnieuw tot een van de vier burgemeesters is verkozen.

'Wat verschaft me de eer, beste zus?' Jan zet zijn tanden in een kipkluifje en legt het restant terug op zijn bord. Reinier Pauw, met zijn handen gevouwen achter zijn hoofd achterovergeleund, observeert me met de blik die ik al jaren van hem ken. Ik onderdruk een zucht. Dat ik nu juist hem hier aantref. Met een snelle beweging leg ik het gescheurde pamflet op tafel.

'Dat is...' Jan kauwt zijn laatste stukje vlees weg. '... een verdraaid lelijke tekening.'

'Inderdaad.' Ik doe alsof ik de spottende blik van Reinier Pauw niet zie.

'En jij wilt verhinderen dat deze prutser zich aansluit bij het Sint-Lucasgilde*?' Reinier opent een zilveren tabaksdoos en klopt er wat tabak uit.

'Ik wil mijn zorg uitspreken en voorkomen dat er nog meer ongelukken gebeuren. "Willen de arminianen preken, dan zullen wij hen steken" staat erop. Daar is geen woord Spaans bij. Hebben jullie niet gehoord wat er bij de Kromboomssloot is gebeurd?'

'We hebben het gehoord.' Jan nipt aan zijn wijn. 'Als het goed is, is er inmiddels versterking gestuurd.'

'Versterking?' Ik druk mijn nagels in het tafelblad. 'Dat hele pakhuis is aan mootjes gehakt. En toen ik er ging kijken, stuitte ik op een stel idioten die mij hetzelfde wilden aandoen. Wat is er met de mensen gebeurd die de bijeenkomst hebben bezocht? Ik kan mijn eigen man niet eens vinden. Vermoedelijk zit hij ergens ondergedoken.'

'Ik heb een advies voor je, Lysbeth.' Reinier kijkt strak voor zich uit. 'Je man organiseert geen bijeenkomsten meer en onthoudt zich van opruiende activiteiten. Je zult zien dat je dan niets te vrezen hebt.'

'Mijn vriend Reinier heeft gelijk.' Jan knikt instemmend. *Mijn vriend Reinier.* Ik werp een geërgerde blik op mijn broer, die zich altijd al graag tegen de regenten aanvlijt die het comfortabelst op het pluche zitten.

Reinier blaast een rookwolk weg. Zie ik nu iets van triomf in zijn ogen? Jan heft zijn roemer met wijn. 'Het komt wel goed, zus. Waarschijnlijk zit je man inmiddels al rustig thuis. Het is zondag. Een dag om tot rust te komen. Wil je iets drinken?'

Als ik de deur van ons huis opendoe, hoor ik vanaf de eerste verdieping gilletjes en gegiechel van Baefje en Geertruid. Het klinkt alsof ze een kussengevecht doen. Gelukkig weten onze dochters niet wat zich aan de Kromboomssloot heeft afgespeeld. Ik loop naar Rems kantoor, tegen beter weten in hopend dat hij achter zijn bureau zit, gebogen over zijn grootboek. Maar in de ruimte tref ik alleen Hendrik, Rems inwonende kantoorknecht, die bezig is enkele papieren te ordenen. 'Hendrik, het is zondag,' zeg ik. 'Je bent vrij vandaag.'

De kleine man wrijft over zijn sikje. Met zijn spitse gezicht heeft hij iets weg van een bedrijvige muis. 'Ik ben bij het pakhuis wezen kijken, mevrouw. Daarna moest ik iets omhanden hebben. Het is... verschrikkelijk. Is uw man al terug?'

'Wist ik maar waar hij was, Hendrik,' zeg ik. Ik kijk naar de roemer met een opgedroogd bodempje wijn, waaruit Rem gisteravond gedronken moet hebben.

'Ik zal voor u gaan zoeken,' belooft de knecht. 'Geeft u maar aan op welke plekken u verwacht dat ik hem misschien kan vinden.'

Dankbaar schrijf ik wat adressen op en geef ze aan Hendrik. 'Ik heb uw man nog zo gewaarschuwd voor de bijeenkomst in het pakhuis,' babbelt de knecht terwijl hij het papier in zijn buidel stopt. 'Het is vragen om ellende.'

Ik kijk hem streng aan. 'Hendrik, dat is jouw taak niet. Bemoei jij je nu maar met de zaken die jou en jouw werk aangaan.'

'Mevrouw?' Hij blijft staan en kijkt knorrig, blijkbaar in zijn wiek geschoten door mijn terechtwijzing. 'Heeft uw man nog iets gezegd over loonsverhoging?'

Glazig kijk ik hem aan. 'Loonsverhoging?'

'Ja, mevrouw. Dat hebben we onlangs besproken. Ik heb het voornemen… een gezin te stichten. Ik wil een huis kopen. Maar het zijn dure tijden. Ik heb een stuk grond gezien in het nieuwe stadsdeel dat de Jordaan wordt genoemd.' Als hij begint te ratelen over een zijstraat van de Bloemgracht hef ik mijn hand. 'Dank je, Hendrik. We zullen het er later over hebben. Wil je nu alsjeblieft mijn man gaan zoeken?'

De uren verstrijken en de sneeuwval buiten maakt plaats voor een grijze deken van motregen. Ik probeer mezelf af te leiden door voor de twee dienstmeiden een takenlijst te maken voor de komende week, maar ik kan me niet concentreren. Ook het lezen van een paar brieven en het opstellen van de boodschappenlijst voor een diner met een groep kooplieden brengt me niet tot rust. Zuchtend sta ik op en loop naar de keuken, waar een van de meiden bezig is een ketel te schrobben. Ik zie haar verbaasde blik als ik een tweede ketel van de haak haal en wat meel, bier en eieren pak. 'Mevrouw, dat hoeft u toch niet te doen?' zegt ze bezorgd.

'Dat klopt, maar ik wil het,' zeg ik kort, hopend dat ik rustig word van het aroma van verse kruiden en gesmolten boter. Ik klop een beslag met bier, zoals ik vroeger ook vaak deed, en haal er bloemkool door, om beignets te bakken. Ik kook pap met boekweit voor de meisjes en denk aan het pamflet. *In de gracht. Net als de anderen. Willen de arminianen preken, dan zullen we hen steken.* Met gelijkmatige bewegingen roer ik de pollepel door de ketel, maar mijn gedachten fladderen hulpeloos rond.

Als ik boter in een ketel wil smelten voor een mosterdsaus, klingelt de bel bij de voordeur. Ik schiet uit de keuken en neem zelfs niet de tijd om mijn vette handen aan een doek af te vegen. Wanneer ik de deur open, nog voordat een van de dienstmeiden de kans heeft dit te doen, kijk ik in een gezicht dat me vaag bekend voorkomt. Het is de predikant die was uitgenodigd om vandaag in het pakhuis te spreken. De mouw van zijn mantel is gescheurd. Zijn altijd keurige kapsel is verward en op zijn voorhoofd zit een schram. Zijn ogen schieten paniekerig heen en weer.

'Meneer Sopingius,' zeg ik, en kijk over zijn schouder, in de hoop dat Rem met hem is meegekomen. 'Wat doet u hier? Is… is mijn man ook bij u?'

Sopingius schudt zijn hoofd. 'Het... het spijt me mevrouw. Ik weet niet waar uw man is.' Hij hijgt bij elk woord dat hij uitspreekt.

Ik staar hem aan en zoek steun tegen de muur. Mijn mond voelt opeens droog aan. 'Maar dat kan niet. Rem is al uren weg. Wanneer hebt u hem voor het laatst gezien?'

'Ik...' De predikant van wie ik had begrepen dat hij zo'n vlotte prater was, zoekt wanhopig naar woorden. 'Uw man... hij is een held. Hij heeft alles gedaan om ons te beschermen. Alstublieft, mag ik binnenkomen? De kaarsenmaker bij wie ik logeer, is nog steeds niet thuis.'

Een vlaag winterkou slaat in mijn gezicht en ik doe een stap naar achteren om de predikant binnen te laten. Om Geertruid en Baefje niet ongerust te maken, die inmiddels in de achterkamer bij het vuur zitten, wijs ik hem een stoel in de voorkamer. Ik gebaar naar de dienstmeid dat ze daar de haard moet aansteken. Zelf overhandig ik hem een roemer wijn. Dan blijf ik tegenover hem staan. Mijn hoofd bonkt van de opgekropte spanning. 'Vertel me alstublieft wat er is gebeurd.'

Met gulzige slokken drinkt de man van de wijn en na enkele minuten krijgt hij weer een beetje kleur op zijn wangen. 'Het begon zo veelbelovend,' zegt hij, en hij kijkt naar het plafond, alsof hij bijstand vanuit de hemel verwacht. 'Er waren honderden mensen. Tot die Engelsman begon te schreeuwen. Er kwamen jongeren van de straat naar binnen. Er werd met stoelen gesmeten. Het werd een chaos. Uw man heeft me naar buiten gesleurd. We werden door omstanders nageschreeuwd, met drek besmeurd, sommigen probeerden ons zelfs met knuppels te slaan. Vervolgens probeerden ze mij in de gracht te duwen. Uw man heeft...' Ongeduldig kijk ik toe hoe Sopingius als een klein kind in snikken uitbarst.

'Wát heeft mijn man?' Ik grijp hem bij zijn schouders en schud hem door elkaar. 'Waar is mijn man? Leeft hij nog? Snapt u dan niet dat ik al urenlang in spanning zit?'

Sopingius knippert met zijn waterige blauwe ogen. 'Ik...' stottert hij, 'ik... ik weet het niet.'

'Wat weet u in vredesnaam wél?!' roep ik. Ik voel tranen achter mijn ogen branden, maar ik hou ze tegen. 'Zeg het me. Nu. Hebben ze Rem in de gracht geduwd?' Ik schaam me dat ik mijn woede op hem botvier, hij is immers ook een slachtoffer, maar hij is de enige die me meer kan vertellen. Als het klopt wat hij zegt, leeft Rem waarschijnlijk niet meer. Het water is ijskoud in deze tijd van het jaar. Op sommige plaatsen liggen nog restanten ijs van de afgelopen weken.

'Uw man... hij heeft me gered,' herhaalt de predikant. 'Hij heeft me naar de brouwerij van een van uw familieleden gebracht. Daar heb ik een aantal uren ondergedoken gezeten. Uw man is weer weggegaan. Ik weet niet waarheen.'

Ik adem diep uit. 'Dank u wel. Het personeel zal u wat te eten brengen. Ik ga mijn man zoeken.'

De brouwerij die Sopingius heeft genoemd, telt vijf verdiepingen en ligt op de hoek van de Geldersekade en de Rechtboomssloot. Ik laat de klopper vallen en bonk direct daarna met mijn blote handen op de deur. Mijn tweede broer Arnt is de bedrijfsleider. Arnt is rekkelijker in zijn opvattingen dan Jan en kan ook beter met Rem overweg. Misschien heeft hij inderdaad kunnen helpen. Het blijft stil. Opnieuw rammel ik met de klopper. Ik leg mijn handen om mijn mond en roep zo hard mogelijk door het hout. 'Arnt!' roep ik. 'Ben jij er?' Misschien heeft Sopingius zich wel vergist. Waarom zou Arnt op zondag in de brouwerij aan het werk zijn? De kans is veel groter dat hij met zijn gezin thuis aan de stoofpot zit.

'Er is daar niemand,' klinkt een hoge stem. Uit een bovenraam in het huis van de buren hangt een jonge vrouw. 'Als u die onruststokers zoekt: ze zijn vertrokken.' Net als ik naar boven wil roepen welke onruststokers ze bedoelt en of ze een donkerharige man van midden veertig heeft gezien, hoor ik iemand hoesten. 'Lysbeth?' Ik kijk naar de deur en zie dat Arnt hem voorzichtig heeft geopend. Ooit was hij een Hercules met vuurrood haar die al zijn personeel versloeg bij het armpjedrukken. Nu zijn zijn haren bijna overal grijs en lijkt hij magerder.

'Arnt.' Ik omhels hem kort. 'Ben je in orde?'

'Kom gauw binnen.' Hij maakt zich van me los. 'Ik hoorde je wel kloppen, maar ik dacht dat het opnieuw relschoppers waren. Is die Sopingius veilig bij jullie thuis aangekomen?'

Ik knik.

'Goddank,' zegt hij. 'Ze wilden hem in het water duwen en hem daar vervolgens doodstenigen. Gelukkig dat Rem dat heeft kunnen voorkomen. Maar die predikant kon hier niet langer blijven. Ze leken wel gek geworden en bleven maar op de deur rammen. Uiteindelijk heb ik Sopingius met een achterbuurman in een biervat via een ander huis naar buiten gerold.'

'Is Rem hier nog?' vraag ik. Ik kijk de brouwerij rond waar ik in de jaren voor mijn huwelijk zo vaak heb gewerkt. Enkele kaarsen verlichten de wanden waartegen de biertonnen hoog opgestapeld zijn. De zware geur van gistend bier hangt in de lucht. Het kantoortje waar ik brieven en rekeningen doornam, is even rommelig als altijd, met stapels ongeordende brieven en een inktstel dat nodig schoongemaakt moet worden. Op de hoek van het bureau staat een bord met etensresten.

'Rem is hier even geweest,' zegt Arnt. 'Maar alleen om die predikant op de moutzolder achter een paar zakken graan te verstoppen. Daarna is hij meteen via de achterdeur over de schutting geklommen en vertrokken. Hij moest nog een paar anderen in veiligheid brengen. En hij wilde het pakhuis afsluiten.'

Het pakhuis afsluiten. Ik kreun. Jarenlang heb ik Rem uitgelachen omdat hij altijd twee of zelfs drie keer de sloten van ons huis controleert. Zijn zorgvuldigheid maakt me af en toe gek. En nu heeft die hem ook nog in levensgevaar gebracht.

'Blijkbaar is hem dat afsluiten niet gelukt.' Ik wrijf over mijn slapen. 'Toen ik er ging kijken, stonden de deuren wagenwijd open.'

Ik hoop dat Arnt iets geruststellends gaat zeggen, maar ik zie slechts bezorgdheid in zijn ogen. Hij aarzelt. 'Ik wil je niet ongerust maken, maar ik heb iets gevonden,' zegt hij dan. Hij loopt naar het kantoortje en komt terug met een modieuze mantel van fluweel en marterbont, waarvan de armstukken bestikt zijn met gouddraad. Rems mantel. 'Een van mijn knechten vond hem aan de kade. Ik herkende het kledingstuk meteen.'

Ik kan me nog net vasthouden aan de brede tafel waar Arnt zijn klanten altijd ontvangt. 'Waar... waar is de mantel precies gevonden?' vraag ik toonloos.

'Niet ver hiervandaan.' Hij legt een hand op mijn schouder. 'Ik hoop...' Arnt sluit zijn ogen en mompelt iets onverstaanbaars. 'Ik hoop dat je die mantel gauw aan Rem kunt teruggeven.'

De Oudezijds Achterburgwal, met zijn hoge smalle huizen en zijstraatjes, is even druk als altijd. Uit tegenovergestelde richting rijdt een man zijn handkar zo dicht langs me, dat de modder op mijn rok spat. Tegen een muur staat een stelletje, innig omstrengeld, zonder oog voor de buitenwereld. Zo waren Rem en ik ook, ooit. Als ik de Oude Kerk nader, waar groepen mensen naar buiten komen na de avonddienst, sla ik snel een andere straat in. In de verte zie ik de zijkapel waar we elkaar het jawoord gaven en waar Arnts kinderen graankorrels naar ons strooiden als symbool van vruchtbaarheid. Ik duw Rems mantel in een prop tegen mijn borst, wrijf het fluweel tegen mijn neus en snuif zijn geur op. Ik denk aan de verwijtende woorden die we tegen elkaar uitspraken, voor hij wegging. Wat zei ik ook alweer tegen hem? 'Zát je maar weer eens op zee.' Natuurlijk meende ik dat niet. Wat als dat de laatste woorden waren? Ik verfoei mezelf om mijn sentimentele gedachten, maar alles in me schreeuwt: straks ben ik hem kwijt.

'Zit, Gomarus!' klinkt Baefjes hoge stem in de achterkamer. 'Mama, kijk, onze hond kan een kunstje!' Ze rent naar me toe en slaat haar armen om me heen, waarbij haar hoofd tot net onder mijn boezem reikt. Ik klop de natte sneeuw van me af en zie dat Sopingius in de voorkamer aan tafel in slaap is gevallen, zijn hoofd leunend op zijn armen. Hij snurkt zachtjes.

De hond trippelt naar ons toe met een leren muiltje van Baefje in zijn bek. 'Baefje,' zeg ik boos. 'Dat muiltje is gloednieuw. We hebben het vorige week laten maken bij de duurste schoenmaker van de stad.'

Gomarus is zich van geen kwaad bewust en zet zijn tanden verder in het leer van Baefjes schoen. Het bruin met wit gevlekte dier sloop een paar weken geleden voor het eerst over het pad achter onze tuin.

Eerst dacht ik dat de hond het eigendom was van een van onze buren. Het was geen straathond, aan de redelijk schone rode zakdoek om zijn hals te zien, en echt mager was hij ook niet. Maar niemand kwam hem zoeken. Dat het dier bleef komen was vooral te danken aan Baefje, die hem dagelijks restjes uit de keuken toestopte. Kwispelend breidde het beest zijn territorium uit. Eerst slenterde hij naar het privaat in de achtertuin. Toen naar de keuken. En kort daarna lag de hond bij de open haard, waar hij zich tevreden achter zijn pluizige oren liet kriebelen door onze dochters.

'Mama, ik noem hem Arminius,' had Baefje verkondigd.

'Ja,' grinnikte Geertruid, die zich op een schapenvacht naast Baefje en de hond had genesteld. 'Dan kunnen we die naam in huis nog vaker noemen dan papa al doet.' Ze rolde met haar ogen.

'Schaam jullie,' zei ik. 'En bovendien: wat moet Arminius' weduwe wel niet denken?'

'Dat meneer Arminius heel belangrijk voor ons is,' pruilde Baefje, die zich met haar acht levensjaren niet bewust was van zulke gevoeligheden.

'En nogmaals, die hond is niet van ons, Baefje,' vervolgde ik. 'Zodra iemand hem komt halen, gaat hij weg.' Baefje knikte en drukte haar neus tegen die van de hond. 'Ze komen jou niet halen, hè. Je bent mijn door God gestuurde vriend.'

'Misschien is die hond wel een vriendín. Een teefje,' zei ik.

'Mam, het is een mannetje.' Geertruid observeerde het hondenlijf.

'Dan nog. Je noemt een hond niet naar een hoogleraar die door je vader op handen gedragen wordt.'

Geertruids ogen begonnen ondeugend te glinsteren. 'Dan noemen we hem toch gewoon Gomarus? Dat vindt papa vast niet erg.'

Ik fronste. Geertruid, onze pientere twaalfjarige, had blijkbaar goed opgelet tijdens de gesprekken aan tafel over de ruzie tussen de twee hoogleraren Arminius en Gomarus. De ruzie die mede de oorzaak was geworden van de onrust in de stad, in het land. Van geschillen die dwars door families heen liepen. Van twisten tot in de rechtbank uitgevochten in twee kampen, die allerlei namen kregen

Arminianen en gomaristen*. Rekkelijken en preciezen. Remonstranten en contraremonstranten. De naam die Geertruid voor de hond gekozen had, kon worden gezien als een regelrechte provocatie. Maar voor ik kon protesteren, werd ik afgeleid door de komst van de wasvrouw. En nu heet Gomarus nog steeds Gomarus.

Als ik me van Baefje losmaak, gaat de voordeur open. In de opening staat een man met gebogen schouders, vermoeid leunend tegen de deurpost. Zijn linkeroog is blauw en bij zijn neus zit bloed.

'Rem!' Ik ren naar hem toe en leg mijn handen om zijn wangen, die koud aanvoelen. Ik zoek naar een schone zakdoek in mijn rokken en dep daarmee het bloed van zijn gezicht. 'Rem, je bent het echt. Ik dacht dat je dood was.'

'Dat dacht ik ook,' zegt hij. Zijn stem klinkt toonloos en eindeloos ver weg. Nu zie ik dat ook zijn hand bloedt.

'Papa! Niet verdrietig zijn.' Baefje kijkt troostend naar hem op. 'Jij mag Gomarus wel uitlaten, dan ben je zo weer blij.'

'Vertel wat er is gebeurd,' zeg ik tegen Rem als hij tegenover me zit in de achterkamer. Net als Sopingius drinkt hij zijn roemer wijn in één teug leeg.

'Nadat ik Sopingius naar Arnts brouwerij had gebracht, ben ik samen met twee andere mannen over de schutting geklommen en via een ander huis naar buiten gegaan, waarna ik bij de Rechtboomssloot uitkwam,' zegt hij. 'Maar daar werden we opgewacht. We hebben een tijdje ondergedoken gezeten bij een bakker. Die man raakte in paniek toen ze dreigden zijn huis te slopen. We gingen er opnieuw vandoor en raakten elkaar tijdens onze vlucht kwijt. Drie kerels sloegen me tegen de muur en wilden me in de gracht duwen. Ik kon alleen ontkomen door mijn mantel uit te trekken. Vervolgens heb ik ondergedoken gezeten in een havenloods. Ik weet niet precies hoe lang.' Hij zwijgt even. 'We laten het er niet bij zitten, Lysbeth. Ik zorg ervoor dat we onze schade vergoed krijgen. Tot de laatste stoel. Zodat we het pakhuis weer kunnen inrichten.'

Als hij het woord 'inrichten' kiest, verdwijnt mijn opluchting en maakt plaats voor een woede. 'Hoe haal je het in je hoofd?' schreeuw ik. 'Is het nog steeds niet genoeg? Ik heb je nota bene gewaarschuwd.

Maar nee hoor, jij moest zo nodig je zin doordrijven. Nou, heb je nu bereikt wat je wilde?' De woorden rollen uit mijn mond, even snel als de tranen over mijn wangen. 'Vandaag heb ik op straat een pamflet gevonden. Daarin stond opnieuw dat ze ons te grazen zouden nemen. Half Amsterdam praat erover, en de andere helft is bezig zijn wonden te likken. Ik schaam me voor je. Ik...' Ik sla mijn handen voor mijn mond en loop weg, omdat Sopingius, die blijkbaar wakker is geworden, me vanuit de deuropening met open mond aanstaart.

Nadat ik me even boven heb teruggetrokken om tot mezelf te komen, is Geertruid bezig om Rems gewonde hand te verbinden. Sopingius lijkt het huis te hebben verlaten. In plaats daarvan zitten twee schepenen bij Rem aan tafel, Pieter de Vlaming en Abraham Boom. De hoofden van de mannen zijn naar elkaar gebogen, alsof zelfs hier in huis niemand mag horen wat ze te bespreken hebben. Ik loop naar de wandtafel, schenk voor mezelf een pul bier in en bestudeer heimelijk de drie vrienden die al jaren samen potas* en hennep verhandelen tussen Amsterdam en Koningsbergen.* Pieter en Abraham hebben een andere partij gekozen in het godsdienstconflict dan Rem, maar tot op heden slagen ze erin hun innige vriendschap in stand te houden. Hun ondernemersgeest bindt hen. Amsterdamse kooplieden zijn pragmatisch. Een steile calvinist* en een behoudend katholiek kunnen op de beurs gebroederlijk een glas wijn of bier heffen om een financiële afspraak te bekrachtigen. Zo ging dat in de tijd van de Spaanse overheersing, en ook nu er een twaalfjarig vredesbestand met de Spanjaarden is gesloten. Ik had gedacht dat dat altijd zo zou blijven. Maar nu we als protestanten elkaar zijn gaan bestrijden, is niets meer zeker.

'Dat pakhuis is compleet vernield,' zegt Pieter zacht tegen Rem. 'Het is gewoon krankzinnig.' Pieter heeft een vooruitstekende kin en zijn huid is bedekt met ontelbaar veel sproeten. Hij kijkt weer naar mij en dan naar Geertruid. 'Het is maar goed dat Lysbeth en je dochters er niet bij waren.'

'Ik heb er genoeg van mee gekregen,' bijt ik hem toe.

'Ik weet het.' Rem praat nog steeds tegen Pieter en Abraham en doet alsof hij mij niet hoort. 'Jullie zullen het niet geloven, maar de preekstoel dreef in de gracht. Een paar jongens voeren erop rond alsof het een schuitje was.'

Abraham, een man met bruine ogen en een droevige oogopslag, schudt ongelovig zijn hoofd.

'Ik ga zo meteen met iemand naar het pakhuis om de schade te inventariseren,' vervolgt Rem. 'En daarna ga ik bij de schout langs. We hebben bewaking nodig als we nogmaals een samenkomst organiseren.'

'Nogmaals?' Pieter fronst ongelovig zijn wenkbrauwen.

'Natuurlijk. Dank je, Geertruid.' Rem knikt naar onze dochter, die de resterende stroken linnen tot een kleine kluwen rolt. 'Dacht je nu echt dat we ons laten weerhouden? We mogen ervan uitgaan dat de burgemeesters de daders laten arresteren en de volgende keer een vendel* soldaten sturen om ons te beschermen. En zo niet, dan zullen de Staten van Holland wel ingrijpen. Ik schrijf vanavond een brief naar mijn broer in Leiden, één naar de hofpredikant in Den Haag en één naar Hugo de Groot in Rotterdam.'

'Maak je over de burgemeesters maar geen illusies. En zeker niet over Pauw. Er zijn vanmorgen in de kerk twee mannen naar hem toe gegaan om hem te waarschuwen.' Pieter tikt met zijn vingers op tafel. 'Ik zat achter Pauw toen ze hem kwamen roepen. Maar hij wuifde hen weg als twee lastige vliegen. Hij zei dat jullie dit over jezelf hebben afgeroepen.'

'Pauw is niet de enige burgemeester. Er zijn er nog drie.'

'Maar Pauw heeft de leiding.' Terwijl de drie mannen doorpraten over de machtsverhoudingen in de stad, luister ik al niet meer. Ik ben te moe. Ik verdwijn in de keuken.

# 2

## Amsterdam, februari 1617, een week later

Rems ademhaling is regelmatig. Zacht trek ik met mijn vinger een lijn over de stoppels van zijn baard. Het is nog te vroeg om zijn gezicht goed te kunnen zien, maar ik weet dat alleen de paarse vlek rond zijn linkeroog herinnert aan de gebeurtenissen van vorige week. Mijn vingertop eindigt bij een klein litteken op zijn jukbeen, dat hij ooit heeft opgelopen toen we samen in Koningsbergen woonden. Op een middag dat ik dacht dat het nooit meer goed zou komen, gooide ik de deur voor hem dicht. Als mijn vinger de weg vervolgt langs zijn wenkbrauwen, mompelt hij iets onverstaanbaars en trekt me naar zich toe.

Ik staar voor me uit in het donker. Ik hou van hem. Toch? We zijn al zo lang samen. Toen ik jonger was, aanbad ik hem en zette ik voor hem de relatie met mijn familie op het spel. Hoe kan het dat hij tegenwoordig alleen dichtbij lijkt te zijn als we 's nachts naast elkaar in bed liggen? De zon zal pas over meer dan een uur opkomen, maar slapen lukt me niet meer. De afgelopen nachten lig ik regelmatig wakker en soms droom ik onrustig over de gebeurtenissen van vorige week. Natuurlijk heeft Rem de schout en schepenen gevraagd de relschoppers te laten vervolgen, maar tot op heden is niemand opgepakt.

Nu is het opnieuw zondag. Vandaag gaan we nergens heen. Gelukkig bleken Rem en de andere leiders realistisch genoeg om een volgende bijeenkomst een tijdje uit te stellen. In de verte slaan de klokken zeven uur. Over een uur is de eerste kerkdienst en zullen de Oude en Nieuwe Kerk volstromen met mensen. Mensen bij wie wij ooit ook hebben gehoord. Ik stel me voor hoe mijn broers en hun gezinnen schouder aan schouder de hoge deuren zullen binnengaan en hoe de kerkstoelen die Rem en ik ooit hadden gehuurd, leeg blijven. Hoe mensen naar de lege plaatsen zullen kijken en na afloop zullen zeggen: 'Heb je het gehoord, van de familie Bisschop? Die aanhangers van Arminius hebben vorige week hun eigen bijeenkomsten georganiseerd, maar kijk eens hoe God heeft ingegrepen. Er is geen spaan van heel gebleven.' Ik stel me voor hoe sommige vrouwen met gedempte stem in de beslotenheid van hun huizen doorpraten. Vrouwen bij wie ik me thuis voelde, maar bij wie gaandeweg de klank van hun stem veranderde als ze me groetten. Die me geleidelijk begonnen te observeren met een vreemde blik in hun ogen, alsof ze iets in mijn gezicht zagen wat er niet hoorde. Die zich van me begonnen af te wenden als ze me tegenkwamen, zo onzichtbaar mogelijk, maar zichtbaar genoeg voor mij.

Buiten klinkt wat gemompel. De bel gaat. Het gemompel wordt harder, hier en daar klinkt een schreeuw.

Ik schud Rems arm van me af en ga half overeind zitten. Bezoek? Om zeven uur 's ochtends?

De stemmen worden luider. Zelfs door de gesloten luiken kan ik ze verstaan.

'Doe open, arminianen! We weten dat er bij jullie gepreekt wordt!'

Gepreekt? Naast me mompelt Rem iets, en weer klinken de stemmen. 'Joehoe! Remonstranten! Arminiáánen! We weten dat jullie thuis zijn!' Opnieuw galmt de bel door het huis. Er klinkt gerinkel van metaal. Tromgeroffel. Gelach. Is de bel afgebroken?

Rem gaat rechtop zitten en wrijft in zijn ogen. 'Lysbeth. Wie… Op dit tijdstip? Wat…?' Dan springt hij uit bed, opent de luiken en vloekt zachtjes. Ik ga naast hem staan en zie een tiental donkere silhouetten, zwaaiend met fakkels in het donker. Vanuit de straat komen meer mensen aanlopen, en tot mijn verbijstering zie ik een groep van vergelijkbare grootte vanaf de andere kant naderen. Ik zie stokken. Halve tonnen die als trommel worden gebruikt. Iemand zwaait met een zelfgemaakte katapult.

'Arminiáánen!' Het klinkt temend, alsof ze te veel hebben gedronken. 'Er wordt bij jullie gepreekt, toch?'

'Rem.' Ik grijp zijn arm vast. 'Wat is dit? Wat heeft dit te betekenen?'

'Ik ben zo terug,' zegt Rem kortaf. Hij loopt de kamer uit en komt even later terug met een brandende kaars. Dan schuift hij het raam een stukje omhoog en steekt zijn hoofd naar buiten. 'Er wordt hier niet gepreekt. We liggen nog te slapen. Geen idee wat jullie van plan zijn, maar ik wil jullie vragen om te vertrekken. En snel ook.'

'O nee?' Een van de mannen beneden heeft een stembereik dat ver boven het geluid van de groep uitstijgt. 'Uw buren zeiden iets anders.'

'U liegt!' roept iemand. Er klinkt een schreeuw, waarna Rem in een reflex zijn hoofd terugtrekt. Een van de glas-in-loodruiten spat in scherven uiteen. Verdwaasd grijpt hij naar zijn voorhoofd. 'Dat was op het nippertje. Ze gooien met stenen. Lysbeth, maak nú Baefje en Geertruid wakker. Ik zal Hendrik vragen om via de achterkant van het huis de schout te halen.'

Ik pak een blaker van het dressoir, houd de kaars bij die van Rem en werp nog eenmaal een snelle blik uit het raam. Ik ril bij de spookachtige aanblik van de fakkels en bij elke donkere schaduw die zich bij de meute voegt, gaat mijn ademhaling sneller. Het moeten inmiddels meer dan vijftig mannen zijn. Wat als deze kerels ons huis binnenvallen?

Op de trap stuit ik op Stijntje en Neeltje, de twee dienstmeiden, die allebei een kamer op zolder hebben. Beide jonge vrouwen zijn al gekleed voor de dag, en lijken te twijfelen of ze de trap af of weer op moeten lopen. Kort leg ik hun uit wat er aan de hand is en loop naar de kamers van Geertruid en Baefje. Baefje zit al op de rand van het bed, haar bleke blote voeten op de plankenvloer. Geertruid is langzamer. Haar ogen zijn nog klein van de slaap en haar warrige, blonde vlecht valt over haar schouder. 'Wie maakt al dat kabaal, mama?' vraagt ze geeuwend.

In de hal wordt luid op de voordeur gebonsd. Vanuit onze slaapkamer klinkt opnieuw geluid van brekend glas.

'Doe iets aan je voeten,' zeg ik. 'Nu. Jullie gaan met mij mee. Geen zorgen, de schout komt zo. Maar schiet wel op.' Haastig duw ik de meisjes voor me uit naar de keuken aan de achterzijde, zo ver mogelijk bij het gejoel en gezang bij de voordeur vandaan.

'Blijf in de keuken, Lysbeth,' hoor ik Rem in de verte roepen.

Samen met Hendrik is hij bezig een zware kast naar de voordeur te schuiven.

'Hoe wil je de schout en zijn rakkers* straks binnenlaten?' roep ik terug.

'Als die man er is, schuiven we de kast wel weer opzij. Ik houd zijn komst vanuit het bovenraam in de gaten.'

In de keuken, waar Stijntje en Neeltje inmiddels het vuur hebben aangestoken, springt Gomarus blaffend tegen ons op. Terwijl Geertruid bukt om de hond te aaien, klemt Baefje zich zo hard aan me vast, dat het bijna pijn doet. 'Mama, ik ben bang.' Ze snikt. 'Ik ben héél erg bang.' Geertruid draait zich naar ons toe en nu zie ik dat ook haar lippen trillen. Het liefst zou ik meehuilen, maar dat is het laatste wat ik nu moet doen. Ik probeer iets te bedenken wat hen geruststelt.

'Het komt door papa, hè,' zegt Geertruid dan fel. 'Door de bijeenkomst in het pakhuis. U had gelijk, mama. Iedereen zegt dat we ketters zijn. Het was veel te gevaarlijk.'

Ik schud mijn hoofd. 'Dat is niet waar, Geertruid. Je vader heeft nooit gevraagd om dit gajes voor ons huis, en ook niet om de rellen van vorige week. Het stadsbestuur had ons moeten beschermen.'

'Ik weet zeker dat die kerels vanaf de kansel zijn opgestookt, mevrouw,' bemoeit Neeltje zich ermee. Met een handgebaar maan ik haar tot zwijgen en wijs de meisjes een stoel aan de keukentafel. 'Goed,' zeg ik, al is er niets goeds aan de situatie. 'Laten we...' Ik wil 'bidden om hulp' zeggen, maar de woorden blijven steken in mijn keel. Als deze relschoppers in naam van de religie voor onze deur staan, bidden zij misschien evengoed voor een goede afloop aan hun zijde. Voor het eerst in mijn leven slaag ik er niet in een gebed te formuleren. Bescherm ons, is het enige wat ik kan uitbrengen.

'Ik snap het niet, mama,' klinkt Baefjes heldere stem. 'Waarom zijn ze boos op ons?'

Ik wrijf over mijn neus. Die vraag had Baefje beter twee dagen geleden kunnen stellen, tijdens een rustige avondmaaltijd.

'Het heeft te maken met onze bestemming,' antwoord ik omzichtig. 'De meeste mensen hier in de stad geloven dat God al voor de geboorte van de mens heeft besloten dat zijn lot vastligt. De mens is ofwel bestemd voor het eeuwige leven, of verdoemd, en daar kan hij niets aan doen.'

Baefje kijkt me met grote ogen aan, terwijl het gebonk op de deur en het glasgerinkel in de verte doorgaan. 'Ben ik verdoemd, mama? Ga ik dood?'

'Zeker niet.' Mijn stem klinkt hard en beslist. 'Je vader en ik geloven iets anders, en dat is ons geleerd door Jacobus Arminius. Arminius was hier ooit predikant. Hij stierf een maand voordat jij werd geboren. In de jaren voor zijn dood kreeg hij flinke ruzie met een hoogleraar die Gomarus heet.'

'O ja! Net als onze hond!' Baefjes gezicht klaart op.

'Ja. Nee.' Ik neem me opnieuw voor om een andere naam voor de hond te bedenken wanneer dit allemaal voorbij is.

In de verte klinken weer harde mannenstemmen. 'Zij zijn met veel meer,' zegt Baefje met bibberende stem.

'Dat lijkt misschien zo omdat ze harder schreeuwen,' probeer ik haar gerust te stellen, 'maar dat is niet zo. Veel mensen mogen het dan met Gomarus eens zijn, maar Arminius heeft ook veel aanhangers.'

'Net als oom Simon, toch?' vraagt Geertruid.

'Precies. Je vaders broer is een van Arminius' opvolgers. Hij – en wij – kunnen er onmogelijk bij dat dit lot bij een onschuldig kind bij voorbaat al vastligt, zonder dat het daar later enige invloed op heeft.' Ik maak een vermoeid gebaar. 'Laat maar, het is een ingewikkeld verhaal. En ik denk dat veel mensen partij hebben gekozen zonder dat ze zich in de discussie hebben verdiept. Hoe dan ook, als er iemand in aanmerking komt voor eeuwige verdoemenis, zijn het de kerels die voor ons huis staan.'

'Tuig van de richel is het,' bemoeit Neeltje zich er weer mee.

'Weet je wat ik deed met pestkoppen, toen ik zo oud was als jullie?' Ik demp mijn stem om Baefje af te leiden. 'Ik heb ooit bij eentje een koeienvlaai tegen zijn wambuis gedrukt, toen hij me lastigviel op straat. Niet verder vertellen, maar die pestkop is nu de belangrijkste burgemeester van de stad.'

Baefje spert haar ogen wijd open en proest het uit. Het geluid wordt overstemd door een enorm gekraak vanuit de gang.

'Lysbeth, ze hebben beneden een luik weggebroken,' klinkt Rems stem vanuit de achterkamer. 'De schout komt, maar breng de meisjes en jezelf in veiligheid.'

Mijn blik valt op de afgesloten deur van de voorraadkast. Waarschijnlijk is dat de beste schuilplaats, maar alles in mij verzet zich ertegen er gebruik van te maken. Ik wil mijn kinderen niet aandoen wat mijn tante deed toen ik als jong meisje bij haar woonde. Als ik een driftbui had, sloot ze me op in de kelder. Urenlang zat ik soms op de onderste trede van de keldertrap, vechtend tegen het duister dat als een deken over me heen viel. Uiteindelijk, als mijn ogen aan het donker gewend waren, stond ik voorzichtig op en tastte naar de ingrediënten die in manden lagen opgeslagen. Wortel. Pastinaak. Soms had ik geluk en vond een brok kaas. Ik bevoelde de textuur, snoof eraan en dacht aan de warme pastei die mijn moeder ooit maakte. Af en toe zette ik mijn tanden in de kaas, terwijl ik met mijn oor tegen de deur luisterde naar de stemmen in de verte en me hopeloos eenzaam voelde.

Ik kijk van de meisjes naar Stijntje en Neeltje, die tegen elkaar aan gedoken in een hoek van de keuken staan. Dan neem ik een besluit. 'Stijntje en Neeltje, jullie nemen de meisjes nu mee naar buiten, door de tuin, via de poort naar het huis van de achterburen. Je tikt daar op de deur en zoekt daar onderdak. Controleer eerst goed of je achter het huis geen mannen ziet of hoort. Pas dan steek je over.'

'Naar welk huis, mama?' vraagt Geertruid.

'De Hoofts, de Hasselaers, de De Vlamings. Waar dan ook, dat maakt me niet uit. Als ze jullie maar binnen laten.' Ik pak de mantels van de meisjes uit de hal, steek twee lantaarns aan en volg hen mee naar buiten tot halverwege de tuin. Pas als ik zie dat iemand in het huis van de achterburen licht ontsteekt en de achterdeur opent, loop ik terug het huis in.

'Lysbeth, ga met de meisjes mee,' snauwt Rem. Hij heeft zich aangekleed, maar de knopen van zijn wambuis zitten scheef. Om zijn middel heeft hij een gordel met zijn rapier* gehangen. 'Ik wil niet dat je hier bent als die kerels ons aanvallen.'

In paniek hol ik de trappen op naar boven. Ik open het zolderraam en zie dat een paar mannen tegen de muur urineren. In een impuls pak ik de beddenpan en een kaarsenstandaard. Zo hard ik kan, sla ik de standaard tegen de beddenpan. Het geluid is zo luid dat het aan weerszijden van het Singel te horen moet zijn.

'Ophouden!' Mijn stem klinkt schril, en ik blijf ritmisch slaan, als een tamboer op een oorlogsschip.

'Ophouden!' herhaal ik weer, en langzaam sterven de stemmen enigszins weg.

'Ik weet niet wat jullie van plan zijn, maar jullie moeten je diep schamen, stelletje tuig dat je bent,' roep ik. 'Wat denken jullie wel niet, om 's morgens vroeg het huis van onschuldige burgers te bestormen?'

Even is het stil, maar dan begint iemand luidkeels te lachen. 'Arminiaanse hoer! Dit is nog maar het begin. Kom maar beneden, dan zal ik jou eens bestormen!' De man maakt een obsceen gebaar en een steen vliegt rakelings langs mijn hoofd.

'We steken de luiken in de fik,' hoor ik. 'We branden het huis plat.'

'Dat doen jullie niet.' Rem is naast me komen staan. Zijn stem klinkt kalm, maar zijn oogleden trillen. 'Mannen, ik weet niet wat jullie van plan zijn, maar waarom doen jullie dit in vredesnaam? Heb ik iemand van jullie tekort gedaan of iemand die voor mij gewerkt heeft niet betaald? Wat hebben jullie tegen ons?'

Met stomheid geslagen kijk ik hem aan. Een van die types beneden heeft mij zojuist voor hoer uitgemaakt, en nu gaat hij met hen in gesprek? Is hij niet goed bij zijn hoofd?

'Jullie zijn vuile arminianen!' schreeuwt een man beneden. 'Daarom.' Tot mijn afgrijzen zie ik een handvol mannen die een boomstam tussen zich in draagt.

'Pak onze waardevolste spullen bij elkaar,' sist Rem tussen zijn tanden. 'We moeten vluchten. Zo snel mogelijk.'

'Nee,' zeg ik. Ik adem diep uit en wijs naar een groepje mannen met uitgestoken hellebaarden dat ons huis nadert en de menigte uiteendrijft. 'De schout is er. Ze komen ons redden.'

'Goddank, u bent er.' Rem heeft de grendel van de deur geschoven om schout Willem van der Does binnen te laten. De oude man wordt vergezeld door een groep van acht gerechtsdienaren. De laatste twee slepen iets achter zich aan. Of iemand. Een mens. Een jongen. Het bewusteloze lichaam laat een langgerekt bloedspoor achter op mijn pas geschrobde vloertegels. 'Deze stenengooier heeft zelf een steen tegen zijn hoofd gekregen,' verklaart Van der Does. Zijn rechterhand beeft terwijl hij de bloedende knaap aanwijst. Schout ben je voor je leven, maar deze grijsaard heeft duidelijk niet veel jaren meer te gaan.

Er klinkt een klap tegen de deur en geschreeuw terwijl de schoutsdienaren de deur uit alle macht weer dichtduwen. 'We willen onze vriend terug!' klinkt het gedempt.

'Mag ik even zitten?' vraagt Van der Does aan Rem. Twee soldaten posteren zich voor de deur terwijl de schout neerzakt op de stoel die Rem hem aanbiedt. De anderen verspreiden zich door het huis.

'Wat is dit?' vraag ik. 'Wat gaat u doen?' Nu pas realiseer ik me dat ik me in de chaos nog niet fatsoenlijk heb gekleed en gekapt. Ik draag Rems kamerjas, mijn hoofd is onbedekt en mijn haren hangen in slierten om mijn schouders. De kou van het nog onverwarmde huis trekt door mijn voeten.

'We willen ons ervan verzekeren dat er hier geen arminiaanse dienst wordt gehouden.' De schout gebaart opnieuw naar de gewonde knaap, die even beweegt en zacht kreunt. 'Mevrouw, wilt u zo goed zijn deze jongeling eerste hulp te verlenen?'

Verbouwereerd kijk ik hem aan. 'Dit stuk ongeluk heeft gekregen wat hem toekomt,' snauw ik.

De ogen van de man flikkeren. 'Is het niet uw christenplicht om voor uw naasten te zorgen?'

'Is het niet uw plicht om ons te beschermen? Volgens mij hebt u wel iets beters te doen dan de kamers van ons huis te doorzoeken. Alsof we een complete arminiaanse kerkenraad in onze linnenkast hebben verstopt. Belachelijk. Jaagt u alstublieft dat... dat schorem hier weg!'

‘Gezien de omstandigheden van vorige week mag u dankbaar zijn dat wij hier zijn,’ antwoordt de schout. ‘U hebt dit over uzelf afgeroepen. Doet u uw christenplicht, dan doen wij de onze.’

‘Als u wilt dat iemand hem verzorgt, moet een van uw mannen dat maar doen. Ik houd u niet tegen.’ Woedend loop ik naar een emmer die in een hoek van de hal staat en pak een dweil. Zo beheerst mogelijk veeg ik de ergste bloedsporen van mijn tegels.

‘We hebben alle kamers doorzocht en in de kasten gekeken. Er is inderdaad geen bijeenkomst.’ De onderschout kijkt bezorgd naar de voordeur waarachter een spotlied wordt aangeheven.

‘Mogelijk zijn de deelnemers al over de schutting verdwenen.’ De schout plukt zuur aan zijn afhangende grijze snor. ‘Ik zal aan het grauw* buiten meedelen dat er hier niemand is. Dan is het probleem vast snel opgelost.’ De oude man opent de deur en treedt naar buiten, gevolgd door twee van zijn helpers. Door het geluid van de gebroken ruiten hoor ik hoe het geschreeuw wegsterft en de schout begint te spreken. ‘Mannen, dit huis is doorzocht. Er wordt hier niet gepreekt.’ Zijn volgende woorden worden overstemd door gejoel en geschreeuw. Kort daarop staan de drie gerechtsdienaren weer in de hal en sluiten ze haastig de voordeur.

‘Het spijt me.’ Er is iets veranderd in de houding van de schout. Ik zie angst in zijn ogen. ‘Het zijn er te veel. En ze zijn niet voor rede vatbaar. Het is tien man tegen honderd, als het er niet meer zijn.’

‘Maar dat is belachelijk.’ Rem moet zijn handen om zijn mond leggen om het lawaai te overstemmen. ‘U kunt ons hier toch niet aan ons lot overlaten? Eén woord van burgemeester Pauw en een vendel soldaten jaagt die kerels hier weg.’

‘Uw buurman is al onderweg om de burgemeester te waarschuwen,’ antwoordt de schout. ‘Maar we hebben Pauws fiat nog niet ontvangen.’

‘Pauw woont maar een paar huizen verderop in de straat,’ zegt Rem. ‘Waarom duurt het zo lang?’

De schout bestudeert de flap van zijn hoed, alsof hij daarop iets bijzonders ziet. ‘De burgemeester wil eerst met een aantal andere heren overleggen. Het spijt me. Wij staan machteloos. Ik kan niets voor u doen…'

Rem grijpt naar zijn voorhoofd en ik kan niet nalaten me ermee te bemoeien. 'Dus die autoritaire Pauw neemt alle tijd om te overleggen onder het genot van een uitgebreid ontbijt? Normaal gesproken hoeft hij maar één keer met zijn vingers te knippen en u komt in actie. Of wacht, laat me raden. Hij wil na het ontbijt ook nog een kerkdienst bezoeken, en grijpt pas in als de preek is afgelopen. En heel toevallig gaat de preek vandaag ook nog over de allerlangste Psalm.'

'Mevrouw.' Er flitst iets in de ogen van Van der Does. 'Ik neem aan dat u niet twijfelt aan de competentie van ons rechtssysteem.'

'En als ik dat wel doe?' vraag ik, terwijl een volgende ruit in stukken spat.

'U moet hulp van de stadswacht inroepen.' Terwijl Rem op de schout inpraat om versterking te laten komen, kijk ik naar de gewonde relschopper die nog steeds op de vloer ligt. Hij zal niet ouder zijn dan een jaar of zestien. *Het is uw christenplicht…* De schout is een karakterloze sul, maar ik kan deze knaap hier niet laten liggen. Hier in huis heerst nog altijd medemenselijkheid, al is dat buiten niet het geval. En misschien is die dweil van een schout dan een beetje meer geneigd versterking te laten roepen.

Ik pak de jongen bij zijn magere bovenarmen en sleep hem naar de keuken. De stof van zijn hemd is ruw en smoezelig. Ik open het kabinet en haal er een servet uit. Ik meng wat water en azijn, véél azijn. Die knaap zal voelen dat een christelijk mens zijn wonden verzorgt. De mond van de jongen vertrekt van pijn als ik het bloed van zijn voorhoofd dep. Als de rafelige wond schoon genoeg is, bestudeer ik zijn gezicht. Hij heeft krullend blond haar en zachte, bijna meisjesachtige wimpers. Zijn kin heeft nog geen baardgroei. Ik pak een handdoek uit het kabinet, wikkel die om zijn hoofd en trek het provisorische verband flink aan. Dan sleur ik de jongen naar de voorraadkast, duw hem erin, sluit de deur en gooi de sleutel in een van de ketels.

Als ik terugkom, staat Rem alleen in de hal. 'Waar is de schout?' vraag ik. 'En waar zijn zijn rakkers?'

'Ze zijn vertrokken.' Zijn gezicht is doodsbleek.

'Dat meen je niet.'

'Ik heb nog voorgesteld dat hij een stuk of twintig, dertig mannen van de stadswacht zou oproepen en dat ik hun soldij betaal. Met rente. Maar hij weigerde.'

Hij begint rusteloos rondjes te lopen. 'We moeten inderdaad gaan, Lysbeth. Ze zijn gek geworden daarbuiten. Ze zijn uit op onze spullen, en God mag weten op wat nog meer. Zorg dat je hier wegkomt, via de poort in de achtertuin. Ik breng onze belangrijkste bezittingen in veiligheid en dan kom ik ook.'

'Ik zal u helpen met het zoeken van de belangrijkste documenten, meneer.' Hendrik, onze laatst overgebleven hulp, duikt op uit een van de kamers. Terwijl Rem en Hendrik de geldkisten en grootboeken verzamelen, hol ik in blinde paniek de trap op, om ook boven een paar van onze waardevolste spullen te redden. Eerst til ik het portret van de muur dat Rem van ons tweeën heeft laten maken, met als achtergrond het Slot van Koningsbergen. Mijn oog valt op het kleine doodshoofd rechts onderaan op het doek, dat de kunstenaar heeft geschilderd als symbool van vergankelijkheid. Alsof de schilder ons destijds al waarschuwde.

Op de zijtafel liggen de met zilver beslagen bijbel en Rems album amicorum* met persoonlijke teksten van zijn dierbaarste vrienden. Ernaast staat een Delfts blauwe vaas, gevuld met negentien rozen. Vier dagen geleden heeft Rem ze voor me meegenomen ter gelegenheid van onze trouwdag, en met de verontschuldiging dat hij die avond niet zou mee-eten. Opnieuw niet. Ik had de bloemen met gemengde gevoelens in ontvangst genomen. Het voelde alsof hij iets afkocht. Alsof hij de ontbrekende tijd die hij vroeger voor me vrijmaakte, wilde opvullen met geschenken. Ik wend mijn blik weer af van de vaas. Mijn hoofd weigert dienst en mijn gedachten worden overstemd door de spotliederen die buiten worden gezongen en geschreeuwd. Ik moet eerst iets fatsoenlijks aantrekken, bedenk ik opeens. Wat zullen de mensen wel niet denken als ik in een hemd en Rems kamerjas de straat op loop?

‘Gelukkig,’ hoor ik Rem roepen. ‘De buurman komt ons te hulp. Hij heeft een paar mannen in de tuin staan die spullen van ons kunnen aanpakken.’

Als ik vlug een rok en jak heb aangeschoten, hoor ik gehijg naast me. Een natte neus snuffelt aan mijn hand. Met een gilletje spring ik opzij. ‘Gomarus, je jaagt me de stuipen op het lijf!’ zucht ik. De hond jankt zachtjes.

‘Malle hond, jij bent natuurlijk ook bang.’ Ik streel nerveus de gevlekte vacht van het dier dat ik de afgelopen dagen in de keuken steeds vaker restjes voedsel heb toegestopt, in navolging van Baefje. ‘Je wilt waarschijnlijk ook zo snel mogelijk weg. De achterdeur naar de tuin gaat zo open.’ Pratend tegen de hond maak ik voorzichtig de randen van het portret van de lijst los en rol het schilderij op.

‘Lysbeth, opschieten!’, klinkt Rems stem van beneden.

‘Ik kom!’ Het schilderij neem ik onder mijn ene arm mee. Onder mijn andere arm draag ik de bijbel. Het album amicorum laat ik liggen, net zoals de peperdure handspiegel die Rem me dit najaar cadeau heeft gedaan. Ook mijn mantelspelden en kleding blijven achter. Misschien kan ik straks nog net de roemers van Venetiaans glas en de pot peper uit de keuken meenemen.

‘Lysbeth,’ zegt Rem en hij komt naar me toe. ‘We moeten gaan. Die voordeur houdt het niet lang meer.’

Ik blijf staan. Ik herinner me iets. Het snuisterijenkistje in onze kamer dat van mijn moeder is geweest. Het kistje is van eenvoudig hardhout, zonder enige versiering, en heeft een stevig slot. Het is een alledaags ding, maar de inhoud is dat niet. De brieven die zij me heeft geschreven vlak voor ze stierf, voor elke hoogtijdag in mijn leven één, zijn onvervangbaar. Hoe kon ik dat vergeten?

‘Heb jij het kistje uit onze slaapkamer al weggebracht?’ vraag ik.

‘Dat houten ding?’ Rem schudt ongeduldig zijn hoofd.

‘Wacht op me,’ zeg ik. ‘Ik ben zo terug.’ Voor hij me kan tegenhouden, leg ik de bijbel en het schilderij op tafel en ren de trap weer op, naar de slaapkamer.

‘Lysbeth!’ Zijn stem klinkt hard en gespannen. ‘Lysbeth, laat dat kistje staan en kom nú naar beneden. Het is te laat!’

Ik grijp het kistje en draai het op slot.

'Lysbeth!' Ik hoor hem vloeken. 'Zoek het dan zelf maar uit. Ik ga!'

Nog steeds op mijn sloffen ren ik de trap af, terwijl ik mijn best doe om niet te struikelen. Had ik maar eerder mijn schoenen aangetrokken. 'Ik kom eraan,' hijg ik. 'Wacht even, ik ben er bij–'

Net op het moment dat ik mijn voet in de hal zet, breekt de voordeur met donderend geraas open. Rem is er niet meer. Er klinkt gejuich en in een flits zie ik de zee van mannen, klaar om binnen te stormen. Hoe ik het doe, weet ik niet, maar op de een of andere manier dragen mijn benen me naar de keuken. Op de drempel struikel ik en het kistje valt uit mijn handen. Het stuitert over de tegels en belandt in de hoek waar de bezem staat. Oprapen kan niet meer. Ik zie hoe Rem in de tuin tegen de schutting klimt, en hoe armen aan de andere kant hem eroverheen trekken. Waarom heeft hij de poort niet genomen? 'Mevrouw Bisschop,' klinkt vanuit de tuin van de buren. 'Klimmen. Meteen! Wij vangen u op.'

Achter me hoor ik voetstappen, gerinkel van glazen en metaal. Harde stemmen. Gelach. 'Graaien maar jongens! Dit huis is van ons.' Ik wil omkijken. Zien hoe ze mijn kasten opentrekken, mijn persoonlijke spullen aanraken met hun vieze vingers en op mijn stoelen gaan zitten met hun gore achterste. Ik wil naar ze schreeuwen. Hen slaan met die zilveren kandelaars waar ze nu gretig naar grijpen. Hen wegjagen, krabben en met geweld in de gracht duwen. Voor mijn geestesoog verschijnt het Bijbelverhaal van de vrouw van Lot, die omkeek naar de ravage in Sodom en Gomorra. De enkele seconden dat ze bleef staan, werden haar fataal.

Terwijl al die gedachten door mijn hoofd schieten, komen drie kerels het huis uit. Eén is gewapend met een stok, een tweede heeft de met zilver beslagen bijbel in zijn hand, de derde draagt een ham bij zich. Ik aarzel geen seconde meer en ren naar het poortje, terwijl achter me de voetstappen dichterbij komen.

'Hé, Arminiaanse hoer!'

Ik kijk naar de schutting waarachter Rem verdwenen is, maar ik zie niets. Rem is weg, en de knechten die hem hebben geholpen zijn nergens te bekennen. Mijn tijd is om. Ik ren langs de spoelbak met de pomp en het bleekveldje voor de beddenlakens naar de poort. Mijn sloffen klepperen op de keien en vertragen mijn gang.

Net als ik met een ruk het poortje heb geopend en de hoek om wil rennen, voel ik hoe iemand me naar achteren trekt. Met een smak val ik op de grond.

'Kijk nou toch eens. Daarbinnen openen ze de wijnvaten, maar wij hebben een arminiaans wijf te pakken.' Een jonge, grofgebouwde man met een door de pokken aangetast gezicht en dicht bij elkaar staande ogen kijkt grijnzend op me neer. De man van de ham.

Zo snel mogelijk krabbel ik overeind. Net als ik wil schreeuwen, legt mijn aanvaller een vuile hand op mijn mond. 'De dag begint goed.' De kerel legt de ham voorzichtig naast me neer, duwt me tegen een muur en haalt zijn neus op. 'Hé, Claes, Corneel. Hebben jullie wel eens een oud wijf geneukt?'

Verstijfd van angst kijk ik naar de twee andere mannen. Ze lijken allemaal niet ouder dan een jaar of twintig. Dit zullen ze toch niet doen? Zelfs types als zij zullen toch wel enig respect kunnen opbrengen voor vrouwen van mijn leeftijd? Ik dank de hemel dat ik Baefje, Geertruid en de dienstmeiden heb weggestuurd, en vurig hoop ik dat ze mij de moeite niet waard vinden voor een verzetje. De eerste neemt me van top tot teen op en likt langs zijn lippen. 'Corneel, wat denk je ervan?' zegt hij. 'Het hoeft maar een paar minuten te duren. Daarna snijden we die heks de keel door en halen de buit verder op.'

De ander kijkt nerveus om zich heen. 'Kom, Claes,' zegt hij dan tegen zijn maat. 'Ik wil weer naar binnen. Alle waardevolle spullen zijn daar, man. Met dat geld kunnen we bij de haven een schip vol jongere hoertjes betalen in plaats van één oud wijf. Duizenden guldens hebben ze hier en...' Claes denkt na. De seconden lijken uren te duren. Dan knikt hij instemmend. Ik adem huiverend uit als ik zie dat de twee zich van me afwenden en weer teruglopen naar ons huis, maar ik weet niet of ik opgelucht kan zijn, of bang. Ik ben nog steeds overgeleverd aan een ham-etende griezel die veel sterker is dan ik. Hij is even afgeleid door het tumult in ons huis. Met alle kracht die ik in me heb, probeer ik me los te worstelen. Ik slaag erin overeind te krabbelen, maar net als ik van me af wil slaan, duwt hij me weer hardhandig tegen de muur. Door de pijn waarmee ik met mijn hoofd tegen de stenen klap vergeet ik even de angst die door mijn lijf raast. Met één hand houdt de man mijn polsen boven mijn hoofd, met zijn andere rukt hij aan mijn jak. De stof bij mijn borsten scheurt en ik voel zijn lippen in mijn hals. Zijn tong likt gulzig langs mijn huid en dringt mijn mond binnen. Ik kokhals bij de zure smaak van bier en visresten.

'Een ouwe hoer,' hijgt hij. 'Die zijn al lekker ingereden. Ik zal je eens laten zien wat we met arminiaanse sloeries doen.' Met zijn ene hand frummelt hij aan zijn broek, terwijl hij met zijn andere mijn polsen pijnlijk vast blijft klemmen. Ik probeer hem opnieuw te schoppen, maar het lijkt of mijn benen geen kracht meer hebben. Hij lacht en tast met zijn hand onder mijn rok. Ik knijp mijn ogen dicht alsof ik daarmee het onvermijdelijke kan afwenden. God, bid ik, dit is het einde. Hoe kon ik zo stom zijn om te denken aan een schilderij, aan een wandkleed en zelfs aan het kistje met de brieven, terwijl ik daarmee mijn eer, mijn leven in gevaar bracht? En waar is Rem? Waarom heeft hij niet op me gewacht? Waarom komen de knechten van de buren me niet te hulp?

'Rotbeest, wegwezen,' hoor ik in de verte. Door een waas zie ik bruin met witte vlekken. Ik hoor geblaf. Gomarus. Natuurlijk. De hond is geen partij voor de sterke man, maar hij springt wel blaffend rond en hapt in zijn broek – of in iets anders? 'Opzouten. Blijf van mijn ham af.' De man schopt weer van zich af en Gomarus jankt. Hij hapt opnieuw. *God, red me. Dit is mijn enige kans.* Met alle kracht die ik in me heb, schop ik mijn aanrander in zijn kruis. Ik hoor gebrul. De man krimpt ineen. Als in een roes dragen mijn blote voeten me de steeg door. Elk moment kan hij me inhalen. De smalle gang die tussen de tuinen van het Singel en de Herengracht loopt is nu rustig, maar vanuit de verte zie ik opnieuw een paar mannen aankomen. Ik ren een stukje naar links, negeer de pijn van stenen en takjes onder mijn voeten en beland in een volgende steeg, die tussen twee lage bakstenen muren door loopt. Op sommige plaatsen zie ik een poortje dat naar een tuin leidt.

Ik ruk aan een van de poorten. Die is dicht. 'Daar is ze!' klinkt het in de verte. 'Denk je dat we je niet vinden, stom wijf?' Ik kijk om me heen. Naast de poort heeft iemand een emmer neergezet met de inhoud van een latrine. De stank is weerzinwekkend. In een impuls grijp ik de metalen bovenkant, laat de inhoud op de grond stromen en zet de emmer omgekeerd tegen het muurtje. Ik plaats mijn voet erop en slaag er zo in de bovenrand van het muurtje te pakken. Ik duw mijn andere voet in een kleine holte tussen de bakstenen en hijs mezelf omhoog, bang dat iemand me elk moment opnieuw zal grijpen. Mijn handpalmen branden, ik voel de stenen schuren langs de plekken waar mijn jak is opengescheurd en ergens onder mijn rechtervoet schrijnt een pijn die ik bewust negeer. Ik gooi mijn been over de rand waarachter zich de diepte bevindt waar ik hopelijk veilig ben. Ik spring. Het maakt me niet meer uit of ik val. Mijn rok blijft haken en ik hoor de stof scheuren. De pijn in mijn enkels wanneer ik op de half bevroren aarde val, is niet belangrijk. Met bonzend hoofd krabbel ik overeind en strompel ik over een moestuinbed, langs een privaat en een strak gesnoeide haag naar het dichtstbijzijnde huis. Ik bons op de achterdeur, terwijl ik schreeuw met alle kracht die ik in me heb, net zo lang tot iemand de deur voor me opendoet.

'Lieve hemel. Mevrouw De Bisschop, wat is er aan de hand?' Ik zie de grijze schapenkrullen van oud-burgemeester Gerrit Witsen, de belangrijkste politieke bondgenoot van Reinier Pauw. Beschaamd registreer ik de blik waarmee deze keurige man naar mijn bevlekte en gescheurde jak en rok kijkt, en ik trek het kledingstuk zo goed en zo kwaad als het gaat om mijn bovenlichaam. Tot mijn opluchting doet hij de deur van zijn huis verder open. 'Ik hoorde geschreeuw in de verte. Iemand had het over een overval op uw huis. En opeens zie ik u hier. Wie… wat…' Het kost hem duidelijk moeite om woorden te vinden. Zijn onbeholpenheid, en het feit dat hij blijkbaar wist dat er iets afschuwelijks gebeurde, maar geen poging heeft gedaan om ons te helpen, brengt me plotseling buiten zinnen. 'Dit?' zeg ik veel te hard, en mijn overslaande stem klinkt in mijn eigen oren als die van een vreemde. 'Dit komt door dat tuig van de richel dat zich calvinist noemt en dat zo nodig arminiaantjes wil pesten. Mensen die u steunt.' Ik sla mijn ogen ten hemel en zie nu pas dat veel ramen van de omringende huizen zijn geopend en dat een stuk of zes, zeven buren naar me kijken. Allemaal mensen die iets hadden kunnen doen, maar geen vinger hebben uitgestoken. Ik voel hun sensatiebeluste blikken, bijna even dreigend als de roedel hufters die mijn huis belaagde. 'Had ik jullie niet gewaarschuwd?' roep ik. 'Dit is allemaal te danken aan de predikanten die mensen tegen ons hebben opgehitst. Jullie lieten een stelletje misdadigers het huis van onbesproken burgers omsingelen en overvallen. En jullie keken toe. Jullie zijn net zo schuldig als zij.' De vele gezichten en ramen in de omringende huizen beginnen te draaien. Ik wankel en voel nog net hoe handen me opvangen. Dan wordt alles zwart.

Ik lig op een houten bank met een kussen onder mijn hoofd. Iemand heeft een deken over me heen gelegd. De fluwelen gordijnen zijn half gesloten en enkele meters bij me vandaan brandt een haardvuur onder een schouw met aan weerszijden twee familiewapens. Mijn hoofd bonkt zwaar. Ik wil niet denken aan wat er is gebeurd. Ik wil alleen maar weten waar mijn meisjes zijn. Of ze veilig zijn.

Ik richt me een beetje op en trek de deken tot onder mijn kin om mijn gehavende bovenlijf te bedekken. Aan de andere kant van de kamer, aan een ronde tafel waarop enkele glazen staan, praat een vrouw van een jaar of veertig, mevrouw Witsen, denk ik, gedempt met iemand van haar personeel. '... en toen barstte pas echt de hel los. Ze hebben geprobeerd nog twee huizen binnen te vallen. Maar bij de familie Bisschop is de schade verreweg het ergst.'

Ik schraap mijn keel om iets te zeggen, maar de vrouwen hebben al gezien dat ik wakker ben. Mevrouw Witsen schiet overeind en komt aan de rand van het bed zitten. Ze pakt mijn handen. 'Ocharme, lieve mevrouw Bisschop, wat afschuwelijk. Ik heb er geen woorden voor.' Ze slaagt er desondanks in een hele woordenvloed over me uit te storten, maar het dringt nauwelijks tot me door.

'Baefje, Geertruid,' mompel ik. 'Rem...'

'Uw dochters zijn bij de familie De Vlaming,' zegt ze. 'Maakt u zich geen zorgen, er wordt goed voor hen gezorgd.'

'En mijn man?' Ik schiet overeind. 'Rem, waar is hij?'

'We weten het niet. Mijn man is gaan kijken. Hij zegt dat het tafereel… net de Apocalyps is.'

Ik wil opstaan, maar mijn hoofd bonkt alsof iemand er met een moker op heeft geslagen. Ik sluit mijn ogen en open ze weer, maar de beelden van de nachtmerrie waarin ik ben beland, zijn niet te verdrijven.

'Rem,' fluister ik. 'Hij heeft me alleen gelaten.'

Mevrouw Witsen kijkt naar haar meid, die geruisloos uit de kamer verdwijnt. 'Mevrouw Bisschop,' zegt ze zacht. 'Ze zijn uw man aan het zoeken. Hij komt terug. U zult het zien.'

Weer wil ik zeggen dat hij me alleen gelaten heeft. Waarom liet hij me achter in het huis en klom hij zelf over de schutting? Ik had hem gevraagd om op me te wachten. Nog steeds voel ik de handen van mijn belager op mijn lichaam, ik proef de gore smaak van zijn tong in mijn mond. Ik voel me besmeurd. Vernederd. Leeg. En niet in staat om te praten.

'De meisjes,' zeg ik weer.

'Die zijn veilig,' herhaalt ze. 'De familie De Vlaming heeft zich over hen ontfermd. U kunt voorlopig maar beter hier blijven. Nog niet alle relschoppers zijn weg.' Ze overhandigt me een kom heet water met een sterke geur. 'Thee,' zegt ze. 'Uit Indië. De chirurgijn heeft het me een tijdje geleden voorgeschreven toen ik leed aan maagklachten. Het schijnt een kalmerend effect te hebben.'

'Ik wil naar mijn meisjes,' zeg ik, terwijl ik rillend een slok van het goedje neem. Het smaakt bitter.

'Weet u wat?' Haar grijze ogen glanzen meelevend in haar wat hoekige gezicht. 'Ik neem u eerst mee naar boven. Daar kunt u zich opfrissen en een paar kledingstukken van mij lenen. Dan zullen we u daarna naar uw dochters brengen. Ze maken het goed. Echt.'

Uitgeput loop ik achter haar naar de bovenvertrekken, waar het ruikt naar lavendel en munt. Ik protesteer niet als ze me helpt om mijn groezelige, gescheurde jak uit te trekken. Ik protesteer evenmin als de meid met een kom geurend warm water komt en mijn voeten een voor een begint af te sponzen.

‘Deze rok zal wel passen. Hij zal alleen een beetje te lang zijn, misschien,’ zegt mevrouw Witsen. Ik neem zwijgend de wijde zwarte rok met bijpassend jakje van haar aan. Ze is lang en mager en misschien wel een kop groter dan ik. Het jakje zit strak om mijn lichaam. Maar met elke knoop die ik vastmaak, voel ik iets van mijn daadkracht terugkeren.

‘Dank u wel,’ zeg ik zacht, en ze glimlacht naar me. ‘Zeg maar Agneta.’

Als ik op geleende sloffen achter haar aan de trap afdaal en meeloop naar de achterkamer, staat Gerrit Witsen met zijn rug naar de haard. Er is iemand bij hem, een reus met een bos haar die ooit vuurrood is geweest. Arnt. Met een snik ren ik naar hem toe en laat me in zijn armen vallen, zoals ik dat vroeger ook deed. Als klein meisje, toen onze moeder overleed. En later, toen hij probeerde te bemiddelen bij een uit de hand gelopen conflict tussen Rem, Jan en mij. Nadat ik een tijdje tegen hem aangeleund heb, houdt hij me een eindje van zich af. De blik waarmee hij me aankijkt, is een mengeling van opluchting en gêne.

‘Er is zojuist een vendel soldaten gearriveerd,’ zegt hij. ‘De mannen zijn verjaagd. Burgemeester Pauw schijnt zo meteen te komen kijken. Als je wilt, mag je met mij meelopen.’

‘Zou je niet liever nog even...’ begint Agneta Witsen, maar ik schud mijn hoofd.

‘Nee, dank u... je, ik wil graag mee. Dank je wel voor je goede zorgen.’ Net wilde ik nog naar de meisjes, maar nu ik weet dat ze veilig zijn, zegt alles in me dat ik eerst met eigen ogen wil zien wat die schurken met mijn huis gedaan hebben, voordat mijn kinderen dit zien.

‘Goed.’ Ze haalt haar schouders op. ‘Wacht even.’ Ze loopt naar een aangrenzende kamer en reikt me een oude huik* aan. ‘Het vriest. Sla deze om als je naar buiten gaat.’

Zwijgend loop ik met Arnt terug door dezelfde steeg als waardoor ik gekomen ben. Ik heb de zoom van mijn geleende rok wat opgetild, zodat hij niet te veel vervuild raakt door het slijk. Ik ben op mijn hoede, bang dat er nog aanvallers in de buurt zijn, maar Arnt heeft zijn hand op het gevest van zijn degen gelegd. De steeg is vrijwel verlaten. Wanneer er toch een man voorbijloopt, doe ik instinctief een stap opzij. 'Lysbeth.' Arnt staat even stil. 'Wat is er nu precies met je gebeurd? Ik hoorde van je val in de tuin. Van... je gescheurde kleren. Wat hebben die rotzakken met je gedaan?'

'Het was er maar eentje. En ik heb hem van me af geschopt.' Mijn stem is hard en afstandelijk. Misschien omdat ik er zelf nog niet bij kan. Omdat de woorden 'maar eentje' me helpen de gebeurtenis kleiner te maken. En omdat ik niet wil dat mijn broer mij in die situatie voor zich ziet. 'Het gaat wel,' zeg ik mat. 'Ik kom er wel bovenop.'

'Als het goed is, is er nu een groot vendel van de schutterij bij jullie huis, dat de laatste relschoppers heeft verjaagd.'

Ik knik afwezig. 'Weet je ook waar Rem is?' Het is dezelfde vraag als vorige week, toen ik voor Arnts brouwerij stond. Weer is daar die angst en bezorgdheid om Rem, maar ook boosheid en verontwaardiging. Nog meer dan enkele dagen geleden.

Arnt schudt spijtig zijn hoofd. 'Ze hebben Rem nog niet kunnen vinden. Ik begreep dat die schurken massaal achter hem aan zijn gegaan.' Hij wrijft over zijn kin. 'Je weet dat ik het niet altijd eens ben met Rems opvattingen. Maar dit... De smeerlappen. Dit zullen ze berouwen. Ik zal ervoor zorgen dat jou niets overkomt. Ik sta aan jouw kant.'

Ik bestudeer zijn vertrouwde, brede gezicht met de forse baard. Hij is de broer die me als kind op zijn schouders tilde, in het rond zwaaide of net zolang kietelde tot ik om genade smeekte. Als hij er was, was het leven anders. Lichter. Toen moeder stierf, was hij degene die me vasthield. Haarscherp herinner ik me hoe ik schreeuwend tegen de deur sloeg waarachter haar dode lichaam lag. Hoe Arnt naar me toe kwam en mijn armen omlaag duwde, me tegen zich aan drukte in een ijzersterke greep die toch voelde als een warme deken, net zolang tot ik stopte met gillen en slaan. Hij was er voor me. Maar ook toen al kon hij me niet beschermen tegen de schaduwkant van het leven.

'O ja? En wat is die kant dan?' val ik uit. 'In familiediscussies sluit je je steeds vaker bij Jan aan.'

Arnt blijft staan. 'Mogen mensen ook gewoon geen partij kiezen? Ik wil alleen maar het beste voor iedereen. Ik ben een praktisch mens, dat weet je. Ik zou willen dat Rem zich iets minder vastbeet in zijn ideologie. Ik hoef je vast niet te vertellen dat jullie invloedrijke vijanden in de stad hebben. Je kunt in elk geval voorlopig maar beter in de luwte blijven.' Hij kijkt me doordringend aan. 'En waar sta jij eigenlijk?'

Ik slik. 'Achter mijn man,' zou ik nu moeten zeggen. Maar als ik kon, bleef ik net als Arnt het liefst buiten de discussie over dat ene punt. Ik wil gewoon leven. Natuurlijk is het belangrijk om na te denken over je zielenheil en eeuwige lotsbestemming, maar niets in mij gelooft dat God wil dat mensen hiervoor elkaars ramen inslaan. Dus in plaats van zijn vraag te beantwoorden, begin ik weer te lopen, naar de hoek waar de steeg overloopt in het Singel, slechts enkele meters van ons huis.

De straat staat vol mensen die in groepjes staan te praten, net als vorige week bij het pakhuis. Als we dichterbij komen, probeer ik met mijn ogen het tafereel te bevatten dat ik zie. Het huis dat Rem voor ons heeft laten bouwen toen we terugkwamen uit Koningsbergen. Het huis waar Baefje is geboren, waar we nieuwe vrienden maakten en weer kwijtraakten. Dat huis is geworden zoals ik mezelf ook voel. Besmeurd, vies, geruïneerd. De stoep is bezaaid met kapot gehakte wijnvaten en stukgeslagen meubilair. Overal liggen voedselresten. Op de plek waar eerst de zware met houtsnijwerk versierde voordeur zat, zit een groot gat. De ramen zijn aan stukken. Een tapijt is naar buiten gesleept en ondergebraakt. Aan weerszijden van de deur staan twee schutters, alsof er nog iets te verdedigen valt. Iets zuurs welt op in mijn keel en ik loop weg naar de gracht om daar over te geven.

Als ik me omdraai, staat Arnt enkele meters bij me vandaan iets in zichzelf te mompelen. 'De schoften,' zegt hij dan tegen me. 'Misschien kun je toch maar beter niet naar binnen gaan.'

Ik schud mijn hoofd en kijk naar de gevelsteen met het luipaard, die Rem in de muur heeft laten plaatsen. Het luipaard als symbool van nieuwe, onbekende bestemmingen. Van een feilloos instinct en onbevreesdheid. Allemaal eigenschappen die pasten bij Rems snelle koopmansgeest, en tot op zekere hoogte ook bij mij. Tot vandaag.

'Ik ga naar binnen,' zeg ik, en ik loop langs Arnt heen, door het gat van de deur, de hal in. Daar leun ik tegen de lambrizering. Ik zie leeggetrokken en omgegooide kasten, een vloer die plakkerig is van wijn en bier. Op de grond ligt het portret van Rem en mij. Het is met een mes dwars doormidden gereten. Ik raap het op en laat mijn vingers langs het beschadigde doek glijden, alsof ik daarmee iets kan herstellen.

Met onzekere stappen loop ik naar de keuken, op de voet gevolgd door Arnt. Aardewerken potten en kannen liggen aan scherven op de vloer tussen de rozen die Rem voor me had gekocht en waarvan de blaadjes zijn vertrapt. De porseleinen borden zijn verdwenen, evenals het koperwerk, de kroonluchter, de hakmessen en het wafelijzer. Het kistje, dat ik tijdens mijn vlucht uit mijn handen liet vallen, is ook weg.

De deur naar de tuin staat open en de februariwind waait naar binnen. Ik klem me vast aan Arnts arm. De tuin. Het beeld van mijn aanrander dringt zich opnieuw aan me op. Misschien hebben ze hem opgepakt. Maar wat als hij nog ergens rondloopt? Wat mij betreft mag hij rotten in de hel. 'Weet je zeker dat er niemand meer door de poort naar binnen kan komen?' vraag ik aan Arnt.

Die schudt zijn hoofd. 'De mannen van de schutterij vertelden me net dat er geen achterblijvers meer zijn. Achterin ligt alleen een hond in een hoek aan een ham te kluiven. Dat is jullie hond, toch?'

De bovenverdieping is er bijna net zo slecht aan toe als beneden. De kleding uit mijn kabinet ligt verspreid op de grond, vertrapt en gescheurd. Overal liggen veren van de aan repen gesneden kussens. Ik wil me het liefst op het bed laten vallen, maar dat is verdwenen. Alleen het bedgordijn ligt op de grond. De rest is in stukken uit het raam gesmeten.

'Lysbeth.' Een stem die ik uit duizenden herken. Ik voel een hand op mijn schouder. Als ik me omdraai, voel ik mijn benen slap worden. Ik kijk in Rems ogen en slaak een zucht. 'Je leeft,' zeg ik schor, en even schiet door me heen dat ik die woorden vorige week ook heb uitgesproken.

'Dat scheelde niet veel,' antwoordt hij zacht. 'Lysbeth, jíj leeft. Goddank. Ik weet niet wat ik moet zeggen. Hebben ze... Waar bleef je? Waarom kwam je niet eerder?' Bij die vraag is het alsof er iets in me knapt. Ik verstijf als hij zijn armen om me heen wil slaan. 'Raak me niet aan.' Ik doe een stap naar achteren. 'Je hebt me aan mijn lot overgelaten. Hoe kón je dat doen? Je wist wat me zou kunnen overkomen.'

Hij kijkt moeilijk. 'Ik riep je wel drie keer, maar je kwam niet.'

'Dan nog. Je had op me moeten wachten.'

Hij veegt over zijn ogen en pakt vervolgens mijn hand. 'We zorgen ervoor dat die ratten berecht worden. Hoe ben je weggekomen?'

'Hoe ik ben weggekomen?' Mijn stem trilt van verontwaardiging. 'Iemand van dat addergebroed drukte me tegen de muur terwijl jij...' Ik slaag er niet in om meer woorden te vinden. 'Als Gomarus er niet was geweest...'

'Gomarus?' Rems wenkbrauwen schieten omhoog.

'Laat maar.' Ik wrijf over mijn hoofd, dat maar blijft bonzen. 'Ik kan nu niet meer nadenken. Deze chaos. Waar moeten we beginnen?'

Hij raapt een Delfts blauwe potscherf van de vloer. 'Weet je nog dat we samen dit huis lieten bouwen? Ik was trots op elke steen die we hebben laten leggen.' Hij trekt me naar zich toe en omdat ik te moe ben om te protesteren, laat ik alsnog toe dat hij mijn haren streelt. 'We zullen ons huis herbouwen, Lysbeth. We zullen ons leven weer opbouwen. Net als toen we terugkwamen uit Koningsbergen. Ik weet nog niet hoe, maar ik zal er alles voor geven. Allereerst in het gesprek met Reinier Pauw en de schout. Ze hebben net het kantoor gezien en willen ook hierboven de schade inspecteren.'

'Pardon?' Mijn stem schiet uit. 'De scháde inspecteren? Die ellendelingen hebben niets, maar dan ook niets gedaan om ons te helpen, en nu komen ze aapjes kijken? Als ik die schijnheilige Reinier zie, schop ik hem eigenhandig ons huis uit.' Achter me schraapt iemand zijn keel. Ik draai me om en kijk in het gezicht van een stuk of acht mannen van de vroedschap. Pieter de Vlaming, Abraham Boom en Jan bestuderen geïnteresseerd de schilderingen op het plafond. Reinier Pauw lijkt dwars door me heen te kijken.

'Zo, daar is hij dan.' Ik kijk terug zonder mijn ogen neer te slaan. 'De grote Pauw heeft zich verwaardigd om een kijkje in ons huis te nemen. En, bent u tevreden met het resultaat, meneer de burgemeester?'

Ik zie nu ook schout Willem van der Does, die zijn mond wil openen om iets te zeggen. 'Misschien kunnen u en uw rakkers in elk geval een bezem pakken, meneer Van der Does, om de puinhopen op te ruimen die u een paar uur geleden hebt achtergelaten.'

Ik verwacht op zijn minst een terechtwijzing. Misschien zetten ze me wel in de cel vanwege gebrek aan eerbied voor het gezag. Het kan me niets schelen. Maar tot mijn verbazing blijft het stil. Jan doet een stap naar voren en opent zijn handen. Reinier Pauw rommelt in zijn zak, pakt een zakdoek en dept zijn ogen. Krokodillentranen. Ik kan de nabijheid van die kwezels niet meer verdragen. Ik verlaat de kamer. Rem moet het maar verder met hen uitzoeken.

In de keuken ruikt het naar urine, wijn en een vreemde mengeling van kruiden. Op de grond voor me ligt een tinnen, halfopen mosterdpot en een boodschappenbriefje dat ik voor een van de meiden heb geschreven. Ik verfrommel het briefje en denk aan Rems woorden. *We zullen ons leven herbouwen, Lysbeth. Net als toen we terugkwamen uit Koningsbergen.* Ik pak de bezem, die nog op dezelfde plek in de hoek staat, en begin te vegen. Scherven. Meelresten. Kruidnagelen. As. Een blok turf. De korsten van een brok kaas. Dan pas hoor ik de gedempte stem en het gebonk. En opeens weet ik het weer. De voorraadkast. Ik heb daar iemand opgesloten. En de sleutel weggegooid.

'Help!' klinkt het zacht van achter de deur. 'Laat me eruit!' De gewonde vandaal. Misschien is hij gevaarlijk, maar misschien ook niet. Ik probeer me het gezicht van de knaap voor de geest te halen toen ik het verband om zijn hoofd wikkelde. Een jaar of zestien was hij, met blozende wangen en gesloten ogen. Een kind haast.

Ik sta in tweestrijd. Misschien moet ik Rem roepen. Of Jan, of Abraham of Pieter. Maar deze stenengooier is niet groot en sterk, en bovendien is hij gewond. Daarnaast heb ik geen zin om opnieuw met de hypocriete regenten op de bovenverdieping geconfronteerd te worden die hem misschien nog een paar duiten toestoppen als dank voor zijn bijdrage aan de ondergang van Amsterdamse arminianen. Gomarus komt de keuken in en schudt zijn vacht. Blijkbaar regent het, want de druppels vliegen in het rond.

'Gomarus,' zeg ik. 'Smerige hond die je bent. Je hebt mijn leven gered.' Gomarus springt blaffend tegen de kastdeur op en begint onrustig aan de kier eronder te snuffelen. Ik aai het dier tussen zijn oren.

'Alstublieft, mevrouw,' klinkt het. De stem is hoog, de jongen heeft nog niet eens de baard in de keel. 'Laat me eruit. Maar wilt u die hond tegenhouden? Ik ben bang voor honden.'

Ik glimlach tegen Gomarus. Dit kind kan ik aan. Ik grijp de pook, die wonder boven wonder nog steeds op dezelfde plek bij het vuur ligt, en denk na. De sleutel. Zo'n klein voorwerp is een speld in een hooiberg in de chaos in de keuken. Waar had ik die sleutel ook alweer gelaten? Of moet ik een van de laatste intacte deuren van ons huis forceren?

Ik leun tegen de deur en praat met lage stem door de kier, zoals mijn tante jaren geleden tegen me sprak als ze me opsloot in de kelder. 'Als je belooft je te gedragen, knul, haal ik je eruit.'

'Dat beloof ik,' klinkt het gedempt.

'En hoe weet ik dat zeker?'

'Ik beloof het mevrouw, echt. Ik zweer het op de Bijbel.'

'Hier in de tuin staat een groepje mannen van de schutterij. Ik hoef maar een kik te geven en ze slaan je in de boeien.'

'Ja, mevrouw.' In de tuin hoor ik de schutters, die zich ergens vrolijk om lijken te maken. Het blijft even stil achter de deur.

'Mevrouw?'

'Ja?' Ik voel een zekere triomf. Dit is het laatste restje waardigheid dat ik heb behouden. Het leven van dit crimineeltje is in mijn handen.

'Mevrouw, wilt u mij toch nog even laten zitten?'

'Laten zitten? Wil je de rest van je leven in de voorraadkast doorbrengen?'

'Nee mevrouw. Maar als u mij eruit laat, hangen ze me aan de galg. Of ze hakken mijn hoofd eraf.'

'Dat klopt. Dus je sterft liever in eenzame opsluiting?'

Het blijft even stil. 'Misschien.' Er klinkt geschuifel. 'Dan heb ik meer tijd om mijn zonden te overdenken, mevrouw. En om deze peer op te eten.'

Ik leun tegen de deur. 'Ik weet het goed gemaakt. Ik zal de deur niet openen.' Die jongen hoeft niet te weten dat ik de sleutel toch niet kan vinden. 'Als de schutters zijn vertrokken, kijken mijn man en ik wel wat we met je doen.'

Ik pak opnieuw de bezem en wil beginnen met vegen, als achter de deur geschuifel klinkt. Of is het gesnik? Ik druk mijn oor tegen de deur. 'Hé, stenengooier. Hoe heet je eigenlijk?'

'Antonie, mevrouw,' klinkt het gesmoord.

'Rem,' zeg ik als de regenten afscheid hebben genomen. 'Ik moet je iets vertellen.'

'Alsjeblieft, Lysbeth.' Rem wrijft vermoeid over zijn slapen. 'Ik kan er niet veel meer bij hebben. Ik heb alles van stal moeten halen om Pauw en Van der Does te overtuigen de aanstichters en de ergste schurken vandaag nog in te rekenen. De meesten zijn vermoedelijk nu al de stad uit. De heren hebben slechts een handvol dieven gearresteerd. Wat zich buiten de stadspoorten afspeelt, valt buiten hun jurisdictie. Dat jij Reinier Pauw daarnaast voor Farizeeër uitmaakte, hielp daar,' hij schraapt zijn keel, 'niet bepaald bij.'

'Het werd hoog tijd dat iemand dat eens tegen hem zei. En tegen Van der Does. Die man staat elke zondag vroeg op om verboden kerkdiensten te beboeten, maar als er een stelletje rovers rondloopt, sluipt hij weg als een kat die in zijn staart is gebeten.'

'Mij hoef je daar niet van te overtuigen, Lysbeth.' Rem sluit zijn ogen. 'En hoewel ik het zelf nauwelijks kon geloven, huilde die Pauw als een klein kind.'

'Dan zal hij zich wel schuldig gevoeld hebben.'

'Misschien. Maar goed, wat wilde je zeggen?'

'Er zit iemand in de voorraadkast.'

Nu zet Rem grote ogen op. 'Wie dan? Een van de dienstmeiden? Hendrik? Het personeel heb ik sinds de overval niet meer gezien.'

Ik schud mijn hoofd en pak de pook die ik had weggelegd. 'De gewonde stenengooier. Ik heb tijdens de rellen zijn hoofd verbonden en hem in de voorraadkast opgesloten.'

'Nou, dat is dan een geluk bij een ongeluk.' Rem onderdrukt een geeuw, en ook ik realiseer me dat ik wel uren zou kunnen slapen. 'Dan hebben we in elk geval één misdadiger extra die we kunnen laten berechten. Waarom heb je dat joch niet meteen aan de schout overgedragen?'

'Omdat...' Ik aarzel even. 'Aan de schout en Pauw hebben we niets. Via deze jongen kunnen we misschien wel achterhalen hoe deze rel is ontstaan.'

'Ik heb net zo weinig vertrouwen in de magistraat* als jij, maar ze zijn niet achterlijk. En ze hebben een stuk meer ervaring met ondervragingen dan wij.' Hij kijkt naar de pook, die ik nog steeds in mijn hand heb. 'Bovendien: als hij weigert mee te werken, hebben zij een vorm van tortuur* tot hun beschikking die wij hier in de keuken liever niet toepassen.'

'Rem,' verzucht ik. 'Dat is het nou juist. Ik geloof dat ik medelijden met hem heb. Het is nog maar een kind. Toen ik zijn hoofd verbond – hij deed me aan iemand denken.'

Rem slaat zijn ogen ten hemel. 'Hij deed je aan iemand dénken? Serieus, Lysbeth, straks adopteer je naast een weggelopen hond ook nog een stenen gooiend crimineeltje. En aan wie deed deze boef je dan wel denken?'

Ik haal mijn schouders op. 'Hij is een jaar of zestien. Net zo oud als... nou ja. Je weet wel.'

'Ik heb geen idee.'

'Moet ik het nu echt aan je uitleggen? Zestien. Zo oud zou onze zoon nu ook zijn geweest.'

De rimpels op Rems voorhoofd verdwijnen en hij barst uit in een vreugdeloze lach. 'Ik begrijp dat de gebeurtenissen van vandaag je nogal hebben aangegrepen. Maar lieve help, er lopen in de stad tientallen, zo niet honderden opgeschoten jongens van een jaar of zestien rond. Als je daar per se iets mee wilt, word dan regentes van het weeshuis.'

'Die functie wordt me, gezien onze kerkelijke en politieke keuzes, niet meer toevertrouwd.'

'Ik meende het ook niet serieus. Goed. Waar is de sleutel van de voorraadkast? Ik maak hem wel open en breng dat joch naar de schout.'

'Nee.' Ik ga met gekruiste armen voor Rem staan. Ik weet zelf niet wat me bezielt.

'Wat nee?'

'Ik wil niet dat je dat kind naar Van der Does brengt. Niet meteen, althans.'

'Lysbeth, je bent gek. Ga eerst maar eens een nachtje uitrusten.'

'Waar dan?' Ik rol met mijn ogen. 'In dat bed dat ze aan stukken hebben gesmeten?'

'Je broer heeft aangeboden dat je bij hem kunt logeren.'

'Arnt?'

'Nee, Jan. De meisjes logeren bij de familie De Vlaming, maar Jan drong erop aan dat je bij hem zou komen.'

'Dat is buitengewoon aardig van Jan.' Ik hoor hoe cynisch mijn stem klinkt.

'Je weet dat Jan en ik een boom met appels met elkaar te schillen hebben,' zegt Rem. 'Maar hij heeft zich net boven buitengewoon behulpzaam opgesteld. En hij laat nu een kamer voor je klaarmaken. Een met een bed.'

'Fijn.' Ik leg een hand op zijn schouder. 'Ik ga er zo naartoe. Maar eerst maken we samen de deur open, en je wacht met het overdragen van dat joch tot we hem samen gesproken hebben.'

'Waar je na deze dag de energie vandaan haalt om zo te drammen is me een raadsel.' Rems stem klinkt koel. 'Maar goed, wat je wilt. Geef mij de sleutel maar, dan doe ik de deur open.' Hij kijkt naar de pook. 'Of wilde je hem daarmee openbreken?'

Achter de geforceerde deur zit de jongen met zijn rug tegen de zijmuur. Op zijn schoot heeft hij een mand met peren waar hij zijn beide armen stevig omheen heeft geslagen. Zijn blauwe ogen zijn wijd opengesperd, als een hert dat in de loop van een geweer kijkt. 'Mevrouw, meneer,' stamelt hij, maar hij laat de fruitmand niet los. 'Het... het spijt me. Het is niet mijn schuld. Echt niet. Iemand had me gevraagd om mee te gaan en ik...'

Rem zwaait met de pook. 'Bespaar me je slappe excuses. Kom naar buiten als een man en verroer je verder niet.'

De knaap zet de mand neer, neemt er een peer uit en doet een poging om op te staan, maar vervolgens grijpt hij kreunend naar zijn hoofd. 'Het spijt me, meneer, mevrouw.' Hij heeft het zachte accent uit de zuidelijke Nederlanden.

'Jij bent geen poorter* van Amsterdam, zo te horen,' zeg ik. 'Antonie, is het toch? Wat is je volledige naam en waar woon je?'

'Antonie Jansz, mevrouw. Ik kom uit Antwerpen, maar ik woon er ook boven. Boven de herberg bedoel ik.' Dat verklaart alles. Antwerpen, een morsige kroeg net buiten de Regulierspoort, op de plek waar het Singel overloopt in de Amstel, is een toevluchtsoord voor Antwerpenaren die de door de Spanjaarden bezette stad zijn ontvlucht. Het bevindt zich in een weinig herbergzaam stuk steeg dat door de stadsuitbreiding is opgeslokt door luxe huizen, als een rotte appel in een mand glanzende sinaasappelen. Reizigers, prostituees, zwervers en gokkers; alles loopt de kroeg in en uit.

'Vertel eens, Antonie uit Antwerpen,' zeg ik. 'Wat bracht jou en je vrienden ertoe om ons huis te molesteren? Dat wil ik graag weten.'

De jongen bloost zowaar. 'Een paar vrienden van me vroegen of ik mee wilde. Ze hadden een plakkaat gezien. Daarop stond dat er vandaag bij u gepreekt zou worden.'

'Die verduivelde plakkaten,' mompel ik.

'Ze zeiden dat u... niet eerlijk handelt,' vervolgt Antonie aarzelend. 'Iemand op de kansel noemde u "scheurmakers". En zei dat u gelooft in de pre... pre... predestinatie.'

'In de predestinatie. Zozo.' Het verhoor begint Rem blijkbaar te amuseren. 'En wat betekent die predestinatie volgens jou dan wel?'

De jongen neemt een hap van de peer, alsof hij daarmee tijd wil winnen. 'Men zegt dat u gelooft dat...' hij denkt diep na, 'God het lot van de mens al voor zijn geboorte heeft vastgelegd.' Zijn blik klaart op. 'En dan maakt het niets uit of hij nu goed leeft of niet. Als wij uw huis plunderen, belanden we daar dus niet voor in het hellevuur. Ons lot ligt immers van tevoren toch al vast.'

'Is dat zo?' Rem glimlacht even, en ook ik zou als de situatie niet zo triest was misschien wel hebben gelachen. 'Weet je dat zeker, vriend?' vraagt Rem. 'Wat je nu verkondigt, is het standpunt van de andere partij, maar dan wel een, hoe zal ik het zeggen, blasfemische variant daarvan.'

'Ze zeggen ook dat u vrede wilt met de Spanjaarden in plaats van oorlog,' vervolgt de jongen, ijverig als een leerling die alsnog een fout wil rechtzetten. 'Tenminste, dat zei mijn vriend. En hij had het weer van...'

Ik maak een gebaar met de bezem. Ik heb genoeg meegekregen van de motieven van deze mannen en jongens die niets te maken hebben met godsdienst, en alles met onvrede, afgunst en agressie, en ongeremde dranklust. 'Laat maar,' zeg ik. 'Er klopt niets van wat je zegt. Het kan geen kwaad om eerst wat verkennende vragen te stellen voor je iemands huis met stenen bekogelt.' Ik steek de jongen de bezem toe. 'Maar je lijkt me niet achterlijk. Ik weet het goed gemaakt. Voor het huis staan twee bewakers, dus weglopen zit er niet in. We leveren je sowieso over aan de schout. Maar mijn man zal een goed woordje voor je doen als je genoeg werk verzet.'

Rem werpt me een geïrriteerde blik toe. Hij vindt het niet fijn dat ik voor mijn beurt praat, dat weet ik. Naast me slobbert Gomarus tevreden een plas melk op uit een omgevallen emmer.

'Meneer en mevrouw Bisschop.' In de deuropening staan Stijntje en Neeltje, beiden met gebogen hoofd. 'Wilt u ons instructies geven? En mevrouw, er wacht een familielid met een kistje op u bij de deur.'

'Zusje.' Ik voel twee houterige armen om mijn schouders. 'Het spijt me zo.'

Ik maak me van Jan los. Zijn baard schuurt langs mijn wang en hij ruikt naar te veel wijn. 'Heb je staan toekijken?' vraag ik. 'Net als die toeschouwers die daarbuiten rondhangen? Rem vertelde me net dat sommigen van hen beweren dat die boeven "het werk van God deden". Als jij er net zo over denkt, mag je vertrekken.'

'Doe niet zo raar, Lysbeth. We verschillen over veel van mening, maar wat hier gebeurd is, heeft niemand gewild.' Nu pas zie ik dat hij een kistje onder zijn arm heeft. Ik hap naar adem. Ongelooflijk. Dit is werkelijk het kistje waarvoor ik mijn leven heb geriskeerd. Maar als hij het me overhandigt en ik nog eens goed kijk, verdwijnt mijn blijdschap. Het is opengebroken. De inhoud is weg. 'Ik was op weg naar jullie huis, toen een van de schepenen het me gaf,' zegt Jan. 'Twee straatschoffies forceerden het en wilden het daarna net in de gracht gooien, maar een van de schepenen heeft het van hen afgepakt. Hij heeft ook een armband in beslag genomen. Een familiestuk, zag ik.' Hij tast in zijn wambuis en overhandigt me het zilveren sieraad.

'Dank je wel,' zeg ik, met gemengde gevoelens. 'Die moeten ze ergens anders uit hebben gehaald. In het kistje zaten alleen wat brieven van moeder.'

'Die vind je waarschijnlijk niet meer terug,' zegt Jan. 'Vermoedelijk zijn ze vertrapt, verbrand of in de gracht beland.' Er valt een stilte.

'Rem heeft me verteld dat ik vannacht bij jou kan overnachten,' zeg ik dan. 'Zelf heeft hij aangegeven hier te willen blijven.'

Jan knikt. 'Pak je spullen maar bij elkaar.'

Ik denk aan mijn geplunderde en besmeurde kledingkast. 'Ik kan je verzekeren dat ik met het pakken van mijn spullen vrij snel klaar ben,' zeg ik.

De kamer die ooit van mij was, ruikt naar vroeger. Dezelfde meubels zijn er nog. De eenvoudige bedstee. Het krukje waar ik als twaalfjarige mijn initialen in heb gekerfd. Zelfs de met lood beslagen kist waarin mijn eerste spullen hebben gezeten. In tegenstelling tot de rest van Jans huis, dat allure en schijnbare soberheid uitademt, is mijn meisjeskamer rommelig en zelfs enigszins gezellig. Toch voel ik me hier klein. Dit is zijn domein. Het is alsof hij weer mijn voogd is en over me kan beslissen, zelfs nu ik geen kind meer ben.

Er klinkt een zachte klop op de deur. 'Kan ik nog iets voor u betekenen, mevrouw?'

'Heb je misschien een nachthemd voor me? En een hoofdkapje?' vraag ik aan het dienstmeisje. 'Het spijt me, het is wat ongebruikelijk, maar de omstandigheden… nou ja, je begrijpt het wel.'

Het meisje trekt haar wenkbrauwen op. 'In een van de andere kamers ligt nog wel een hemd dat van uw overleden schoonzus is geweest. En een paar kapjes.' Ik knik, verbaasd dat Jan de kleding heeft bewaard. Betje leeft al decennia niet meer.

'Dank je,' zeg ik. Nu pas voel ik de pijn in mijn enkels en knieën van het klimmen en de sprong die ik heb gemaakt in de tuin van de familie Witsen. Voel ik het schrijnen van de schrammen op mijn handpalmen. Merk ik hoezeer mijn maag rammelt. Ik pak de blaker en loop naar beneden waar Jan in het halfdonker aan tafel zit met een halflege kan wijn voor zich.

'Zal ik iets te eten voor ons klaarmaken?' vraag ik.

Hij gebaart naar een stoel. 'Ga zitten. Ik laat de meid wel wat brengen.'

'Ik vind zelf de weg wel,' zeg ik, en ik loop naar de keuken, waar brood, kaas, boter en wijn nog steeds op dezelfde planken tegen de muur staan. Enkele minuten later zitten we tegenover elkaar. Nadat Jan God uitvoerig heeft bedankt voor het voedsel en dat hij mijn leven heeft gespaard, is het weer stil tussen ons.

'Weet je dat ik als laatste in huis was en nog maar net op tijd kon wegkomen?' zeg ik. 'Nota bene vanwege dat kistje dat je kwam brengen.'

Jan neemt een slok van zijn wijn en fronst. 'Wil je zeggen dat die kerel van je het huis al was ontvlucht en jou alleen in jullie huis heeft achtergelaten?' Het gebeurt zelden dat hij Rem bij zijn voornaam noemt. Het is altijd 'jouw man' of 'de man met wie jij bent getrouwd', en die woorden gaan steevast gepaard met een blik vol weerzin.

Meteen heb ik spijt dat ik erover ben begonnen. Dit maakt de verwijdering tussen Jan en Rem alleen maar erger. 'Ik vertelde je toch al dat ik nog een paar spullen wilde redden,' probeer ik Rem te verdedigen.

Jan klemt zijn vuist om het mes waarmee hij zijn brood wil snijden. 'Welke echtgenoot laat zijn vrouw in huis achter als er honderd man op de deuren en ramen inbeuken? Als ik die lammeling morgen zie, zal ik hem eens vertellen wat ik daarvan vind. Ik heb het je altijd al gezegd: je had nooit met die man moeten trouwen.'

'Jan, bedaar.' Ik word heen en weer geslingerd tussen loyaliteit aan Rem en mijn eigen boosheid, die nog niet is bekoeld. Ik schuif de karaf wijn iets verder bij Jan vandaan. Hij drinkt zelden te veel, maar als hij zich verliest in de drank, raakt hij elk gevoel voor redelijkheid kwijt. 'Je hebt zelf onze trouwakte ondertekend.'

'Je liet me weinig keus. Ik heb vanaf je twaalfde voor je gezorgd alsof je mijn dochter was. En jij besloot zonder mijn medeweten je jawoord te geven aan de zoon van een kleermaker. De hele stad kletste erover.'

'Je verdraait de feiten. Je zag wel degelijk brood in mijn huwelijk. Je aarzelde niet om duizenden guldens in Rems onderneming te stoppen toen bleek hoeveel die opleverde. En ik heb nog geen dag spijt gehad.'

'O nee? Was je niet liever met iemand als Pauw of De Vlaming getrouwd? Hun meubels zijn nog intact, in tegenstelling tot die van Rem en jou.' Jan hapt in een groot stuk kaas.

'Hou op! Denk je nou dat ik na vandaag zit te wachten op een broer die oude koeien uit de sloot haalt? Nogmaals: ik houd van Rem. We zijn voor God, de kerk en de hele stad met elkaar verbonden.'

'Die onruststoker.' Hij staart een tijdje voor zich uit. 'Ik begrijp je,' zegt hij dan. 'Je hebt een zware dag achter de rug. Ik wilde alleen zeggen dat hij altijd een ongrijpbare jongen is geweest. Hij conformeert zich niet. En dat baart me zorgen. Omwille van onze familie.' Hij legt zijn hand op die van mij. 'Je bent het toch met me eens dat een scheuring in onze familie het laatste is wat we willen?'

Ik trek mijn hand onder de zijne vandaan en leun naar achteren. Ja, ik wil rust en vrede. Maar de enige manier om dat op korte termijn te bereiken, is door een lange nacht op een zacht matras, zonder iemand die aan mijn hoofd zeurt.

‘Omwille van de familie, Lysbeth, vraag ik je om je echtgenoot in de gaten te houden en bij te sturen waar dat nodig is. Als iemand dat kan, ben jij het.’

‘Ik ben Rems hoeder niet,’ zeg ik vermoeid. ‘En je weet dat hij geen opgever is. Dat is het enige wat ik er verder nog over kwijt wil.’

‘Ik sta tot je beschikking. Als je iets ziet of hoort wat je zorgen baart, laat het me dan weten.’

‘Bedoel je nu dat ik mijn eigen man voor jou moet bespioneren?’

‘Zo bedoel ik het niet.’ Jan maakt een sussend gebaar. ‘Maar als hij iets doet waarover je je zorgen maakt, dan kun je op mij terugvallen. Ik wil dat je dat weet.’

# 3

## Amsterdam, mei 1578, 39 jaar eerder

'De zoete inval.' De gevelsteen onder de luifel droeg een afbeelding van een weesjongen die halsoverkop in een ton met stroop tuimelde Met een mand aan mijn arm tuurde ik langs de rij. 'Lysbeth, haal ji vijf krakelingen,' had tante gevraagd. 'Bij de allerbeste bakker aan de Warmoesstraat. We hebben iets te vieren.' Ze tikte afwezig haar breipennen tegen elkaar. Haar gezicht zag er helemaal niet uit alsof er iets te vieren was.

Kwam Arnt misschien op bezoek? Arnt was tien jaar ouder dan ik en woonde als leerling in bij een brouwer. Maar tante had nog nooit speciaal koeken voor hem laten aanrukken.

Of was het Griet? Ik begon te glimlachen. Natuurlijk, dat was het. Griet, mijn nicht was terug. Wat zouden oom en tante blij zijn. Ze was al een paar maanden weg, en niemand wist waarheen. Oom had dagenlang woedend door het huis gelopen en tante had met roodomrande ogen in haar vaste stoel gezeten, frummelend aan het kruisje om haar nek. Af en toe hoorde ik haar iets zeggen over een Spanjolenhoer, en ik vroeg me af wie ze daarmee bedoelde.

Vijf jaar geleden, op de dag dat oom en tante me in huis hadden genomen en ik onwennig om me heen had gekeken, was Griet naast me komen zitten en had een arm om me heen geslagen. Ik had nog nooit een meisje gezien dat zo mooi was als zij, met haar porseleinen huid en golvende blonde haar. 'Kom eens hier, kleintje,' had ze nonchalant gezegd. 'Je hebt iets naars meegemaakt, maar we maken er wat van.' Als Griet er was, dan was er leven in huis. Ze kon schateren van plezier en hield net zo van wilde verhalen als Arnt. Maar van samen plezier maken kwam weinig. Griet en ik deelden een kamer, maar ze was er niet vaak. Ze werkte veel in een grote herberg op de Dam en werd vaak opgehaald door leeftijdgenoten, vooral jongens. 's Avonds, als ze thuiskwam, keek ik soms stiekem door de kier in het hout van de bedstee, als Griet in het kaarslicht langzaam de linten van haar bovenlijfje lostrok en haar rondingen zichtbaar werden. Dan voelde ik voorzichtig aan mijn nog platte borsten en vroeg ik me af of mijn lichaam altijd zo klein zou blijven, of dat het ooit zo vol en vrouwelijk zou worden als het hare. En toen opeens was Griet vertrokken. Haar lach klonk niet meer door het huis. Maar nu zou ze terugkomen, constateerde ik opgelucht. Vanaf nu zou er weer leven zijn in het huis van oom en tante.

Tante wuifde naar de deur, alsof die daarmee vanzelf zou opengaan. 'Je hoort het vanmiddag.' Ik wist dat ik niet verder moest vragen. Dan zou ze snauwen dat ze moe van me werd, of erger. Ik nam de duiten van haar aan en stopte ze in mijn buideltje.

Het was druk bij de bakker. Ik wurmde me tussen de mensen door en nam plaats achter een vrouw met een wrat in haar nek en vlak voor twee oudere jongens. Aan de snit van hun wambuis kon ik zien dat ze bij de gegoede burgerij hoorden. Op de bakkerstafel lagen gebaksoorten in bescheiden rijen uitgestald. Twee pasteitjes, een witbrood, wat beschuit. Ik snoof de volle, zoete geur van het brood op en beeldde me in dat ik mijn tanden in het deeg zette. Achter me hoorde ik de twee jongens met elkaar praten. 'Wat denk je, gaan ze de burgemeesters eruit wippen?'

'Vast. Het heeft al veel te lang geduurd, zegt mijn vader. Al die ellende komt door die inhalige paapse regenten.'

'Nounounou.' De vrouw voor me draaide zich om naar de jongens. 'Er zijn genoeg goede katholieken, die niets met de Spanjaarden van doen willen hebben.' Ik wist niet precies waar het over ging, maar wat de vrouw met de wrat zei, klonk redelijk. Oom en tante waren ook katholiek. Maar ze hadden geen hekel aan de protestanten, en ze konden net zo hard foeteren op de burgemeesters als veel anderen.

Eindelijk was ik aan de beurt. De bakker, een man met broodmagere armen die uit zijn opgestroopte mouwen staken – zou hij nooit eten van zijn heerlijke baksels? – keek me vragend aan. 'Vijf krakelingen, alstublieft,' zei ik. Met een zwaai hield de man me de mand voor, zodat ik de gewenste koeken kon uitzoeken. Het waren er precies vijf. Achter me klonk een geïrriteerde zucht. 'Pech gehad, Reinier,' zei de één.

'Dat zullen we nog wel eens zien,' klonk het.

De lentezon scheen in mijn gezicht toen ik de zuidmuur van de Nieuwe Kerk naderde. Tegen de muur bloeide een eerste paardenbloem. Ik bukte om hem te plukken. Plotseling voelde ik een hand op mijn schouder. Ik draaide me om en keek recht in de gezichten van de jongens uit de bakkerij. De een was lang en stevig gebouwd, de ander was kleiner en had een vlassig snorretje.

'Hé,' zei de lange. 'Die krakelingen waren voor ons.'

'Helemaal niet,' zei ik. 'Ze waren voor mij.'

'O ja? Jij drong anders voor.' De jongens cirkelden om me heen als meeuwen om een viskraam.

In de verte zaten twee nonnen op een bankje, maar die waren in een levendig gesprek verwikkeld. Dit moest ik duidelijk alleen oplossen. Ik richtte me in mijn volle lengte op, helaas nog steeds bijna een kop kleiner dan het langste mispunt voor me, en probeerde dwars door hem heen te kijken. 'Als jij en je vriendje niet maken dat je wegkomt, krijgen jullie daar spijt van,' zei ik.

'Vriendje.' De jongen lachte smalend en wierp een blik op mijn mand. 'Jij durft wel, meisje. Geef die baksels maar hier.'

'Als je wilt eten, ga je maar naar je moeder.' Ik stak mijn tong uit. 'O nee, die is natuurlijk blij dat ze die griezelige kop van jou niet hoeft te zien.' Ik wilde nog iets zeggen, maar met een ruk werd de mand uit mijn hand getrokken. 'Wat egoïstisch om alles voor jezelf te houden,' zei de lange hoofdschuddend. Hij posteerde zich achter me, zodat ik tussen de jongens ingeklemd stond en geen kant op kon.

'Zeg Reinier,' vervolgde zijn kleinere vriend. 'Dat kind moet er nog wel van groeien.' Hij liet zijn blik over mijn lichaam dwalen. 'Wat denk jij, zullen we haar voeren?' Hij pakte een van de baksels uit mijn mand en gooide het over me heen naar de lange, die blijkbaar Reinier heette.

Ik hoorde geknisper toen Reinier een hap van de koek nam. 'Het deeg is wat droog,' zei hij. Hij liep naar een troebele plas bij de muur, bukte en haalde tergend langzaam de krakeling erdoorheen.

'Je krijgt je mand terug als je de inhoud ervan helemaal ophebt.' Met twee vingers pakte hij de koek bij het uiteinde en liet hem voor mijn gezicht bungelen. De misselijkmakende stank van urine drong in mijn neusgaten. Ik probeerde hem een schop tegen zijn schenen te geven, maar miste doel. Mijn voet raakte bijna een koeienvlaai die op de grond lag, een souvenir aan de stoet vee die eerder op de dag naar de Kalverstraat was gedreven voor de markt. 'Als mijn broer hier was, zou hij jullie in de gracht duwen,' schreeuwde ik. 'Of wacht, zelfs dat gore water zou jullie niet willen hebben!'

Net op dat moment doemde een smalle schaduw op in het zonlicht. Een meisje. Ze had bruine ogen en een kanten diadeem-mutsje dat haar knappe gezicht omlijstte. Ze zette haar handen in haar zij. 'Wat gebeurt hier?' wilde ze weten.

Reinier liet de koek zakken en draaide zich naar haar om. 'Maak je niet druk, Cornelia, het is maar een spelletje.' Hij grijnsde scheef.

'Zelfs een kleuter zou zo'n spelletje niet leuk vinden, Reinier.' Het meisje legde haar hand op zijn arm. 'Hou op. Laat dat arme meisje met rust.'

'Bemoei je er niet mee.' Reiniers vriend was duidelijk niet van plan dit kat-en-muisspel op te geven. 'Moet je niet thuis borduren of zo?'

'Ik bemoei me er wél mee. Met z'n tweeën tegen één? Dat menen jullie toch niet. Als jullie niet ophouden, zal ik je vader er vanavond over vertellen, Reinier.'

Even was het stil. Reiniers greep verslapte. Zijn vriend keek haar nijdig aan. In de verte sloeg de klok van het stadhuis drie keer.

Ik keek naar de koeienvlaai op de grond. Zacht van onder, maar van boven hard en gedroogd door de zon. In een impuls pakte ik hem op en duwde hem tegen Reiniers wambuis. Die deed met een schreeuw van afgrijzen een stap naar achteren.

'Jij smerige...' Hij wilde nog iets zeggen, maar hij werd onderbroken door zijn vriend die luidkeels begon te lachen.

'Wie is er smerig?' lachte ook het meisje.

Even was ik bang dat Reinier me zou slaan, maar toen zei hij: 'Klein kreng. Ik krijg je nog wel.' Hij richtte zich tot zijn vriend: 'Het is drie uur. We moeten gaan.' Tot mijn grote opluchting bliezen de twee de aftocht.

'Ben je in orde?' Het meisje keek verontschuldigend naar de krakeling die op de grond lag. Ze was iets ouder dan ik, schatte ik. Misschien een jaar of veertien, vijftien.

'Het gaat wel.' Ik haalde mijn schouders op.

'Ik ben Cornelia.' Ze stak haar hand uit. 'Cornelia de Lange.'

'Lysbeth Philips de Bisschop.' Ik glimlachte aarzelend naar haar en keek naar de hand waarmee ik de koeienvlaai had opgepakt. 'Ik denk dat ik je beter geen hand kan geven.'

'Ik ben nieuw in Amsterdam,' ging Cornelia door. 'Mijn familie en ik zijn uit Emden gekomen. Net als die blagen daar,' zei ze en knikte naar de jongens die wegliepen. 'Onze ouders zijn met elkaar bevriend.'

'Aha.' Ik leunde tegen de muur, in de schaduw van een mager eikenboompje, en veegde een losgeschoten pluk haar uit mijn gezicht. 'Wat mij betreft schieten ze die jongens op een kanonskogel terug.' Toen ik omlaagkeek, zag ik dat mijn rok onder de modderspetters zat.

'Emden,' zei ik. 'Waar ligt dat?'

'Helemaal in het noorden,' zei ze. 'We hebben ook nog een tijdje in Hamburg en Danzig gezeten, aan de Oostzee.' Dat klonk gek, een zee die Oostzee heette, maar die in het noorden lag.

'Toen ik nog maar een peuter was,' vervolgde ze, 'heeft de Spaanse hertog van Alva mijn ouders uit de stad verbannen. We hoorden bij de protestanten, weet je wel. Maar nu zijn we terug. Een tante heeft in de tussentijd in ons huis gewoond, maar het was een stófnest! Nu is het personeel ons huis aan het schoonmaken, maar ik wilde graag iets van de stad zien. Gek hoor. Ik ben hier geboren, maar ben nu al de weg kwijt. Wil jij me wegwijs maken?' Haar gezicht was zo ontwapenend, dat ik het voorval met de jongens al bijna was vergeten. Ik veegde mijn hand af aan mijn rok, maakte een buiging en sprak plechtig: 'Nou juffrouw, hier aan uw rechterhand vindt u de Nieuwe Kerk en het ellendigenkerkhof.'

Ze schoot in de lach. 'De kerk is mooi, maar dat ellendigenkerkhof niet. Ik krijg kippenvel van kerkhoven.'

Door de hoge glas-in-loodruiten klonken de toonladders van de organist die vaker op dit tijdstip aan het repeteren was. Ik zweeg even. 'Ik ook. Maar soms ga ik er wel naartoe. Mijn moeder ligt op het kerkhof. Buiten de stad.'

Cornelia's wenkbrauwen schoten omhoog. 'Je moeder?'

Ik vertrok mijn mond. 'Ze is overleden toen ik zeven was. Mijn vader stierf al eerder. Die ligt hier in de kerk. Ik heb hem nooit gekend.'

'Dus je beide ouders leven niet meer? Waar woon je dan?'

Ik concentreerde me op een musje dat neerstreek en in de gevallen krakeling begon te pikken. 'Ik woon bij mijn oom en tante.' Het was al vijf jaar geleden dat moeder was gestorven, dus langzamerhand zou ik eraan gewend moeten zijn. Maar bij elk woord dat ik uitsprak, zag ik moeder voor me die kweeperenjam kookte en mij de pollepel met het laatste restje uit de pan voorhield. Moeder die 's avonds op de rand van de bedstee zat, me toedekte en met haar volle, melodieuze stem een wiegelied zong over 'sluit je oogjes, mijn uitverkoren schaap', al snapte ik nooit helemaal wat ze met dat 'uitverkoren schaap' bedoelde. Moeder die me voor elke verjaardag een brief vol lieve woorden gaf, om te bewaren, waarin stond dat ik op vader leek.

'Doe je het?' vroeg Cornelia. Het orgelgeluid zweefde nog steeds door het openstaande raam naar buiten.

'Wat?' Verward keek ik haar aan.

'Ik moet nu gaan,' zei ze. 'Maar geef je me morgen een rondleiding door de stad? Om deze tijd?'

'Goed.' Ik knikte. 'Morgen, om deze tijd. Bij het ellendigenkerkhof.'

Ik begon te lopen. Tante vroeg zich vast af waar ik bleef.

'Ik heb ook geen moeder meer,' klonk Cornelia's stem achter me. 'Ze is een paar maanden geleden gestorven.'

Ik draaide me om. 'Wat erg voor je.'
'Waaraan is jouw moeder overleden?'
'De verschrikkelijke ziekte.' Cornelia keek ernstig.
'O.' Nu wist ik zeker dat onze ontmoeting geen toeval was. 'De mijne ook.'

De deur van het huis van mijn oom stond op een kier. Vanuit de achterkamer klonk de stem van tante. 'Dank je wel dat je bent gekomen,' hoorde ik haar zeggen, 'je begrijpt dat we geen keuze hadden.'
'Ik had al veel eerder willen komen,' zei een onbekende mannenstem. 'Ik ben blij dat u de afgelopen jaren voor haar gezorgd hebt, maar ze is mijn verantwoordelijkheid. Ze kan hier niet blijven. Zeker nu niet.'
Ik stapte de drempel over en voelde hoe mijn maag zich samenkneep tot een harde bal. Tante zat kaarsrecht bij de haard, haar donkere haar strak onder haar mutsje gestopt. Haar mond was een rechte streep. Ik had verwacht dat oom vandaag ook thuis zou zijn, maar hij was er niet. Op zijn plek, schuin tegenover tante, zat een lange, in het zwart geklede man met een hoed in zijn hand. Ik schatte hem een jaar of dertig. Hij had warrig haar, alsof hij binnen was komen waaien. Staalblauwe ogen die alles leken te zien. Een vooruitstekende kin. Hij leunde achterover met een vanzelfsprekendheid alsof hij niet slechts op bezoek was, maar deel uitmaakte van ons huishouden. Toen hij me zag, stond hij op. 'Ik denk,' zei hij, terwijl hij me van top tot teen opnam, 'dat jij Lysbeth bent.'
Hij wendde zich weer tot tante. 'Ziet ze er altijd zo uit? En ze stinkt.'
'Meneer,' begon ik met een blik naar mijn rok, waar volgens mij niets mis mee was. Maar hij was me voor. 'Ik ben je broer.'
'Mijn broer?' Ik keek van de man naar tante. Had ze van zijn komst afgeweten?
'Jan is inderdaad je broer,' bevestigde ze. 'Je bent laat, trouwens.' Ze zat nog altijd roerloos rechtop.
'U had me gevraagd om een boodschap te doen bij die bakker waar altijd lange rijen staan,' zei ik. Ik observeerde de man met zijn

smetteloze batisten plooikraag en legde met tegenzin mijn niet al te schone hand in de zijne. Zijn handdruk was die van iemand die geen tegenspraak duldde. Tante had wel eens verteld dat ik nog een broer had die ergens ver weg woonde en die ik nog nooit had gezien. In huis werd zelden over hem gepraat.

'Ik... ik begrijp het niet,' stamelde ik. 'Ik... ik heb al broers en zussen.' Mijn oudste zus was getrouwd en had een eigen gezin gesticht, al voor mijn moeder overleed. Ik zag haar bijna nooit. Twee broers zaten sinds kort in het buitenland en werkten daar in de handel. Arnt was de enige die ik vaak zag en bij wie ik me echt vertrouwd voelde. 'Waar komt u, waar kom je, opeens vandaan?' vroeg ik.

'Ik ben je oudste broer,' zei Jan. Hij articuleerde elke lettergreep, alsof ik doof was. 'En ik kom uit het noorden.'

'Jan heeft kort na jouw geboorte de stad verlaten,' zei tante.

De ene na de andere vraag buitelde door mijn hoofd. Waarom was hij terug? En waarom was hij destijds weggegaan?

'Maar waarom?' begon ik. Volwassen mensen moest je met respect bejegenen, dat wist ik. Maar ik wilde antwoorden. Ik wilde begrijpen wat deze man hier kwam doen en waarom tante zo raar deed.

Jan ging weer zitten, nam een slok van zijn bier en veegde het schuim van zijn snor. 'Lang verhaal. Je hebt vast wel gehoord dat de Spanjolen iedereen de stad uit joegen die zich tegen hun bewind verzette, of zich afkeerde van het paapse bijgeloof.'

Ik hoorde hoe mijn tante snoof en beet op mijn lip. 'Ja, dat weet ik.'

'Ik heb een tijdje in Koningsbergen gewoond, aan de Oostzee,' vervolgde Jan. 'Tot hier een generaal pardon werd afgekondigd.'

Ik stak mijn vinger op, zoals we op school deden als we iets wilden vragen. 'Wat is een generaal pardon?'

Hij knikte kort. 'Iedereen die was verbannen, mocht weer terugkeren naar de Nederlanden. Maar pas een paar weken geleden kregen we toestemming om de Amsterdamse stadspoort binnen te gaan. Amsterdam sloot zich pas als allerlaatste stad bij de prins van Oranje aan.'

'Waarom?'

Hij tuitte nadenkend zijn lippen. 'Jij bent wel van de waarom-vragen, hè? Laten we zeggen dat de burgemeesters er hier niet zo happig op waren. Maar hun dagen zijn geteld.'

Tante boog voorover en schoof me het krukje toe waarop ze met haar voeten steunde, zodat ik daarop kon zitten. 'Je broer heeft me af en toe geschreven. Je begrijpt dat we blij zijn dat Jan nog in leven is, en gezond bovendien. Hoewel je oom en ik,' ze plooide haar lippen tot iets wat op een glimlach leek, 'zijn religieuze voorkeur niet delen, denken we wel hetzelfde over de Spaanse bezetters.'

Ik nam plaats op het krukje en bekeek Jan opnieuw. Hij leek niet op Arnt, mijn lievelingsbroer. Arnt, met zijn vuurrode haren, was vierkant gebouwd en zo sterk dat hij zonder moeite een ton bier kon optillen. Jan was langer en slanker en ik betwijfelde of hij zo hard kon lachen als Arnt, wiens buik op een grappige manier op en neer schudde als hij een goede grap hoorde.

Jan bestudeerde de inhoud van zijn bierpul en nam een slok.

'Ik kom hier wonen,' zei hij toen.

'Hier? In dit huis?' Ik draaide mijn hoofd met een ruk naar tante. Het koopmanshuis van oom en tante was schoon en netjes, maar niet groot. Oom had geen eigen pakhuis en veel ruimte aan de achterzijde was gevuld met de platte Goudse kazen, ronde Edammers en tonnetjes boter die hij verhandelde. Ging Jan op de turfzolder slapen?

Jan schoot in de lach. 'Nee, niet hier in huis. Maar wel in Amsterdam.'

'Lysbeth,' vervolgde tante, 'Jan heeft de afgelopen jaren in het buitenland goede zaken gedaan. Hij heeft in Enkhuizen ook een vrouw ontmoet met wie hij hoopt te trouwen zodra hij hier een woning in gereedheid heeft gebracht. Omdat hij je broer én je voogd is, heeft hij aangeboden dat je binnenkort bij hem kunt komen wonen.'

Ik keek haar onderzoekend aan, maar ik kon niet zien of ze boos of blij was. Ze leek op een van de heiligenbeelden die ze op allerlei plaatsen in huis had gezet. Zelf wist ik ook niet of ik blij moest zijn of moest huilen. Tante had ik nooit zo gemogen, maar oom wel.

Waarom hadden ze me niet eerder over hun plannen verteld? Mijn hart begon op een rare manier te bonzen. Mijn keel zwol op. Ik slikte. 'Waarom?' vroeg ik weer. De rust die ik in het woord 'waarom' had willen leggen, bleef uit. In plaats daarvan maakte mijn stem een hoog en snerpend geluid, als een knarsende deur die openging. 'Ik begrijp het niet!' piepte ik.

'Lysbeth, je hoeft het niet te begrijpen.' Tante sloot haar ogen, alsof ze me daarmee uit haar wereld wilde bannen.

Jan glimlachte opgewekt. 'Het is hier vlakbij, en je krijgt een eigen kamer. En de komende dagen logeer ik hier, bij jullie,' voegde hij eraan toe. 'Zullen we het maar vieren met de koeken die je hebt gehaald?'

De krakelingen. Nu pas realiseerde ik me dat ik ze bij het kerkhof had laten staan.

'Leg de krakelingen maar op een schaal,' zei tante.

Ik stond zo beheerst mogelijk op en verliet de kamer alsof ik ging doen wat ze me vroeg. Pas toen ik eenmaal de deur achter me had gesloten, drong tot me door wat er was gebeurd. Ze gaven me mee aan een onbekende, alsof ik een van ooms kazen was. Plotseling was ik blij dat de krakelingen bij de Nieuwe Kerk waren achtergebleven. Ik balde mijn handen tot vuisten. Wat mij betreft vraten de honden ze op. Ooit, nam ik me voor, ooit zou ik ervoor zorgen dat anderen me niet behandelden als een meubelstuk dat je van het ene naar het andere huis kon verplaatsen. Ooit zou ik een veilig thuis hebben. Een plek waar ik zelf mijn lot bepaalde.

Ik stommelde naar boven, sloeg de deur van mijn kamer achter me dicht en liet me op de grond zakken, naast een kist waarin een handvol speelgoed zat dat ik al maanden niet meer had aangeraakt. Ik opende het deksel. Een vijftal aardewerken knikkers. Een varkensblaas, die Arnt ooit tot speelbal had opgeblazen toen hij nog bij ons woonde. Een glanzende steen die ik ooit gebruikt had bij een hinkelspel. Ik woog de steen in mijn hand en voelde een groeiende boosheid jegens iedereen die zomaar dacht over mij te kunnen beslissen. Ik opende de deur naar de aangrenzende kamer, waar het bed van oom en tante stond. De slaapkamer rook naar oude mensen, gedroogde kamille en waskaarsen. In een koepelvormige nis had tante een privéaltaar ingericht met een wijwaterbakje en een klein Mariabeeld. In een impuls smeet ik de steen naar het beeldje. Maria wankelde, tuimelde door de lucht en belandde in twee stukken op de vloerplanken. Mijn opluchting duurde maar heel even, toen kreeg schuldgevoel de overhand. Wat had ik nu weer gedaan? Haastig graaide ik de gehalveerde Maria bij elkaar en schoof de stukken en het gruis onder het hemelbed.

De stad was een kakofonie van bolderende karrenwielen, kletsende roeispanen en kijvende kooplui die met hun handelswaren over de gracht voeren. Ik probeerde Jans stappen bij te houden en intussen een hap van mijn brood te nemen. Ik woonde inmiddels een aantal weken bij hem in. De meid die Jan in dienst had genomen was altijd aan het schrobben, maar brood bakken kon ze niet. Het brood had zo'n harde korst, dat ik bang was dat mijn tanden zouden breken.

We passeerden de Nieuwe Kerk en gewoontegetrouw sloeg ik een kruisje.

'Heeft tante je dat geleerd?' Jan draaide zich geïrriteerd naar me toe.

Ik knikte. 'Een kruis is toch iets moois?' vroeg ik.

'Het is een onzinnig paaps ritueel,' zei hij.

Ik sloeg er nog eentje, als kleine daad van verzet, maar precies op dat moment keek hij de andere kant op.

'Waar gaan we naartoe?' vroeg ik. Ik hoopte dat we naar de Warmoesstraat zouden gaan. Nog niet zo lang geleden had tante me meegenomen om nieuwe kousen en een zijden kapje te kopen.

'We gaan naar een vakman om een houten bank te bestellen,' zei Jan. 'Hoe was je kennismaking met de onderwijzeres vanochtend?'

'Ging wel,' mompelde ik. Stiekem moest ik toegeven dat de overgang naar Jans huis me beter beviel dan ik had gedacht. Ik miste het benauwde klasje ook niet, waarin een strenge non met de plak op je vingers sloeg als je een verkeerd antwoord gaf. Mijn nieuwe lerares, die twee ochtenden per week aan huis zou komen, was vriendelijk en maakte bij de rekenlessen gebruik van ingrediënten uit de keuken.

'De juf zei dat vasten op vrijdag niet nodig is,' zei ik toen. 'Betekent dat dat we vanavond vlees mogen eten?'

'Dat klopt. Elke week vasten is paapse onzin,' zei Jan. Het woord 'paapse onzin' hoorde ik hem in de weken erna nog vaak zeggen.

Net toen we de eikenboom bij de Nieuwe Kerk passeerden, bleef Jan staan en wees naar het lapje grond dat erachter lag. 'Hier liggen een paar vrienden van vader begraven,' zei hij. 'En van mij.'

Ik knikte. 'Oom en tante hebben me verteld dat ze zijn terechtgesteld.'

'Ze noemden hen ketters.' Jan klemde zijn kaken op elkaar. 'Ketters, zelfmoordenaars en misdadigers krijgen geen graf in de kerk, maar op dit veldje. En blijkbaar hebben de burgemeesters in hun zogenaamde wijsheid besloten dat zij in dat rijtje hoorden. Het klinkt wrang, maar gelukkig stierf vader net op tijd om dat niet meer mee te hoeven maken.'

'Wanneer is iemand dan een ketter?' vroeg ik.

Hij keek me aan. 'Een ketter is iemand met opvattingen die afwijken van de heersende regels. Maar als een groep mensen met zo'n afwijkende opvatting zo groeit dat hij veel groter is dan dat kleine groepje orthodoxe heersers, wie is er dan een ketter?'

Ik knikte alsof ik hem begreep, maar ik begreep mezelf niet eens. Ik wilde me verzetten tegen deze onbekende man, die de leiding over mijn leven had overgenomen, maar op de een of andere manier wilde ik ook dat hij respect voor me had.

'Zoals je nu kijkt, doe je me denken aan vader,' zei Jan, en hij zei het op een toon die ervoor zorgde dat ik vanbinnen begon te gloeien. 'Weet jij eigenlijk waar ze moeder hebben begraven?'

Ik knikte. 'Ze hebben haar buiten de stadsmuren begraven, net als de meeste mensen die zijn overleden aan de... verschrikkelijke ziekte.'

'Ik had graag afscheid van haar willen nemen,' zei hij, en opeens zag ik onder die scherpe, bazige man iets anders, iets droevigs. Dat hadden we met elkaar gemeen. Mama's gezicht en de klank van haar stem leken steeds verder weg. Wat van haar over was, kon ik alleen nog terugvinden in mijn broers en zussen. En misschien ook wel in de man die naast me liep.

'Ik mis mama,' zei ik zacht. 'Ik heb het Mariabeeld van tante kapotgegooid,' flapte ik er toen uit.

Hij keek opzij en tot mijn verbazing leek het hem te amuseren. 'Aha,' zei hij alleen. 'Ik had al zoiets gehoord. Ken je het verhaal van Lange Weyn?'

Ik schudde mijn hoofd.

'Lange Weyn,' vertelde Jan, 'en haar dienstmeid gooiden in het jaar dat jij werd geboren een slof naar een Mariabeeld in de Oude Kerk.'

'In de kerk?' Ik zette grote ogen op.

'Het was een van de gebeurtenissen die de Beeldenstorm in Amsterdam ontketende,' zei hij. 'Hoewel die er minder heftig aan toeging dan in veel andere Hollandse steden.'

'Wat gebeurde er verder met Lange Weyn?'

'Ze is tegelijkertijd met haar dienstmeid in een ton verdronken in het IJ.'

'In die tijd is vader ook gestorven, toch?'

'Zo ongeveer. Rond die tijd moest ik ook de stad verlaten.'

'Waarom heb je mij nooit geschreven?' vroeg ik.

'Wie op de zwarte lijst stond, mocht geen brieven schrijven naar familieleden. Als je een brief van mij in huis zou hebben, liep je het risico ook opgepakt te worden. Ik was afhankelijk van verhalen die van mond tot mond werden verteld. Pas twee jaar geleden heb ik oom en tante officieel kunnen schrijven.'

'En vader dan?' vroeg ik.

'Wat wil je weten over vader?'

Ik wilde van alles weten over vader die ik nooit had gezien, maar op wie ik blijkbaar leek. Vader die zich net als Jan had verzet tegen de Spanjaarden. 'Is hij gevlucht?' vroeg ik. 'Of is hij ook verdronken?'

'Ja, hij is ook verdronken.' Er trok een spiertje bij zijn kaak. 'Maar niet door de Spanjaarden. Op een avond, toen het al donker was, werd hij onwel. Hij verloor zijn evenwicht en viel in de gracht.'

Ik opende mijn mond en sloot hem weer. Waarom had niemand me dit ooit verteld? 'Maar hoe…' Ik pakte Jans arm. 'Hoe weet je dat dan? Wie heeft vader eruit gehaald?'

Jan bleef staan. Hij keek zo grimmig, dat ik er bang van werd. 'Ik,' zei hij toen. 'Ik heb hem eruit gehaald. En verder wil ik het er niet meer over hebben.'

Jans kantoor was een van de grootste kamers van het huis. Het bevond zich voor een deel ondergronds, zodat je door de ramen de voeten van voorbijgangers kon zien. Klepperende patijnen*. Stampende leren laarzen. Elegante muiltjes. Trippelende hondenpoten. Op momenten dat Jan niet thuis was, nestelde ik me graag in de diepe leunstoel achter zijn schrijftafel die was bedekt met vellen papier. Tegen de wand stond een kast met tientallen boeken en almanakken. Veel boeken waren geschreven in het Latijn, waar ik maar een beetje van begreep. Andere waren in het Nederlands of Frans. Het moest een heel bijzondere kast zijn, want als Jan herenbezoek kreeg, nodigde hij hen uit om de boeken te bekijken. Dan wreven de mannen zich in hun handen, humden geestdriftig en begonnen te praten over ingewikkelde dingen, wat soms de hele avond kon duren.

Ik wist dat Jan werkte voor de regering van de stad. Hij was veel weg. Op een regenachtige zaterdagmiddag in mei toen hij opnieuw niet thuis was, slenterde ik naar de kast en trok er een boek uit met een leren omslag dat ging over nette manieren. Het was geschreven door een geleerde heer die Erasmus heette, en het was geschreven in het Latijn. Vrouwen leerden zelden Latijn, maar mijn onderwijzeres vond dat meisjes net zoveel verstand hadden als jongens en zich minstens zo keurig moesten gedragen. Ga pas aan tafel zitten nadat je je handen hebt gewassen, had ze me geleerd. En de beker heffen aan het begin van een maaltijd is niet netjes. Dat doen alleen dronkenlappen.

Ik zette de kaars die ik bij de haard had aangestoken in de blaker, sloeg het boek open en begon te lezen. De structuur van de zinnen was logisch, en sommige woorden waren bekend. Ik liet mijn vinger langs de regels glijden en zuchtte geïrriteerd toen de betekenis niet tot me doordrong. Cijfers waren veel makkelijker. Ik sloeg een bladzijde om. Als ik die ook niet begreep, kon ik beter een almanak bekijken, met de data van de beestenmarkten in de stad en een kalender met feestdagen. Maar toen viel er iets uit het boek. Het was een brief met een verbroken lakzegel, gericht aan Jan de Bisschop. Voorzichtig vouwde ik het papier open. Het knisperde tussen mijn vingers.

'Mijn teerbeminde, oudste zoon.'

Ik stopte even met lezen. Deze brief moest van moeder zijn. Ik had er zelf ook een paar. Ze had me er zeven geschreven, voor elke verjaardag één. Tot ze stierf. Ze zaten in het kistje op mijn kamer.

'Als je deze brief in handen krijgt, betekent dit waarschijnlijk dat ik hier niet meer ben. Weet dat ik je liefheb, waar ik ook ben. Zielsveel. En dat ik je de situatie met het geld al heb vergeven voordat hij plaatsvond. Ik...'

'Wat ben jij aan het doen?' Ik schoot rechtop in mijn stoel. Jans lange schaduw viel over me heen. In het beperkte licht van de blaker zag ik dat zijn blik de onheilspellende kleur had van het IJ voordat er een storm uitbrak.

'Ik... ik ging een boek lezen,' zei ik. 'Over hoe het hoort.'

'Dan ben je blijkbaar nog niet bij de passage gekomen over het lezen van andermans persoonlijke correspondentie.' Hij opende zijn hand, en met tegenzin legde ik de brief erin.

Ik keek hem recht aan. Ik was niet bang voor storm en ook niet voor Jan, maar als ik ooit wilde ontdekken wat er in de brief stond, kon ik hem beter te vriend houden. 'Het spijt me,' zei ik dus, en ik sloeg mijn ogen neer. 'De brief viel uit het boek. En toen zag ik die handtekening en...' Ik stond op uit Jans stoel, zodat hij kon gaan zitten. 'Is de brief... van moeder?'

Jan nam plaats achter het bureau en overhandigde me Erasmus' etiquetteboek. Hij knikte kort. 'Die brief heeft ze me geschreven vlak voordat ze stierf. Hij is belangrijk voor me.'

Ik wilde weten wat moeder bedoelde met 'de situatie met het geld'. Maar dit was niet het goede moment. Bovendien, moeder had zelf geschreven dat ze Jan had vergeven. Dus misschien was het ook niet zo belangrijk.

# 4

## Amsterdam, februari 1617

In een van de ruiten van Jans voorkamer zit een gat. 'Gisteravond laat vloog er een steen doorheen. Uw broer denkt dat iemand dat heeft gedaan vanwege zijn familiebanden met u,' zegt het praatgrage dienstmeisje als ik ernaar vraag.

Vermoeid neem ik plaats aan de tafel die is gedekt met schalen brood, vlees en vis. Ik probeer niet naar de barst in het raam te kijken, maar de vleug winterkou die erdoor komt, waait in mijn gezicht als een beschuldiging. Als Jan straks aan tafel schuift, zal hij me opnieuw ter verantwoording roepen. Terwijl ik een gerookte spiering van de schaal neem en voorzichtig de laatste graten eruit trek, pieker ik over de verstoorde verhoudingen tussen Jan en Rem. Tussen mij en Rem. Ik vraag me af hoe we ons uit deze situatie gaan redden. Als het dienstmeisje Jans bord en beker weghaalt, zie ik pas dat het eetgerei al is gebruikt. 'Heeft mijn broer al gegeten?' vraag ik.

'Het is maandag mevrouw,' zegt het dienstmeisje. 'Uw broer is al vroeg naar het accijnskantoor op de Oude Brug vertrokken.' Dat is waar ook. Maandagmorgen begint Jan met zijn werk als accijnsmeester en incasseert belastingen voor alles wat in de pakhuizen is opgeslagen, of het nu hout is of haring. Rond het middaguur gaat hij naar de beurs op het Rokin om in graan te handelen. In de tweede helft van de middag vergadert hij met de vroedschap in het stadhuis.

Ik neem een paar happen van het brood en de vis, maar proef het nauwelijks. Mijn gedachten zijn alweer bij ons huis, en de staat waarin ik het voor het laatst heb gezien. Zo snel ik kan, verlaat ik Jans woning.

'Wat wilt u met deze rok, mevrouw?' Als ik binnenkom houdt Stijntje een smerig kledingstuk omhoog. Ik hang de huik van Agneta Witsen aan een haak en leg de geitenleren handschoenen die ik van Jans overleden vrouw heb geleend in een nisje in de hal. Ik kijk naar de rok. Ik heb hem gedragen bij de doop van Baefje. Iemand heeft hem met een mes bewerkt en gebruikt om zijn achterste mee af te vegen. Ik maak een wegwerpgebaar.

'En deze, mevrouw?' Ze diept uit een mand een vlieger* met een hoge staande kraag op, uit de tijd dat ik met Rem uit Koningsbergen terugkwam. Hij is oud, maar ongeschonden.

'Mag blijven,' zeg ik, en ik wrijf over mijn slapen om de hoofdpijn te onderdrukken die me tijdens het ontbijt bij Jan meteen weer overviel. 'Leg alle kleding maar op een handkar en breng ze naar een wasvrouw. Als alles schoon is, zoeken we het wel uit.' Het is een flinke uitgave, maar het is nog duurder als ik de beschadigde en besmeurde kleding weggooi en nieuwe kleren moet kopen.

Op weg naar Rems kantoor ontwijk ik Neeltje, die op haar knieën de tegels dweilt. Vlak voor de deur tref ik de jonge Antonie, die met een tweetal knechten kapotte stukken meubilair wegdraagt. Ik groet de mannen en loop het kantoor in. Rem zit over zijn bureau gebogen, dat wonder boven wonder nog intact is.

'Is onze stenengooier hier nog?' vraag ik verbaasd. 'Ik had verwacht dat je die inmiddels aan de schout had overgedragen.'

Rem mompelt iets en tuurt ingespannen naar zijn papieren.

'Je zult ongetwijfeld slecht hebben geslapen, net als ik,' zeg ik. 'Maar misschien wil je even de moeite nemen om me aan te kijken?'

Rem wrijft vermoeid door zijn haren, waardoor een krul potsierlijk voor zijn ogen landt. 'Het spijt me. Ik heb bijna de hele nacht doorgewerkt.'

'Maar hoe zit het nu met onze vriend Antonie?'

'Alle beetjes helpen. Hij wilde nog geen afscheid nemen, en hij heeft zowaar al het overgebleven tin- en koperwerk gepoetst.' Hij glimlacht flauwtjes. 'Hendrik is nog niet terug. Hopelijk hebben de vandalen hem niet ook te grazen genomen.'

'Kunnen we de meisjes alweer thuis laten komen?' vraag ik.

'Dat lijkt me wel. Hun kamer is er het best van afgekomen,' zegt hij.

Hij staat op en loopt naar de deur. 'We waren niet de enigen die met bezoek zijn vereerd. De beschuitbakker op de hoek en de kaarsenmaker hebben ook schade.'

'Heb je al een idee hoeveel we hebben verloren?'

'Ik heb de eerste stukken nu begroot op vierduizend gulden. Er zal nog minimaal duizend gulden bij komen. Daar hebben we jaren voor moeten werken.' Hij zucht. 'Maar het belangrijkste is dat we allemaal nog in leven zijn.'

Ik adem diep in. 'Dat scheelde anders maar weinig, Rem.' Het is een echo van vorige week, van de woorden die hij sprak toen hij vorige week uit het pakhuis was gevlucht.

'Daar ben ik me van bewust.' Hij schuift zijn stoel naar achteren.

'Je liet me aan mijn lot over, toen ik je nodig had.'

'Allemensen, Lysbeth, wat had ik kunnen betekenen tegen die overmacht? Het spijt me. Echt. Maar jij was degene die zo nodig zo'n onbetekenend kistje wilde redden.'

'Het was van mijn moeder.'

'Nogmaals, het spijt me.' Hij loopt naar me toe en gaat voor me staan. 'Je weet niet half hoe dankbaar ik ben dat je nog leeft.' Ik laat toe dat hij me omhelst, maar mijn geest is mijlenver bij hem vandaan. Het is alsof er de afgelopen uren iets onherstelbaar is beschadigd. Een paar dagen geleden verweet hij mij dat ik niet meer de vrouw was van vroeger, die in alles met hem samenwerkt. Maar hij is degene die al maanden voortdurend weg is en steeds wordt opgeslokt door anderen. Als hij niet in zijn pakhuis is, schrijft hij brieven aan remonstranten in het hele land of is hij moe. Dat hij me alleen liet toen ik hem het hardst nodig had, was de druppel die de emmer deed overlopen.

'Waarom?' Ik maak me van hem los. 'Waarom ben je niet gebleven om mij te beschermen?'

Hij sluit een seconde zijn ogen. 'Ik zei je toch al… laat maar. Je kunt ook zo drammen. Had ik je dan aan je haren naar beneden moeten slepen toen jij met je kistje bezig was? Of wilde je dat onze kinderen helemaal geen ouders meer zouden hebben?'

Zijn woorden zijn een klap in mijn gezicht. Zelfs de knechten van de buurman riepen me toen ik naar buiten rende, maar van Rem hoorde ik niets meer. Weer zie ik het gezicht van mijn belager voor me, ik kan zijn geur nog bijna ruiken, al heb ik me gisteravond in Jans huis grondig afgesponsd met het warme water dat de meid me bracht. Ik doe een stap naar achteren, maar ik wil geen ruzie met hem maken. Niet nu we al genoeg aan ons hoofd hebben. Ik kies een ander onderwerp. 'Ik blijf er maar over malen,' zeg ik. 'Ik begrijp het niet. Normaliter liggen ze 's morgens vroeg hun roes uit te slapen, en nu trekken ze met z'n honderden door de stad? Waarom?'

Rem haalt zijn schouders op. 'Als ik dat eens wist. Toen ze hier vlakbij kwamen, heeft een van de buren hen in elk geval blijkbaar ons huis aangewezen als dé plek waar iets te halen viel.'

Ik denk aan Reinier Pauw, die uren heeft gewacht voordat hij de schout liet ingrijpen. Ik herinner me zijn gezicht, onaangedaan, toen ik hem vorige week in Jans huis aantrof en vertelde over het gemolesteerde pakhuis. Reinier Pauw, die bij ons in de straat woont. 'Weet je wie van de buren dat is geweest?' vraag ik.

'Ik weet het niet. Er is een keur* uitgevaardigd. Iedereen die namen van plunderaars weet of iemand kent die opruiende pamfletten heeft verspreid, moet die personen aangeven.' Hij buigt zich weer over zijn bureau. 'Het komt goed. Veel vandalen zitten inmiddels in het rasphuis*.'

'Dus je bent er nog, Antonie uit Antwerpen.'

De jongen, die nu bezig is een paar planken in een wandkast recht te zetten, kijkt me nerveus aan, niet in het minst omdat Gomarus naast me staat. De hond kwispelt enthousiast en lijkt Antonie elk moment te willen bespringen.

'Ja mevrouw. Ik ben uw man dankbaar dat hij me nog niet naar de schout heeft gestuurd, mevrouw.'

'Dat zal anders niet lang meer duren,' zeg ik.

Hij doet een stap naar achteren, nog iets verder bij Gomarus vandaan. 'Ik hoorde van… van het rasphuis, mevrouw. Moet ik daarnaartoe?'

'De eerste dieven zitten daar inderdaad in de boeien.'

Hij haalt omslachtig zijn neus op. 'Wat moet ik doen om daar niet heen te hoeven?'

'Dat weet ik niet,' zeg ik. 'Daar gaat mijn man over, die is regent van het rasphuis.' Ik vergeet voor het gemak even dat Rem die functie weliswaar jarenlang heeft vervuld, maar nu al ruim een jaar niet meer. 'Maar wat stel je voor?'

Hij denkt na. 'Ik kan klusjes voor u doen, als u wilt. Ik kan heel hard werken.'

'Dat geloof ik meteen. Maar we hebben genoeg personeel, dank je.'

Begint hij nu serieus te huilen?

'Antonie uit Antwerpen,' zeg ik, 'ik vraag me af hoe jij je in de afgelopen jaren hebt weten te redden. Je gooit stenen tegen je eigen hoofd, en zodra er consequenties volgen, begin je te grienen als een kleuter. Ga uit mijn ogen en laat me je niet meer zien.'

'Bedoelt u...' Hij frummelt nerveus aan zijn mouw.

'Ja, dat bedoel ik. Ik schenk je genade. Ga, voor ik alsnog de hond achter je aan stuur. Ik leg het later wel uit aan mijn man.'

Enkele seconden later is hij verdwenen. Samen met de leren handschoenen van Jans vrouw, die ik in de nis had gelegd.

'Ik ga wat te eten halen,' zeg ik tegen Rem. 'En op de terugweg haal ik Geertruid en Baefje op. O ja, ik heb de jongen weggestuurd.'

'De stenengooier? Werkelijk, we zijn bijna twintig jaar getrouwd, en nog steeds zijn er dagen dat ik je met geen mogelijkheid kan begrijpen,' verzucht hij, en hij buigt zich weer over zijn grootboek. Ik zeg hem maar niets over de verdwenen handschoenen. In plaats daarvan trek ik een lang leren koord onder een paar bijeengeveegde papieren vandaan en bind het om Gomarus' hals. De aanwezigheid van de hond geeft me een gevoel van veiligheid. Bij elke sjouwer of matroos die me iets te lang aankijkt, versnelt mijn ademhaling. Bij elke schaduw die over me heen valt, deins ik opzij. Ik walg van de angst die me in zijn greep heeft als ik over het Singel loop. Het is belachelijk. Alsof elke man behoefte heeft een vrouw van vijftig te bespringen, zoals die ploert gisteren, die overduidelijk te veel gedronken had. Even is het alsof ik Cornelia's lichte lach hoor. 'Lysbeth, kom nou. Jij bent toch voor de duvel niet bang?' Het is maanden geleden dat ik voor het laatst de hand van mijn vriendin vasthield. Haar vingers waren mager. Haar lach was niet meer dan een gefluister. Toch maakt de gedachte aan de vrouw die Cornelia ooit was me iets rustiger. Hou vol, Lysbeth. Je komt hier doorheen.

Als ik in de buurt van de Reguliersspoort kom, spitst Gomarus zijn oren en begint onrustig aan het koord te trekken. 'Hier blijven,' spreek ik de hond toe, maar dat haalt niets uit. Hij springt, blaft en rukt opnieuw. Voor ik de lijn steviger kan vastgrijpen, glijdt hij uit mijn hand. Gomarus zigzagt tussen de menigte door, het koord achter zich. Even overweeg ik de hond te laten gaan. Dan ren ik inwendig scheldend achter hem aan, de poort door. Ik volg het dier langs een vijftal nieuw opgetrokken woningen naar een modderige smalle straat, met aan weerszijden een rij vermolmde houten huisjes met verveloze kozijnen. Merkwaardig hoe dicht deze scheef gewaaide krotten zich bevinden bij de nette woningen aan het Singel en de prestigieuze Herengracht, die hier de afgelopen jaren is aangelegd. Er zijn mensen die beweren dat wij, Hollanders, of zelfs Amsterdammers, een uitverkoren volk zijn en dat dat de reden is dat onze weelde toeneemt. Maar de arme schepsels die in deze steeg wonen, hebben daar vast andere gedachten bij.

Ik zie hoe Gomarus een uitval doet naar een magere kip die kakelend wegstuift, langs twee haveloos geklede kinderen. Dan rent hij de hoek om, een nieuwe steeg in, waar de urinewalm van een leerlooierij me in het gezicht slaat. Bijna struikel ik over een berg groenteafval. Voor de deur van een herberg met afgebladderde luiken blijft hij kwispelend staan en springt dan over de drempel. Ik kijk naar het uithangbord. 'Antwerpen.' Het logement van stenengooier Antonie. Hoe heeft Gomarus het spoor van dat joch zo snel gevonden? Of was het het spoor van de gestolen handschoenen? Dat kan ik me niet voorstellen.

Door de halfopen deur drijft een bouquet van verschaalde tabak, bier en mannenzweet. Ik trek de oude huik een stukje dieper over mijn hoofd en ben blij dat ik er met het gedateerde kledingstuk van vrouw Witsen niet uitzie als iemand bij wie veel te halen valt. Binnen zie ik veel in het grauw geklede Amsterdammers, vermoedelijk gevlucht uit Antwerpen, maar ik hoor ook Waals en Scandinavisch en onder de kaarsenkroon staat een man met een donkere huid en een tulband. Wat opvalt in deze armoedige herberg zijn vooral de smerlijke tekeningen op de muur, waarvan enkele in het halfduister worden verlicht door de oranje gloed van de toortsen. Iemand heeft met houtskool gezichten geschetst. Ruwe en ongepolijste koppen van mensen die vermoedelijk vaste gasten zijn.

Waar is Gomarus? Ik speur tussen de gasten door en mijn oog valt op een brede tafel waar een groepje mannen zit te dobbelen. Een van hen roept iets naar een vrouw die rondloopt met een zware kan bier. De vrouw schatert het uit. Seconden lang kijk ik naar haar korenblonde haar, de boezem die uit haar te strakke lijfje puilt. De lippen, waarvan de zinnelijkheid van vroeger is aangetast door een paar fijne rimpels, en de blozende wangen, die me bekender zijn dan ik wil toegeven. Als ik dichterbij kom, kijkt ze terug.

'Jij bent het,' zeg ik ademloos. 'Griet. De Spanjolenhoer.' Zei ik dat nu hardop?

Ze doet een stap naar voren. Even denk ik dat ze me zal slaan, maar dan begint ze nog luider te lachen dan ze zojuist al deed. 'Lysbeth Philipsdochter de Bisschop. Ik dacht dat arminianen zo verdraagzaam waren, maar dat geldt voor jou duidelijk niet. Je bent geen spat veranderd.'

Ze wil zich van me af draaien, maar op dat moment springt Gomarus tegen haar op. 'Kijk nou, wie hebben we hier,' zegt ze, en ze laat onbekommerd toe dat het dier haar in het gezicht likt. 'Vertel eens, hoe heb jij vanuit je rijkeluishuis de weg naar deze eenvoudige herberg gevonden?' vraagt ze, terwijl ze spottend naar me opkijkt. 'Als je me na zoveel jaren alsnog een baan als huishoudster komt aanbieden, dan bedank ik er vriendelijk voor.'

'Ik peins er niet over,' zeg ik. 'Ik ben hier alleen omdat mijn hond ontsnapte en hier naar binnen rende.'

'Jouw hond?' Griets wenkbrauwen schieten omhoog. 'Bedoel je deze? Dit is de hond van ouwe Govertsz. De man is onlangs overleden aan de Franse ziekte*.' Ze haalt spijtig haar schouders op.

'Gomarus hing al een tijdje bij ons huis rond, omdat onze dochter hem steeds restjes eten gaf,' zeg ik. Ik weet eigenlijk ook niet waarom ik na zoveel jaar behoefte heb om haar ook maar iets uit te leggen. 'Sindsdien woont hij bij ons.'

'Gomarus,' zegt ze peinzend. Er valt een stilte tussen ons. Dan kijkt ze me onderzoekend aan. 'Hé,' zegt ze. 'Ik hoorde wat er met jullie huis is gebeurd. Ik weet dat we niet als beste vrienden uit elkaar zijn gegaan, maar dit vind ik heel rot voor je.'

'Dank je,' zeg ik. Wat is het benauwd en muffig in deze ruimte. Ik wijk uit voor een zeeman met een vlezige nek, die net iets te dichtbij komt. Even meen ik een bekend gezicht te zien. Zijn geur dringt door in mijn neusgaten. Mijn hart begint als een razende te kloppen en het lijkt wel alsof iets zwaars tegen mijn maag duwt. Ik moet weg. Nu. Straks ga ik overgeven.

'Nicht.' Griet kijkt me onderzoekend aan. 'Gaat het wel met je? Je trilt helemaal. Kom mee.'

Te beroerd om tegen te stribbelen laat ik me door haar meetronen. Als ik eenmaal zit, is het gezicht dat ik meende te herkennen, verdwenen. Was het er überhaupt wel?

Ze klopt op de toog en zet er een kleine beker neer met een groezelige rand. 'Hier. Je kunt vast wel een slok gebruiken.'

Terwijl Griet haar gasten weer bedient, leun ik tegen de toog en probeer mijn adem onder controle te krijgen. Ik observeer de mannen, waarvan sommigen zich naar Griet toewenden voor een grap of een blik op haar lichaam. Jong is ze niet meer, maar mooi is ze nog steeds. De twee tanden die ze mist, geven haar door het leven geharde gezicht iets zachts. Op de mouw van haar jak tekent zich een slordig verstelde scheur af. Vroeger droeg ik haar afdankertjes. Enkele dagen geleden zou ze vermoedelijk jaloers zijn geweest bij de aanblik van mijn kledingkast.

'Ik weet hoe het is om je huis en veiligheid kwijt te raken,' zegt ze, als ze een nieuwe kan vult met schuimend bier. 'Hoe is het eigenlijk met die ouwe Jan? Nog steeds zo op z'n centen? Ik zie 'm nog wel eens dat accijnshuis in en uit lopen, maar mij een blik waardig keuren? Ho maar.' Ze gebaart weer naar de beker, die ik nog niet heb aangeraakt.

'Drink op. Het is aquavit*. Goed spul.' Ze gooit een bot op de grond voor Gomarus, die gulzig begint te kluiven.

Ik denk aan de meisjes, die al een tijdje op mij zitten te wachten. 'Ik ben onderweg naar mijn dochters,' zeg ik. 'Ik moet zo gaan.'

'Je wilt niet met me gezien worden.' Ze snuift. 'Geeft niets. Eens het zwarte schaap van de familie, altijd het zwarte schaap van de familie.'

Hoe lang is het geleden dat ik haar voor het laatst heb gezien? Tien jaar? Nee, veel langer. Ik denk na. De dochters van familie De Vlaming, waar Baefje en Geertruid logeren, zijn dol op de meisjes. En dat is wederzijds. De familie zal geen bezwaar maken als ik iets later ben. 'Ik heb voor het eerst in jaren bij Jan gelogeerd,' zeg ik.

'Nou, gezellig,' zegt Griet en leunt voorover. 'Laten we het nu over iets anders hebben dan Jan de Bisschop, want die bemoeit zich alleen met deze tent als er belasting geïnd moet worden. Vertel eens over de plundering van jullie huis. De hele stad praat erover.'

Ik neem een slok van het goedje uit Griets beker en hoest. Het spul is kruidig en anijsachtig en gloeit in mijn keel. 'Ik heb er geen behoefte aan om opnieuw de details van de plundering op te rakelen. Hoewel, er schijnt hier boven de herberg iemand te wonen die er een aandeel in heeft gehad. Een mager scharminkel met de naam Antonie.'

Griets gezicht krijgt een roze blos. 'Toontje?' Ze schudt haar hoofd. 'Die schelm laat zich ook overal door meeslepen. Maar hij heeft niet veel kwaad in de zin. Een kruimeldiefje, dat is-ie. En nu? Krijgt-ie de strop?' Haar blik is gespannen.

'Ik heb hem vrijgelaten,' zeg ik.

'Zóóó.' Nu worden haar ogen nog groter. 'Daarom heb ik hem al twee dagen niet gezien. Hij zal wel buiten de stadsmuren zitten.' Ze dempt haar stem en zwaait naar de man met de tulband, die de herberg verlaat. 'Er waren hier wel een paar anderen, maar die hebben zich net als Toontje uit de voeten gemaakt.'

Ze zwijgt, en ook ik staar even voor me uit. De drank kalmeert mijn maag en maakt me loom en ontspannen. Dat is prettig, maar het laatste baart me ook zorgen. Ik moet alert zijn.

'Er was hier een kerel die hen geld bood, weet je,' klinkt Griets stem boven het geroezemoes uit. 'En veel geld ook. Ik wist alleen niet waarvoor.'

'Wát?' De volgende slok aquavit schiet in mijn verkeerde keelgat.

'Jazeker.' Griet klopt me kalmerend op mijn rug. 'Eerst dacht ik dat het er zo eentje was die jongens wilde ronselen voor de VOC of zo. Een gratis drankje, een stevig bord eten en hup, tekenen maar. Maar nee, er werd niet getekend. Hij beloofde dat als ze op zondag vroeg zouden opstaan en een of twee rijke families te grazen zouden nemen, ze de opbrengst voor zichzelf mochten houden. Hij zei dat hij een machtige opdrachtgever had.'

'Hoe zag die man eruit?' Ik hoor hoe gespannen mijn stem klinkt.

'Tsja... weet ik veel. Niet opvallend of zo. Normaal postuur. Rossige snor en een sikje, zoals zovelen. Ik zou hem nu al niet meer herkennen.'

Ik zucht. 'En die opdrachtgever? Zei hij daar iets over?'

'Geen idee.' Opeens krijgt haar gezicht iets afwerends. 'Ik ga geen gasten uit mijn herberg verklikken, als je dat soms denkt.'

'Kan hij zijn ingehuurd door Reinier Pauw?' houd ik aan.

'Reinier Pauw?' Ze lacht schamper. 'Als die hier was geweest, had ik hem de tent uitgeschopt.'

Rem balanceert vervaarlijk op een krukje terwijl hij een spijker in de bovenkant van het hemelbed slaat. Van onder het bed steken twee laarzen, die vermoedelijk van Hendrik zijn.

'De meisjes zijn beneden,' zeg ik. 'Het gaat goed met ze.' Rems gezicht klaart op en hij stapt van het krukje.

Het was heerlijk om Baefje en Geertruid in mijn armen te sluiten en toen ik hun bekende, zoete geur opsnoof, voelde ik me voor het eerst vandaag weer kalmer worden. Baefje was zielsgelukkig dat ik Gomarus had meegenomen, en Geertruid had in mijn oor gefluisterd dat ik naar sterkedrank rook.

'Er is iemand die een groepje jongens heeft omgekocht,' zeg ik dan. 'En ik weet bijna zeker dat het Reinier is.'

'Denk je?' Rem wijst naar de hoek van de kamer, waar een lap groene fluwelen stof over twee stoelen is gedrapeerd. 'Geef me dat gordijn eens aan. Laat je je niet weer eens leiden door je aloude aversie tegen Pauw?'

'Ik weet het zeker,' houd ik vol. Ik pak de stof bij twee punten. 'Die kerel was niet Reinier zelf, maar hij had het over een rijke opdrachtgever.'

'Hoe weet je dat allemaal?' vraagt hij.

'Ik was in een herberg,' zeg ik. 'En daar werd het me verteld.' Opeens heb ik er spijt van dat ik het stenengooiertje Antonie heb vrijgelaten. Misschien had hij me meer kunnen vertellen.

Rem trekt een wenkbrauw op. 'Ik sluit niets uit, maar met borrelpraatjes komen we niet veel verder.'

'Ik kan maar één iemand bedenken die er de meeste baat bij heeft,' zeg ik. 'Naast de calvinistische predikanten natuurlijk, maar die hebben al genoeg gedaan door de meute vanaf de kansel op te stoken. Reinier ziet zichzelf als redder van de contraremonstranten in de stad. En daarom is hij tot alles in staat.'

'En dus laat hij opstootjes plaatsvinden die hij zelf betaalt en waardoor hij vervolgens ook nog zakken met geld aan extra ratelwachtpatrouilles* in de stad moet uitgeven? Nee, Lysbeth, Pauw zou andere methodes kiezen. Bovendien, alleen al omwille van de nagedachtenis van zijn vrouw... Hendrik, geef me eens een tang aan.' Van onder het bed zwaait een tang naar boven.

'Echt, die man is doorgeslagen.' Ik wilde dat Cornelia er nog was. Zij vond de groeiende verdeeldheid in het land verschrikkelijk. Zij zou nog enige invloed op Reinier hebben gehad.

'Wat zou hij ermee moeten bereiken? Onrust voor de volgende verkiezingen?' zegt Rem.

'Ik weet het niet.' Ik sla mijn armen over elkaar en denk aan de snotterende Reinier op onze bovenverdieping. Ik heb de man nog nooit zien huilen. Maar juist dat bevestigt mijn overtuiging. Hij heeft achteraf pas beseft wat hij heeft aangericht.

Rem wrijft over zijn voorhoofd. 'Zolang je geen sluitend bewijs hebt, schieten we hier weinig mee op.'

'Zeg nou zelf. Zou de situatie in de stad niet anders zijn als hij niet aan de macht was?'

'Natuurlijk.'

'Dus je bent het met me eens.'

'In dat opzicht wel, maar de persoonlijke wrok die jij tegen hem hebt, kan je zicht op de zaak vertroebelen.' Hij laat Hendrik bij het bed achter en samen lopen we naar beneden, waar Baefje en Geertruid hun vader in de armen vliegen. Geertruid ziet wat witjes bij de aanblik van de chaos in huis, maar Baefje ziet de puinhoop als een mogelijkheid om met Gomarus verstoppertje te spelen.

'Luister.' Rem loopt naar het kabinet en houdt me een brief voor. 'Terwijl jij weg was, heb ik bezoek gehad.' Hij noemt de namen van de belangrijkste remonstrantse leiders van de stad. 'Meerderen hebben aangegeven de stad te willen verlaten als de magistraat niet ingrijpt. De handelsbelangen van de stad wil niemand riskeren. Utrecht, Gelderland en Overijssel staan nog steeds grotendeels aan onze kant. En dat geldt ook voor twaalf van de achttien steden uit Holland.'

'En dus?' vraag ik. 'Wat kunnen we doen?'

'We gaan met geestverwanten uit het hele land een verzoekschrift indienen bij de Staten van Holland om meer bescherming. Raadpensionaris Van Oldenbarnevelt zal ons zeker steunen. Lees maar.'

Net als ik de brief wil lezen, klinkt er een klop op de deur. 'Er is bezoek voor u, meneer, mevrouw,' zegt Neeltje.

'Voor ons allebei?' vraagt Rem.

'Ja, meneer, mevrouw. Het zijn twee heren van de kerkenraad uit de Nieuwe Kerk.'

Rem en ik kijken elkaar aan. Dan voel ik hoop opvlammen. Misschien is deze ellende toch ergens goed voor geweest. Misschien zal de plundering zorgen voor een mildere houding en begrip voor onze situatie.

De twee mannen die de achterkamer binnen lopen, hebben behalve hun zwarte lakense pakken weinig met elkaar gemeen. De een is wat ouder, gebogen, met een bleek gelaat en smalle lippen. De ander is jong, groot en zou knap zijn geweest als hij geen bolle neus had die dezelfde kleur heeft als de ingelegde pruimen in mijn voorraadkast.

'Gaat u zitten,' wijst Rem. De jonge reus neemt met een plof plaats op een stoel, de oudere man bestudeert eerst de zitting, voor hij op het puntje plaatsneemt. Ik loop naar de keuken om te kijken of er bier is en probeer intussen niets van het gesprek te missen. Tot mijn opluchting heeft Rem al een nieuw vat laten bezorgen en staan er nog een paar tinnen kroezen op tafel.

'Wij komen naar aanleiding van de gebeurtenissen van de afgelopen dagen,' hoor ik de jongste man zeggen.

'Zoiets vermoedden wij al,' zegt Rem.

'Het is verschrikkelijk wat er is gebeurd. We leven oprecht met u mee,' zegt de oudste. Hij plukt aan zijn respectabele baard, die bijna tot zijn middel reikt.

'Dank u wel,' antwoordt Rem.

'We waren diep geschokt toen we het nieuws hoorden,' herhaalt de pruim. 'Ik wil dat u weet dat wij ons hiervan distantiëren.'

'Dat is goed om te horen,' antwoordt Rem. Zwijgend overhandig ik de mannen hun kroezen bier. Als ik me realiseer dat we niet genoeg stoelen meer hebben, neem ik plaats tegen de muur.

De mannen kijken elkaar aan.

'Hoe...' de oudste man schraapt zijn keel. 'Ziet u dit misschien ook als een bevestiging?'

'Als een bevestiging?' vraagt Rem, en hij buigt iets naar voren. 'Een bevestiging van wat?'

'Welnu...' de jonge likt langs zijn lippen. 'Dat u zich Gods toorn op de hals hebt gehaald.'

Rem knijpt zijn ogen samen. 'Meent u dit nu? Ik zou zeggen dat dit meer te maken heeft met de woede van een groep straatjongeren die te veel bier hebben gedronken.'

De oudere man begint te beven, de jongere praat door. Niet alleen zijn neus, maar ook zijn wangen hebben nu een hoogrode kleur. 'We hoopten dat de, eh, situatie u misschien tot nieuwe gedachten zou hebben gebracht. U hebt immers de eeuwige genade van God in diskrediet gebracht door de leer van Arminius verder te verspreiden.'

'Ik mag toch hopen dat Gods genade zo sterk is dat hij niet meteen begint te wankelen als wij een bijeenkomst organiseren,' mompel ik.

‘Wat zegt u?’ De beide mannen kijken mijn kant op, maar als ik Rems waarschuwende blik zie, zwijg ik en glimlach zo vriendelijk mogelijk.

‘Sommigen komen tot inkeer nadat ze iets ernstigs hebben meegemaakt,’ zegt de oude man. ‘Uiteraard keuren wij de plundering af. Daar zijn we duidelijk over. Maar nog belangrijker dan uw aardse bezittingen is uw zielenheil.’ Hij wrijft over zijn knieën. ‘We nemen u persoonlijk niets kwalijk. We weten allemaal hoe de duivel werkt. Hij is sluw. Hij heeft u het verkeerde pad op geleid. Als u vergeving vraagt voor uw dwaling, bent u welkom om terug te komen.’

‘Voor welke dwaling?’ vraagt Rem. ‘Er is een verschil van inzicht over één belangrijk punt, dat is iets anders.’

‘Een essentieel punt waarmee u alle oprechte gelovigen aan het wankelen brengt. Als u niet van inzicht verandert, hebben wij geen andere keuze dan u de toegang tot het avondmaal te ontzeggen. Door opruiende ideeën van u en de uwen staat de eenheid van de kerk, nee, sterker nog, die van het hele land op het spel. Maar zoals we al zeiden, God is altijd genadig, en zijn kerk ook. Als u terugkeert...’

Verbijsterd kijk ik naar de mannen. De toegang tot dit sacrament met brood en wijn wordt iemand alleen ontzegd wanneer hij betrapt wordt op een ernstige misstap. Op overspel. Op diefstal. Maar dit? En juist nu, na wat ons is overkomen? Ik val de man in de rede. ‘Ik wil u bedanken.’

Rem kijkt verbaasd opzij en wil iets zeggen, maar ik hef mijn hand. ‘Ja,’ herhaal ik. ‘Ik ben u dankbaar. Tot vandaag heb ik gedacht dat het mogelijk was om ons te verzoenen met de kerk die ik jarenlang als mijn thuis heb beschouwd. Maar slechts enkele minuten geleden hebt u me duidelijk gemaakt dat wij, dat ik daar niets meer te zoeken heb. Dank u wel voor dit verhelderende gesprek. Wij redden ons uitstekend zonder uw gewauwel over zogenaamde genade, waarin geen greintje genade te vinden is.’ Ik wijs naar de deur. ‘Sterker nog, door de manier waarop u anderen tegen ons opstookt, beschouw ik u als medeverantwoordelijk voor de plundering van ons huis. U kunt gaan.’

Er valt een diepe stilte, en de handen van de oude man lijken nog meer te trillen dan enkele minuten geleden. De jonge man staat op. ‘U realiseert zich hopelijk wat u met deze afwijzing over uzelf hebt afgeroepen. De eeuwige verdoemenis.’

Rem kijkt me aan met een mengeling van frustratie en bewondering. ‘Gelukkig bent u niet degene die daarvoor de verantwoordelijkheid draagt,’ zegt hij dan. ‘Mijn vrouw zei het al: het wordt tijd om afscheid te nemen.’

‘Dat was klare taal, Lysbeth,’ zegt hij als de mannen de aftocht hebben geblazen. ‘Ik ben blij dat je er inmiddels net zo over denkt als ik.’

‘Daar ben ik anders nog niet uit,’ zeg ik. ‘Dat ik het helemaal gehad heb met deze scherpslijpers, betekent niet dat ik samen met jou gevaarlijke bijeenkomsten wil organiseren.’

# 5

## Amsterdam, maart 1591

Cornelia en ik zaten samen op het muurtje bij de Nieuwe Kerk. Cornelia keek omhoog, waar de namiddagzon speelde met de eerste knoppen in de lindeboom. 'Weet je nog, dat spelletje dat we vroeger deden?' zei ze. 'Wie een vruchtje uit de boom ving, mocht een wens doen.'

'Ik weet het nog.' Ik trok weinig damesachtig mijn knieën op. 'Ik wenste dat ik in Arnts brouwerij mocht werken. Die wens is uitgekomen.'

'Het kostte je anders aardig wat inspanning om je broers te overtuigen,' grinnikte ze.

'Weet je wat ik wenste?' Cornelia friemelde aan de bewerkte zilveren tandenstoker aan haar halssnoer. Een praktisch sieraad met twee aan elkaar gesmede handjes, dat ze van Reinier Pauw had gekregen vlak voordat ze met hem trouwde.

'Zeker. Je wenste ooit dat je zou trouwen met Pieter de Vlaming,' antwoordde ik. Dat er ondanks Cornelia's zwak voor de sympathieke Pieter een huwelijk had plaatsgevonden tussen mijn beste vriendin en de plaaggeest van wie ze mij als kind ooit had gered, vond ik nog steeds onbegrijpelijk. Maandenlang had Cornelia gedroomd over Pieter, maar met een paar vleiende woorden en een zorgvuldig uitgekozen sieraad had Reinier mijn vriendin alsnog voor zijn neus weggekaapt. De uitbundige goedkeuring van beide families had de rest gedaan. Inwendig zette ik me schrap voor een van Cornelia's pleidooien voor Reiniers kwaliteiten. Hij was veelzijdig en gepassioneerd. Hij was volwassen geworden. Zijn handel in hout, zout en talloze andere producten maakte hem tot een van de mannen met het snelst groeiende kapitaal van de stad, hij was een graag geziene gast op feesten en leefde desondanks sober. Hij was een man van grootse plannen met de stad, die hij tot dusver allemaal waar wist te maken. Ik wist het, en het interesseerde me niets. Pauws grootste kwaliteit was wat mij betreft dat hij vaak van huis was.

'Ik wenste niet meteen dat ik met Reinier zou trouwen,' gaf Cornelia toe. 'Maar het heeft goed uitgepakt. We zijn gelukkig samen.'

Dit gesprek hadden we al zo vaak gevoerd. 'Over welke wens wilde jij het dan hebben?' stuurde ik het gesprek terug naar het oorspronkelijke thema.

'Ik wenste dat Reinier en jij beter met elkaar overweg zouden kunnen.'

Mijn gezicht betrok. 'Ik doe mijn best. Maar Reinier – ' Ik sloot mijn mond weer. Het had geen zin om haar uit te leggen hoe dominant, driftig en eigenwijs hij was. Op het moment dat ik in Cornelia's ouderlijk huis op bezoek kwam en in de rossige jongeman bij de haard de plaaggeest van vroeger herkende, hadden Reinier en ik allebei een halfslachtige poging gedaan een nieuwe start te maken. Hij had een beleefde buiging gemaakt, ik had zelfs de kracht gevonden om me te verontschuldigen voor de koeienvlaai van lang geleden. Maar enkele weken later hoorde ik hem tegen haar zeggen dat 'die feeks', ik dus, een slechte invloed op haar had. Bij gezamenlijke ontmoetingen had hij de gewoonte ontwikkeld om over of langs me heen te kijken, alsof ik lucht was. Als tegenprestatie deed ik hetzelfde, en op die manier was er iets ontstaan wat op een vreedzame coëxistentie leek, maar dat elk moment als een kruitvat kon ontploffen.

'Jullie lijken op elkaar, weet je dat?' vervolgde ze.

Hoe kon iemand nu zeggen dat water en vuur op elkaar leken? Ik deed er gepikeerd het zwijgen toe.

'Hoe zit dat eigenlijk met jou?' vroeg ze toen.

'Wat bedoel je?'

'Je bent inmiddels,' ze dacht even na, 'vijfentwintig. Hoe zit het eigenlijk met jouw huwelijksplannen?'

Ik snoof. 'We kunnen niet zeggen dat Jan zijn best er niet voor doet. Laatst kwam er weer een of andere zuivelkoper eten.'

'En...?'

'Ik geloof dat ik er weer eentje heb afgeschrikt,' zei ik schuldbewust.

Cornelia schudde misprijzend haar hoofd.

'Die kerel was nog bleker dan de melk die hij verkocht,' verdedigde ik mezelf. 'Dat hij de hele avond praatte over groene kaas uit Texel kon ik nog wel verdragen, maar dat hij over vrouwen sprak alsof het melkkoeien zijn, ging me te ver.'

'En waarschijnlijk heb je hem daar zo openhartig op aangesproken, dat hij nog een tintje bleker werd.' Cornelia lachte spottend.

Ik haalde mijn schouders op. 'Als ik trouw, wil ik een man zoals Arnt. Eentje die me vrijheid geeft. En anders begin ik er niet aan.'

'Misschien moet je minder kritisch zijn.'

'Dat was jij immers ook niet,' wilde ik eruit flappen, maar ik hield me net op tijd in. 'Jij hebt makkelijk praten,' zei ik in plaats daarvan. 'Jij had tenminste een aanzienlijke bruidsschat en hoefde je hand niet op te houden bij je grote broers. Die kerels die zich bij Jan melden, bevallen me niet. Het zijn bijna allemaal onaantrekkelijke weduwnaars die een moeder zoeken voor hun kinderen. Er is nog zoveel te zien en te doen. Dan blijf ik liever alleen.' Ik nam een pose aan van een rederijker die een gedicht voordroeg en citeerde een vers uit een boekje van Anna Bijns dat ik ooit had gelezen. '"Dus wacht u ervan: ongebonden best, weeldig wijf zonder man."'

Cornelia plukte bedachtzaam aan een losgeschoten haarlok. 'Vergis je niet, Lysbeth. Een huwelijk biedt je ook veiligheid, een oudedagsvoorziening en nageslacht dat voor je zorgt. Je boft dat je een broer hebt die je kost en inwoning geeft. Maar wat als dat wegvalt?'

Ik trok een gezicht. Vaag schoot me een gesprek te binnen tussen Jan en zijn vrouw, dat ik hen in hun slaapkamer had horen voeren. 'Het wordt tijd dat ze trouwt, Jan. Je hebt lang genoeg voor je zus gezorgd,' had Betje gezegd. Ik had geprobeerd het gevoel van afwijzing te negeren toen Jan zei dat ik nu eenmaal niet makkelijk onder te brengen was en Betje pleitte voor een oriëntatie buiten de eigen kring. Een Duitse koopman. Of desnoods een ijdele Brabander, wat Jan pertinent weigerde. Even voelde ik me weer het meisje dat van plek naar plek werd doorgeschoven. Eerst naar oom en tante, toen naar Jan. En nu? Was ik iedereen tot last?

'Wat zoek je nu echt in een man?' Cornelia ging rechtop zitten. 'We doen even net als vroeger. Jij vangt een onzichtbaar vruchtje uit de boom en wenst een echtgenoot.'

'Maar ik wéns geen echtgenoot.' Met lichte jaloezie dacht ik aan de paar jonge weduwen die ik kende, die namens hun overleden man handeldreven. Deze vrouwen waren na hun huwelijk van niemand meer afhankelijk. Een van hen had een eigen rederij en handelde zelfstandig in hout. Er waren er die zelfs de zeeën over voeren.

'We doen alsof,' ging Cornelia onverdroten verder. 'Hoe ziet hij eruit? Hoe zou hij zijn?'

Ik rolde met mijn ogen. 'Weet ik veel. Ik zei toch al: zoiets als Arnt.'

'Iets meer je best doen, Lysbeth. Beschrijf de man zoals hij als Godsgeschenk uit de hemel zou neerdalen.'

Ik sloot mijn ogen en probeerde me een man voor te stellen die niet saai was, zoals de zuivelkoper, of irritant, zoals Reinier, of bemoeizuchtig, zoals Jan, maar tevergeefs. Ik keek haar weer aan. 'Het spijt me. Er komt niets.' Toch knaagde wat Cornelia tegen me gezegd had aan me. Ergens had ze gelijk. Door elke huwelijkskandidaat weg te jagen, bleef ik mijn leven lang afhankelijk van Jans goedgeefsheid – en Jan was bijzonder spaarzaam. Misschien zou ik, als ik een koopman huwde die regelmatig van huis was, namens hem handel kunnen drijven en al die dingen kunnen doen waar zelfs Arnt me niet de ruimte voor gaf. Diep vanbinnen verlangde ik naar iets als een eigen thuis. Een plek waar ik niet te gast was, maar die helemaal van mij was. Misschien zelfs met een man die ik bewonderde en respecteerde. Een man die echt van me hield.

'Arme vrijers van Amsterdam,' zei Cornelia. 'Dus je blijft voor eeuwig tussen het bier.'

Ik spreidde theatraal mijn armen. 'Tot de dood me van de vaten scheidt.'

'Lysbeth, ik heb je even nodig.' Arnts stem schalde uit het kantoor van zijn brouwerij.

'Momentje.' Ik liet de klant met wie ik in gesprek was over aan een van de knechten en liep naar mijn broer, die zijn gelaarsde benen op zijn bureau had gelegd.

'Als je vrouw hier was, zou ze er iets van zeggen,' zei ik. Hij liet zijn benen liggen. Arnt had een brouwerij die voornamelijk scheepsbier produceerde en waar ik al vanaf mijn jonge jaren kind aan huis was. Toen ik bij oom en tante woonde en Arnt nog leerling-brouwer was, glipte ik geregeld de brouwerij binnen waar hij in dienst was. Ook toen Arnt een van de brouwerijen van zijn zwager overnam, vond ik de bedrijvigheid tussen zijn biervaten prettiger dan het benauwde huishouden van Jan, waar Jans tweede echtgenote de scepter zwaaide over vier jonge kinderen, het personeel en over mij. Arnt had me de zolder laten zien waar mout lag te drogen. Hij liet me roeren in de brouwkuip en legde me uit hoe belangrijk het was om precies op het juiste moment de ingrediënten toe te voegen. Ik hield van de geur die uit de dampende ketels kwam en de grappen die heen en weer vlogen tussen Arnt en de bierstekers* en graanleveranciers. Arnt deed alles met een lach, zelfs het maken van de prijsafspraken. Dat maakte hem geliefd bij zijn personeel en bij zijn klanten. Toen Arnts vrouw vanwege haar zwangerschappen minder gelegenheid had om hem bij te staan, zag ik mijn kans schoon en bood mezelf aan als hulpkracht op zijn kantoor.

Arnt had het prima gevonden, maar Jan, die me het liefst binnenshuis hield, reageerde aanvankelijk afwijzend. 'Een vrouw tussen al dat manvolk, dat leidt alleen maar tot ellende. Straks word je nog net zoals je nicht, die –'

'Dank je wel, Jan,' had ik hem onderbroken, om te voorkomen dat hij een preek over me uitstortte. 'Ik ben niet van plan om er met een of andere brouwersknecht vandoor te gaan. Ik word er blij van als ik Arnt kan helpen met het schrijven van brieven en rekeningen doornemen. Arnt mag dan een prima brouwer zijn, maar met geld is hij een chaoot. En toevallig ben ik goed in cijfers – net als jij.' Ik keek hulpzoekend naar Jans vrouw, die hun jongste kind voedde in een met blauw laken beklede armstoel. Terwijl Jan bijna voortdurend werd opgeslokt door de graanhandel, zijn functie als accijnsmeester en zijn vergaderingen met het stadsbestuur, bestierde Elisabeth Hermansdochter de Bisschop het huis met ijzeren hand. Betje, zoals ze zich liet noemen, was weduwe van een rijke ijzerhandelaar en had jarenlang twee huizen bij het onze vandaan gewoond. Toen Jans eerste vrouw overleed, was hij binnen enkele maanden met haar getrouwd, een stap die hem geen windeieren had gelegd. Betje en ik hadden twee belangrijke dingen met elkaar gemeen: onze naam, en het feit dat zowel zij als ik tevreden waren als we ons zo min mogelijk met elkaars bezigheden bemoeiden, want twee kapiteins op één schip, dat ging niet samen.

'We redden ons prima zonder Lysbeth,' wuifde Betje Jans bezwaren weg. 'Laat haar het toch proberen. Er zijn genoeg vrouwen uit goede families die handeldrijven.'

'Maximaal twee dagen in de week. En een maand lang op proef,' had Jan uiteindelijk toegegeven. 'Als ik verontrustende verhalen hoor, is het klaar.'

'Wil jij op de Nieuwendijk twee vaten Hamburgs bier bestellen?' was Arnts vraag voor vandaag.

Ik trok een wenkbrauw op. 'Ik begrijp jou niet. Je brouwt je eigen bier, maar je drinkt zelf alleen maar bier uit Hamburg.'

'Er is verschil tussen gewoon scheepsbier en goed bier, Lysbeth.' Arnt wreef over zijn buik. Ik keek naar het houten bordje met de uitspraak van Maarten Luther dat hij op de tafel had gespijkerd. 'Wie bier drinkt, valt snel in slaap. Wie lang slaapt, zondigt niet en wie niet zondigt, komt in de hemel. Laten we dus bier drinken.'

'Misschien moet je eens naar je eigen brouwtechniek kijken,' zei ik. 'Met een paar kleine ingrepen kun je het vast zo maken dat je niet meer afhankelijk bent van bier uit Duitsland.'

'Scheepsjongens zitten niet op gecompliceerd bier te wachten. Ze willen veel voor weinig geld.'

'Maar je zou meerdere soorten bier kunnen produceren. Een donker bier met grove gerstemout en witbier bijvoorbeeld. Bij Hasselaer maken ze een variant met basilicum. In Scandinavië doen ze iets met dennennaalden en...'

Arnt stak zijn hand op. 'Lysbeth, als ik bier met dennennaalden wil, koop ik dat wel bij de groothandel. De zaken gaan hier prima. Ik kan nu de vraag al amper aan door de vele schepen die uitvaren. Ik vraag je nu alleen om even een bestelling te doen, niet om je met de productie te bemoeien.'

'Je belooft al maanden dat we het daar een keer over zouden hebben.'

'Schiet nou maar op.'

Op de Dam hadden kooplieden hun tafeltjes uitgeklapt en allerhande waren uitgestald. 'Kakelverse pinksternakels*, jongedame! En overheerlijke bieten!' riep een marktkoopman me toe. Een boer probeerde een ontsnapte haan te vangen. Enkele meters verderop was een vrouw in een verhit gesprek verwikkeld met de eigenaar van een herberg. 'Helaas, geen personeel nodig.' De man zette zijn handen in zijn zij. 'Zoekt u maar ergens anders.'

Ik bleef staan. De vrouw kwam me bekend voor. Ze slenterde mijn kant op en keek me onderzoekend aan. 'Ben jij...' vroeg ze toen. 'Ja. Je bent het echt. Ik zie het.'

Ik dacht na en opeens wist ik het weer. Het was Griet, mijn nicht die jaren geleden was verdwenen. Sindsdien fungeerde ze als afschrikwekkend voorbeeld dat Jan me voorhield. De uitbundige Griet was vlak voor Jans komst met een onbekende vrijer naar het zuiden getrokken en even had ik nog gedacht dat ze terug zou komen, maar ik had haar nooit meer gezien. Bij elke grens die ik in Jans huis dreigde te overschrijden, kwam hij met een preek over Griets driften die beteugeld hadden moeten worden, al kende hij haar zelf nauwelijks, en slechts uit de verhalen van tante. Toen ik Griet voor het laatst had gezien, moest ze een jaar of zeventien zijn geweest. Misschien was ze nu ergens achter in de twintig.

'Ongelooflijk. Lysbeth de Bisschop. Je bent niet eens zoveel veranderd,' zei ze.

Ik wilde net zeggen dat ik er op mijn vijfentwintigste onmogelijk uit kon zien als een meisje van twaalf, toen ik zag dat haar ogen vochtig waren. Ik schraapte mijn keel en zocht naar een paar bemoedigende woorden. Was ik blij haar te zien? Ik wist het niet. Het was al zoveel jaar geleden.

Ik herinnerde me haar brede lach en de jongens die aan de deur kwamen om haar te zien. Griets verschijning zoog mannen naar zich toe, ik duwde ze weg. Ik liep vastberaden met mijn kin omhoog, zij wiegde met haar heupen en haar voeten stampten alleen als ze voor de zoveelste keer weigerde naar oom en tante te luisteren. Ze droeg vandaag nog steeds dezelfde bruine veterschoenen als dertien jaar geleden.

'Jij bent ook niet zoveel veranderd,' zei ik dus maar. Dat klopte. Griet was nog steeds beeldschoon, al droeg ze de kleding van een dienstmeid. Het mutsje dat ze droeg kon haar dikke, blonde haar amper in bedwang houden. Een moedervlek rechts boven haar bovenlip benadrukte haar sensuele, volle lippen des te meer.

Ze veegde langs haar ogen. 'Ik had je willen schrijven.'

Mij? Ik klopte wat onhandig op haar schouder. Ze deed een beetje sentimenteel, zo hecht was onze band nu ook weer niet geweest. 'Waarom deed je dat dan niet?' vroeg ik. 'We leven in 1591. Er zijn geen keuren meer die je verbieden om te schrijven.'

Ze keek me glazig aan. 'Je hebt gelijk,' zei ze toen, en opeens was het alsof er een andere, strijdlustigere vrouw in haar was gevaren. 'Luister, nichtje. Ik ben op zoek naar werk. Eerlijk werk. Kun jij me helpen?'

Ik fronste. Ik kon me nauwelijks voorstellen dat er ook mensen waren die oneerlijk werk zochten. 'Jans vrouw zoekt nog een dienstmeid,' opperde ik aarzelend. 'Maar luister, ik durf je nu al te garanderen dat hij je niet in huis zal nemen.'

Ze begon breed te lachen. 'Echt? Ik overtuig hem wel. Geen probleem.'

Ik schudde mijn hoofd. 'Ik denk niet dat hij je verleden snel vergeet.' Jan sprak over Griet alsof ze de duivel zelf was.

Griet knipperde kort met haar ogen. 'Wat is je broer kortzichtig. Familie hoort voor elkaar te zorgen, is het niet?'

'Was jij niet met een of andere onbekende man naar het zuiden getrokken?' vroeg ik. 'Ik meen me te herinneren dat hij je had geschaakt of zo. Al hebben oom en tante tegen iedereen verteld dat je bij familie in Utrecht logeerde.'

Ze stak haar neus in de lucht. 'Ik heb een reisje gemaakt, ja. En nu ben ik weer terug.'

Ik dacht na. Oom was een paar jaar geleden gestorven, maar tante woonde nog steeds in hetzelfde huis waar ik was opgegroeid. 'Ben je al bij je moeder geweest? Ze zal vast blij zijn dat je terug bent.'

Haar mond werd een smalle streep. 'Ze wil me niet meer zien. En ik ben te lang de stad uit geweest om in aanmerking te komen voor de armenzorg. Nou. Vertel. Wil je me helpen en Jan overtuigen?'

Ik haalde mijn schouders op. 'Ik geef je weinig kans. Maar misschien kan ik Arnt vragen of hij nog hulp nodig heeft. Of mijn vriendin, Cornelia Pauw.' Zodra ik de woorden had uitgesproken, had ik alweer spijt. Familie moest je niet laten vallen, maar wilde ik Cornelia opzadelen met een nicht die ik nauwelijks kende?

Griets gezicht kreeg iets onverschilligs. 'Ik woon in een kamer in de Pijlsteeg, boven de smid. Als je iets weet, kom je dan langs?'

Ik knikte halfhartig. Ik hoopte dat ze snel op een andere plek een eerlijke baan zou vinden, zonder dat ik daar iets voor hoefde te doen.

Vanuit de keuken dreef de belofte van warme kersenvla de achterkamer in, die me deed watertanden. Ik keek naar Jan, die met gesloten ogen in zijn armstoel zat. Zijn in sloffen gestoken voeten lagen op een stoofje. Hij leek mijlenver weg met zijn gedachten.

'Ik kwam een een oude bekende tegen,' zei ik plompverloren. 'Onze nicht Griet.'

Jans ogen schoten open. 'Is dat zo?'

'Ja. Ze is op zoek naar een baan.'

'Die zal ze hier niet meer makkelijk vinden.' Hij sloot zijn ogen weer.

Ik keek naar zijn scherpe profiel, en besloot dat ik nog wel kon doorvragen. Jan leek wel wat op het brood uit onze keuken. Onder die harde buitenkant zat wel degelijk gevoel, als je er je tanden maar in zette.

'Weet jij geen adresje voor haar? Ze is immers familie.'

Hij gromde. 'Iemand die gehoereerd heeft met de vijand, is geen familie. Zo iemand is uitschot.'

'Hoereert met de vijand?' Ik knipperde met mijn ogen en dacht weer aan het woord "Spanjolenhoer".

'Ja, dat wist je toch?' Hij keek verstolen naar de deur, waarachter het gerammel klonk van borden die opeengestapeld werden en pollepels die tegen ketels tikten.

'Je waarschuwt me al jaren voor haar,' zei ik, 'maar je kent haar alleen uit de tijd dat ze een peuter was. Toen jij mij bij oom en tante weghaalde, was Griet daar al niet meer.'

'Klopt, maar ik weet genoeg over die slet. Dat ik jou kwam ophalen, was omdat je oom en tante op waren van de zenuwen. Je tante kon de zorg voor jou er niet meer bij hebben. Daarom schreef ze me. En daarna heeft ze me alles verteld.'

'Aha.' Ik voelde een steek vanbinnen. Het was dus niet eens Jans eigen keuze geweest dat hij me in huis had genomen. Oom en tante hadden van me af gewild.

'Haar ouders hebben nog geprobeerd haar tot rede te brengen voor ik kwam,' ging Jan onverstoorbaar door, zich er blijkbaar niet van bewust dat hij een pijnlijk punt had geraakt. Hij rekte zich met gevouwen handen uit. Ik hoorde zijn vingerkootjes kraken. 'Ze wilden dat domme wicht zelfs naar een klooster in Utrecht sturen. Maar ze moest en zou haar Spaanse vrijer achterna, vlak nadat hij tijdens de Alteratie* aan de dijk is gezet. Terecht hebben ze hun handen van haar afgetrokken.'

Ik herinnerde me vaag de Alteratie, die zich afspeelde rond de tijd dat ik bij Jan kwam wonen. Het was de omwenteling van een Spaansgezind naar een protestants Amsterdam. Paapse raadsleden, katholieke geestelijken, een paar monniken en de laatste Spanjaarden die het hadden gewaagd in de stad te blijven werden op de Dam bijeengedreven, op een schuit geduwd en aan de dijk gezet, om nooit meer naar de stad terug te mogen keren. Peinzend staarde ik voor me uit.

'Dus je wilt haar niet helpen?' vroeg ik.

'Nogmaals, nee. Trouwens, hoe minder mensen op de hoogte zijn van onze verwantschap met dat mens, hoe beter. Ik laat me niet met haar in, op wat voor manier dan ook. En van jou verwacht ik hetzelfde.'

# 6

## Amsterdam, mei 1618

Het huis is leeg. De schilderijen aan de wanden zijn verdwenen en elk meubelstuk, elke deur en elk raam is verzwolgen door een inktzwart niets. Ik krab met mijn nagels aan de onzichtbare muren en roep de namen van degenen die bij me horen. 'Rem!' schreeuw ik. 'Baefje! Geertruid!' Ik zak door mijn knieën. 'Arnt! Moeder!' Niets, nog steeds niets. Niets behalve mijn eigen gekrijs. Tot een boosaardige lach de stilte doorbreekt. 'Arminiaanse hoer!'

'Hou op!' Iemand gooit iets kouds en nats in mijn gezicht. 'Hou op, mam! Mam! Mám! U schreeuwt.'

'Lysbeth.' De stem van Rem. 'Hou op. Je wekt iedereen in huis.'

Als ik opkijk, zie ik Geertruid, haar ogen glanzend in het licht van de blaker.

'Godzijdank.' Rem staat aan de andere kant naast het bed, een leeg glas in zijn hand. 'We kregen je met geen mogelijkheid wakker.'

In de verte slaan de stadsklokken vijf keer. 'Ga nog maar even slapen, Geertruid.' Rem knikt naar de deur.

Na een laatste bezorgde blik op mij verlaat Geertruid de kamer.

Rem zucht diep. 'Dit kan niet langer zo, Lysbeth. Het is al ruim een jaar geleden.'

Ik veeg een haarlok van mijn voorhoofd, dat nat is van het zweet en het water uit Rems glas. 'Denk je dat ik hierom heb gevraagd?' zeg ik. 'Denk je dat ik niet snak naar een nacht zonder angstdromen?' De uiterlijke schade die we hebben geleden, is grotendeels hersteld. Maar daarmee is alles gezegd. Toen Rem en ik kort na de plundering een verhoor bijwoonden waar schout en schepenen een aantal jongens ondervroegen, trilden mijn ledematen zo van woede dat ik er zelf van schrok. Misschien was het vooral de manier waarop ze anderen beschuldigden en zichzelf probeerden vrij te pleiten. Er was geen berouw. Bij niemand. Hooguit bij Antonie, maar die had ik niet meer gezien sinds hij ons huis had geveegd. En nadat ik hem de vrijheid had gegeven, had hij mijn geleende handschoenen gestolen.

'Als jij me destijds niet alleen in huis had achtergelaten, zou iedereen in huis nu misschien rustig slapen,' vervolg ik en terwijl ik het zeg, vraag ik me af hoe ik zo'n onverzoenlijk mens ben geworden. Waarom lijk ik steeds minder op de vrouw die ik eens was? Ik ben als het huis in mijn droom. Het zwart slokt me op.

Al maanden handel ik elke dag werktuiglijk mijn taken af, hopend daarmee de donkere gedachten in mijn hoofd te bedwingen. Terwijl stad en land in tweeën worden gespleten in een conflict dat steeds verder uit de hand loopt, doe ik slechts wat ik moet doen. Ik richt het huis opnieuw in, stuur het huispersoneel aan, breng de meisjes naar school en probeer te vergeten wat er is gebeurd. Intussen probeer ik de balans te bewaren tussen de schimpscheuten van sommige vrouwen, en de adoratie van andere. Ik ben getrouwd met een van de meest omstreden mannen van de stad. Een deel van mijn kennissenkring bekijkt me met onverbloemde weerzin, een ander deel lijkt te denken dat ik deel uitmaak van een groot verlossingsplan.

'Lysbeth, je gedraagt je onredelijk.' Rem komt weer naast me liggen. 'Als je die ochtend van de plundering nu maar naar me had geluisterd...' Hij zucht. 'Ik had je over mijn schouder moeten gooien en je mee moeten sleuren naar de buren.'

Hij wil mijn wang strelen, maar ik trek mijn hoofd opzij. 'Misschien had je jezelf iets minder moeten profileren als de voorman op wie de hoop van de Amsterdamse remonstranten gevestigd is,' zeg ik. 'Dan hadden ze een ander huis uitgekozen.'

Het is even stil naast me. 'Die discussie gaan we niet opnieuw voeren, en zeker niet 's nachts. Ik heb je drie keer geroepen,' zegt hij. 'Als jij niet dat idiote kistje had willen redden, waren we op tijd geweest.'

'Ik kan gewoon maar niet begrijpen dat je zoveel tijd doorbrengt met praten over religie, over tolerantie en liefde, maar ondertussen nauwelijks aandacht hebt voor je eigen vrouw en kinderen. Die ochtend dat ze ons huis plunderden, heeft iets in me kapotgemaakt, en ik doe mijn best om door te gaan met ons leven.' Ik voel tranen in mijn ogen springen. 'Maar het lukt me niet. Echt niet. Het doet te veel pijn. Zelfs de knechten van de buurman zagen me naar buiten komen en riepen naar me, maar jij was verdwenen.'

'Houd nou eens op met die verwijten,' zegt hij. 'We zijn inmiddels meer dan een jaar verder. Ik verwijt jou toch ook niet voortdurend jouw onachtzaamheid in Koningsbergen?'

Ik hijs me iets overeind in de kussens. 'Ga je die oude koe weer uit de sloot halen?'

'Lysbeth, alsjeblieft.' Hij doet een poging me tegen zich aan te trekken. 'Ik ben er nu. Morgen komt prins Maurits naar de stad. We gaan samen met de kinderen naar de optocht kijken.'

'Prins Maurits. Wat komt die man hier doen?' Rem had nog een tijdje de hoop gehad dat er vanuit de prins van Oranje hulp te verwachten viel, maar die hoop bleek ijdel. Een paar maanden geleden koos Maurits demonstratief de kant van de contraremonstranten.

'Het kan geen kwaad om te zien wat de prins van plan is.' Hij kust mijn hals. De warmte van zijn lichaam staat me tegen. Weer maak ik me van hem los en ik schuif bij hem vandaan. 'Ik ga proberen te slapen,' zeg ik kortaf. 'Anders kan ik mijn ogen niet openhouden als die prins langsrijdt.' Een paar minuten later hoor ik Rems rustige ademhaling, maar mijn ogen blijven open tot het eerste daglicht door de kieren van de luiken valt.

Er klinkt trompetgeschal. Baefje, die tussen Rem en mij in staat, zwaait net als een aantal andere kinderen verwoed naar de naderende optocht. Wanneer een eindje verderop vuurwerk tot ontploffing wordt gebracht en ik net als alle inwoners van de stad vol ontzag naar het spektakel kijk, vergeet ik een paar seconden dat dit schouwspel het decor vormt van een alliantie die tegen ons gericht is.

Daar rijdt hij dan. Prins van Oranje. Lid van de orde van de Kousenband. Beschermheer van het zogenaamde ware geloof in een strijd die allang niet meer alleen met godsdienstkwesties te maken heeft. Het heeft te maken met standpunten over oorlog en vrede met de

Spanjaarden, met overzeese handelsbelangen. Met persoonlijke vetes tussen de prins en raadpensionaris Van Oldenbarnevelt. En vooral ook met onvrede van talloze mensen die zich niet gehoord voelen.

'Mooie kleren, mama.' Baefje wijst naar de helm van de prins, die is versierd met rode pluimen. 'Wie is die meneer in de rode mantel die naast hem rijdt?'

'Dat is Don Emanuel, de prins van Portugal,' zegt Rem in mijn plaats. Hij kijkt met opeengeklemde lippen naar de stoet met edelen. 'Een zwager van de Oranjes. Ik begrijp niet dat een protestantse prins die een katholieke zwager én een katholieke maîtresse heeft, zo onverdraagzaam kan zijn als het om remonstranten gaat. Ik vraag me eigenlijk af wat we hier doen. Die man is een opportunist.'

'Jij was degene die hier zo graag heen wilde,' zeg ik.

'Wat staat er op de boog, mama?' Baefje knijpt haar ogen samen en bestudeert de versierde zegeboog die de rederijkers* tussen de Waag en de steiger hebben geplaatst. *Be... ne... dictus, qui venit in nomine Domini.* 'Gezegend hij, die komt in de naam van de Heer,' vertaal ik korzelig.

'Dat valt nog te bezien.' Rem fluit zacht tussen zijn tanden en maakt zich van ons los, om een eindje verderop met een paar mannen in gesprek te gaan.

'Kom Baefje, we lopen iets naar voren.' Ik wurm me met haar tussen de menigte door en kijk naar het onbewogen gezicht van de prins, die nu over de loper schrijdt waar de vier burgemeesters op een rij klaarstaan. Daarachter staan de schepenen, dan de leden van de vroedschap. Reinier Pauw doet een stap naar voren. Hij buigt licht, en glimlacht trots als de prins hem op de schouder klopt. Ik zie de zelfgenoegzame blikken van Jan en de andere regenten, mannen die zich onaantastbaar voelen en word bevangen door plaatsvervangende schaamte. Wie aan de positie van deze mannen morrelt, wordt zonder pardon opzijgeschoven, of die persoon nu zogenaamde ketterse geloofsopvattingen heeft, zoals wij, of een zedeloze levensstijl als Griet.

Waarom denk ik nu opeens aan Griet?

Ik wend mijn blikken af van het ceremonieel en zoek met mijn ogen naar Rem en zijn gesprekspartners, die vlak bij de Waag staan.

De mannen lijken in een intensief gesprek verwikkeld. Gaat dit over de prins? Of over iets anders?

'Het spijt me, Lysbeth.' Even later staat Rem weer bij me. 'Ik moet zo gaan.'

'Gaan?' Ik kijk verbaasd. 'Maar we zijn er net. En de rederijkers gaan zo meteen een toneelstuk opvoeren.'

Rem knikt naar de mannen, die ongeduldig op hem lijken te wachten. 'Er is een verandering in de plannen gekomen,' zegt hij.

'Welke plannen?'

'Ik moet vanmiddag naar Leiden. Naar mijn broer. Er loopt in het land het een en ander uit de hand.'

'Volgens mij loopt er hier ook iets uit de hand. Lááť die mannen in Leiden nou eens even. Je had beloofd dat we vandaag samen zouden zijn.'

Als we maar meer tijd hebben samen, en de gelegenheid om over andere zaken te praten. Dan moet het goed komen. Dan zal ik erin slagen mijn wrok jegens hem te laten varen. Misschien dat ik dan ook weer de vrouw kan worden die ik was. Misschien dat ik hem dan ook 's nachts niet meer zal afwijzen. 'En over twee dagen organiseert Jan een feest ter gelegenheid van zijn nieuwe huis,' zeg ik. 'We moeten daar heen, om de familieband goed te houden.'

'Dat is jou wel toevertrouwd. Alsjeblieft, Lysbeth. Stel niet te veel vragen.'

'Leg me op z'n minst uit waarom je nu per se weg wilt.'

'Ik ben het aan mijn broer verplicht,' zegt Rem. 'Hij heeft mijn hulp nodig.'

'En ik dan? Wij zijn je familie. Hier en nu. Blijf hier.'

'Dat kan niet. Snap je dat dan niet?' Hij zucht. 'Laat ook maar. Wil jij de gebruikelijke taken op je nemen terwijl ik weg ben? Ik ben binnen drie weken terug en schrijf je om de dag, zoals altijd. En maak je geen zorgen, ik zal Arnt vragen of hij een oogje in het zeil wil houden, zodat je je niet onveilig voelt.'

'Dat is echt niet nodig,' zeg ik kortaf. 'De meisjes en ik redden ons wel.'

In de brede tuin van Jans gloednieuwe woning vlak bij de Jan Roodenpoortstoren staat een Romeinse adonis op een marmeren sokkel. 'Chic pandje heeft onze broer aangekocht.' Arnt klakt met zijn tong en bestudeert het standbeeld waar enkele heren van de vroedschap omheen staan, met in hun hand een fonkelende roemer wijn. Ook Reinier Pauw staat erbij. Het is warm voor de tijd van het jaar. Een enkeling legt zijn overkleding op het bankje aan de rand van een aangeharkt perk met een rij symmetrische, nog onbegroeide bonenstaken.

'Ik dacht dat Reinier al wel weer naar Den Haag gereisd zou zijn, de prins achterna,' fluister ik. 'Daar zit hij immers de hele tijd om de hielen van Zijne Hoogheid te likken.'

'Zusje, als je niet uitkijkt word je nog een verbitterde vrouw,' zegt Arnt. Ik kijk opzij en schrik van de kleur van zijn huid, die gelig lijkt. Of is dat de gloed van de middagzon?

'Gaat het wel goed met je, Arnt?' vraag ik.

'Ik voel me prima,' zegt hij. 'Maar ik ga wel even op zoek naar de drank.' Handenwrijvend verdwijnt hij door de achterdeur. Ik kijk naar een groepje vrouwen dat onder het prieel staat, naar de vele zwarte rokken en wijd uitstaande witte kragen van het fijnste batist. Het lijkt alsof elke vrouw zich aan een vastomlijnd kledingvoorschrift heeft gehouden, maar in details doen ze wel degelijk hun best zich te onderscheiden. Een opvallend borduursel van gouddraad. Dure kanten manchetten. Een zilveren ring met een edelsteen. Enkelen knikken me vriendelijk toe, anderen doen alsof ze me niet zien. Sommige gesprekken gaan over de scheuring in het land. Over zogenaamde slijkgeuzen* die weigeren met hun remonstrantse kerkgenoten in één gebouw te zitten en over de modderige landwegen lopen om in loodsen buiten de stad bijeen te komen. Over goede steden en slechte steden, waarvan Amsterdam een goede is, en Rotterdam, met veel remonstranten in het stadsbestuur, een slechte. Hoewel dit het feest van mijn eigen broer is, voel ik me toch niet op mijn gemak. Voor ik in een discussie verzeild raak, besluit ik ook maar even naar binnen te gaan.

In de grote voorkamer is het nog drukker dan in de tuin. De meeste bezoekers staan rondom een rederijker, die een gedicht declameert. In een hoek is Reiniers aanstaande echtgenote in gesprek met twee andere vrouwen. 'Een van de eerste dingen die ik doe zodra we getrouwd zijn, is extra personeel aannemen,' hoor ik haar zeggen. 'De tuin achter het huis is overwoekerd en het eten dat zijn keukenmeid klaarmaakt, smaakt nergens naar.' Even blijf ik staan om de weduwe te observeren die al jaren naast Reinier woont, en die binnenkort Reiniers vrouw gaat worden. Ze is een totaal ander type dan Cornelia. Haar gezicht is lang, haar lippen zijn smal en haar ogen flets. Alsof ze voelt dat ik haar observeer, kijkt ze terug. Ik probeer mijn hoge ademhaling en het onrustige kloppen van mijn hart te negeren, zoals ik al maanden doe. Vlug verlaat ik de kamer, die uitkomt op een smalle galerij. Ik leun tegen de muur en adem langzaam in en uit, tot het kloppen minder wordt. Naast me bevindt zich een deur. Ik hoor mannenstemmen.

'Aan de corruptie moet een eind komen.' Ik herken het vertrouwde stemgeluid van Jan. 'We kunnen ons die accijnzen die worden ontdoken niet meer permitteren.'

Het blijft even stil. 'Ik ben blij dat je er zo over denkt. Al die illegale dranken die de stadsmuren worden binnengesmokkeld zijn mij en mijn vakgenoten een doorn in het oog.' Dat is duidelijk de stem van Arnt.

Jan zegt iets wat ik niet kan verstaan.

'Hoe dan ook, je hebt een fraai optrekje.' Dat is Arnt weer. 'En op loopafstand van Rem en Lysbeth.' Ik hoor hem grinniken. 'Heb je deze plek uitgekozen om ons zusje beter in de gaten te kunnen houden?'

Ik schuif dichter naar de deur.

'Lysbeth? Welnee. Die is eigenwijs, maar ze doet geen gekke dingen. Het is die verdomde zwager van ons. Die man is met zijn vrijgevochten denkbeelden niet alleen een gevaar voor onze familie, maar ook voor de rust in de stad.'

'Nu dicht je Rem wel veel eer toe, grote broer.'

'Het kan geen kwaad hem een beetje in de gaten te houden. En ik verwacht dat jij dat ook doet. Ze zijn vertrouwder met jou dan met mij,' antwoordt Jan.

Ik zwaai de deur open. 'Zusje.' Arnt neemt net een grote slok uit de roemer die hij in zijn hand houdt, en likt tevreden langs zijn lippen.

Jan kijkt op, maar vertrekt geen spier. 'Welkom in mijn nieuwe huis. In de woonkamer wordt zoete witte geschonken uit de Loire-vallei.'

'Daar was ik niet naar op zoek,' zeg ik.

Hij glimlacht. 'Ik moet nodig weer mijn verplichtingen als gastheer nakomen.' Met grote stappen beent hij de galerij in. Nog steeds een beetje duizelig leun ik tegen de muur.

'Hé, Lysbeth. Gaat het wel met je?' vraagt Arnt.

Ik recht mijn rug. 'Het gaat al beter,' zeg ik. 'Wat zaten jullie samen te bekokstoven?'

Hij houdt zijn hoofd schuin. 'Niets. We hadden het over accijnzen. En Jan probeert de familiegelederen in bedwang te houden, zoals hij altijd doet.'

'Is hij ergens mee bezig waar ik geen weet van heb?'

'Onze Jan heeft altijd een plan. Je kent hem toch.' Arnt bekijkt het peperdure goudleren behang, waarop ornamenten van allerlei exotische vogels zijn aangebracht. 'Zo'n behangetje lijkt mij ook wel wat. Jou niet?'

Ik snuif de verse geur van vernis op. 'Na de toestand van vorig jaar doen wij het nog wat zuiniger aan. We zullen een paar jaar moeten werken om de verliezen te compenseren.'

Arnt maakt een murmelend geluid. 'Hoe zit het eigenlijk met de daders?'

'Sommigen zijn voor de komende jaren opgesloten in het rasphuis, anderen zijn weer vrijgelaten.'

'En die kerel die jou te grazen wilde nemen?' Arnt neemt opnieuw een grote slok van zijn wijn. 'Is hij gepakt?'

'Dat weet ik niet.' Ik knijp mijn handen samen. De eerste weken na de plundering had ik nog de energie om wekelijks langs de schout te lopen en hem te bevragen. Maar toen de man me na een aantal keren had toegebeten: 'Verhef je stem nog eenmaal, en ik sluit je op,' wist ik dat het genoeg was.

'Heeft Rem je nooit meegenomen naar het rasphuis om te kijken of die schoft ertussen zit?' vraagt Arnt.

'Zo'n uitje door de krochten van ellende, waar kinderen tijdens de kermisdagen voor twee stuivers mogen kijken naar hoe echte misdadigers eruitzien? Nee, dank je, ik heb genoeg criminelen gezien voor de rest van mijn leven.'

Hij haalt zijn schouders op. 'Het is geen pretje, maar dan weet je het tenminste zeker.'

Ik zwijg even.

'Ik wil je wel vergezellen?' biedt hij aan.

Ik denk na. Hij heeft gelijk. Als ik weet dat mijn ergste belager in het rasphuis zit, wordt mijn ademhaling misschien rustiger, en nemen de nachtmerries af. 'Goed,' zeg ik dan, voor ik me kan bedenken. 'Morgen heb ik wel tijd.'

De rij bij het privaat is kort. Als ik zie wie er voor me staat, wil ik het liefst weer rechtsomkeert maken. Toch blijf ik staan. Ik laat me niet verjagen door Reinier Pauw.

'Lysbeth.' Hij knikt me onverschillig toe. 'Je broer heeft een mooi optrekje laten bouwen.'

'Zeker,' zeg ik. 'Laten we hopen dat er hier geen honderd vandalen binnenvallen.'

De onbehaaglijke trek om zijn mond geeft me voldoening. 'Je broer is een verstandig man,' zegt hij. 'Dus dat zal zo'n vaart niet lopen.'

Ik kijk naar de grote man die voor me staat, met zijn wijkende rossige haarlijn. De machtigste man van Amsterdam. De man die de levensgezel was van mijn beste vriendin en die meer en meer tussen haar en mij in kwam te staan. Telkens weer had Cornelia geprobeerd ons met elkaar te verzoenen. Als de gemoederen te hoog opliepen, wist zij altijd het gesprek op iets anders te brengen, bijvoorbeeld door me een schaal met versgebakken koek voor te houden. 'Kom, laten we ophouden met dat zure geklets en iets zoets eten,' zei ze dan. Cornelia. O, wat mis ik haar.

'Als jij vorig jaar de schout sneller had ingeschakeld, was het bij ons niet zo misgegaan,' zeg ik tegen Reinier.

Hij kijkt naar het deurtje van het privaat waarachter gerommel klinkt. 'Ben je nu nog niet klaar met de martelaar uithangen?' vraagt hij dan.

Ik weet niet wat ik moet zeggen. Zwijgend bestudeer ik de kleine rode adertjes aan weerszijden van zijn neus en op zijn wangen.

'Ik vind het nogal ongepast dat je mij ter verantwoording roept,' gaat hij door. 'Zeker tijdens een feestelijke aangelegenheid. Maar omwille van de goede verstandhouding met je broer zal ik je dat maar vergeven.'

Ik haal diep adem en richt mijn blik op iets in de verte. 'Heel edelmoedig van je,' zeg ik. 'Ik zou zeggen dat dat in geen enkele verhouding staat tot wat wij jou te vergeven hebben.'

Hij kijkt mij ook niet aan en bestudeert de hemel, waar een wolk voor de zon schuift. 'Doe me een plezier en vermoei me verder niet met je verdenkingen. Jullie hebben dit over jezelf afgeroepen door het organiseren van die schimmige bijeenkomsten.'

'Als Cornelia nog had geleefd, zou zíj je ter verantwoording hebben geroepen.'

'Waag het niet Cornelia hierbij te halen.' De dreiging waarmee hij zijn woorden uitspreekt, ontgaat me niet.

Ik recht mijn rug en kijk hem dan toch aan, recht in dat zelfvoldane smoelwerk van hem. 'Haar naam lijkt me juist heel relevant,' vervolg ik. 'Ik weet dat je nooit een voorstander bent geweest van onze vriendschap, maar dat je haar de afgelopen jaren steeds meer bij mij hebt weggehouden, dat vergeef ik je nooit.'

'Ik heb haar niet bij je weggehouden.'

'O nee? Al vanaf het begin heb je tussen ons lopen stoken. Hoe kwam het dan dat Cornelia zelfs bij de doop van Baefje niet aanwezig was? En dat ik te laat werd gewaarschuwd toen ze stervende was?'

'Dat is een leugen. Ik heb een bode naar jullie huis gestuurd.'

'Een bode. Pff.' Ik lach schamper. 'En die is zeker per ongeluk verdwaald?'

'Als je ervoor kiest om mij niet te geloven, is dat jouw probleem,' zegt hij. Op dat moment gaat de deur van het privaat open, en als op afspraak knikken we naar de rederijker die zojuist nog een gedicht ter ere van Jan had laten horen.

'Weet je wat ik denk?' zeg ik, voordat hij in het privaat verdwijnt. 'Ik denk dat jij niet alleen bewust urenlang hebt gewacht tijdens de plundering, maar ook dat je er opdracht toe hebt gegeven.'

Hij lacht spottend. 'Weet je wat ik denk? Dat jij een gestoorde, hysterische heks bent.'

Als ik een dag later bij het poortje van het rasphuis arriveer, staat Arnt er al. Hij is niet alleen. Hij heeft iemand bij zich. Ik herken de man als dokter Sebastiaan Egbertsz, een neef van Jans overleden vrouw. Een statige man met een koperkleurige, keurig geknipte baard en een breedgerande hoed. Verwonderd vraag ik me af waarom Arnt hem heeft meegenomen. Dan herinner ik me dat Egbertsz een van degenen is die dit rasphuis heeft opgericht. De zwaarste misdadigers van de stad komen na executie op zijn ontleedtafel terecht, voor de jongere of mildere gevallen heeft hij samen met een aantal anderen dit verbetergesticht in het leven geroepen.

'Mevrouw De Bisschop,' groet hij me. 'Uw broer heeft me gevraagd u terzijde te staan. De zaak van de remonstranten gaat me al een tijdje aan het hart. Ik leid u graag rond.'

'Dank u,' zeg ik. Enkele jaren geleden ben ik wel eens in het rasphuis geweest, toen Rem er nog regent was, maar verder dan de regentenkamers ben ik nooit gekomen.

'Weet u de naam van de man naar wie u op zoek bent?' vraagt hij.

Ik schud mijn hoofd.

'Dan zullen we gewoon moeten rondkijken,' zegt hij.

Aan Arnts arm loop ik over een schemerige, naar schimmel ruikende binnenplaats naar een tafel waar een zwaargebouwde provoost aan zijn nagels zit te pulken. Zodra de man ons ziet, staat hij gehaast op. 'Dokter Egbertsz,' mompelt hij, en hij maakt een buiging. 'Meneer, mevrouw.'

'Zou u zo goed willen zijn ons een rondleiding te geven?' vraagt Egbertsz. 'Uiteraard niet tegelijkertijd met de hele groep.' Hij knikt naar een groepje schooljongens die zich vanuit een zijgang verdringen om naar binnen te mogen.

'Zeker, dokter, meneer, mevrouw.' De man grijnst zijn bruine tanden bloot als Arnt hem een paar munten toestopt, en loopt voor ons uit.

'Vraag gerust alles wat u wilt weten,' zegt Egbertsz, terwijl we door de gangen lopen die leiden langs een bakkerij, een ziekenkamer en een kleine kroeg. Ik knik beleefd. Het is vriendelijk van de man dat hij speciaal tijd voor ons heeft vrijgemaakt, maar ik wil eigenlijk slechts één ding weten en dan zo snel mogelijk weer vertrekken uit dit oord.

De ziekenkamer en de kroeg zijn verlaten. De geur van versgebakken brood uit de bakkerij verdrijft enigszins de bedompte stank van rottend afval. We naderen een grote binnenplaats omringd door hoge celblokken, waar metershoge stapels hout liggen. Groepjes mannen verpulveren balken tot poeder met een zware raspzaag. Roetdampen en stof verspreiden zich tot achter het traliehek. Het snerpende geluid van de zaag en het gekletter van bakken en kettingen is oorverdovend. Niemand van de gevangenen kijkt op.

'Hier wordt hout uit Brazilië verwerkt tot pigmentpoeder, waar dan weer verf van wordt gemaakt,' verklaart Egbertsz boven het kabaal uit. 'We gaan ervan uit dat criminelen die nog tot verbetering in staat zijn door het doen van eerlijk werk leren hoe ze in de maatschappij kunnen functioneren.'

Eerlijk werk. De woorden die Griet ooit tegen me sprak. Ik laat mijn blik over de binnenplaats dwalen. Een toezichthouder met een groen wambuis noteert de aantallen verzaagde balken die door gevangenen op een hoge weegschaal worden gelegd. Een eindje verderop, naast een pilaar met Vrouwe Justitia, stookt een man het vuur hoger op. De zwarte damp maakt me misselijk en mijn benen zijn zo slap dat ik bang ben dat ik er elk moment doorheen zal zakken. Ik zie niets bekends. Arnt legt een hand op mijn arm. 'Er is ook nog een andere werkplaats,' hoor ik Egbertsz zeggen. 'Voor de mannen die minder last veroorzaken. Daar weeft men stoffen met garen uit het spinhuis. Volg mij maar.'

In de werkplaats worden trijp*, saai* en bombazijn* geweven. Tussen het geratel en getik van de weefgetouwen en de wolken stof doe ik opnieuw een poging een bekend gezicht te onderscheiden. In de hoek van de ruimte staat een man die een slok neemt uit een emmer water. Hij lijkt langs ons heen te kijken, immuun voor het voorbijgaande bezoek.

Dan flitsen zijn ogen ineens mijn kant op. Ik zie zijn lippen bewegen. Arminiaanse hoer. Het lijkt of alle lucht uit mijn longen wordt gezogen. Ik moet hier weg.

'Die daar,' stamel ik. 'Hij was erbij.' Met een trillende vinger wijs ik naar de man met de emmer. Het is niet de man die probeerde me te verkrachten, maar wel een van zijn maten. Hoe heette hij ook alweer? Claes? Hij koos uiteindelijk voor het geld.

'Is dat de man die u heeft lastiggevallen?' vraagt Egbertsz.

Ik schud mijn hoofd. 'Het... het was een van zijn vrienden. Maar hij was erbij.'

'Die komt er voorlopig niet meer uit,' klinkt Arnts stem zacht. Terwijl ik me afwend, zie ik nog net hoe Egbertsz de bewaker aanspreekt en Arnt hem opnieuw een paar muntstukken toestopt. Ik hoor Egbertsz vaag het woord 'kelder' zeggen.

Gauw ga ik naar buiten. Ik voel me nauwelijks beter dan ervoor.

De volgende dag sta ik al bij het ochtendgloren op en lijn Gomarus aan. 'Waar gaat u naartoe, mevrouw?' klinkt een stem als ik de voordeur opendoe. Hendrik, die blijkbaar bezig was de haard in het kantoor schoon te maken, komt met een emmer vol as uit Rems kantoor. Ik schrik, ondanks zijn bekende stem. Die man heeft de onhebbelijke gewoonte om uit het niets op te duiken.

'Ik ga even naar de markt om een kip te kopen,' antwoord ik, al gaat hem dat eigenlijk weinig aan. Ik open de voordeur en snuif de geur op van een pas gevallen lenteregenbui. Met Gomarus naast me wandel ik langs het Singel naar de Amstel, waar de boter-, kaas- en pluimveemarkt is. Hoewel de zonnestralen nog maar net boven de daken van de huizen uitkomen, is het er al druk. Het geschreeuw, getrek en geduw van de mensen maakt me opnieuw duizelig. Wat is dit toch? Waarom krimp ik op straat nog steeds ineen als een bang kind? Wanneer ik bij een van de kraampjes een kip in mijn mandje stop, waarbij Gomarus verlekkerd begint te janken, legt iemand een hand op mijn schouder. 'Hé, nicht. Kijk nou, je ziet er niet veel beter uit dan dat dode stuk pluimvee in je mand. Kom ik je ook nog een keer tegen in gezonde conditie?'

Griet. Ook dat nog. Ik probeer mijn armen, die door haar plotselinge aanraking opnieuw zijn gaan trillen, tot rust te brengen door ze dicht tegen mijn lichaam over elkaar te kruisen.

'Arm mens toch, straks val je nog flauw.' Ze trekt me mee. 'Kom, ik breng je even naar een rustig plekje.' Ze kijkt kwaad naar een dikke vrouw die ons de weg verspert en duwt me naar een schaduwrijke plek onder een boom, waar twee geiten aan een touw staan te grazen. 'Zo. Dat is beter. Zal ik je naar je man brengen?'

'Die is niet in de stad. Je weet wel, de goede zaak,' zeg ik. Ik ga zitten op het muurtje dat ze aanwijst. De stenen zijn nog koud en vochtig van de regen.

'Die man van jou is een volhouder,' zegt ze, en strekt haar benen naast me. 'Als hij net zo hard zou strijden tegen de armoede in onze steeg liep ik inmiddels op gouden muiltjes.'

Griet haalt een kruikje uit haar buidel en biedt het me aan, maar ik schud mijn hoofd. Ik moet niet aan drank denken op dit vroege tijdstip.

'Hé,' zegt ze dan. 'Kun jij me misschien wat geld lenen?'

Ik frons. 'Waar heb je dat voor nodig?' vraag ik.

Ze zwijgt even. 'Laat ook maar,' zegt ze, en haar ogen lichten op. 'Ik denk dat ik iets voor je kan betekenen. Maar dat kan alleen als je mij belooft dat je Toontje niet naar het rasphuis laat brengen.'

'Toontje?' Met opgetrokken wenkbrauwen kijk ik naar haar zinnelijke lippen die zich om de opening van het kruikje krullen.

Ze zucht ongeduldig. 'Toontje. Antonie.'

'O ja.' Ik trek aan de lijn van Gomarus, die een uithaal doet naar een voorbijschietende lapjeskat. 'Die stenengooier heb ik al meer dan een jaar niet gezien. En wat kun jij dan voor me betekenen?'

'Wil je meer weten over de kerel die de plundering van jullie huis heeft veroorzaakt?' vraagt ze.

Verrast kijk ik haar aan. 'Ik dacht dat je eerder zei dat je niet uit de school wilde klappen.'

'Misschien heb ik me bedacht.' Ze neemt nog een slok uit het kruikje en veegt haar lippen af.

'Zweer je dat je Toontje met rust laat? Op de Bijbel en de hele santekraam die jullie remonstranten heilig is?'

'Jaja,' zeg ik ongeduldig.

'Ik ben een aantal klanten kwijtgeraakt omdat ze zijn opgesloten in het rasphuis. Jonge jongens die erin zijn geluisd. Geen slimmeriken, dat moet ik toegeven.'

'Jongens die in onze botervaten hebben gedanst en van wie ik hoop dat ze in het rasphuis wegrotten tot de laatste splinter Braziliaans hout daar verzaagd is.' De lust om nog verder naar haar verhaal te luisteren is me bijna vergaan. Ik sta op en strijk de achterkant van mijn rokken glad. 'Ik moet nog boodschappen doen.'

'Wacht.' Ze pakt mijn pols en trekt me weer op het muurtje. 'Er zijn jochies opgepakt die hun eigen naam nog niet kunnen schrijven. Als iemand hen wat brouwsel met een stevige afdronk inschenkt en geld belooft, denk je dan dat ze nog helder nadenken?'

'Brouwsel dat jij hebt geschonken, nietwaar?' Ik sla mijn armen over elkaar. 'Daarmee was jij bijna medeverantwoordelijk.'

Haar blik wordt donker. 'Wil je nu weten wie die kerel is die hen heeft omgekocht of niet?'

'Kun jij me dat dan vertellen?'

'Misschien.' Haar gezicht klaart weer op. 'Wat heb je ervoor over?'

'Zit Reinier Pauw erachter?'

'Ik heb maar één keer een man in mijn kroeg gezien. Maar er is iemand die mij een aantal klanten heeft ontnomen en die er zonder kleerscheuren vanaf is gekomen. En Toontje weet meer van hem dan ik. Hij heeft alleen wat… aanmoediging nodig.'

'En die aanmoediging verwacht je van mij?' Ik aai Gomarus, die zijn neus tegen mijn rok duwt.

'Twee kunnen meer dan één. En drie nog meer.' Ze lacht breeduit. 'Misschien is het inderdaad Pauw die erachter zit. Ik heb een goede reden om die man een toontje lager te laten zingen. En Toontje,' ze lijkt zich niet bewust van de woordspeling, 'die wil ons wel een handje helpen als het hem iets oplevert.' Ze maakt met haar vingers het gebaar van een paar klinkende duiten.

'Denk maar niet dat die kruimeldief een cent van me krijgt,' zeg ik. In de verte zie ik de vrouw van oud-burgemeester Hooft aankomen met twee van haar dienstmeiden. Rem is goed met haar man bevriend. Mevrouw Hooft is een kletskous en de kans is groot dat ze Rem zal vertellen dat ze me heeft gezien met iemand van twijfelachtig allooi. 'Nou?' Griet houdt haar hoofd schuin. 'Wil je met ons praten?'

'Ik zal erover nadenken,' zeg ik. Tegen wil en dank ben ik gefascineerd door de nicht met wie ik vijf jaar lang in hetzelfde huis woonde en die een mysterieus leven leidde in het zuiden. De nicht met haar vuurrode, laag uitgesneden kleding die op de vreemdste momenten verdwijnt en weer opduikt. En als Reinier achter de plundering zit, wil ik dat weten. Wat zei Griet nu net? Dat zij ook een goede reden heeft om hem een lesje te leren?

Mevrouw Hooft komt dichterbij en kijkt speurend om zich heen.

'Ik wil wel praten,' zeg ik. 'Maar niet hier.'

'Nog steeds zo zuinig op je goede naam, Lysbeth? Die ben je inmiddels wel kwijt, hoor.' Alsof ze het erom doet, trekt Griet haar omslagdoek een stuk opzij, zodat een groot deel van haar romige huid zichtbaar wordt. 'Kom maar mee. Mijn herberg is hier niet ver vandaan, zoals je weet.'

Onwillekeurig grijp ik naar mijn buidel. Ik wilde dat ik een wapen bij me had, dat zou me een gevoel van veiligheid geven. Wil ik opnieuw naar dat hol vol hoererij en klaploperij?

'Geen zorgen,' zegt Griet. 'Ik heb bijna geen gasten. Slechts een enkeling slaapt er zijn roes uit.'

De bedompte gelagkamer met de laaghangende balken is inderdaad zo goed als verlaten. Er is alleen een jonge, magere vrouw die met een verbeten gezicht een emmer water over de vloer plenst en op haar knieën begint te dweilen. Terwijl Griet een kan bier op de toog zet en Gomarus een bak water voorhoudt, klinkt er gekraak op de wenteltrap. Ik kijk in het smalle gezicht van Antonie, dat nog bleker is bij het licht van de kaars die hij vasthoudt. 'Kijk eens, Gomarus,' zeg ik tegen de hond, en ik wijs naar Antonie. 'Een lekker hapje voor je.' De hond stopt met slobberen en spitst zijn oren.

Antonie wil rechtsomkeert maken, maar Griet is sneller en houdt hem tegen. 'Hoe lang ken je die hond al, Toontje? Al jaren. En hoe vaak heb ik je niet gezegd dat je niet bang hoeft te zijn voor dat beest?' zegt ze hoofdschuddend. 'Jochie, ik weet dat je graag het schavot wilt ontlopen, maar we hebben goed nieuws voor je, toch, Lysbeth?' Ze kijkt me waarschuwend aan.

Ik kijk naar het straatschoffie en voel zowel afkeer als medelijden. 'Waar zijn mijn handschoenen, Antonie?' vraag ik.

'Ik… ik heb ze alleen geleend, mevrouw, het was zo koud buiten,' stamelt hij. 'Maar daarna heb ik ze aan iemand gegeven die ze harder nodig heeft dan ik.'

'Je houdt je koest, toch, Lysbeth?' Griet praat tegen me alsof ik de hond ben die in bedwang gehouden moet worden in plaats van Gomarus.

'Zelfs de schout en zijn rakkers zouden moe van je worden, Antonie uit Antwerpen,' zeg ik. 'Maar goed, ik zal je niets doen. Nog niet tenminste. Het hangt ervan af wat je voor me kunt betekenen.'

Antonie doet een stap naar achteren en kijkt angstig naar Gomarus, die aan zijn broekspijpen snuffelt.

'Neem plaats,' gebaart Griet naar een kruk. 'En praat met mijn nicht.'

'Nicht? Welke nicht?' vraagt Antonie. Het bier dat Griet hem voorzet, lijkt hem iets te ontspannen en hij kijkt om zich heen, op zoek naar het familielid dat hij over het hoofd heeft gezien.

'Ik ben die nicht,' zeg ik. Griet reikt ook mij een kroes met bier aan.

'Klopt.' Griet leunt tevreden tegen de toog, waarachter een houtskooltekening is aangebracht van een stadsgezicht dat vast Antwerpen moet voorstellen. 'We zijn geen dikke vriendinnen, maar in onze jonge jaren deelden we zelfs een kamer. Dat was voor ik naar Antwerpen ging. En voordat haar vriendin,' ze knikt naar mij, 'me in dienst nam. Dankzij Lysbeths goede referenties.'

'Ik heb helemaal geen referenties gegeven,' zeg ik. 'Jij ging uit eigen beweging naar Cornelia toe en kletste je naar binnen. Hoe deed je dat eigenlijk? Ik dacht dat ze meer dan genoeg personeel had in die tijd.'

Griet kijkt naar Antonie. 'Luister en leer hiervan, Toontjelief. Ik kwam terug uit Antwerpen en had daar een, nou ja, laten we zeggen, nogal ingewikkelde tijd achter de rug nadat mijn Spaanse bijna-echtgenoot mij aan mijn lot had overgelaten. Ik moest hier opnieuw beginnen en zocht werk en kwam mijn nicht tegen op de Dam. Je zou zeggen: die gaat me helpen. Maar deze omhooggevallen troela had veel te veel aan haar eigen goed gekapte hoofdje en dacht alleen maar aan haar eigen rijkdom en ambities. Maar ik vergat haar niet, natuurlijk.'

Onwillekeurig strijk ik over mijn haren die nog steeds netjes onder mijn kapje zitten. Het steekt me dat Griet me een omhooggevallen troela noemt. Het is toch geen schande dat Rem en ik rijk zijn? We hebben er hard voor gewerkt. We dragen bij aan de groei en de welvaart van de stad, bieden werk aan anderen en doen aan liefdadigheid. Ik heb laatst nog meegeholpen aan de organisatie van een maaltijd van de schutterij ten bate van het armenhuis. Waarom voel ik dan toch ongemak?

'Geld betekent ook veiligheid en zekerheid,' wil ik zeggen. Maar toch, na de plundering van vorig jaar ben ik daar ook over gaan twijfelen. Gemoedsrust kun je niet kopen. 'Toen ik jou tegenkwam, was ik nog helemaal niet zo rijk,' protesteer ik zwakjes. 'Ik was volledig afhankelijk van Jan.'

'Ik begrijp het niet helemaal, geloof ik.' Antonie kijkt van haar naar mij, en Griet klopt hem op zijn schouder.

'Mijn vader was dood en mijn moeder was opeens vergeten dat ze mijn moeder was, beste jongen. Dat heb ik je wel eens verteld.' Ze lacht, maar haar ogen staan hard. 'Gelukkig maakten mijn ouders en die zakkenvuller van die broer van haar zich dan wel geen zorgen om mij, maar wel om de familie-eer. Dus hadden ze een of andere smoes rondgebazuind dat ik bij familie in Utrecht zat. Wel, daardoor had ik in elk geval wat meer kans op een baan toen ik terugkwam in Amsterdam. Even.'

'En dus drong je jezelf op aan mijn beste vriendin,' zeg ik.

Ze snuift. 'Ik drong mezelf helemaal niet op. Eerst had ze geen werk voor me, later vroeg ze me zelf. Ik heb keihard gewerkt. Ik was een van haar beste krachten.'

'En toen?' Antonie kijkt gretig en hij lijkt de angst voor het schavot vergeten te zijn.

'Tot Pauw me er weer uit gooide.' Griet snuift. 'Het is een lang verhaal waar ik je verder niet mee zal vermoeien. In elk geval moest ik mezelf weer zien te redden.'

‘Hoe deed je dat eigenlijk?’ vraag ik. Ik neem een slok. Ik had verwacht dat het dunbier zou zijn, maar tot mijn verbazing is de kroes gevuld met stevig bier van goede kwaliteit.

‘Wil je dat echt weten?’ Ze maakt een beweging die niets aan de verbeelding overlaat, en beschaamd kijk ik weg.

‘Het enige wat ik had,’ vervolgt ze met een knipoog, ‘was een aandeel in de VOC dat Pauw op mijn naam had laten zetten. Van de verkoop kon ik een tijdje redelijk rondkomen.’ Ik knik. Natuurlijk. Reinier is een van de drijvende krachten achter de succesvolle Verenigde Oostindische Compagnie, en zelfs zijn bedienden hebben daarvan geprofiteerd.

‘Maar daarna?’ vraag ik. ‘Van dat aandeel kon je vast niet jarenlang leven.’

‘Ik ontmoette opnieuw een man.’

‘Weer een Spanjaard,’ zegt Antonie. Dit gedeelte van het verhaal lijkt niet nieuw voor hem te zijn.

‘Hoho, een halve Spanjaard,’ corrigeert Griet hem. ‘Uit Antwerpen. Hij praatte zo Hollands als elke andere Amsterdammer. En hij had een pracht van een herberg.’ Ze gebaart naar de ruimte om zich heen. ‘Toen hij stierf aan de pokken liet hij hem mij na. De rest is geschiedenis. Hoewel ik die Pauw nog steeds wel…’ Ze maakt haar zin niet af, maar het gebaar dat ze met haar hand om haar nek maakt, is niet mis te verstaan.

‘Daar zijn we het dan met elkaar over eens,’ zeg ik. ‘Als hij zich toleranter zou opstellen en…’

Griet legt een vinger op mijn lippen. ‘Bespaar me je gezever over religie. Denk je dat dat iemand hier maar iets kan schelen? Het enige wat ons interesseert, is een dak boven ons hoofd en een volle maag aan het eind van de dag.’

‘Gríét.’ Ik schrik van haar onbehouwen woorden, al kan ik die enigszins begrijpen. Dagelijks bidden tot God is voor mij vanzelfsprekend als opstaan en naar bed gaan, maar ook aan mij zijn theologische haarkloverijen niet besteed. ‘Maak je je dan helemaal niet druk om je zielenheil?’ vraag ik desondanks.

‘Waarom zou ik.’ Ze haalt haar schouders op. ‘De enige heilige die ik vereer, is Maria Magdalena, de beschermvrouwe van... mijn beroep. Ik ben toch al verdoemd.' Haar gezicht klaart op. 'Toontje, mijn nicht en ik hadden zo gedacht dat wij iets voor elkaar kunnen betekenen. Jij, zij en ik.'

'O ja?' Antonie kijkt wantrouwend.

'Toontje,' zeg ik, Griets koosnaampje voor de jongen overnemend, 'Griet vertelde me vorig jaar al over een man die jou en een aantal anderen heeft betaald om ons huis te plunderen. Die man is hier eenmaal geweest, maar jij zou hem meer dan één keer hebben gezien.'

'Hoe komt u daarbij?'

'Wat herinner je je nog van die kerel?' houd ik aan.

'Weinig.' Hij neemt een slok van zijn bier en corrigeert zichzelf. 'Weinig, mevrouw. Voordat ik ook maar een cent beloning ontving, kreeg ik immers een steen tegen mijn hoofd en kwam ik in uw huis terecht.'

'Zou je hem op straat nog herkennen?'

Hij houdt zijn hoofd schuin. 'Misschien.'

'Hoe zag hij eruit?'

Toontje krabt zich op zijn hoofd. 'Ik weet het niet meer. Een gewone man. Hij was in het zwart gekleed. Met een snor en een sikje.'

'Zoals bijna heel mannelijk Amsterdam met geld.' Ik zucht. 'Weet je hoe oud hij was?'

Hij haalt zijn schouders op. 'Hij was niet oud en niet jong.'

Net als ik de hoop wil opgeven, zegt hij: 'Maar ik heb hem laatst wel over het Singel zien lopen. Misschien woont hij bij u in de buurt.'

Ik neem de laatste slok van het bier dat me wat licht in mijn hoofd heeft gemaakt, en kijk dan naar de ingang van de herberg, waar in het steeds feller wordende daglicht een sjouwer een ton voor zich uit rolt. Het meisje dat eerder de vloer boende, is verdwenen. Opeens heb ik een idee waar ik het warm van krijg. Durf ik dit? Zou Toontje dit kunnen? 'Luister.' Ik demp mijn stem. 'Wil jij alsnog het geld verdienen dat je vorig jaar hebt misgelopen?'

Verward kijkt hij me aan.

'En wil je ook nog eens werken voor de machtigste man van Amsterdam?' vervolg ik.

Griet grijnst en vult opnieuw mijn kroes. 'Kijk eens aan,' zegt ze. 'Ik wist wel dat jij en ik uit hetzelfde hout gesneden zijn.'

'Toontje,' zeg ik. 'De vrouw van burgemeester Pauw is op zoek naar personeel. Het enige wat jij hoeft te doen is solliciteren en je ogen openhouden.'

Hij knijpt zijn ogen tot spleetjes. 'Is dat alles?'

'In elk geval de komende weken. Misschien zelfs wel maanden. Zodra je een figuur aantreft bij de familie Pauw die je van de plundering herkent, laat je het Griet weten. En als je iets anders belangrijks hoort, meld je het ook.'

'En als ze me niet willen hebben?' aarzelt Antonie.

'Dat willen ze wel. Daar ga jij voor zorgen. Griet en ik zullen je alle informatie geven die je nodig hebt om binnen te komen.'

'Maar wat als ze me betrappen?' Antonie knippert met zijn ogen.

'Dat doen ze niet,' zegt Griet.

Ik kijk haar verbaasd aan. Toontje heeft een onschuldig smoeltje en de nieuwe mevrouw Pauw zal daar vast voor zwichten. Maar kan hij goed genoeg bluffen en liegen? En wat als Reinier ontdekt waar we mee bezig zijn? Of Jan? En Rem? Ook hij zal nooit goedkeuren wat ik nu van plan ben.

'Hoe weet je dat zo zeker?' vraag ik.

'Ik ken Toontje goed genoeg,' zegt Griet. 'Hij is mijn zoon.'

Verbijsterd staar ik haar aan, maar dan begint het me te dagen. Dáárom had Toontje iets bekends toen ik hem voor het eerst zag. Dáárom kon ik het niet opbrengen om deze jongen over te dragen aan de schout. Maar is Toontjes vader dan een Spanjaard? In welke omstandigheden heeft Griet de jongen opgevoed? Het duizelt me. De ene vraag na de andere borrelt op in mijn hoofd, maar ik heb er de ruimte niet voor. De meisjes verwachten me thuis. 'Goed,' zeg ik met tegenzin. 'Ik moet nu gaan. Maar volgende week om dezelfde tijd spreken we hier opnieuw af. Dan leren we je wat je moet weten, Toontje. En vertellen jullie me dan alsjeblieft ook meer over wat ik zojuist heb gehoord.'

Als ik Griets herberg verlaat, valt me op dat twee onopvallend geklede mannen aan de overkant van de straat naar ons kijken. Of verbeeld ik me dat?

'Dit ruikt zó lekker, mama!' Baefje duwt haar neus bijna in het kaneelkoekjesdeeg.

'Rustig aan,' zeg ik. 'We moeten eerst kleine balletjes maken van het deeg. Hup, Gomarus, uit de keuken jij.'

'Nu kan papa er niet van proeven.' Baefje trekt een pruillip.

'Nee, dat klopt,' zeg ik. 'Dan had hij maar niet naar Leiden moeten gaan.' Er is inmiddels ruim een week verstreken sinds ik voor de tweede keer Griets herberg heb bezocht. Griet en ik hebben Toontje alle instructies gegeven die hij nodig heeft. 'Mevrouw Pauw zoekt vooral iemand die kan helpen in de keuken, maar als je vertelt dat je kunt lezen en schrijven, word je misschien ook wel toegelaten op kantoor,' heb ik gezegd. 'Laat vooral merken dat je van alle markten thuis bent. En vermoedelijk krijg je een proeftijd van een maand of drie. Om te zorgen dat ze niets vermoeden, moeten we elkaar dus zeker niet spreken.'

Toontje fronste en nu zag ik des te sterker de overeenkomsten in zijn mimiek en die van Griet. 'Moet ik nog iets weten over jullie theologische verschillen?'

Ik schudde mijn hoofd. 'Er wordt niet van jou gevraagd dat je verstand hebt van die details. Zorg gewoon dat je elke zondagochtend de kerk bezoekt, niet vloekt en je netjes gedraagt ten opzichte van de meisjes.'

'Heeft meneer Pauw dan dochters?'

'Nee, ik bedoel de dienstmeid en de wasmeid die af en toe langskomt. Reinier heeft zes zonen, maar die zijn allemaal volwassen en wonen niet meer thuis. En voor de rest is het vooral belangrijk dat je ontzettend zuinig bent op zijn spullen en net zo beleefd praat als je altijd al doet.' Bij het afscheid drukte ik hem een deftig uitziende referentiebrief in de hand uit naam van een verzonnen Antwerpse koopman. Ik vraag me af hoe het Toontje is vergaan.

'Ik maak Gomarus.' Baefje rolt een balletje, duwt het plat en prikt er twee ogen in. 'O mama, we kunnen allemaal gezichten kneden! Kijk, die van u lijkt net op het hoofd van die boze dominee.'

'Nu je het zegt.' Ik observeer de klodder deeg die voor me op de keukentafel ligt. De onderkant heeft inderdaad wel iets weg van de baard van de man, die in twee lellen opgesplitst is, wat hem de eigenaar maakt van een van de meest bijzondere baarden van Amsterdam. In een lichtzinnige bui kneed ik een grote neus en plak hem erop. Daarna kneed ik het gezicht van Reinier Pauw met zijn zware wenkbrauwen. Met een mesje steek ik de ogen erin. Tsjak. Tsjak.

'Wie is dat, mama?' vraagt Baefje.

'Niemand,' zeg ik. 'Ik doe maar wat.'

'Ik hoop dat ik niet de volgende ben die zo'n pijnlijke behandeling ondergaat,' hoor ik achter me. Met een ruk draai ik me om, waarbij ik onbewust het mes voor me uit houd. Rem heft zijn handen. 'Ik ben het maar.'

Ik laat het mes zakken. 'Ik dacht dat je pas over een paar dagen thuis zou zijn,' zeg ik.

'Papa!' Baefje rent naar hem toe en slaat haar armen om zijn middel. 'We misten je.'

'O ja?' Hij lacht, maar onder zijn ogen liggen donkere kringen. 'Zo te zien vermaken jullie je uitstekend met jullie moordlustige plannen.'

Baefje propt een hap deeg in haar mond en holt de keuken uit, waarna Rem en ik tegenover elkaar staan. Vroeger vloog ik hem in de armen als hij terug was van een handelsreis en liet ik me zo gauw als het kon door hem naar boven dragen. Nu laat ik slechts toe dat hij dichterbij komt en me licht op mijn wang kust. 'Hoe was het in Leiden en Den Haag?' vraag ik. In een van zijn brieven had Rem verteld dat hij eerst naar Leiden was geweest, naar de universiteit die de theologische arena van Holland vormde, en daarna naar het huis van Maurits' voormalige hofpredikant, die bij de prins in ongenade is gevallen.

'Niet goed,' zegt hij. 'Het is chaos in het land. Niet alleen door de pamfletten die overal worden verspreid, maar ook door knokpartijen die lijken op wat er met ons huis gebeurde. Het begint verdacht veel op een burgeroorlog te lijken. Ik kan je de verhalen maar beter besparen.'

De dreiging van een burgeroorlog klemt zich als een koude hand om mijn maag. Wie had hier rekening mee gehouden, toen tien jaar geleden het twaalfjarige vredesbestand met de Spanjaarden werd gesloten? 'Wacht even. Ik dacht dat het in andere steden beter was,' zeg ik. 'Daar hebben de Staten toch waardgelders* aangesteld om mensen zoals wij te beschermen?' Het maakt me nog steeds boos dat de Amsterdamse vroedschap, met Reinier voorop, weigerde om op dit voorstel van de Staten in te gaan.

'Het was een sympathiek plan, maar het is niet genoeg.' Rem loopt langs me heen en pakt een appel van een schaal. 'Op allerlei plaatsen in het land vinden schermutselingen plaats tussen schutterijen, waardgelders en burgers. En raadpensionaris Van Oldenbarnevelt mag dan aan onze kant staan, het lijkt er steeds meer op dat prins Maurits en de zijnen aan het langste eind gaan trekken.' Hij zet zijn tanden in de appel. 'Waar heb jij je de afgelopen weken mee beziggehouden?' vraagt hij met volle mond. 'Je hebt me geen enkele brief geschreven.'

Snel draai ik me van hem af en kijk weer naar het deeghoofd van Reinier Pauw. In één klap sla ik het hoofd tot een platte lap, klaar om in de ketel kokende olie te gooien. Ik heb Rem niets geschreven omdat ik niet wist waarover. Niet over mijn bezoek aan Griet in elk geval. Hij zou me toch zeggen dat ik niets te zoeken heb in een dubieuze herberg net buiten de stadsmuren, en al helemaal niet bij een vrouw van slechte zeden. Griet is verboden terrein. 'Het was hier rustig,' zeg ik. 'We hebben koekjes gebakken.'

'Ik help wel even.' Rem bekijkt het hoofd van de dominee met de lellenbaard en rolt er een balletje van. Dan pakt hij nog een bol deeg en plakt het eraan vast. Handig drapeert hij een ander stuk deeg als een rok om het poppetje. Het krijgt twee stevig over elkaar gekruiste armen en een mond met een baldadig uitgestoken tong. Hij houdt het naast me. 'Sprekend,' zegt hij dan.

'Dwaas.' Ik produceer een waterig lachje en vraag me af of ik er wel verstandig aan heb gedaan naar een illegale herberg buiten de stadsmuren te gaan. Ik ben al maanden niet mezelf. Ik zou rust moeten opzoeken. Over kinderen en meubilair moeten keuvelen met andere koopmansvrouwen in de stad. Meer koekjes moeten bakken in plaats van in het geniep gevaarlijke complotten smeden tegen de machtigste burgemeester van Amsterdam. Ik kijk naar het mes in mijn handen. Het heeft een scharnier waardoor ik het in en uit kan klappen. Het is niet te groot, niet te klein. Het houten heft voelt warm, stevig en veilig, en het ijzeren lemmet is kort en scherp. Ik veeg het mes af, laat het in het zakje van mijn rok glijden en neem me voor het de komende tijd bij me te houden als ik het huis verlaat.

# 7

## Amsterdam, maart 1591

Het was geen alledaags tafereel dat ik zag toen ik Jans studeerkamer binnenliep. Jan stond in zijn hemd en had zijn armen gespreid. Zijn brede kraag lag op zijn bureau, naast twee rollen zwart fluweel en damast en een paar klossen garen. Zijn broek en wambuis lagen op een hoopje op de grond. Een onbekende jongeman stond achter hem en legde een koord rond Jans middel. Ik schraapte zo luid als ik kon mijn keel.

'Lysbeth,' zei Jan met een zucht. 'Je stoort. Tenzij je namens mijn vrouw komt om te vertellen dat mijn garderobe niet verder aangevuld hoeft te worden.'

De jongeman rolde het koord op en schreef iets op een vel papier. Ik wilde wat zeggen, maar toen hij me aankeek, smolten mijn woorden weg in mijn mond. Zijn ogen waren opvallend heldergroen. Kastanjebruine krullen dansten om zijn gezicht. Zijn neus was fors, maar dat misstond hem niet. Integendeel. Maar het was vooral zijn glimlach die me van mijn stuk bracht. Die was zo open en innemend, dat het onmogelijk was om niet terug te glimlachen.

In de verte hoorde ik Jans stem. 'Lysbeth, ben je je tong verloren? Maak kennis met mijn nieuwe gezel. Dit is Rem Bisschop. Zonder "de" ervoor. Hij is geen familie. Hij zal me hier bijstaan op kantoor.'

Ik wist niet meer waarvoor ik naar Jans kantoor gekomen was. Wat ik wel wist, was dat ik nog steeds schaapachtig stond te grijnzen. Deze gezel was van een heel ander kaliber dan de vorige, een pukkelige jongeman met een wijkende kin die zich het liefst onder stapels papieren begroef en steevast begon te zweten wanneer ik in zijn buurt kwam. Deze jongen keek me recht aan en blaakte van levenslust. Met moeite trok ik mijn gezicht weer in de plooi. 'Maakt je gezel tegenwoordig ook je kostuums, Jan?' vroeg ik snel.

'Zijn vader is kleermaker,' antwoordde Jan. Hij bukte om zijn broek te pakken en stapte in de broekspijpen. 'En die bemoeizuchtige echtgenote van me heeft meteen geregeld dat hij me een paar kledingstukken aanmeet.'

De jongeman nam een rol stof op en rolde hem in grauw papier. 'Aangenaam kennis te maken.' Ik wendde me even tot de muur, waar een bord met ons familiewapen hing. Het was goudkleurig, met een rode keper en een uitgerukte groene boom in de rechterbovenhoek. Een foeilelijk ding, en de aanblik ervan bracht me enigszins tot bezinning. 'Welkom,' zei ik. 'Jan, ik wilde je laten weten dat ik vanmiddag naar Cornelia ga.'

Jan knikte. Cornelia Pauw kon zijn goedkeuring wel wegdragen. 'Als je op de terugweg de kinderen maar van school haalt,' zei hij. 'Betje is door haar vergevorderde zwangerschap niet meer in staat om het huis te verlaten.'

'Prima,' zei ik, en ik wendde me tot de jongeman. 'Mocht je nog een stuk stof overhebben, ik kan wel een nieuw schort gebruiken voor mijn werk in de brouwerij.'

'Ik ga naar het accijnskantoor op de Oude Brug,' zei Jan en knoopte zijn wambuis dicht en gespte zijn gordel om. 'En val die jongen niet lastig, Lysbeth. Hij moet nog een stapel brieven kopiëren.'

Ik knikte, maar nam me voor niet te vertrekken voor ik meer over deze Rem Bisschop wist.

'Hoe ben je in het kantoor van mijn broer terechtgekomen?' vroeg ik, toen Jan was verdwenen. 'Wilde je geen kleermaker worden, zoals je vader?'

De jongeman leunde tegen de hoek van Jans bureau, pakte een mesje en begon een ganzenveer te slijpen. 'Daar zie ik niet veel toekomst in,' zei hij.

Ik keek naar zijn wambuis dat van eenvoudige stof was, maar rondom de knopen voorzien was van fraai borduurwerk. 'Er zijn anders genoeg mensen die behoefte hebben aan goede en mooie kleding,' stelde ik vast.

'Dat ontken ik niet,' zei hij. 'Mijn vader verveelt zich geen moment.'

'En hij levert kwaliteit, zo te zien.'

'Zeker.' Hij legde de ganzenveer terug op zijn plek. 'Toen ik vorige maand over de Nieuwendijk liep, klampte een Fransman me aan omdat hij per se zo'n wambuis wilde hebben. Ik verwees hem door naar mijn vaders zaak, maar hij greep me letterlijk bij de kraag. Het was nu of nooit, zei hij.'

'En? Heb je je wambuis verkocht?'

'Voor een vijfvoud van de prijs. Althans, bijna.'

'De man bedacht zich?' Ik hield mijn hoofd schuin.

'Er vloog een meeuw over. Het dier liet een enorme flats vallen, precies op mijn schouder. Dat was het moment dat ik je broer ontmoette. Hij had zo met me te doen, dat hij besloot me in dienst te nemen.'

'Grapjas. Zo weekhartig ken ik mijn broer niet.'

Hij trok een wenkbrauw op en lachte weer. Hij had witte, rechte tanden. 'Goed dan. De werkelijkheid is wat saaier. Ik heb deze baan te danken aan het gilde, en de voorspraak van twee predikanten. Het vak van kleermaker is een eerbaar beroep, maar ik wil graag de handel in. Liefst overzee.'

'Overzee,' zei ik. Ik vroeg me af of hij zich in Jans studeerkamer dan niet zou vervelen, maar die gedachte verdween toen ik hem vol ontzag naar de boekenkast zag kijken. 'Ongelooflijk,' zei hij. 'Ooit, als ik zelf koopman ben, hoop ik er ook zoveel te hebben.'

In de dagen erna liep ik vaker langs Jans kantoor dan gebruikelijk, zodat ik een van de eersten was aan wie Rem een praktische vraag kon stellen wanneer Jan de voordeur achter zich dichttrok. Ik zorgde er wel voor dat onze gesprekjes niet te lang duurden. Jan was een strenge meester en een strenge voogd bovendien. Maar ik was niet de enige die vaker in de buurt van Jans studeerkamer kwam dan voorheen. Claesje, de keukenmeid die ook vaak op de kinderen paste, controleerde opeens met een zeldzame plichtsgetrouwheid of er nog genoeg bier voorhanden was en Anna, die verantwoordelijk was voor het ruwe schoonmaakwerk, poetste Jans spullen vaker dan ooit tevoren.

Enkele dagen later, toen ik net thuis was van een dag in de brouwerij en een pastei op tafel wilde zetten voor het avondeten, botste ik tegen Rem Bisschop op. De pastei viel kletterend op de grond. 'Geeft niet,' zei ik en hurkte naast het kabinet, waarvan mijn schoonzus op advies van haar vriendinnen alle lades had geopend om de komst van het kind te bespoedigen. Rem bukte ook en legde een paar van de minst geschonden brokken deeg terug op de tinnen schaal. Ik voelde weer een aangename spanning door mijn lijf trekken. Terwijl ik wat tamme kastanje en saucijs van de tegels veegde, kwam Betje aanlopen. Haar ene hand lag op haar buik, haar andere hand zocht steun tegen de muur. De kleine Harmen waggelde achter haar aan. Ze zag grauw en ademde zwaar. 'Het is begonnen, Lysbeth,' zei ze. 'Wil jij de vroedvrouw halen? Jan is nog in het stadhuis, ik weet niet precies hoe lang zijn raadsvergadering duurt. Ik wil hem niet ongerust maken. Misschien duurt het nog uren.'

Ik zette de schaal met de ontplofte pastei op het kabinet. Met een mollig knuistje pakte Harmen een laatste stuk deeg van de grond en propte het in zijn mond. 'Kan ik je zo wel alleen laten?' weifelde ik. Op Betjes rokken tekende zich een donkere plek af. De afgelopen dagen had ze ook al een paar keer overgegeven.

'Ik red me wel.' Betje rechtte haar rug en gebaarde naar de deur. 'Een van de meiden brengt zo de kleintjes naar de buren en haalt meteen een paar buurvrouwen die me zullen ondersteunen.'

'Waar woont de vroedvrouw?' informeerde ik.

'Aan de andere kant van de brug over het Damrak. Naar rechts, en dan de tweede steeg. De gevelsteen met de drie flessen.'

'Zal ik een eindje met u meelopen? Het wordt al donker buiten,' hoorde ik Rems stem naast me.

Enkele minuten later liepen we door een schemerige zijsteeg, waar aan weerszijden enkele overhangende houten gevels elkaar bijna raakten. Het was niet ver. Ik observeerde Rem van opzij. Nu ik eindelijk de gelegenheid had om hem iets langer te spreken, wist ik niet goed wat ik moest zeggen. Zelf leek hij niet gehinderd te worden door enige vorm van verlegenheid. Hij wandelde naast me met een lantaarn in zijn hand en praatte opgewekt over een bezoek aan een graanpakhuis dat hij eerder op de dag samen met Jan had afgelegd. 'Moeten we niet direct uw broer waarschuwen?' vroeg hij. 'Of een van uw andere familieleden?'

'Je mag me wel tutoyeren,' zei ik. 'Ik ben niet je baas, ik ben Jans zus maar. Jan is trouwens nog nooit op tijd bij de geboorte van zijn kinderen geweest. Die komt altijd wanneer het kind is ingebakerd, precies op tijd om het zijn vaderlijke zegen te geven. Gaat dat in jouw familie anders?'

'Mijn vader werkt aan huis,' zei hij. 'Toen mijn moeder mijn broers en zussen ter wereld bracht, hoefde hij maar één trapje op te lopen.'

'Hoeveel broers en zussen heb je?' vroeg ik.

'Drie broers en drie zussen,' antwoordde hij. 'Ik ben de oudste.'

'Gaan je broers het kleermakersvak in? Of willen ze net als jij de handel in?'

'Twee broers lijken op mij. Die zullen beslist de handel in gaan. Maar de jongste, dat is een ander verhaal.'

'O ja? Gaat die je vader gelukkig maken?' Ik ontweek de verkoolde resten van een vuurtje dat iemand in de steeg had gestookt.

'Ongetwijfeld, maar hij kan amper een naald en draad vasthouden. Simon zit altijd te lezen. Geschriften in het Latijn en in het Frans. En hij is nog maar acht.'

'Acht?' Mijn mond viel open.

'Ja. Ongelooflijk, nietwaar?' Hij grinnikte. 'Het is een aardig joch. De schoolmeester wist zich geen raad meer met hem, dus hij heeft hem maar overgedragen aan een van de predikanten. Die gaat ervoor zorgen dat Simon naar de Latijnse school kan.' Hij stopte en wees naar een smal huis met een gevelsteen met drie flessen, dat gevaarlijk over de steeg helde. 'Dat moet hem zijn. Het ziet er nogal verlaten uit hier.' Hij had gelijk. Door het venster waren slechts donkere schaduwen zichtbaar. De enige reactie op het geluid van de klopper was een serene stilte. Nog niet bereid de hoop op te geven, rammelde ik aan de deurklink. Net toen ik tegen Rem wilde zeggen dat we hier blijkbaar vergeefs waren, zwaaide op de eerste verdieping van het aangrenzende huis een luik open. Een vrouw stak haar hoofd naar buiten. 'Zijn jullie op zoek naar Naatje de vroedvrouw? Die is een paar minuten geleden weggeroepen.' De vrouw liet een rochelend geluid horen en spuugde achteloos een klodder naar beneden.

'Voor een bevalling?' vroeg ik.

'Wat dacht je dan? Voor de sluiting van een huwelijk moeten jullie ergens anders zijn, tortelduifjes.' Ze lachte kakelend.

'Maar we hebben de vroedvrouw van tevoren betaald,' zei ik.

'Nou en? Dacht u dat de ooievaar daar rekening mee houdt? Een bevalling komt wanneer hij komt. En de vroedvrouw gaat wanneer ze gaat.' De vrouw spuugde opnieuw en gooide het raam met een klap dicht.

Rem wreef over zijn slapen. 'Ik ken wel een chirurgijn hier vlakbij,' zei hij toen. 'Zijn echtgenote is vroedvrouw. Ze is al wel wat ouder. Maar ze heeft mij en mijn broers en zussen ook ter wereld geholpen.'

'Waar woont die chirurgijn?' vroeg ik.

'Bij mij in de straat, in de Halsteeg. Het is niet ver.'

In de Halsteeg was het druk, zoals altijd. Tussen de vele bezoekers van de vlees- en vishal waaraan de steeg zijn naam te danken had, was een groepje oudere mannen bezig afval bijeen te vegen. Links van me zag ik een dichtgeklapte rode luifel met een gouden schaar erboven. 'Hier wonen mijn ouders,' zei Rem. 'De chirurgijn zit een paar huizen verderop.'

In een naar azijn ruikende woning was een man bezig een aderlating uit te voeren, terwijl een leerling een schaal ophield om het bloed uit de arm op te vangen. Bij de haard zat een gebocheld grijs vrouwtje linnengoed te verstellen. 'Kan ik u helpen?' Ze keek op. De vele vouwen en rimpels bedekten haar ogen bijna volledig.

'We hebben de hulp van een vroedvrouw nodig,' zei Rem.

De chirurgijn veegde met een ruw gebaar zijn handen af aan een doek. 'Wabbetje, je kunt eindelijk iets nuttigs doen.'

Ik keek vertwijfeld naar Wabbetje, die tergend langzaam met knakkende knieën van haar stoel kwam. 'Ik kom, ik kom,' zei ze met een schorre stem. De oude vrouw pakte eerst een tas en daarna een bruine fles van de chirurgijnstafel, waaruit ze een paar ferme slokken nam.

'Misschien wordt dit toch niet zo'n succes,' fluisterde Rem.

'We hebben weinig keus,' fluisterde ik terug. 'En ze heeft jou ook ter wereld geholpen, nietwaar?'

'Wat zegt u?' De vrouw legde een hand bij haar oor.

'Niets,' zeiden we in koor.

'Schiet op mens,' snauwde de chirurgijn.

Wabbetje zocht steun bij de deurpost, schuifelde voor ons uit en struikelde bijkans over de drempel. 'Bent u in orde?' vroeg Rem.

'Het gaat prima.' Haar stem klonk zowaar iets krachtiger.

Om de hoek van de woning stond een handkar. 'Misschien moeten we haar hierop zetten,' zei Rem. Wabbetje dacht blijkbaar hetzelfde, want zonder mijn reactie af te wachten, zwaaide ze haar tas op de kar, klom verbazend lenig in de bak en vouwde met een bijna koninklijk gebaar haar knieën tegen haar borst.

'Woon je al lang bij je broer in?' vroeg Rem me, terwijl hij de kar even later door de modder duwde.

'Al sinds mijn twaalfde. Mijn vader overleed toen ik een jaar oud was, mijn moeder vijf jaar later. Ik heb nog een paar jaar bij mijn oom en tante gewoond, maar daarna kwam Jan terug uit ballingschap.'

Hij keek met een vlugge blik opzij. 'Dat spijt me voor je. Van je ouders, bedoel ik.'

'Dank je. Het is al lang geleden. Mijn vader kan ik me niet eens herinneren.'

'En je moeder?'

Ik zag mijn moeders ogen voor me, met de kleur van de zee. Haar onderlip die vastbesloten naar voren stak. Soms hoorde ik haar in mijn slaap zingen terwijl ze mijn haren in een middenscheiding kamde, de plukken achter mijn oren legde en ze met handige bewegingen begon te vlechten. Ik rook haar pomander, die was gevuld met munt en salie. 'Ze was iemand bij wie je wilde zijn,' zei ik. 'Ze genoot van het leven. Ze kon zo hard lachen, dat je vanzelf ging meedoen.' Misschien was dat het wat me in deze jongen aantrok, dacht ik. Hij had eenzelfde onbezorgdheid. Arnt was ook zo.

Toen we Jans huis naderden, klonk vanaf de wagen een langgerekt gesnurk. 'Wabbetje!' riep ik. Het gesnurk hield aan. 'Mevrouw Wabbetje!' riep Rem. 'Dit is zinloos,' zei hij toen. 'Het spijt me, ik had je haar niet moeten aanraden.'

'Wacht,' zei ik. Ik ging iets dichter naast hem lopen, greep een handvat van de wagen en schudde eraan zo hard als ik kon. Wabbetje maaide met haar armen en slaakte een kreet. Rem trok een gezicht dat zo dwaas was, dat ik het zachtjes uitproestte. Nu pas drong tot me door hoe dicht we bij elkaar stonden. Ik voelde zijn warmte en rook zijn lichaamsgeur, vermengd met de geur van houtvuur en inkt uit Jans kantoor. Gauw deed ik een stap naar achteren.

Voor de deur van ons huis liet Rem de wagen los en reikte Wabbetje de hand, zodat de oude vrouw kon uitstappen.

'Dank je,' zei ik. 'Dat je bent meegegaan.'

'Natuurlijk,' zei hij. 'Kan ik nog iets voor jullie doen?'

'Ik denk dat het vanaf nu een vrouwenaangelegenheid wordt,' zei ik.

'Ik kom over een uur wel even kijken,' zei hij. 'Onze Wabbetje zal toch ook op de kar weer naar huis moeten.'

Vanuit de voorkamer klonken zulke ongepolijste klanken uit Betjes luit, dat ik dacht dat Dirck, Jans oudste zoon, het instrument geselde. Dat was ook zo.

'Moeder is boven.' Hij liet het snaarinstrument zakken. Zijn gezicht was rood en hij had een veeg stroop op zijn wang. 'Die oude vrouw is nu bij haar. En er zijn twee buurvrouwen.'

'En waarom speel jij op de luit?' vroeg ik.

'Dan hoef ik dát niet te horen.' Dirck wees naar boven.

Vanuit het trapgat klonk een jammerlijke kreet, daarna iets wat leek op een huiltje. Met twee treden tegelijk stormde ik de trap op en keek om me heen in het schemerdonker. Het was warm in de kamer en de gordijnen waren gesloten. De twee buurvrouwen stonden bij de haard waar het vuur hoog oplaaide. Een van hen, een mollige vrouw met grijs haar, wiegde een bundeltje in haar armen. Opgelucht wendde ik me tot haar en wilde iets zeggen, toen ik de vrouw hoorde prevelen. 'Onze Vader, die in de hemelen zijt...' Ik keek naar het kindje, dat zwaaide met haar roze armpjes en zachte geluidjes maakte, en toen weer naar de biddende buurvrouw. Ze keek langs me heen naar het bed, waar Betje lag, wijdbeens, met opgetrokken knieën. Haar gezicht was krijtwit en ze trilde over haar hele lichaam. Wabbetje zat gehurkt aan het voeteneinde. Zonder op te kijken verwisselde ze voortdurend vuurrode, doordrenkte doeken tussen Betjes benen. Ik had vaker een geboorte meegemaakt, maar de hoeveelheid bloed die ik nu zag, joeg me angst aan. Dit was een slagveld, en niemand hier leek in staat het tij te keren.

Mijn schoonzus klappertandde. 'Zo... koud.'

'Het ging zo snel,' klonk de stem van de andere buurvrouw naast me. Het schort dat ze droeg, zat vol rode vlekken. 'Het is de wrake Gods.' Haar stem beefde. 'Uw koninkrijk kome...'

Wabbetje keek op en hief haar bebloede handen. 'Het spijt me,' zei ze. 'Ik vrees dat ik hier niets tegen kan doen.'

'Lysbeth.' Met haar lijkbleke gezicht leek Betje een verschijning uit een andere wereld. Wat hier in de kamer hing, was de geur van de dood. Zoals ook bij Jans eerste vrouw, ruim vijf jaar geleden. 'Lysbeth, kom hier.' Haar lichaam schokte ongecontroleerd. 'Ik... ik denk...'

'Betje, je kunt beter niet praten.' Ik keek naar de fles met drank die Wabbetje had meegenomen en die ze op een zijtafel had gezet. Ik pakte hem en hield hem tegen Betjes lippen, maar de vloeistof droop langs haar kin omlaag.

'Op aarde zoals in de hemel...' klonk het bij de haard. De buurvrouwen hadden gelijk. Betje leek stukje bij beetje het contact met het aardse te verliezen.

'Het is een meisje,' zei Wabbetje. 'Uw schoonzus heeft een meisje gekregen.'

'We hebben meer hulp nodig,' zei ik. Dit konden we niet laten gebeuren. Iemand moest ingrijpen. 'Ik ga een chirurgijn halen.'

'Ik denk dat u beter een predikant kunt halen,' zei de buurvrouw die het kind in haar armen droeg.

'Mijn tijd... gaat komen.' Het leek alsof elk woord dat Betje uitsprak, de laatste restjes kracht uit haar lijf ontnam. 'Waarschijnlijk... vannacht al.'

Ik greep naar mijn voorhoofd. Waarom had ik Jan niet meteen laten halen? Het kon toch niet zo zijn dat mijn broer thuis zou komen en opnieuw een echtgenote dood zou aantreffen? In een vlaag van paniek rukte ik Betjes dochtertje uit de armen van de buurvrouw en hield het haar voor. 'Kijk, Betje,' drong ik aan. 'Kijk naar het meisje dat je hebt gebaard. Ze is gezond! Ze heeft je nodig. Wabbetje hier is bezig het bloeden te stelpen. Hou vol. Alsjeblieft, Betje.' Ik wendde me tot Wabbetje en zag haar rokken die doordrenkt waren van het bloed. Het kind in mijn armen jammerde zacht.

'Lysbeth...' Mijn schoonzus trok een grimas. Ze ademde langzaam en reutelend. 'Ik... ik weet dat jij en ik... niet altijd even hecht zijn geweest. Maar jij... jij bent sterk. En vastberaden. Zorg jij... zorg jij voor mijn kinderen. Ik smeek je. Ik... er is geen andere... mogelijkheid.'

'Dit kan niet,' stamelde ik. Ik kon hard werken, en ik zou zeker een huishouden draaiende kunnen houden, maar een moeder zijn voor andermans kinderen? Dat kon ze niet van me vragen.

'Ik ben geen moeder,' herhaalde ik. 'Betje, het komt goed. Ik zal Jan meteen laten roepen en dan...'

'Zweer... het,' fluisterde Betje. Haar lichaam leek elke minuut meer kracht te verliezen, maar haar vingers grepen mijn rokken vast met een felheid waardoor ik me niet kon losrukken.

Ze keek naar de bijbel die op het nachtkastje lag. 'Zweer het... op het graf van je ouders... dat je voor mijn kinderen... zorgt.' Ze staarde me met glazige ogen aan. Voor ik kon antwoorden, zag ze mij niet meer.

Met Betjes kind in mijn armen haastte ik me naar beneden. Mijn armen en benen voelden slap en ik had het gevoel dat ik elk moment in huilen kon uitbarsten. Tot mijn verbazing stond Rem alweer in de hal. Anna en Claesje waren bij hem, Claesje met een lege schaal, en Anna met een bezem in haar hand. Was er al een uur verstreken? 'Haal Jan,' zei ik tegen hem, en ik hoorde hoe hol mijn stem klonk. 'Alsjeblieft, haal Jan. Snel. En neem Wabbetje mee. Ze heeft hier geen werk meer te doen.' Toen wendde ik me tot Anna. 'En jij, regel een min. Zo snel als je kunt.'

Rem vroeg niet verder en vertrok. Binnen een halfuur arriveerde Jan, zonder mantel en met verwarde haren, samen met een jonge predikant die de naam Arminius droeg. De twee waakten bij Betje, die met gesloten ogen zweefde tussen hemel en aarde. Toen blies ze haar laatste adem uit.

De uren daarna beleefde ik in een roes. Het was al middernacht geweest, maar op Jans bevel bezocht Rem de naaste familie om te vertellen dat Betje was gestorven. Arnt en zijn vrouw kwamen meteen. Samen met Anna en Claesje bereidde ik wat koud voedsel voor iedereen. Terwijl de meisjes de aanwezigen bedienden met witbrood en erwten met rozijnen, lengde ik het bier in de kan aan met stroop en water. Te vaak ontstond er ruzie wanneer er na een overlijden te veel werd gedronken.

Terwijl ik het bier op tafel zette, keek ik naar de eikenhouten schommelwieg in de hoek. Dirck zat er op zijn knieën naast en duwde hem heen en weer, heen en weer, zonder acht te slaan op wat er om hem heen gebeurde. Met een schok realiseerde ik me dat ik hem niet meer had opgemerkt sinds ik hem voor Betjes dood met de luit had aangetroffen. Waar was hij al die uren geweest? Had hij geprobeerd te slapen? Of had hij zich opgesloten, om niets te hoeven zien of horen?

Ik dacht aan de dood van Jans eerste vrouw. Dirck was toen een kleuter geweest en had de eerste nacht onophoudelijk om zijn moeder geschreeuwd. Nu waren er naast hem en zijn broertje Philip ook de tweejarige Harmen, de eenjarige Immetje en het kind in de wieg, dat nog niet eens een naam had gekregen. Een vlaag van paniek overspoelde me. Wat had Betje van me gevraagd? Ik kon dit niet. De herinneringen aan mijn eigen moeder waren beperkt. Ik had zelden aandacht besteed aan de manier waarop Jans echtgenotes met hun kinderen omgingen. Maar wat voor keus had ik? Ik liep naar de wieg en legde even mijn hand op Dircks smalle jongensschouder.

Een tijdje staarde ik samen met hem naar het nog verfrommelde gezichtje met de dichtgeknepen oogjes en de met huidsmeer bedekte toef haar. Voorzichtig pakte ik het meisje op. Haar warme lijfje paste naadloos in de kromming van mijn armen. Eén handje stak boven de fluwelen deken uit waarin ze gehuld was. Ik slikte. Vermoeidheid, verdriet en angst overspoelden me na de intensieve uren als een vloedgolf. Net op dat moment keek het kind me aan. Haar lipje trilde en ze begon te huilen. Ik probeerde haar te wiegen, maar het gejammer werd er alleen maar luider door. Toen dook naast me de min op. Opgelucht droeg ik het meisje aan haar over en liep naar de keuken.

Daar was het rustig. Op tafel stond een kruik die ik twee weken geleden op Betjes verzoek voor de naderende bevalling van Arnts brouwerij had meegenomen. Bier met bilzekruid. Ik dronk het zelden. Hoewel de zware biersoort een prettige verdoving gaf en een pijnstillende werking had, kon je er een vreemde dronk van krijgen. In een experimentele bui had ik er een paar dagen geleden wat gedroogde lavendel aan toegevoegd. Ik liet mezelf op een stoel vallen, ontkurkte de kruik en schonk een glas voor mezelf in. De smaak was vol en zoet. Ik sloot mijn ogen, nam nog een slok en dronk het glas in één teug leeg. Ik nam een tweede glas. Terwijl ik naar het vuur staarde, probeerde ik te vergeten wat er de afgelopen uren was gebeurd en zakte langzaam weg in een droomloze slaap.

'Juffrouw de Bisschop,' zei een stem boven me. 'Lysbeth.' Ik knipperde met mijn ogen en zag het silhouet van Rem, die met een pook in het vuur porde. De sintels van het haardvuur gloeiden lichtjes. 'Ik dacht dat jij al naar huis was,' zei ik.

'De dag begint alweer bijna,' zei hij. 'De klok heeft zojuist zes uur geslagen.'

Zes uur. Ik gaapte en voelde aan mijn nek. Al mijn spieren deden pijn. Hoe lang had ik in deze stoel gezeten? Nu pas hoorde ik buiten een vogel zingen. 'Waar is iedereen?' vroeg ik.

'De kinderen liggen in bed. Anna en Claesje houden de wacht over hen. Uw broer heeft zich ook even teruggetrokken om te slapen.' Het viel me op dat hij me nog steeds vousvoyeerde wanneer de mogelijkheid bestond dat anderen ons hoorden.

'In zijn eigen kamer?' vroeg ik me hardop af. Ik probeerde me voor te stellen hoe iemand kon slapen met het lichaam van zijn overleden vrouw naast zich. Maar misschien wilde Jan gewoon alleen met Betje zijn, voor de laatste keer, nu het nog kon.

Ik dacht aan de dag die voor ons lag. De aanspreker* zou langskomen om de begrafenis door te nemen. Buren en vrienden zouden hun meeleven komen betuigen en verwachtten een begrafenismaal. Dirck, Harmen, Philip, Immetje en het pasgeboren meisje zouden mijn aandacht nodig hebben. Weer kwamen Betjes woorden als een mokerslag bij me binnen, en ongewild ontsnapte een kreun aan mijn mond.

Rem hield een kaars bij het vuur en zette hem in de blaker. 'Als ik u was, zou ik ook nog even uw slaapkamer opzoeken,' zei hij.

Ik schudde mijn hoofd. 'Ik wil naar buiten,' zei ik. 'Ik heb frisse lucht nodig.' Ik stond op, maar voelde opeens zo'n pijn in mijn voorhoofd, dat ik me vastgreep aan de rand van de tafel. Rem pakte het kruikje op, rook eraan en trok een gezicht. 'Apart spul,' zei hij. 'Wat is het?'

'Bier,' zei ik. Wat er verder in zat, en dat ik het aardewerken kruikje voor meer dan de helft leeg had gedronken, ging hem niets aan. Ik liet de tafel los en wilde naar de deur lopen, maar het leek wel of de vloertegels onder mijn voeten golfden. 'Misschien kunt u beter binnen blijven,' zei Rem.

'Nee,' zei ik, en ik hoorde hoe bits mijn stem klonk. 'Ik wil alleen zijn. Ik wil nadenken.'

'Dat zou ik zeker doen.' Hij klonk beslist. 'Maar u neemt het mij vast niet kwalijk als ik dan ook een wandeling maak. De zon is nog niet eens op. Niemand zou willen dat uw broer in één dag tijd een tweede dierbare verliest omdat ze in de gracht is gevallen.'

Ik voelde me leeg, en te moe om de discussie met hem aan te gaan. Bovendien had hij gelijk. Had mijn vader jaren geleden niet ook zijn einde gevonden in het water? 'Je gaat je gang maar,' zei ik. 'Niemand houdt je tegen.'

Toen ik de voordeur opende, zag ik dat het nog donker was. Dikke mistbanken hingen boven de gracht. Zelfs de masten van de schepen waren in het water nauwelijks te zien.

Vastbesloten om te doen wat ik me had voorgenomen, liep ik naar het IJ met mijn lantaarn in de hand, terwijl ik vlak achter me het geknerp van Rems voetstappen hoorde.

Toen ik de kade naderde, bleef ik staan. Door de mist rezen de contouren van de dubbele rij palen, die tot ver in het noorden doorliepen. Erachter moesten de grote schepen liggen, klaar om hun lading naar verre bestemmingen te vervoeren. Ik staarde in het grijsblauwe niets en hoorde slechts het geluid van de golven die tegen de kade sloegen. Een steenworp bij me vandaan lagen drie lege tonnen die sjouwers blijkbaar hadden achtergelaten. Ik liep ernaartoe en ging op een van de tonnen zitten. 'Goed,' hoorde ik mezelf zeggen, in de wetenschap dat Rem me kon horen. 'Je mag naast me komen zitten.'

'Wie zegt dat ik dat wil?' Zijn stem klonk plagend, maar ik was niet in de stemming om erop te reageren. Het begon zachtjes te regenen. Met de rug van mijn hand veegde ik druppels van mijn wimpers en wangen, waarvan ik niet wist of ze van de mist of de regen waren of van mijzelf.

Hij zat nog steeds niet naast me.

'Ik begrijp het niet,' begon ik in de leegte te praten. 'Stel dat vroedvrouw Naatje thuis geweest was, had Betje dan een kans gehad? Of stel dat we de chirurgijn meegenomen hadden in plaats van Wabbetje, wat dan?'

'Dat zullen we nooit weten,' klonk het achter me.

Ik dacht aan de mensen die me in de loop van de jaren ontvallen waren. Sommigen miste ik nog elke dag, het verlies van anderen had ik voor lief genomen. Al hoorde de dood bij het leven, het wende niet, hij liet altijd een leegte achter, en beïnvloedde de loop van mijn leven. Toen mijn moeder stierf, moest ik bij oom en tante intrekken. En nu Betje stierf, vroeg ze het onmogelijke van mij. En van haar kinderen. Wat moesten zij met een surrogaatmoeder zoals ik? 'Waarom?' ging ik door. 'Waarom laat God toe dat de ene mens sterft en de ander niet? Waarom blijven kinderen ouderloos achter? Dat is toch wreed?'

De tranen liepen nu over mijn wangen. Het stelde me gerust dat Rem dit vanaf de plek waar hij stond niet kon zien, en als hij het al zag, dacht hij vermoedelijk dat ik alleen huilde om Betje. Natuurlijk huilde ik om haar, maar ik huilde om meer, om verliezen van jaren geleden en het verlies van een tijd die was geweest en niet meer terug zou komen. Ik huilde uit onmacht en boosheid, en ik huilde omdat ik niet eens wist hoe ik er de juiste woorden voor kon vinden.

Naast me verscheen een hand met een zakdoek. Ik veegde er driftig mee over mijn gezicht, vouwde daarna mijn handen om de natte prop en sloot vermoeid mijn ogen.

Achter me bleef het stil. 'Ben je aan het bidden?' klonk het toen onzeker.

Ik schudde mijn hoofd. 'Niet echt. Of misschien een beetje. Zonder woorden.'

'Dat doe ik ook wel eens,' zei hij. 'Niet praten, maar gewoon luisteren. Of misschien is het zoeken.' In de verte luidde de boomklok, die de doorgang van de eerste vrachtschepen aankondigde. Ik huiverde van de kou en de regen die door mijn mantel begon te trekken. 'Kom.' Rem was voor me komen staan. 'Je bent helemaal doorweekt. Je kunt nu echt beter naar huis gaan.' Hij stak me een hand toe om me omhoog te helpen. Toen onze vingers elkaar raakten, voelde ik een vreemde sensatie. Mijn lichaam werd naar het zijne toe getrokken als een verkleumde wandelaar naar een haardvuur in de winter. Ik wist dat we elkaar moesten loslaten, maar dat gebeurde niet. Lysbeth, houd op, schold ik tegen mezelf. Je wilt je hier niet aan branden. Ik keek naar hem op. Zijn ogen waren zo dichtbij dat ik zijn wimpers kon tellen. In het opkomende licht zag ik dat zijn irissen kleine vlekjes hadden. In de verte klotsten de golven en krijsten een paar meeuwen.

Toen liet hij mijn hand los. Een gevoel van teleurstelling overviel me, maar dat verdween toen hij met twee vingers langs mijn natte wang streek. Er leken minuten voorbij te gaan terwijl we daar stonden, in een gordijn van mist. Toen deed hij opeens een stap naar achteren, vloekte zachtjes en haalde een hand door zijn donkere haren.

'Het spijt me,' zei hij. 'Dit was niet de bedoeling.' Een stem in me schreeuwde dat het wel de bedoeling was, en een ander deel van me was volkomen in de war.

'En zeker niet nu,' ging hij door. 'Ik wilde geen misbruik maken van je verdriet. Jij bent de zus van mijn patroon. En ik ben nog jong.'

'Hoe oud ben je dan?' vroeg ik.

Hij zweeg even. 'Achttien,' zei hij toen. 'Volgende maand word ik negentien.'

'Achttien?' Ik ademde langzaam uit. Hoe had ik me zo in zijn leeftijd kunnen vergissen? Hij had het postuur, de baardgroei en de zelfverzekerde manier van praten van iemand die minstens drie jaar ouder was. Maar hij was ruim zes jaar jonger dan ik. Nog nauwelijks droog achter de oren.

In de verte klonk het geluid van een scheepstrompet. Rem had gelijk. Wat was er in ons gevaren?

'Ik kan maar beter naar huis gaan,' zei ik. 'Alleen.'

Hij knikte. 'Ik zal wachten.' Die laatste drie woorden, waarvan ik niet precies wist hoe hij ze bedoelde, dreunden in mijn hoofd na toen we terugliepen naar Jans huis. Ik voorop, hij vlak achter me.

De flakkerende stompjes van de kaarsenkroon in de voorkamer wierpen hun schaduwen over de gezichten van Jan en Arnt. Jan nam de laatste teug uit zijn derde pul bier en veegde het schuim van zijn bovenlip. Zijn huid was grauw en zijn ogen waren bloeddoorlopen. Arnts dikke rode haar piekte alle kanten op. Doodmoe leunde ik achterover in mijn stoel. Jans pasgeboren kind lag strak ingebakerd in mijn armen. Jan keek naar het meisje dat diep in slaap was, met een serene blik op haar gezichtje. 'Ze lijkt niet op jou, Lysbeth. Jij brulde hemel en aarde bij elkaar.'

Arnt hield Jan tegen toen hij een kan met het zwaardere bier wilde pakken. 'Kalm aan. De kater van morgen heeft vlijmscherpe nagels.'

'Moet je horen wie het zegt. Jij klokt het bier met vaatjes tegelijk weg. Ik heb mezelf prima in de hand.'

'Vast. Maar je hebt er al een nacht en een dag met amper slaap opzitten,' viel ik Arnt bij, en vergat daarbij voor het gemak het bier met bilzekruid dat ik vannacht had gedronken. Ik richtte me tot Claesje. 'Schenk alsjeblieft wat van dat andere bier voor mijn broer in.'

Het meisje deed wat ik vroeg en Jan zette het glas aan zijn lippen. Hij trok een vies gezicht. 'Is dit jouw scheepsbier, Arnt? Het smaakt naar pis.'

Arnt zette een mes in de laatste homp brood op tafel en sneed er wat plakken af. 'Wie moet er nu voor je kinderen zorgen?' Hij keek naar Jan. ‘Vijf kinderen. Dat is nogal een opgave. De oudste is nog maar tien.’

Dit was het moment. De blikken van mijn broers bleven eenparig op me rusten met een gewicht waarmee ik me geen raad wist. Ik probeerde mijn gedachten op orde te brengen door een stukje vis op het brood te leggen, erop te kauwen en een graatje uit mijn mond te trekken.

‘Dat spreekt voor zich.’ Jan sloeg opnieuw een glas bier achterover en wendde zich tot Arnt. ‘Ik neem aan dat je er geen bezwaar tegen hebt dat Lysbeth haar werk in de brouwerij neerlegt.’

‘Wilde je me iets vragen, Jan?’ vroeg ik ijzig.

‘Ik heb je nodig, Lysbeth.’ Ik zag iets in Jans ogen wat ik niet vaak had gezien, het leek op angst of hulpeloosheid. ‘Dit is jouw kans om iets terug te doen na de vele jaren dat ik voor jou heb gezorgd.’

Arnt keek me veelbetekenend aan. Het kind in mijn armen piepte zachtjes. ‘Het lijkt mij ook logisch,’ zei hij toen. ‘De kinderen hebben een moeder nodig. Lysbeth is verder niet gebonden, en ik begreep dat het ook Betjes wens was.’

Terwijl ik kauwde op het voldongen feit waarvoor ze me stelden, probeerde ik de herinnering te verdringen aan Rems hand om de mijne. Het verlangen dat hij bij me losmaakte. Ondanks de kou en de regen had ik daar eindeloos met hem willen staan, zijn gezicht willen aanraken en de kleine baardhaartjes op zijn kin strelen. Eindelijk begreep ik wat Cornelia bedoelde met een man die als Godsgeschenk uit de hemel zou neerdalen. Goed, hij was nog jong. Maar het voelde zo goed. En tegelijkertijd zo… onmogelijk. Ik sloot mijn ogen en concentreerde me op het verzoek van mijn broers. De gedachte om Jans huishoudster en kinderverzorgster te worden, was even taai als het brood dat op tafel stond.

Om niet direct een antwoord te hoeven geven richtte ik me weer op het kind in mijn armen. ‘Je hebt nog geen naam voor haar bedacht,’ zei ik. ‘Hoe wil je dat het meisje heet?’

‘Elisabet’, zei hij direct. ‘Naar de vrouw die haar heeft gebaard, en naar de vrouw die bestemd is om haar op te voeden.’ Weer keek hij me aan. Ik had niets te kiezen.

'Je hoeft het niet alleen te doen.' Arnt maakte een gebaar naar de keuken. 'Jan heeft voldoende personeel, dat weet je.'

Een paar meter bij me vandaan kraakte een vloerplank. In de deuropening stond Dirck, met Harmen naast hem. Beiden waren gekleed in een nachthemd. Harmen sabbelde op zijn duim, Dirck keek met samengeknepen ogen naar mij. Ik dacht aan de buren en vrienden die het allemaal, net als Jan en Arnt, vanzelfsprekend zouden vinden dat ik de rol van opvoeder op me zou nemen. Het zou egoïstisch zijn als ik weigerde. Maar ik had altijd het gevoel gehad dat ik voor meer bestemd was dan het bestieren van Jans huishouden. Welke reden kon ik aanvoeren om mijn broers dat uit te leggen? Ik voelde me niet in staat om helder te denken, maar één ding wist ik: Jan was een pragmatisch man. Misschien huwde hij over een halfjaar wel een andere vrouw, net zoals hij met Betje had gedaan.

'Ik zal doen wat ik kan,' zei ik. 'Voorlopig.'

Het was druk op de vismarkt, zoals vaker op zaterdagmorgen. Mannen en vrouwen dromden voor de visbanken waar schelvis, zwaardvis, kabeljauw en tonijn in zilvergrijze rijen lagen uitgestald. Het geschreeuw van de viswijven schalde door de lucht. Cornelia en ik liepen langs een bank waar een vrouw zeerobben verkocht. Vlak achter ons liepen Dirck en Adriaan, de zoon van Cornelia. Haar buik was rond, in afwachting van de geboorte van een volgende Pauw. 'Wacht even,' zei ze, en ze bleef staan om een stapel kreeften te bekijken. Terwijl Dirck een diepe zucht slaakte, pakte Adriaan een steentje op en wilde het naar Dirck gooien. Ik keek hem streng aan en hij legde het steentje weer neer.

'Mag ik suikererwten, tante Lysbeth?' zeurde Dirck.

'Nee,' zei ik, en ik voelde aan het zakje in mijn hand. 'Nu nog niet. Straks misschien.'

'Ik kreeg bezoek aan de deur,' zei Cornelia terwijl ze de visvrouw een seintje gaf. 'Je nicht.'

Ik keek verbaasd. 'Mijn nicht?' Ik was de afgelopen weken zo druk bezig geweest met Jans kinderen, dat ik geen seconde meer aan Griet gedacht had.

'Ze is een opvallende... schoonheid.' Cornelia wees naar een grote, zwartblauwe kreeft, die direct door de visvrouw in haar mand werd gelegd. 'En ook heel beleefd. Maar ik heb onlangs al een ander meisje aangenomen, dus ik kon niets voor haar betekenen. Zien jullie elkaar vaak?'

'Niet echt,' antwoordde ik naar waarheid. Moest ik over Griets verleden vertellen? Dat leek me niet nodig, aangezien Cornelia haar toch niet in dienst zou nemen.

'Je nicht vertelde dat jullie een tijdje bij elkaar in huis hebben gewoond,' zei Cornelia.

'Dat klopt,' zei ik. 'Dat was vlak voordat jij en ik elkaar leerden kennen. Maar toen wij elkaar ontmoetten, woonde Griet al niet meer in de stad. Ze was... verhuisd.' Hang de vuile was niet buiten, had Jan gezegd. En hij had gelijk. Cornelia kon uitstekend haar mond houden, maar voor de zekerheid was het toch beter om niets te zeggen. Niet alleen omdat Jan daarop had gehamerd, maar ook voor Griets bestwil.

'Ik heb haar maar doorverwezen naar een buurvrouw.' Cornelia rekende de kreeft af en overhandigde hem aan een visdrager, zodat deze hem bij haar thuis kon afleveren. 'Die had nog iemand nodig en heeft haar aangenomen. Gek dat zo'n mooie vrouw als je nicht nooit getrouwd is, trouwens.'

Ik mompelde iets instemmends. 'Ken ik die buurvrouw bij wie Griet in dienst is gegaan?' vroeg ik. Cornelia noemde een naam die me niet bekend voorkwam, en ik haalde opgelucht adem.

'Tante Lysbeth,' zei Dirck en trok aan mijn arm. 'Mag ik naar de schermschool?' Hij wees naar Adriaan. 'Hij mag het ook. En hij is twee jaar jonger dan ik.'

'Daar gaan we het een andere keer over hebben,' zei ik.

Cornelia glimlachte. 'De tactiek van het uitstel. Je raakt al snel bedreven in het moederschap.'

Ik knikte vaag en keek naar de schuiten aan de kade met hun ronde rieten visbennen*, waar spartelende vissen rechtstreeks uit de zee werden gehaald en verkocht. Ik voelde me helemaal niet bedreven. Ik deed mijn best, maar het surrogaatmoederschap ging me niet natuurlijk af. Met kerels in de brouwerij die een hoofd groter waren dan ik, wist ik precies hoe ik het moest aanpakken. Met een grap, een lompe opmerking, en met Arnts steun kwam alles in orde. Betjes huishoudboek had ik ook zo onder de knie. Maar de opvoeding van de kinderen was anders. Ze waren onvoorspelbaar en grillig als kleine visjes die elk moment uit je net konden ontsnappen.

Natuurlijk, ik hield van de kinderen. Elisabetje en de eenjarige Immetje waren allerliefst. En Philip en Harmen, met hun brede lach, sproetige neuzen en vuurrode rechtopstaande haren, deden me denken aan Arnt. Dirck was lastiger en veeleisender. Ik had in de afgelopen dagen al een paar ruzies moeten beslechten tussen hem en zijn twee broertjes. Dirck meende de meeste privileges te hebben en zelfs mij te mogen commanderen.

Ik zuchtte bij de gedachte aan de verandering die mijn leven in enkele dagen had ondergaan. De bijna euforische vrolijkheid die ik gevoeld had toen ik Rem ontmoette, werd nu bedekt door een laag rouw en een drukkende stilte in huis. Jan wilde niet dat er aan tafel werd gelachen, en er mocht alleen op gedempte toon worden gesproken. Dat ik nu even met Cornelia naar de markt ging terwijl Anna en de min op de jongste kinderen pasten, was al een uitspatting.

'Ik ga aan vader vragen of ik naar de schermschool mag,' zei Dirck, en hij stak zijn kin vooruit. 'U bent alleen maar mijn tante. Niet mijn moeder.'

'Dat klopt,' zei ik zo kalm mogelijk. 'Maar je vader én je moeder hebben me gevraagd voor je te zorgen, dus moet je naar mij luisteren. Of je dat nou leuk vindt of niet.'

'Ik word af en toe doodmoe van Dirck,' bekende ik aan Cornelia, toen de jongens een paar meter van ons vandaan waren. 'Het ene moment zet hij zich tegen me af, en het volgende moment klampt hij zich aan me vast.'

'Die jongen is gewoon bang dat hij opnieuw iemand kwijtraakt.' Cornelia keek meelevend.

Dirck leek de schermschool alweer te zijn vergeten, want hij stond inmiddels voor een kraam in een zijsteeg. Adriaan was hem op de voet gevolgd. 'Kijk, hier kun je een dolk winnen!' riep hij opgewonden. 'Eentje van zilver!' Ik keek naar de tafel met een uitstalling van glanzende voorwerpen, die duidelijk van tin waren dat flink was opgepoetst. 'Wilt u een lot kopen, mevrouw?' vroeg een vrouw met een getaande huid die naar knoflook rook. 'Nee, dank u wel,' zei ik beleefd. Als de schout deze illegale loterij in de smiezen kreeg, zou hij snel worden opgedoekt.

'Toe nou, tante Lysbeth.' Dirck kreeg weer een korzelige uitdrukking op zijn gezicht.

'We gaan er niet aan beginnen,' zei ik. 'De kans dat je verliest, is groot. Als je een dolk wilt, mag je ervoor werken.'

Terwijl Dirck zich met afhangende schouders van me afwendde, hoorde ik een stem achter me. 'Gelooft u niet in het lot, juffrouw?' Mijn hart sloeg over toen ik in de ogen van Rem Bisschop keek. 'Niet in dit soort loten, nee,' antwoordde ik, terwijl ik een poging deed beleefd, maar niet te opgetogen naar hem te glimlachen.

Ik voelde Cornelia's ogen prikken. Hoewel ze steevast de eerste was die ik in vertrouwen nam, had ik haar nog niet over Rem verteld. Het was er niet meer van gekomen na de intensieve week van Betjes overlijden en de dagen dat de kinderen voortdurend mijn nabijheid opeisten. Bovendien was er na die vroege ochtend bij de haven iets ontstaan tussen Rem en mij dat leek op de mist waarin we ons hadden bevonden: er was iets, maar als je ernaar greep, was het er niet. Soms vroeg ik me af of ik me onze aanrakingen had ingebeeld. Was hij misschien niet meer dan hoffelijk geweest? Als ik hem in de keuken hoorde lachen met Claesje en Anna, voelde ik een onzekerheid die me tot op dat moment vreemd was geweest. Ik was gek. Gek om te denken dat deze levendige jongen interesse had in een oude vrijster als ik. We mochten ons dan in hetzelfde huis bewegen, maar kwamen uit twee werelden en we zouden er niet in slagen die bij elkaar te brengen. De enige manier om mijn waardigheid te herstellen, was me beleefd en afstandelijk te gedragen.

Maar nu stond hij daar, losjes tegen de kraam geleund, met die blik in zijn ogen die me opnieuw van mijn stuk bracht.

'Lysbeth,' Cornelia onderbrak mijn gedachten. 'Stel me eens even voor aan deze jongeman.'

Ik herstelde me. 'Cornelia, dit is Jans leerling, Rem Bisschop. Hij werkt sinds kort bij ons in huis. Rem, dit is Cornelia Pauw, mijn vriendin.' Ik merkte hoe Dirck met samengeknepen ogen van Rem naar mij keek.

'Aangenaam, mevrouw.' Rem maakte een lichte buiging naar Cornelia. Op dat moment klonk er trompetgeschal. Een groepje mannen van de schutterij marcheerde voorbij. Te zien aan de musketten en de zwart-rood-witte sjerpen die ze droegen, was het de compagnie van Jan, maar Jan was er niet bij. Dirck maakte zich van ons los, en Adriaan rende achter hem aan. 'Er is geen beginnen aan met die jongens,' zei Cornelia hoofdschuddend. 'Ik loop wel even naar ze toe.'

'Zou ik u vandaag of morgen misschien even kunnen spreken, juffrouw De Bisschop?' vroeg Rem snel. Ik verschoot van kleur. 'Natuurlijk,' zei ik. 'Waar gaat het over?'

'Het gaat om iets persoonlijks.' Hij keek langs me heen naar de plek waar Cornelia met de jongens naartoe was gelopen, en waar de kloveniers hun wapens presenteerden. 'Kan het onder vier ogen?'

Ik dacht na. Over een halfuur moest ik weer bij de min zijn om Elisabetje over te nemen. Thuis waren overal ogen. Snel nam ik een besluit. 'Ga naar de kerk en wacht bij de nis die het dichtst bij het hoofdaltaar ligt,' zei ik. Toen liep ik naar Cornelia. 'Wil je iets voor me doen?' vroeg ik.

'En wat dan wel?' vroeg Cornelia met opgetrokken wenkbrauwen.

Ik aarzelde. 'Mag Dirck een uurtje met jou en Adriaan mee naar huis? Ik moet even iets... doen.'

Cornelia trok haar wenkbrauwen nog verder op. 'Iets doen. Samen met die knappe jongeman met de groene ogen?'

'Misschien,' zei ik.

Ze tuitte haar lippen. 'Lysbeth, ik zag wel hoe jullie naar elkaar keken, en dat bevalt me niets. Ik weet niet wat je je in je hoofd haalt, maar als je broer ontdekt dat je een rendez-vous hebt met zijn gezel, ben je nog niet jarig.'

'Een Rem-dez-vous,' giechelde ik nerveus. Ik keek haar smekend aan. 'Ik doe heus geen gekke dingen. Ik ben een verstandige vrouw van vijfentwintig.'

Ze wreef over haar zwangere buik en zuchtte. 'Eén keer. En daarna nooit meer. Gelukkig heb je thuis vijf kleine chaperons om je heen.' Ze keek naar Dirck. 'Ik denk dat Reinier me verwacht. We zien elkaar later weer, goed?'

'Natuurlijk,' zei ik. Ze vertrok, terwijl Adriaan en Dirck achter haar aan marcheerden.

Vlak bij het koorhek van de Nieuwe Kerk stonden twee dienstmeiden een geanimeerd gesprek te voeren. Een eindje verderop achtervolgde de hondenslager* met een zweep een magere hond. Verder was het rustig. Ik passeerde een boerenknecht die op een bankje zat te dommelen en bereikte moeiteloos de nis vlak bij het hoofdaltaar. Daar stond Rem. 'Je bent er,' zei hij. Hij tutoyeerde me weer, net als een paar dagen geleden.

Ik liep naar hem toe. Hij pakte mijn hand en trok me achter een brede pilaar, vlak naast een stapel planken. Mijn vingers tintelden door de warmte van de zijne. Ik wist me geen houding te geven en keek naar de grijze grafstenen onder mijn voeten.

'Hier ligt mijn vader ergens begraven,' zei ik, om maar iets te zeggen.

Hij liet mijn hand weer los en grijnsde scheef. 'Ik wil je vader postuum niet tegen me in het harnas jagen. Kom je hier wel vaker, om zijn graf te bezoeken?'

'Niet vaker dan op zondagmorgen, met Jan en de kinderen. Nu zonder Betje natuurlijk.'

Hij knikte. 'Hoe gaat het met je?'

Ik werd heen en weer geslingerd tussen verlangen en ongeduld. Waarom had hij mijn hand gepakt? Wat was er zo dringend dat hij het snel wilde bespreken? 'Cornelia zegt dat het bestieren van een huishouden ongeveer net zoiets is als een bedrijf draaiend houden,' zei ik. 'En ik moet zeggen dat er overeenkomsten zijn tussen Arnts biersjouwers en een stel kinderen. Maar toch valt het me tegen.' Met Jan was het ook minder makkelijk samenwerken dan met Arnt, dacht ik bij mezelf. Dat Jans invloed in huis groot was, ondanks zijn veelvuldige afwezigheid, had ik altijd geweten. Jan was iemand die graag het allerbeste wilde, voor zo min mogelijk geld. Die eigenschap legde hem in de graanhandel geen windeieren, maar de veeleisende manier waarop hij zich aan het eind van de dag met mijn taken bemoeide, begon me op de zenuwen te werken. Hij wilde precies weten of iedereen in huis zijn werk goed had gedaan, wat ik had uitgegeven en waaraan. Ik begon te vermoeden dat de slaapkamermomenten tussen mijn broer en overleden schoonzus grotendeels hadden bestaan uit het doornemen van het huishoudboekje.

'Als iemand het kan, ben jij het.' Rem kwam iets dichter bij me staan.

'Je bent vast niet gekomen om me dat te vertellen,' zei ik, terwijl ik naar hem opkeek. De vlammen sloegen me uit. Ik had zoveel nachten over hem gedroomd. Ik droomde dat ik op mijn tenen stond en zijn lippen kuste. Ik droomde dat hij mijn hoofd in zijn handen nam en mijn huid streelde, en zijn vingers langzaam verder naar beneden liet afdwalen, naar plekken die nog nooit iemand anders had aangeraakt, behalve ikzelf. Ik droomde dat we in één huis woonden, een huis van ons samen. Dat we samen een gezin zouden vormen. Maar ik droomde ook van een verbintenis met goedkeuring van mijn familie. Van jongs af aan was me geleerd hoe belangrijk financiële zekerheid was, eerst door mijn oom en tante, en later door Jan. Stel dat Rem me ten huwelijk zou vragen, wat moest ik dan doen? Hij had nog niet eens woonruimte voor zichzelf en een leerjongen werd de eerste jaren nauwelijks betaald. Waar moesten we samen wonen? Onwillekeurig dacht ik aan Griet, die jaren geleden met haar geliefde naar Antwerpen was gevlucht. Wat had dat haar opgeleverd?

Rem verplaatste zijn gewicht van zijn ene naar zijn andere been. 'Ik wil je… laten weten dat ik wegga.'

'Wat?' Ik had hem vast niet goed verstaan. 'Waarom? Waarheen?' Misschien maakte hij een grapje. Hij werkte nog maar twee weken bij ons, misschien drie. Maar Rem lachte niet. Zijn gezicht stond serieuzer dan ik het ooit had gezien.

'Je bedoelt voor een paar dagen?' probeerde ik. 'Ga je op familiebezoek?'

Hij schudde zijn hoofd. 'Ik bedoel dat ik echt wegga. Bij jullie.'

'Maar waarom?'

'Het lijkt me beter. Voor iedereen.'

'Maar Jan is heel tevreden over je,' zei ik. 'En ik – ik ben ook blij met je. Ik bedoel...' Ik kon mezelf wel voor de kop slaan toen de waarheid tot me doordrong. Het was mijn schuld. Dat was het. Rem kon niet werken in een huis waar de zus van zijn patroon hem elk moment in diskrediet kon brengen.

'Het spijt me,' zei ik. 'Het was een vreemde ochtend vorige week. Ik had je niet moeten lastigvallen met mijn verdriet. Maar je hoeft daarvoor toch niet weg te gaan? Ik –'

Hij keek verbaasd. 'Je viel me helemaal niet lastig. Luister.' Hij pakte mijn beide handen beet. 'Wat er een paar dagen geleden tussen ons gebeurde, was bijzonder. Maar als jouw broer ons samen ziet, kan ik mijn leerplek wel vergeten. En dat is niet de enige reden dat ik vertrek. Het heeft ook met mijn werk te maken.'

Ik hield mijn hoofd schuin. 'Bedoel je dat je het moeilijk vindt om onder Jan te werken?'

'Je broer is een bekwaam graanhandelaar en een accijnsmeester die goed is in zijn vak. Maar er is iets anders op mijn pad gekomen.'

Ik knikte afwezig.

'Ik heb nagedacht,' zei hij. 'Ik heb het idee dat er... iets is tussen ons. Je bent grappig, rechtdoorzee. Als ik je zie, moet ik lachen. Ik moet voortdurend aan je denken.'

Mijn hart klopte in mijn keel toen hij die woorden uitsprak. 'Ja,' zei ik. 'Dat voel ik ook.'

'Maar het kan niet,' vervolgde hij. 'Als ik je broer toestemming vraag om je beter te leren kennen, zal hij die niet geven. Jij zorgt voor zijn kinderen. En ik kan als gezel niet eens in mijn eigen levensonderhoud voorzien. Dus ik ben met iemand gaan praten.'

Plotseling legde hij een vinger op zijn lippen. Twee mannen, een oudere koopman en een jongere, beiden met zwarte hoeden en mantels, liepen voor de ingang van de nis langs en bleven staan. Een van hen opende zijn beurs en begon kalmpjes de inhoud te inspecteren, terwijl de ander iets opmerkte over de prijzen van karwij en amandelen. Een derde man kwam aanlopen en mengde zich in het gesprek.

Ik kreunde inwendig toen ik zag dat het Reinier Pauw was. Als hij me hier zou zien, zou hij zeker Jan inlichten. Rem maakte een hoofdbeweging en wees op de stapel planken naast ons, die hier blijkbaar tijdelijk werd opgeslagen. Zittend achter de stapel vervolgden we zachtjes ons gesprek, terwijl ik me bezorgd afvroeg wanneer de kooplieden zouden vertrekken.

'Je vertelde dat je met iemand ging praten,' zei ik op gedempte toon.

Hij knikte. 'Ik ben naar dominee Arminius gegaan.'

Toen ik niet reageerde, zei hij: 'Die ken je toch wel? Hij is hier sinds een jaar of drie predikant. Hij komt bijna elke week bij ons thuis om mijn jongste broer Simon te begeleiden.'

Ik dacht even na. 'Simon de studiebol.'

Hij grinnikte. 'Precies. Mijn ouders hebben Arminius een paar dagen geleden te eten uitgenodigd. Na afloop van de maaltijd heb ik hem in vertrouwen genomen. Ik had eerlijk gezegd niet verwacht dat hij direct een oplossing zou hebben. Maar hij wist meteen een andere leerplek voor me. En bovendien wil hij met je broer in gesprek gaan om te bemiddelen, zodat die het begrijpt.'

Ik hief met een ruk mijn hoofd op. 'Zodat hij wat begrijpt? Bedoel je dat hij met Jan gaat praten over jou en mij?'

'Natuurlijk niet. Het gesprek zal met name gaan over de kans die me is geboden.'

Ik ademde langzaam uit. Ik kende Arminius niet goed, maar hij was ingetrouwd in een gegoede familie met veel handelsconnecties. Hij zou vast weten hoe hij het moest aanpakken. 'Jan zal het je niet in dank afnemen,' zei ik. Om mijn eigen teleurstelling te overstemmen, voegde ik eraan toe: 'Ik ben blij voor je. Al vind ik het natuurlijk jammer dat ik je daardoor minder zal zien.'

Hij sloeg zijn ogen neer. 'Dat is het ook. We zullen elkaar een hele tijd niet zien. Ik ga naar Koningsbergen.'

Koningsbergen? Ik vergat Reinier Pauw en zijn gesprekspartners en maakte een wild armgebaar waardoor ik de stapel planken raakte, die gevaarlijk begon te bewegen. Koningsbergen, dat lag hier mijlenver vandaan, aan de andere kant van de Oostzee.

Rem keek me verontschuldigend aan. 'Ik heb vandaag een gesprek gehad met mijn nieuwe patroon, Jan Claesz Cloeck. Hij heeft een grote zeepziederij en handelt in allerlei producten die daarmee te maken hebben, zoals hennep en potas.'

'Nee!' Ik had het eruit gegooid voor ik er erg in had.

'Het is een enorme kans, Lysbeth. Ja, het is ver, zeker een week of zes varen vanaf Amsterdam, afhankelijk van de wind en de controles onderweg. Maar hij biedt me de kans om voor hem te werken, én daarnaast mag ik vanuit Koningsbergen ook zelf in producten handelen. Als ik over vijf of zes jaar terugkom –'

'Vijf of zes jaar?' Nu verhief ik echt mijn stem. 'Ssst.' Rem pakte mijn pols vast. 'Als ik over vijf of zes jaar terugkom, kan ik je iets bieden. Dan ben ik factor*, of zelfstandig koopman. Dan zal je broer misschien wel toestemming geven als ik hem vraag...'

'Denk je dat nu echt?' siste ik. 'Denk je nu echt dat hij toestemming geeft aan de jongen die binnen drie weken ontslag bij hem heeft genomen? Rem, dit kun je niet menen. Vijf of zes jaar. Dat is niet te overzien. Over een jaar ben je me al vergeten. Als het niet over een paar weken is.' Ik stond op. 'Dank je wel dat je het me hebt verteld. Ik hoop dat Jan zo coulant reageert als jij en dominee Arminius denken. Ik wens je een goede reis.'

'Ik ga je schrijven,' hoorde ik hem nog zeggen, maar ik luisterde al niet meer. De drie kooplieden waren inmiddels naar de ingang van de kerk gewandeld. Met opgeheven hoofd liep ik langs hen heen en groette Reinier Pauw alsof het de normaalste zaak van de wereld was. Pas toen ik de Dam op liep, welde de brok die zich in mijn binnenste had gevormd als een snik op in mijn keel. Weer raakte ik iets kwijt, zoals ik alles kwijtraakte. Mijn ouders, mijn schoonzus, mijn werk in Arnts brouwerij en nu de eerste man die mijn hart in vuur en vlam had gezet. Hij zou me binnen enkele maanden vergeten zijn en in Koningsbergen allemaal mooie, jonge vrouwen tegenkomen. Terwijl ik verder naar huis liep, voelde ik mijn woede groeien. Ik vond Rem laf. Laf omdat hij zich verschool achter een of andere dominee die zei dat het beter was dat hij ergens anders ging werken, na zo'n korte tijd. Hij had niet eens gezocht naar alternatieven. En laf omdat hij dit niet eerst besproken had met Jan, of met mij, maar wel met die Arminius. Ik wilde die predikant wel eens spreken. Hij zou weten wie hij tegen zich had – mij, en zeker ook Jan.

Op een winderige, regenachtige middag liep ik naar de Oude Kerk waar Arminius meestal preekte. De draagdoek waarin ik de kleine Elisabet bij me droeg, was binnen enkele minuten doorweekt. Mijn natte schoenen lieten kleine plasjes achter op de donkergrijze plavuizen van het schip van de kerk. Ik liep direct naar de consistorie*. Achter de deur klonken mannenstemmen. Voor ik op de deur kon kloppen, werd die al met een ruk opengetrokken door Petrus Plancius, een van de andere predikanten. Plancius was van meerdere markten thuis en gaf vaak in de Nieuwezijds Kapel aan zeelieden les in aardrijkskunde en zeevaartkunde. Hij keek alsof er vandaag orkanen op het lesprogramma stonden. Achter in de ruimte stond Jacobus Arminius. Ook hij zag eruit alsof hij zojuist ruzie had gemaakt.

'Neemt u mij niet kwalijk, eerwaarde.' Ooit hadden de dominees gewoon Harmens en Platevoet geheten, wist ik. Ik trok het bundeltje met Elisabet dichter tegen me aan en vroeg me af hoe mijn eigen naam zou klinken als ik hem latiniseerde. 'Ik heb een klacht voor dominee Arminius.'

'Dan bent u niet de enige,' bromde Plancius en stond toen stil. 'Neem me niet kwalijk. Ik hoorde van uw schoonzuster. Mijn condoleances.' Toen stond ik voor Arminius.

De man was begin dertig, schatte ik, en dus maar een paar jaar ouder dan ik. In tegenstelling tot de robuuste Plancius was hij tenger en klein van stuk, maar hij leek me niet het type dat zich makkelijk omver liet blazen.

'Vertel maar wat je op je lever hebt,' zei hij. Ik dacht aan de geruchten die rondgingen toen Arminius in de stad was komen werken. Tijdens een reis naar het Italiaanse Padua zou hij de voeten van de paus hebben gekust. Hij zou bijeenkomsten hebben gehouden met de jezuïeten, een militante orde van de katholieken. Hij zou een voorstander zijn van vrede met de Spanjaarden. Maar die geruchten waren verstomd toen men hem hoorde preken.

Op Arminius' aanwijzing ging ik zitten op een van de met leer overtrokken stoelen. Ik keek naar het bureau. Het leek op dat in Jans kantoor: het blad was met schildpad ingelegd en vlak ernaast stond een aparte ebbenhouten schrijftafel met loden inktkokers erop gespijkerd.

'Ik heb een probleem, eerwaarde,' zei ik. Ik wilde een standvastig betoog houden, maar werd onderbroken door Elisabetje die zachtjes piepte in de draagdoek. 'Ik hoorde dat u Rem Bisschop hebt aangeraden om het huis van mijn broer te verlaten. Mijn broer moet het nu stellen zonder leerling.' Jan was laaiend geweest bij Rems onverwachte vertrek. Hij had Rem laten weten dat hij nooit in zijn leven op enige voorspraak van hem hoefde te rekenen.

Er verscheen een zweem van een glimlach om Arminius' mond. 'U bent erg met uw broer begaan.' Hij keek naar Elisabetje. 'Ik heb me laten vertellen dat u ook de zorg voor zijn kinderen op zich hebt genomen.'

Elisabetje opende haar ronde, lichtblauwe ogen en bestudeerde mijn gezicht. De ernstige blik van het meisje bracht me van mijn stuk. 'Maar daar heb ik helemaal niet om gevraagd!' barstte ik uit, geheel tegen mijn bedoelingen in. Voor ik er erg in had, gooide ik alles eruit. Het overlijden van Betje. De ontmoetingen met Rem. Het beroep dat mijn broers op me hadden gedaan en dat ik niet kon weigeren. De belofte die me werd afgedwongen, maar die geen echte belofte was.

'Rem Bisschop.' Arminius leek niet onder de indruk van mijn ontboezemingen. 'Een intelligente jongen. Hoe oud is hij ook alweer? Achttien?'

'Dat doet er niet toe,' zei ik. 'Als u hem niet aan een andere betrekking had geholpen, was hij in Amsterdam gebleven.'

'Voor een jongeman van achttien heeft hij een bijzonder volwassen beslissing genomen,' zei Arminius. Hij keek mij aan alsof hij mij het omgekeerde verweet.

'Denkt u?' vroeg ik. Elisabetje begon te huilen. Onhandig wiegde ik haar heen en weer en stopte het uiteinde van mijn pink in haar mond, waar ze driftig op begon te zuigen.

'Wat als de jonge Bisschop deze week voor u op de knieën was gegaan?' Arminius leunde achterover in zijn stoel. 'Dat had me heel voortvarend geleken, want hoe lang kennen jullie elkaar nu? Een paar weken?'

'We woonden bij elkaar in huis!' zei ik. 'We praatten veel samen. We hadden alle tijd om elkaar te leren kennen.'

'Goed, stel dat hij een aanzoek had gedaan. Had u dan volmondig ja gezegd?'

Ik dacht na. Had ik ja gezegd op een toekomst vol onzekerheden en onenigheid met Jan en Arnt? Als ik eerlijk was, twijfelde ik. Maar stel dat Rem was gebleven en zijn opleiding bij Jan had afgemaakt? Hadden we dan als platonische huisgenoten naast elkaar kunnen leven? Nee. Vroeg of laat had Jan ons samen aangetroffen, en Rem alsnog de deur uit gezet.

'Mijn collega Plancius en ik spraken vanmorgen de jonge kapitein van een schip die naar Venetië wil varen,' vervolgde Arminius. 'Hij staat erop morgen te vertrekken, terwijl er storm op komst is. God gaat immers overal mee, zei hij. Wat denkt u?'

'Ik denk dat hij beter kan wachten,' antwoordde ik, en terwijl ik dat zei, wist ik dat ik mijn eigen lot had bepaald.

'Datzelfde advies zou ik u ook willen geven.' Arminius keek me strak aan. 'Spring niet zomaar in het diepe. Wacht tot het tij is gekeerd.'

Tranen sprongen in mijn ogen. Dat ergerde me, net zoals het feit dat ik me door deze onverstoorbare predikant terecht liet wijzen.

'Laat de liefde rijpen, net als goede wijn en goede kaas.' Arminius begon in zijn la te rommelen, alsof hij wilde aangeven dat het gesprek ten einde was. 'Is tijd niet uw grootste vriend?'

'Als de tijd de liefde niet bederft,' morde ik.

# 8

## Amsterdam, augustus-september 1618

De man legt zijn hand op Griets borst en kust haar ruw op haar mond. Zijn haren zijn vet en smoezelig, net als zijn buik. 'Volgende week, zelfde tijd,' hoor ik hem zeggen.

'Volgende week, zelfde prijs.' Zonder enige gêne legt ze een hand op zijn kruis. Ik wend mijn hoofd af en omklem het mes in mijn zak terwijl Griet hem naar de deur duwt. Met een kushand zwaait ze hem uit. Haar beroepsmatige glimlach verandert in een echte als ze zich naar me omdraait.

'Dit hoef je toch niet te doen, Griet?' zeg ik, als hij is vertrokken.

Ze schudt vinnig haar haren naar achteren en draait er een wrong in. 'En waarom niet? Een vrouw moet zich zien te redden met wat haar gegeven is.'

'Ik meen het, Griet. Je overleden man zou zich omdraaien in zijn graf.'

'Jij hebt mijn man helemaal niet gekend. In de tijd dat de familie Pauw mij eruit schopte, keek jij weg. Sterker nog, je was er niet eens.'

Ik klem mijn lippen op elkaar. 'Alsof mijn leven altijd zo makkelijk is geweest. Laat me je helpen,' zeg ik. 'Ik heb wel ideeën voor je herberg…'

Haar ogen schieten nu vuur. 'Kom maar terug met adviezen zodra je weet hoe het is om in mijn schoenen te staan. Een jaar nadat je huis overhoop is gehaald, hebben jij en die man van je jullie comfortabele kasteeltje alweer opgebouwd. Nou? Wat doe je hier eigenlijk?'

Het is de eerste keer in drie maanden dat ik weer in haar herberg zit, hopend op nieuws. Heeft Toontje in de afgelopen weken iets ontdekt over Reiniers rol bij de plundering van ons huis? De voortekenen waren gunstig. Een week nadat Griet en ik hem instructies hadden gegeven, sjouwde Toontje bij het huis van Reinier armen vol brandhout naar binnen. Ik brandde van nieuwsgierigheid, maar beheerste me en liep langs hem heen zonder hem een blik waardig te keuren. We hadden immers afgesproken dat we elkaar pas na het verstrijken van zijn proeftijd in Griets herberg zouden spreken. Toontje mocht op geen enkele manier met mij in verband gebracht worden.

En nu zitten we hier, op marktdag, op een vroege maandagochtend, net als de vorige keer. Het was niet eenvoudig geweest om de herberg bijtijds te bereiken. Eerst informeerde Rem en toen zelfs Hendrik waar ik naartoe ging. Vervolgens bood een van de meiden aan met me mee te gaan en mijn boodschappen te dragen. Ik had hen afgewimpeld en maakte aanstalten om Gomarus mee te nemen, maar de hond bleek net zijn voedsel uitgebraakt te hebben en lag amechtig op zijn kleed in de keuken. Nadat ik het dier aan de zorgen van de dienstmeiden had overgelaten, verliet ik het huis met slechts een lege boodschappenmand en het keukenmes onder mijn rokken.

'Het spijt me,' zeg ik tegen Griet. 'Ik denk dat ik volgende keer liever in de kerk afspreek.'

Griet lacht spottend. 'Braaf meisje.'

'Ik had het gevoel dat ik gevolgd werd,' ga ik door.

'Misschien was ik het wel die u volgde.' Toontje lacht vriendelijk. 'Ik liep vlak achter u.' Zijn smalle gezicht is wat voller geworden, hij draagt een schoon hemd en zijn haren zijn keurig geknipt. Ik hoop dat hij gelijk heeft.

'Wat mijn herberg betreft,' Griet is nog niet uitgeraasd. 'Daar is niets mis mee. Die staat open voor iedereen, voor hoeren, zwervers, gokkers en drinkers. Een stuk bijbelser dan die grachtenpaleizen van jou en je broers.'

Ik wil geen ruzie maken, ik wil alleen weten of Toontje iets te weten is gekomen bij de familie Pauw. 'Het spijt me, Griet,' zeg ik. 'Ik zal me verder niet met jouw zaken bemoeien.'

Ze veegt een klodder speeksel van haar lippen en haar gezicht ontspant iets. 'Toontje, beste jongen,' zegt ze. 'Je werkt nu al een paar maanden als een nette jongen bij Pauw. Vertel mijn nicht hoe de zaken ervoor staan.'

Toontje haalt somber zijn schouders op. 'Ik ben overal geweest: in meneers huis, zijn houttuinen en zelfs in zijn zoutopslag ten noorden van de stad. Ik ben nergens iets tegengekomen. De man die mij en mijn vrienden ooit geld heeft geboden, werkt niet voor de familie Pauw, mevrouw. Of hij moet zijn ontslagen.'

'Weet je dat zeker?' Ik bedwing mijn zware gevoel van teleurstelling. 'Kan het niet zo zijn dat Reinier hem eenmalig heeft ingehuurd?'

Toontjes ogen lichten even op. 'Zoals ik al zei, mevrouw, ik heb wel gedacht dat ik de kerel een keer over het Singel zag lopen. Vlak bij uw huis zelfs. Misschien moeten we gewoon wat meer geduld hebben.'

Ik krijg weer hoop. 'Weet je waar hij naartoe liep? Heb je de man ergens naar binnen zien gaan?'

Toontje schudt zijn hoofd.

'Heb je nog iets anders ontdekt?' vraagt Griet.

Toontje haalt diep adem. 'De nieuwe mevrouw Pauw is dol op straatmuziek,' begint hij. 'Als ze een straatmuzikant hoort, blijft ze altijd staan. Nadat een van de raadsleden dat had gezien noemde hij haar een "plebejische*", en dat maakte meneer Pauw boos. Meneer Pauw is veel weg. Hij reist vaak naar Den Haag om met de prins te spreken. Ik heb het idee dat ze heel dik zijn met elkaar, want hij schrijft hem soms wel vijf brieven per week.'

'Wat hebben die mannen allemaal met elkaar te bespreken?' Griet fronst haar wenkbrauwen.

'Ik denk dat hij veel over de raadpensionaris schrijft, mevrouw,' zegt Toontje. 'Meneer Pauw heeft een hekel aan hem.' Hij kijkt naar mij. 'Misschien nog wel meer dan aan uw man, hoewel hij ook lelijke dingen over hem zegt. Hij vindt Van Oldenbarnevelt een landverrader, omdat die heeft aangedrongen op het vredesbestand met Spanje.'

'Waarom zou een mens oorlog willen?' Griet trekt haar neus op.

'Meneer Pauw denkt dat vrede slecht is voor de handel, voor zijn eigen handel,' zegt Toontje.

'Waarom? Handelt Reinier dan in wapens?' vraag ik geïnteresseerd.

'Nee, nee,' zegt Toontje, en het stemt me hoopvol dat hij zo'n goed geheugen heeft. 'Maar hij vindt het wel belangrijk dat de oorlog er is, want doordat anderen hier in de stad in wapens handelen en de Spanjaarden Antwerpen in handen hebben, blijft Amsterdam de machtigste stad van de Republiek.'

'Ah,' zeg ik teleurgesteld.

'Hij kijkt ook uit naar een synode*.' Toontje is helemaal op dreef. 'Ik dacht eerst dat dat een groot feest was of zo. Maar zijn boekhouder vertelde dat het een landelijke bijeenkomst is waarin de predikanten afspreken wie voor eens en altijd gelijk heeft over de pre…' zegt hij en denkt even na, 'predestinatieleer.'

'Nou, heb je verder nog nieuws?' herhaalt Griet, die duidelijk geen behoefte heeft aan een politiek overzicht.

'Ja,' val ik haar bij. 'Dus de naam van mijn man is wel gevallen in huis?'

Toontje aarzelt. 'Ja, en uw naam ook.'

'Wat hebben ze over me gezegd?' dring ik aan.

'Mevrouw Pauw…' Toontje schraapt zijn keel. 'Mevrouw Pauw zei dat ze u een beetje zielig vond. Dat is alles.'

'Een beetje zielig?' Ik lach cynisch.

Hij denkt diep na. 'Ja. En gisteren was er een predikant op bezoek die zei dat je zelfs niet met een arminiaan zou moeten eten, en meneer Pauw heeft dat beaamd. Arminianen zijn wolven en vossen en verleiders. Je zou ze zelfs niet moeten groeten. Meneer Pauw heeft gezegd dat ze dat hier in de stad goed aanpakken. En dat hij ze er goed onder heeft.'

Griet slaat met haar hand op tafel. 'Dan weet je toch genoeg?' Haar ogen fonkelen triomfantelijk. 'Wat wil je doen, Lysbeth? Vlooien in zijn lakens? Nachtschade in zijn bier, of iets laxerends?'

Ik schud gefrustreerd mijn hoofd. Reinier is overduidelijk een van de drijvende krachten in de strijd tegen remonstranten, maar we hebben nog geen tastbaar bewijs van zijn aandeel in de plundering van ons huis. En aan vergiftiging moet ik al helemaal niet denken. Straks begaan we een doodzonde.

In de verte luiden de stadsklokken. Toontje staat op. 'Het spijt me, mevrouw, ik moet gaan. Straks vraagt mevrouw Pauw zich af waar ik blijf. Ik moest alleen even een boodschap doen, mevrouw.'

Mijn blik valt op de houtskoolschetsen op de muur, waarvan het gezicht van de man met de tulband uit de Levant* het meest opvallend is. 'Wie heeft die tekeningen op de muur eigenlijk gemaakt?' vraag ik. 'Ze zijn prachtig.'

Toontje kijkt naar Griet, die vervolgens weer zijn kant op wijst. 'Deze jongen,' zegt ze.

'Toontje,' zeg ik, 'je bent veelzijdiger dan ik dacht.' Opeens krijg ik een ingeving. 'Hé,' zeg ik, 'als ik jou zou vragen om die kerel te tekenen die jou geld heeft geboden, zou dat lukken?'

Toontje haalt zijn schouders op. 'Ik denk het wel.'

'Ik kom hier binnenkort terug,' zeg ik. 'En dan neem ik houtskool en papier mee.'

Met gemengde gevoelens verlaat ik de herberg. Drie maanden afwachten hebben niets opgeleverd. Er is geen bewijs dat Reinier Pauw betrokken was bij de plundering van ons huis. Het enige nieuws is dat hij een hekel heeft aan remonstranten, wat ik al wist, en dat hij blijkbaar meer dan goede maatjes is met de prins. Mijn hoop is gevestigd op die tekening van Toontje. En dat terwijl hij de man maar twee of drie keer heeft gezien.

Nu ja, ik heb in elk geval Toontje aan een baan geholpen. Ik sla mijn mantel om, die eigenlijk te warm is met deze zomerhitte, en controleer of mijn mes nog op zijn plek zit. Dan voel ik een hand die zich als een bankschroef op de mijne legt. Ik draai me om en zie een man die zijn gezicht bijna geheel met de kap heeft afgedekt. 'Kom mee,' sist hij, en voor ik het weet, sleurt hij me mee de hoek om, een steegje in. In paniek probeer ik me los te rukken, maar dan doet hij de kap van zijn mantel omlaag. Ik kijk in het gezicht van Rem.

'Wat ben je hier aan het doen?' Zijn blik is woedend. 'Ben je niet goed bij je hoofd dat je in je eentje naar zo'n buurt als deze gaat, zonder begeleiding en zelfs zonder hond?'

Ik hef mijn kin. 'Ik ging op familiebezoek. En jij?'

Hij haalt zijn vingers door zijn haren. 'Ik ben je gevolgd, Lysbeth. Af en toe word ik gek van je. Wanneer denk je nou eens goed na?'

'Denk jíj wel na? Als je gewoon naar me toe gelopen was in plaats van me mee te slepen alsof je een struikrover bent, had ik niet de neiging gehad om te gaan gillen. Of erger.'

Hij ademt diep uit. 'Het spijt me. Ik ben wat van slag. Heb je dan niet gezien dat die herberg in de gaten gehouden wordt?'

Hij duwt me zachtjes tegen de muur. 'Kijk eens om de hoek. Zie je die twee mannen daar?'

Ik kijk voorzichtig om de hoek van de steeg en zie twee in het zwart geklede, bewapende mannen die een poging doen om twee jonge vrouwen af te wimpelen. 'Gelukkig kwamen die prostituees eraan, daarom zagen ze jou niet naar buiten komen,' zegt Rem. 'Kom. Ik weet een andere route. Thuis praten we verder.'

Verbouwereerd volg ik hem. Ik begrijp niet waarom Rem zo in paniek is. Wie zijn die mannen? Horen ze bij Reinier? Komen ze voor Toontje? Of voor Griet, of voor mij? Er is echter één gedachte die alle andere overstemt. Rem is me gevolgd. Dat zou me boos moeten maken, maar tot mijn verbazing voel ik iets anders. Hij maakte zich zorgen om me. Hij wilde me beschermen. Ik voel een sprankje warmte dat me doet denken aan vroeger en kijk opzij. 'Hoe heb je me gevonden?' vraag ik.

'Dat zei ik toch, ik ben je gevolgd. Al meteen nadat je met je boodschappenmand naar buiten ging. Maar het leek me niet verstandig om ook de herberg binnen te gaan, vanwege die twee heren.' Zijn stem klinkt schor. 'Er is zoveel aan de hand waar je geen weet van hebt, Lysbeth. Raadpensionaris Van Oldenbarnevelt is vandaag gearresteerd. Vlak voordat jij vertrok, kreeg ik een bericht van een ijlbode. Prins Maurits heeft zijn belangrijkste landelijke tegenstanders gevangen laten nemen. Van Oldenbarnevelt zit opgesloten, net als een aantal anderen. En Uytenbogaert, nota bene de voormalige hofpredikant, is op de vlucht.'

'Waarom?' vraag ik geschrokken. 'Waar worden ze van beschuldigd? En wie…'

'De details weet ik nog niet. Alleen dat Van Oldenbarnevelt is opgesloten in de Gevangenpoort in Den Haag. Hugo de Groot moet daar ook ergens zitten.'

'Ik weet dat Van Oldenbarnevelt en de prins in onmin leefden,' zeg ik beduusd, 'maar ze waren toch ooit goed bevriend?'

'Waar heb jij de afgelopen dagen gezeten met je hoofd? Gisteren hadden we het er nog over, toen we bij Arminius' weduwe op bezoek waren.'

'Is dat zo?' Ik was er gisteravond niet bij met mijn hoofd. Zelfs toen er aan het eind van het diner marsepein op tafel kwam, een zoete nieuwigheid waar ik dol op was, was ik er met mijn gedachten niet bij geweest. Ik had voortdurend aan mijn ontmoeting met Griet gedacht.

'Sinds Van Oldenbarnevelt de steden volmacht heeft gegeven om waardgelders aan te stellen, ziet de prins hem des te meer als een landverrader,' zegt Rem. 'Daarom heeft hij hem denk ik laten oppakken. De prins ziet hem als iemand die zijn gezag ondermijnt.'

Ik probeer te verwerken wat hij me vertelt. Hugo de Groot heeft twee jaar geleden nog bij ons thuis gegeten. Uytenbogaert en zijn vrouw zijn vrienden en geestverwanten van Rem en Simon. Als we de voordeur van ons huis achter ons dichttrekken, wijst Rem naar de deur van zijn kantoor. 'Kom. Ik heb Hendrik naar de haven gestuurd om een levering te controleren. De meisjes krijgen les in de achterkamer.'

Hij trekt zijn wambuis uit en hangt hem over zijn bureaustoel. 'Nou. Vertel. Wat deed je in die herberg? Het was dat Hendrik me erop attendeerde dat hij je al eerder op een verdachte manier had zien vertrekken, anders had ik niet geweten wat je in je schild voerde.'

Ik kijk naar de grijze strepen bij zijn slapen, die de afgelopen maanden wat breder zijn geworden. Naar de rimpels bij zijn ooghoeken. Ooit waren er alleen lachrimpels, maar nu zie ik ook de verticale groef tussen zijn wenkbrauwen. 'Wie denk je dat die mannen waren die voor Griets herberg rondhingen?' vraag ik, in plaats van zijn vraag te beantwoorden.

'Ik weet het niet. Maar zoals je zag, waren ze onberispelijk gekleed. Misschien zijn ze in dienst van het stadsbestuur.'

‘En waarom zouden ze juist mij volgen wanneer ik naar de markt ga en op bezoek ga bij een nicht? Ik begrijp het niet. Wat denken ze dat ik aan het doen ben?’

‘Zeg jij het maar.’ Hij slaat zijn armen over elkaar. ‘Laatst had ik zelf ook al het idee dat ik werd gevolgd. We hebben hier eindeloos bij het stadsbestuur gepleit voor waardgelders. Die kregen we niet. In plaats daarvan krijgen we deze rakkers achter ons aan.’

Ik aarzel. Moet ik hem alles vertellen? Wat maakt het ook uit. Hij heeft me toch al in Griets herberg gezien. Ik steek van wal. Over Reinier, over Griet en over Toontje. Om mijn bezoek te verdedigen, zeg ik: ‘Reinier schijnt allemaal brieven naar de prins te schrijven. Wel zo’n vijf per week.’ Ergens vormt zich een gedachte achter in mijn hoofd. ‘Ben jij niet benieuwd wat er in die brieven staat?’

‘Natuurlijk.’ Rem wrijft over zijn baardje, het vertrouwde gebaar wanneer hij nadenkt. Hij gaat op de rand van zijn bureau zitten. ‘Maar even terug naar jou, Lysbeth. Laten we afspreken dat je die herberg niet meer bezoekt. Het verbaast me dat je er zelf naartoe wilde. Het barst er van de criminelen.’

Hij heeft gelijk, maar tegelijkertijd realiseer ik me dat de herberg en mijn gesprekken met Griet en Toontje belangrijk zijn. ‘En jij dan?’ vraag ik. ‘Waarom denk je dat ze jou in de gaten houden?’

‘Omdat…’ Hij kijkt even naar buiten, alsof er elk moment iemand voor het raam kan staan die ons gesprek kan horen. ‘Ach, dat doet er niet toe. Misschien hebben alle gebeurtenissen sinds de plundering er wel voor gezorgd dat ik telkens van het ergste uitga.’

Bij het woord ‘plundering’ dat zo vaak als een gordijn tussen ons in schuift, sluit ik even mijn ogen. Ik vraag me af waarom ik heb toegelaten dat de plunderaars niet alleen onze spullen, maar ook onze rust hebben geroofd. Maar nu lijkt het alsof er licht schijnt door een kier die uitzicht geeft op iets anders, iets hoopvols. Misschien komt het door mijn bezoek aan de herberg, waar ik met Griet voor het eerst mijn gedachten richtte op een plan, ook al leverde het niets op. ‘Waarom houden ze je in de gaten?’ vraag ik opnieuw.

‘Laat maar.’ Rem komt dichter bij me staan. ‘Ik was gewoon bezorgd om jou. Ik wil dat je veilig bent. Ik zou het mezelf nooit vergeven als jou opnieuw iets overkwam. Ik neem het mezelf nog steeds kwalijk dat ik je vorig jaar alleen heb gelaten.'

'Wat gebeurd is, is gebeurd,' zeg ik moeizaam. 'Laten we het er niet meer over hebben.'

'Die ochtend van de plundering stond buurman Overlander erop dat ik me zou verstoppen,' gaat hij door. 'Hij dacht dat ik meer gevaar zou lopen dan jij. Maar ik wil me daar niet achter verschuilen. Ik maakte mezelf wijs dat ze jou niets zouden aandoen. Dat ze mij moesten hebben, omdat ik immers de organisator van de bijeenkomsten ben. Ik had terug moeten gaan of sterker nog, ik had niet eens weg moeten gaan voor ik jou in veiligheid had gebracht.'

Ik laat me door hem omarmen en leg mijn hoofd in het kuiltje van zijn hals. Dit voelt als de Rem van vroeger bij wie ik me veilig wist, en die Rem wil ik zo graag terug in mijn leven, maar wat als het maar een momentopname is en de spanningen ons weer uit elkaar drijven? Mijn blik glijdt over Rems bureau. Gek, ik dacht dat het zilveren inktstel was teruggebracht na de plundering. Maar het is verdwenen.

Ik denk na over wat hij heeft gezegd. Over de mannen die gevangen zijn genomen. De dreiging die boven Amsterdam hangt, is veel omvangrijker dan ons huis, onze kerk en zelfs de stad. Hoe lang is Simon nog veilig? Hij is immers een van de belangrijkste woordvoerders. Hoe lang is Rem dat nog? 'Wat zijn de gevolgen nu de belangrijkste remonstranten buitenspel zijn gezet?' vraag ik. 'Wat betekent dit voor Simon, voor jou?'

'Dat zouden we moeten uitzoeken.' Hij kijkt grimmig.

'Ik heb misschien een idee,' zeg ik.

Griet draagt een hooggesloten lijfje en een onopvallende bruine rok als ze arriveert bij Rems pakhuis bij de haven. Haar haren zitten onberispelijk onder het mutsje. 'Je hebt de uitnodiging en de spullen ontvangen,' constateer ik opgelucht.

Ze zucht dramatisch. 'Ik voel me alsof ik weer bij Pauw in dienst ben. Zodra ik terug ben bij de herberg, gaat dit keurslijf direct uit. Hier verlies ik klanten mee.' Met samengeknepen ogen kijkt ze naar

Rem. 'Jullie krijgen de groeten van Toontje. Ik begrijp dat het voor hem te gevaarlijk is om jullie kasteel met een bezoekje te vereren, maar waarom ontvangen jullie mij niet gewoon thuis?'

'We willen geen argwaan wekken bij het personeel en de meisjes,' zegt Rem. Hij formuleert het beleefd, maar ik weet dat hij minstens zo argwanend ten opzichte van Griet staat als andersom. 'Die Griet lijkt me het type dat problemen veroorzaakt,' had hij geprotesteerd toen we het plan doornamen.

'Ze is mijn nicht,' wierp ik tegen.

'Jan is je broer, en die vertrouw ik evenmin.'

Toch had hij naar me geluisterd, want ook hij is hevig geïnteresseerd in wat zich in Reiniers huis afspeelt en in de correspondentie tussen hem en de prins.

Nu zitten we elk op een lege ton in Rems pakhuis. De mijne ruikt zwaar en zoet naar de hennep die erin moet hebben gezeten. Onwillekeurig observeer ik hoe Rem op Griets sensuele verschijning reageert, maar hij lijkt niet onder de indruk, en zij al evenmin van hem.

'Goed.' Griet zet haar handen in haar zij. 'Ik heb niet veel tijd. Welke boodschap moet ik aan Toontje doorgeven?' Ze kijkt naar de kruik wijn die in de hoek van zijn kantoor staat en likt langs haar lippen. 'Is dat wijn uit Bordeaux? Schenk me eens een glas in, dan kan ik helderder denken.'

Terwijl ik de kruik wijn open en de glazen vul, geeft Rem Griet een korte samenvatting van de gesprekken die hij en ik de afgelopen dagen hebben gevoerd. 'Op dit moment heeft Pauw veel aanhang en invloed tot ver in het land. Maar een deel van de mannen in het bestuur van de stad is heel pragmatisch. Vanwege hun zakelijke belangen kunnen ze elk moment naar een ander kamp overlopen. Als die zogenaamde waggelmussen* iets over Pauw ontdekken dat hen tegenstaat, bestaat de kans dat ze hem afvallen.'

'Ja, ja.' Griet snuift en neemt een slok van de wijn. 'Bespaar me deze politieke commentaren maar. Ik begrijp het al. We gaan Pauws brieven jatten.' Ze likt langs haar lippen. 'Goed spul dit. Wat is jullie plan?'

Rem zucht. 'Zoals ik al zei: alle belastende informatie over Pauw die we kunnen vinden is welkom. Daarmee kunnen we misschien zijn positie verzwakken. Of een voorsprong krijgen als hij onze plannen wil ondermijnen.'

'En misschien valt er ook wel iets uit de brieven op te maken over Reiniers betrokkenheid bij de plundering van ons huis,' voeg ik eraan toe.

Griet kijkt me meewarig aan. 'Wacht eens,' zegt ze dan, 'Pauws kantoor zit 's nachts altijd op slot. En die vent slaapt met de sleutel van zijn kantoor onder zijn kussen.'

'Dat klopt,' zeg ik. 'Daarom moet het overdag.'

Griet slaakt een diepe zucht. 'Dat wordt een uitdaging. Hoeveel personeel heeft Pauw inmiddels?'

'Dat valt mee,' zegt Rem. 'Pauw mag dan rijk zijn, maar hij heeft nog steeds, op Toontje na, maar één dienstmeid en een boekhouder die zijn kantoor bemant. Verder werkt hij met zaakwaarnemers, zoals een kapitein of het hoofd van een zeepziederij. Op maandag tussen elf en twaalf uur gaat hij met zijn boekhouder naar de beurs en gaat de meid naar de vleeshal. Dan moet het gebeuren.'

'Maar Pauw is onlangs opnieuw getrouwd, nietwaar?' Griet tikt haar vingertoppen tegen elkaar. 'Straks is zijn vrouw nog thuis en grijpt ze Toontje alsnog bij zijn kraag.'

'Die vrouw moet dus worden afgeleid,' zeg ik. 'Ze moet naar buiten worden gelokt.'

'Moet er brand worden gesticht in de tuin?' vraagt ze.

'Nee, nee,' zegt Rem haastig. 'Geen brand. We dachten eerder aan iets positiefs.'

Kort vertel ik haar wat verder de bedoeling is. De liefde van Reiniers vrouw voor straatmuziek had me op een idee gebracht. 'Ik ga een groepje straatmuzikanten regelen,' zeg ik. 'Voor haar persoonlijk.'

'Dat doe ik wel,' zegt ze. 'Ik ken er genoeg. Geef me maar een goeie hand met duiten, dan regel ik het. En ik licht Toontje in.'

'Géén schunnige liedjes.' Ik kijk Griet streng aan en vervolg: 'Reinier bewaart zijn belangrijkste brieven in een etui van buffelleer. Cornelia heeft me een paar keer het kantoor laten zien. Het etui is van zijn vader geweest.'

'Dat is ook zo.' Griets gezicht klaart op. 'Ik heb dat etui wel eens op zijn bureau zien liggen. Maar zou dat nog steeds zo zijn?'

'Dat zou Toontje moeten uitzoeken,' zeg ik aarzelend. 'Mogelijk bergt Reinier dat etui op in de lade van zijn bureau.'

'Daar zou wel eens een slot op kunnen zitten,' zegt Griet.

'Kan Toontje dat niet oplossen met een speld, of iets anders scherps?' vraagt Rem.

'Dat moet geen probleem zijn,' antwoordt ze.

'Luister,' zeg ik. 'Jij bent degene die Toontje in detail moet vertellen wat hij moet doen als hij naar jouw herberg komt.'

Ze knikt.

'Als we de brieven in handen hebben, zijn we niet alleen schuldig aan diefstal, maar ook aan spionage,' zegt Rem nadrukkelijk.

'Toontje is degene die gevaar loopt,' verbetert Griet hem. 'En ik. Mensen zoals jullie glippen overal doorheen.' Ze tuit haar lippen. 'Wat krijgen we hiervoor terug? Mijn zoon verdient op zijn minst een som geld.'

'Dat kan worden geregeld, mits hij zijn werk goed doet,' zegt Rem.

'En ik?' Griet kijkt weer naar de aangebroken kruik wijn. 'Ik steek ook mijn nek voor jullie uit.'

Rem kijkt haar strak aan. 'Ook jij kunt een bedrag tegemoetzien.'

'Hoeveel?'

'Honderd gulden voor jullie samen. Mits je discreet te werk gaat en alles netjes afrondt.' Het is een royaal bedrag, bijna twee keer zoveel als het loon dat ons personeel maandelijks krijgt.

'Honderdvijftig,' zegt Griet. 'Jullie kunnen het makkelijk missen.' Terwijl ze keurend haar blik over de muren van ons pakhuis laat gaan, waar de tonnen met potas, lijnzaad, hennep en specerijen tot aan de hoge balken van het plafond zijn opgestapeld, herinner ik me het verzoek om loonsverhoging dat Hendrik een tijdje geleden heeft gedaan. Ik heb het er nooit meer met Rem over gehad, bedenk ik nu. Maar waarschijnlijk heeft Rem dat zelf al wel met Hendrik afgehandeld.

'Honderdvijfentwintig,' hoor ik Rem zeggen.

'Goed. Honderdvijfentwintig, en vijf van die kruiken wijn.' Griet steekt haar hand uit en Rem legt na een korte aarzeling de zijne erin. Ik haal opgelucht adem.

'Toontje moet na afloop tijdelijk naar een veilig adres,' zegt ze dan.

'Weet jij een plek?' vraag ik.

'Ik heb een vriend in Haarlem die wel een paar maanden een knecht kan gebruiken in zijn molen. Maar ik verwacht dat jullie de reis betalen.'

'Is die Toontje wel betrouwbaar genoeg?' vraagt Rem. 'Hij wordt bij Pauw goed behandeld, en hij is nogal beïnvloedbaar. Wat als hij daar niet meer weg wil?'

Griet kijkt verontwaardigd. 'Die jongen is mijn zoon. Hij heeft hier net zoveel belang bij als ik.'

'En wat is dat belang?' vraagt Rem. 'Ik weet dat je ooit in dienst van Pauw gewerkt hebt, maar waarom wil je de man zo graag een hak zetten?'

Griet kijkt naar mij met een blik die iets wil zeggen als: praten je man en jij überhaupt wel met elkaar? 'Het lijkt me niet nodig om daarover uit te weiden,' zegt ze dan vinnig.

'Griet heeft mij alles verteld,' zeg ik tegen Rem, die nog steeds blijft fronsen.

Tijdens mijn laatste bezoek aan haar herberg, vlak voordat Rem me bij de herberg betrapte, had Griet opeens behoefte haar doopceel te lichten, misschien vanwege de glazen aquavit en het verbond dat we tegen Reinier hadden gesloten.

Ze leunde tegen de toog. 'Mijn gouden jaren waren toen jij tijdelijk niet in de stad was.'

Ik trok een wenkbrauw op.

'Voor ik bij de familie Pauw werkte, was ik in dienst van een oude weduwe,' ging Griet door. 'Jouw vriendin Cornelia, eh, mevrouw Pauw, had me verteld dat deze dame een nieuwe meid zocht. Die weduwe was een geschenk uit de hemel. Na een poosje beloofde ze mij zelfs hoofd van haar huishouding te zullen maken. Het waren drie goede jaren.'

'Aha,' zei ik. Ik begreep nog niet zo goed waar ze heen wilde.

'Toen brak de pest uit,' ging Griet door. 'Waarom uitgerekend deze parel van een vrouw ziek werd, Lucifer mag het weten. Niemand van het personeel durfde nog bij haar langs te komen, uit angst voor besmetting, maar ik ben gebleven. Ik heb haar verzorgd tot ze de geest gaf. Zelf bleef ik wonder boven wonder gespaard. Nadat de pestdragers haar hadden opgehaald ben ik drie weken in haar huis gebleven. De besmettingsvoorschriften, weet je wel. Ik leefde van de laatste restjes in de voorraadkast. Tot haar familie kwam om het huis leeg te ruimen en te verkopen.'

'En toen stond je weer op straat,' zei ik, en duwde het ongemak weg dat ik altijd voelde wanneer het over de pestepidemie ging. Praten over die ziekte maakte me somber. De pest was er altijd, als een bloeddorstige rat die je elk moment kon bijten, en ook vorig jaar had hij opnieuw toegeslagen, heviger dan in jaren en bijna net zo erg als in het jaar dat Griet beschreef. Kwade tongen beweerden dat het kwam door ons, de remonstranten, door onze afwijkende en zogenaamd zondige opvattingen.

Griet nam nog een forse slok aquavit. 'Het was winter en het vroor, en ik kon me niet eens een kamer in een krot veroorloven,' zei ze. 'Ik ontmoette een koopman uit de zuidelijke Nederlanden. Hij bood me een paar duiten in ruil voor, nou ja, een beetje liefde.' Ze gaapte. 'Hij ontfermde zich over me, maar na een paar maanden vertrok hij weer. Toen kwam ik de jonge mevrouw Pauw tegen.'

'Cornelia,' concludeerde ik ten overvloede.

'Ze was benieuwd hoe het mijn bazin was vergaan. Haar eigen dienstmeid was ook overleden. De mensen legden met honderden tegelijk het loodje.'

Ik had zwijgend geknikt.

'En zo kwam ik bij De Grote Pauw terecht,' vervolgde Griet, waarbij ze doelde op het brede grachtenpand dat Reinier aan het Singel had laten bouwen. 'Je vriendin nam me in dienst. Die kerel van haar zag ik weinig. Toen begon ik me ziek te voelen.'

'De pest?' vroeg ik verbaasd. Slechts twee van de vijf mensen overleefden de ziekte.

‘O, nee.’ Ze trok een gezicht. ‘Ik was zwanger. Ik negeerde het, en probeerde mijn buik te verstoppen met zwachtels en een wijde rok. Maar toen ik de zesde maand bereikte, wist ik dat ik je vriendin moest inlichten, of met stille trom moest vertrekken. De dag dat ik me had voorgenomen haar te vertellen hoe het zat, kwam jouw broer op bezoek.’ Ze keek me fel aan. ‘Vraag me niet hoe, want hij kent me alleen uit mijn kindertijd, maar die ellendeling heeft haviksogen en herkende me zodra jouw vriendin mijn naam noemde. En aan de moedervlek bij mijn bovenlip. Sterker nog, hij zag wat jouw vriendin niet zag. Toen ik in de hal bezig was om linnengoed in de kast te stapelen, kwam hij naar me toe.’ Met rollende ogen imiteerde ze Jans stem. ‘“Ik wist niet dat Pauw Spaansgezinden in dienst nam. Ben je nog steeds samen met die Spanjaard? Of draag je een kind van een nieuwe Spanjool?” Ik zei hem dat hij zich nergens mee moest bemoeien, maar hij dreigde de Pauwen in te lichten. Ik zei hem dat hij daarmee zijn eigen familienaam te grabbel zou gooien, maar daar leek hij zich geen zorgen over te maken. “Integendeel,” zei hij. “Pauw zal me belonen omdat ik hem voor je waarschuw. Ik stel goed en kwaad boven mijn eigen belangen.”’

Fronsend keek ik haar aan. Was dit mijn broer, die een kwetsbare vrouw zo onder druk zette? Ik wilde iets zeggen, hem misschien zelfs verdedigen, maar toen ik de woede op Griets gezicht zag, wist ik dat ze de waarheid sprak.

‘Je broer is een man van zijn woord.’ Griet trok haar neus op. ‘Hij heeft gedaan wat hij zei. Niet meteen misschien, maar een paar dagen later; net toen ik dacht dat ik veilig was, gooide Pauw me het huis uit, in het bijzijn van een groep regenten. De vernedering.’ Haar gezicht liep rood aan. ‘En jouw vriendin Cornelia had niets in te brengen. Het enige wat ze nog voor me heeft kunnen doen, is me een restant van mijn loon toestoppen, en mijn VOC-aandeel, toen haar man even de kamer uit was. Ik hoop dat Pauw even hard valt als ik toen hij mij op straat heeft gedonderd.’

Terwijl ik terugdenk aan Griets verhaal, vraag ik me af of wraak op Reinier voldoende voor haar is. Haar rancune ten opzichte van Jan is minstens zo groot. Wat wil ze bij Jan bereiken? En wat als ze mij daarbij nodig denkt te hebben?

'Op de ondergang van Pauw.' Griet heft haar glas en neemt een grote slok.

Vannacht heb ik slecht geslapen. Het mag niet mislukken. Nog even, en dan vertrekt Reinier Pauw met zijn boekhouder naar de beurs op het Rokin, zoals elke dag. Tussen elf en twaalf uur verzamelen zich daar de kooplieden om scheepsruimte te charteren, kredieten te regelen, informatie uit te wisselen en lading te verzekeren. Dan moet het gebeuren.

Terwijl ik door het huis loop, haal ik mijn vinger over de kast. Een grijs streepje stof blijft aan mijn vingertop kleven. 'Ik wil dat alles voor het eind van de middag glimt,' zeg ik tegen Stijntje, en ik hoor hoe gespannen mijn stem klinkt. 'En die twee eenden die je hebt gekocht zijn vel over been, je weet toch dat je ze op de markt aan de Prinsengracht vetter kunt krijgen?'

Twee dagen geleden, toen ik over het Singel liep voor een bezoek aan de weduwe van Arminius, werd ik staande gehouden door een magere, in lompen geklede jongen. Het joch miste een oog. 'Een aalmoes, mevrouw,' zei hij, en gedachteloos stopte ik hem twee duiten toe, waarna hij tot mijn verrassing een briefje in mijn handen legde. Terwijl de jongen weer in een zijsteeg verdween, vouwde ik het briefje open. 'Alles in orde', stond er in onvaste letters. Het briefje was ondertekend met de letter G. Ik haalde opgelucht adem. Gelukkig, Griet had Toontje geïnstrueerd. Maar nu het zover is, ben ik nerveus. Het voelt alsof er iets niet in orde is.

'Ik ga ook naar de beurs,' zegt Rem die zijn zijn hoofd om de hoek steekt.

Ik loop achter hem aan naar de deur, controleer of niemand ons kan horen en kijk naar hem op. 'Wat als het mislukt?' vraag ik.

'We hebben alles tot in detail doorgenomen,' zegt Rem. 'Daar kan het dan niet aan liggen.'

'Ja,' zeg ik langzaam. 'Maar Toontje mag volgens Griet dan een uitstekende kruimeldief zijn, hij is ook nog maar een kind. Een nerveus kind. Stel je voor dat het anders loopt?'

'Datzelfde bezwaar had ik ook, en toen zei jij dat ik niet moest zeuren, weet je nog?' zegt Rem geïrriteerd.

'Het is een goed plan,' zeg ik zo rustig mogelijk, om mijn eigen angst te bezweren.

'Als hij ons maar niet verraadt als hij wordt betrapt.' Rem gespt zijn rapier om. Ik bestudeer het wapen, een accessoire voor elke rijke burger in de stad, dat zelfs met een schede eromheen imponerend en gevaarlijk oogt. Wonderlijk toch dat mannen, die fysiek al sterker zijn, openlijk met zo'n wapen kunnen rondlopen, bedenk ik, terwijl kwetsbare vrouwen zich moeten verlaten op – ja, op wat? Op de kracht van hun man, als hij er is. Op een keukenmes. En vooral op hun verstand.

'Griet heeft gezworen dat Toontje ons niet zal verraden,' zeg ik. 'En we hebben gezegd dat we connecties hebben om hem weer uit het rasphuis te krijgen als dat nodig is. Heb jij dokter Egbertsz daar nog over gesproken?'

Rem knikt. 'Weet je waar Hendrik is? Hij heeft mijn tas bij zich.'

'Hier ben ik, meneer.' Hendrik duikt op uit het niets, maakt een buiging en loopt achter Rem aan.

Mijn hart bonst terwijl ik de deur achter hen sluit. Het liefst zou ik in een boom in Reiniers achtertuin kruipen om te kunnen zien wat Toontje aan het doen is. Ik loop naar de voorkamer en spits mijn oren om te horen of ik het muziekgezelschap dat Griet heeft ingehuurd al kan horen. De stemmen van de meisjes, die in de achterkamer hun Franse vocabulaire opdreunen en het kletterende vaatwerk in de keuken belemmeren mijn concentratie. Ik zet een stoel bij het voorraam, open het venster en laat de bedompte zomergeur van de gracht binnenstromen, om geen geluid van buiten te missen. Ter afleiding pak ik een van Baefjes mutsjes, waar ik maanden geleden een sierrand op wilde borduren, maar die ik nooit heb afgemaakt. Vreemd, denk ik, als ik mijn naaibuidel open. Het zilveren vingerhoedje, dat ik pas nog aan de Warmoesstraat heb gekocht, is weg. Misschien dat een van de meisjes het heeft gepakt.

In de verte slaan de stadsklokken. Ik steek een stuk garen door het oog van een naald en begin aan het vervolg van de rij met groene ranken en rode bloemen. Wat als het muziekgroepje niet komt opdagen?

Acht. Negen. Tien. Elf klokslagen. Ik prik in mijn vinger. Gefrustreerd lik ik het bloed op zodat er geen druppel op het witte linnen valt. Waar blijft de muziek? Naast me hoor ik het getrippel van Gomarus. De hond drukt zijn neus tegen mijn knieën, alsof hij mijn stemming aanvoelt. Ik aai hem gedachteloos over zijn kop en hij ploft aan mijn voeten, hijgend met zijn tong uit zijn bek vanwege de warmte.

Klokslag half twaalf leg ik Baefjes mutsje weg, duw Gomarus' zweterige kop van mijn voet en begin weer door de kamer te ijsberen. Er is nog maar een half uur, en nog speelt er geen muziek aan het eind van de straat. Er moet iets zijn misgegaan. Ik trek mijn muiltjes aan, hang een mand aan mijn arm en wandel het Singel af.

De straat is stoffig en rustiger dan gebruikelijk. De blaadjes van de rij lindebomen langs de kade hangen slap omlaag, alsof ze uitgeput zijn door de hitte. Als ik het huis nader, zie ik dat het kelderluik van Pauws woning licht beschadigd is. Gisteren was er een groepje belhamels voor het huis een spelletje kolf aan het spelen in de avondschemering. Een van hen sloeg zo wild met zijn stok, dat hij het luik raakte. Joelend stoven de jongens weg.

Als ik Reiniers huis passeer, probeer ik zo onopvallend mogelijk een blik door de ramen te werpen, maar de gele tint van het glas en de spiegeling van de ruitjes maken het onmogelijk. Uit tegenovergestelde richting komt een lange, magere vrouw aanlopen, die aanstalten maakt het trapje naar de voordeur te bestijgen.

'Lysbeth de Bisschop!' klinkt haar stem. 'Wat een toeval dat ik je hier tref. Ga je ook op bezoek bij de familie Pauw?'

Ik kijk op en zie het gezicht van Agneta Witsen, die me opving in haar huis nadat ik tijdens de plundering bij haar in de tuin belandde. Haar hand ligt al op de zware klopper, die de vorm heeft van een pauw. 'Nee hoor,' zeg ik, en ik glimlach vriendelijk terug. 'Ik ben onderweg naar de vleeshal. Ik heb nog wat schapenvlees nodig voor de maaltijd van vanavond.'

'O.' Ze kijkt me onderzoekend aan. 'Dan verbeeldde ik het me. Het leek alsof je naar binnen wilde.'

'Ik blijf zo veel mogelijk in de schaduw bij dit warme weer. Dicht bij de huizen. En toen viel mijn blik op dat luik,' zeg ik vlug. 'Het is beschadigd. En tegenwoordig zijn er hier veel… dieven. Laatst zijn er uit ons huis ook een paar voorwerpen verdwenen.'

'Dieven?' Vanuit de deuropening klinkt de stem van Elbrich Pauw.

'Ach,' zeg ik. 'Het stelt niet zoveel voor. En jullie huis is vast uitstekend beveiligd.'

Elbrich loopt het trapje af en kijkt kritisch naar het kelderluik. Ze draagt een schakelketting die van Cornelia is geweest, en ik moet me beheersen om hem niet van haar hals te trekken.

Vroeger mocht ik Elbrich wel, althans, we hadden geen hekel aan elkaar. Ze was bevriend met Cornelia en we ontmoetten elkaar soms tijdens verjaardagen of etentjes. Elbrich kon beter opschieten met Reinier dan ik, en ik stelde me Reiniers goedkeurende blikken voor als Cornelia met Elbrich afsprak – en zijn afkeurende blikken wanneer ze mij ontmoette. Toen Elbrich weduwe werd, bezochten Elbrich en Cornelia elkaar steeds vaker. Toen al merkte ik dat Cornelia afstand van mij begon te nemen. Kwam het door de groeiende verschillen in onze opvattingen? Cornelia was nog steeds gastvrij als altijd, maar de gesprekken die we voerden, veranderden. Het was alsof we balanceerden op de nok van een dak. We zouden het niet meer over Arminius hebben, beloofden we elkaar. We zouden het woord predestinatie niet meer noemen. We zouden het niet meer over de bijeenkomsten van onze mannen hebben. We zouden het helemaal niet meer over onze mannen hebben. Het leek alsof steeds meer gespreksonderwerpen besmeurd waren en verboden terrein werden. 'Datgene waar jullie je zo tegen afzetten, voelt voor mij als veilig en vertrouwd,' had Cornelia wanhopig gezegd. 'Ik wilde dat jouw Rem en de anderen de boel niet zo opschudden en ons met rust zouden laten.'

En toen werd Cornelia ziek. Tijdens Cornelia's vergevorderde ziekbed was Elbrich vaak bij haar geweest. Eerst een uurtje per dag, later steeds meer. Ze had zichzelf opgeworpen als Cornelia's persoonlijke verzorgster en wimpelde mij voortdurend af. Nu, maanden later, vraag ik me af of ze Cornelia alleen uit vriendschap verzorgde, of dat ze hoopte bij Reinier in het gevlij te komen. Ze bewaakte Cornelia als een cerberus*. En nu had ze haar plaats ingenomen.

'Ik denk dat je je voor niets zorgen maakt over die inbrekers,' zegt Elbrich met een zuinig mondje. 'Waarschijnlijk is een voorbijganger met een handkar onvoorzichtig geweest.'

'Sinds de plundering bij jullie, ben je natuurlijk extra alert,' bemoeit Agneta Witsen zich ermee. 'Dat is attent van je.'

'Die ellende gun ik niemand,' beaam ik, en ik aarzel. Iets in me zegt dat ik zo snel mogelijk moet doorlopen, maar alles in me wil weten wat Toontje aan het doen is nu de straatmuzikanten zich niet laten zien. Elbrich gebaart naar de openstaande deur. 'Kom Agneta, het is tijd om naar binnen te gaan.'

'Je hebt een prachtige ketting, Elbrich,' zeg ik in een opwelling. Zolang er geen straatmuzikanten zijn, kan ik haar misschien afleiden.

Elbrich kijkt me met opgetrokken wenkbrauwen aan. 'Dank je wel,' zegt ze stijfjes.

'Mag ik vragen hoe je eraan bent gekomen?' Het zweet prikt onder mijn oksels. 'Hij komt me zo... bekend voor.'

Ze steekt haar neus in de lucht. 'Hij was van Cornelia, God hebbe haar ziel. Kom, Agneta, we gaan nu echt naar binnen. De stank uit de gracht is niet te harden.'

Ik mompel een groet, van harte hopend dat Toontje ofwel heel snel heeft gehandeld, of veilig bij Reiniers kantoor vandaan is gebleven. Op dat moment komt er een groepje mannen aanrennen. Een magere oudere man zwaait met een luit alsof het een vaandel is. Een andere man, die kreupel lijkt te zijn aan één been, draagt een rommelpot* om zijn hals. Een derde, een man met blond golvend haar en een spitse kin, draagt een duur uitziend fluwelen wambuis dat vreemd contrasteert met zijn versleten broek. 'Zijn wij hier op het juiste adres?' Hij maakt hijgend een buiging. 'De Grote Pauw?' Ik kan wel op mijn knieën vallen van dankbaarheid.

'Wat is dit?' Elbrich kijkt afwerend, Agneta Witsen geamuseerd.

'Een ode, mevrouw. Aan u en uw man.' De man met het blonde haar buigt opnieuw.

'Als ik muziek wil, nodig ik zelf wel muzikanten uit.' Elbrich slaat haar armen over elkaar.

'Maar dit is een cadeau voor u en uw echtgenoot, mevrouw.' De man maakt een derde buiging. 'Doet u ons alstublieft een plezier. Wij krijgen geen vergoeding van onze opdrachtgever als wij het lied niet ten gehore hebben gebracht.'

'In opdracht van wie bent u hier dan?' informeert Elbrich wantrouwend. Op deze vraag waren we voorbereid. Reiniers zoon, Reinier Pauw de Jonge, heeft enkele dagen geleden een zoon gekregen en ten doop gedragen, en Rem hoorde op een bijeenkomst van de schutterij dat een van de burgemeesters de plechtigheid had gemist. Ik hoop dat de man het goed heeft onthouden.

'We zijn hier in opdracht van een collega-burgemeester, mevrouw,' klinkt het. 'Burgemeester Oetgens. Als nagekomen huwelijkscadeau, én om u te feliciteren met de geboorte van uw kleinzoon.' Elbrich blijft weifelend staan.

De aanvoerder en zijn twee metgezellen zien dit als een bevestiging en heffen onder begeleiding van de luit een meerstemmig lied aan. Tot mijn opluchting blijft Elbrich luisteren, en er verschijnt een zweem van een glimlach om haar mond bij het frrroep-frrroep-frroep-geluid van de rommelpot. Een paar voorbijgangers blijven staan en beginnen te klappen. Het lied gaat van de liere, van de lare, over de grote Pauw, vriend van het volk, voorvechter van de ware religie, bewaker van de rijkdom van de stad, strijder tegen Spanje. Ik hoop dat Reiniers brieven aan prins Maurits voor het grijpen liggen. Toontje heeft niet veel tijd meer.

Dan, midden in het refrein over Reiniers adellijke voorvaderen waarvan ik me afvraag of hij die wel heeft, komt er een dienstmeisje naar buiten en fluistert iets in Elbrichs oor. Ik kijk gespannen toe. Ik dacht dat het meisje naar de vleeshal zou gaan, zoals elke maandag. Elbrich fronst, wendt zich van het groepje af en maakt aanstalten om naar binnen te gaan.

'Laat die mensen toch even hun lied afronden, Elbrich.' Agneta buigt haar lange lijf over naar Elbrich.

Elbrich grabbelt in haar rok, haalt er een handvol duiten uit en gooit die voor het gezelschap op de grond.

'Excuseert u mij,' zegt ze.

Ik doe alsof ik met de overige buurtgenoten meeluister naar de muziek, maar mijn handen voelen plakkerig van het zweet en mijn oren bonzen. De deur van Reiniers huis staat nog steeds open, en Agneta blijft als afgevaardigde namens de familie Pauw op het trapje staan.

Terwijl het publiek klapt, klinkt binnen een kreet alsof er iemand gewond is. Mijn hart bonkt in mijn keel. 'Wat is er aan de hand?' vraag ik aan Agneta. 'Kan ik helpen? Als het nodig is, kan ik dokter Egbertsz roepen. Ik kom toch langs zijn huis als ik naar de vleeshal ga.'

Agneta blikt ongerust naar het muziekgroepje. 'Ik wil u hartelijk bedanken.' Ze wenkt me mee naar binnen, waar luide stemmen klinken. 'Hij is in het kantoor, mevrouw,' klinkt de stem van het dienstmeisje.

'Daar heeft hij niets te zoeken,' klinkt Elbrichs stem. 'Roep hem hierheen.'

Achter Agneta zie ik Toontje door de deur komen.

'Wat deed jij in het kantoor?' Elbrichs gezicht staat op onweer.

'Ik was op zoek naar schroeven, mevrouw. Om het schilderij op te hangen.'

'Die liggen niet in het kantoor. Ik vertrouw je al langere tijd niet. Je bent me te vaak aan het snuffelen, en een opmerking van een buurvrouw heeft me extra alert gemaakt. Wat deed jij in het kantoor? Laat zien wat je bij je hebt.'

Ik hoor Toontje iets hakkelen en ik heb spijt dat ik nota bene degene was die over dieven begon. Het leek zo'n goede afleidingsmanoeuvre.

'Laat zien,' herhaalt Elbrich.

'Er is niemand gewond, zo te zien,' fluistert Agneta. 'Misschien...'

'Je bent een onbetrouwbaar jong,' snauwt Elbrich tegen Toontje. 'Schud je mouwen uit. Nu.'

'Jjja... mevrouw,' zegt Toontje met trillende stem, en hij begint met zijn armen te wapperen.

‘Trek je hemd uit,’ sommeert Elbrich.

Toontjes mond valt open. ‘Mijn… mijn hemd? Maar mevrouw?’

‘Ik wil weten wat je eronder verbergt,’ roept Elbrich. ‘En als daar niets zit, ook je broek.’

Ik weet dat ik zo snel mogelijk moet vertrekken, maar ik sta als aan de grond genageld, net als de anderen in de hal.

‘Elbrich, dat meen je niet,’ probeert Agneta, maar Elbrich is niet te vermurwen. ‘Schiet op.’

Langzaam begint Toontje zijn hemd los te knopen. Om zijn borst zijn smalle repen stof gewikkeld.

‘Wat heb jij onder die lappen verborgen, jongen?’ vraagt Agneta.

‘Zie je wel,’ zegt Elbrich. ‘Ik wist het. Haal het eraf, knul. Ik wil zien wat je hebt gestolen.’

Toontje kijkt om zich heen en doet een poging om te ontsnappen, maar er is geen uitweg.

‘Nou?’ Elbrichs gezicht is dicht bij dat van Toontje. ‘Waar wacht je nog op?’

Langzaam begint hij de repen van zijn lijf te rollen. Terwijl de stof langer en langer wordt, duw ik mijn nagels in mijn handen. Dan, wanneer hij alles heeft afgerold, is iedereen stil. Zelfs Elbrich. Ik hap naar adem. Toontjes bovenlijf is niet plat en pezig, zoals ik had gedacht. Toontje heeft kleine, ronde borsten.

‘Je… je…’ Elbrich slaakt een gil. ‘Je bent een…’ Ze wankelt en Agneta haast zich om haar te ondersteunen.

‘Je bent een jonge vrouw,’ zeg ik langzaam, en Elbrich draait zich naar mij om. ‘Wat doe jij hier nog?’ bitst ze.

‘We dachten dat er iemand gewond was,’ komt Agneta tussenbeide. ‘Mevrouw De Bisschop bood aan een arts voor ons te roepen, dus ik heb haar mee naar binnen genomen.’

‘Waarom?’ stoot Elbrich uit. Even denk ik dat ze het tegen mij heeft, maar dan zie ik dat ze zich weer tot Toontje heeft gericht. ‘Dit is goddeloos. Hoe kon je ons zo voorliegen. Je hebt…’

‘Rustig, Elbrich.’ Agneta legt een hand op haar arm. ‘Deze jongen, ehm, dit meisje heeft vast een goede verklaring.’

Buiten klinkt het geratel van een handkar. Toontje drukt met een bleek gezicht de zwachtels tegen zijn, nee haar borsten. ‘Ik… ik moest mezelf beschermen, mevrouw,’ klinkt het.

‘Waartegen?’ Elbrichs stem klinkt hoog en schril. ‘Als mijn man zo meteen thuis komt, zal hij je laten opsluiten. Je hebt gelogen, bedrogen en een doodzonde begaan. Ik laat je publiekelijk straffen.’

‘Kom, kom,’ zegt Agneta. ‘Elbrich, beheers je.’

Ik slaag erin mezelf te herpakken. ‘Dat raad ik je af, Elbrich,’ zeg ik. ‘Stel je eens voor dat heel Amsterdam zich zou verkneukelen omdat jij je in je eigen huis hebt laten misleiden? En dat terwijl je net bent getrouwd. Je weet hoe snel roddelpraatjes in de stad kunnen gaan.’

‘Lysbeth heeft gelijk,’ zegt Agneta nadenkend. ‘Misschien kunnen we het beter zo discreet mogelijk oplossen.’ In de verte slaat de klok twaalf uur. De beurs sluit.

‘Kijk eens naar dit arme kind,’ waag ik. ‘Ze ziet er vreselijk uit. En je bent een wijs en genadig mens. Dat zongen de muzikanten niet voor niets.’ Ik meen niets van mijn woorden over wijsheid en genade, en vermoed dat Elbrich dat aanvoelt, want ze kijkt me woedend aan. Dan recht ze haar schouders.

‘Soms is genade op zijn plaats, en soms rechtvaardigheid,’ zegt ze met opgeheven hoofd.

Ik kreun inwendig. Ik heb aan den lijve ondervonden hoe bikkelhard Elbrich kan zijn toen ze me de toegang tot Cornelia’s kamer weigerde.

‘Ik wil dat die knul, dit kind, me nooit meer onder ogen komt.’ Ze richt zich tot Toontje, die er eveneens uitziet alsof hij elk moment kan flauwvallen. ‘Goed. Ik schenk je genade. Maar ik wil dat je nú verdwijnt. Pak je spullen en hoepel op. En waag het niet ooit nog in de buurt van ons huis te komen, want dan laat ik je opsluiten.’

Ik probeer een zucht van opluchting te onderdrukken, en bedenk dat ik bijna dezelfde woorden sprak toen ik Toontje na de plundering van ons huis in de kast aantrof. ‘Ik denk dat ik nu dan toch maar naar de vleeshal ga. Medische hulp is hier blijkbaar niet nodig,’ zeg ik.

Elbrich kijkt naar mij. ‘Lysbeth de Bisschop, ik wil dat je hierover zwijgt. Als je ooit verder vertelt dat dit schandaal hier heeft plaatsgevonden, zal ik het altijd ontkennen.’

'Ik zal zwijgen,' beloof ik.

'Mooi.'

Toontje wankelt langs haar heen, knoopt het hemd dicht en verdwijnt.

De rommelpot, de luit en de stemmen zijn verstomd. Mijn hoofd is net zo leeg als de verlaten stoep van De Grote Pauw.

Als ik mijn huis binnenloop, komt Geertruid me tegemoet, met Gomarus aan haar zijde. 'Mama!' Ze kijkt me smekend aan. 'Gaat u vanmiddag mee naar de Warmoesstraat om kousen te kopen? Baefje heeft een scheur in haar kous, die zo groot is dat ze haar vuist erdoorheen kan steken. Neeltje kan hem niet stoppen, zegt ze.'

'Alweer?' Ik kijk om me heen of Rem al terug is van de beurs, maar ik zie hem nog niet. 'Aan het eind van de middag kan ik mee,' zeg ik. 'Maar ik moet nog even weg. Pas jij op Baefje?'

Ik kan maar één plek bedenken waar Toontje naartoe gegaan is. De herberg van Griet. Ik lijn Gomarus aan en loop naar buiten, opnieuw het Singel af, naar de Regulierspoort. Ik heb mijn mand om mijn arm gehangen om alsnog het vlees te kopen waarover ik het tegen Agneta had. Als ik Griets herberg nader, zie ik een tengere figuur gehurkt voor de deur zitten, het hoofd in de handen. Toontje kijkt niet op als ik dichterbij kom. Pas als Gomarus aan haar handen snuffelt, komt ze overeind en probeert hem van zich af te schudden.

Ik kijk in haar gezicht, dat rood is van het huilen. 'Je bent een meisje,' zeg ik ten overvloede. 'Hoe heb je dat zo lang verborgen weten te houden?'

'Dat doe ik al jaren,' zegt ze bitter, en ze zwijgt weer.

'En nu?' vraag ik.

Ze klemt haar lippen op elkaar en haar ogen krijgen iets hards. 'Er verandert niets,' zegt ze.

'Maar...' Ik kijk naar de onverzettelijke trek op haar gezicht. 'Hoe heet je eigenlijk?'

'Toontje.'

'Heeft je moeder je zo genoemd toen je werd geboren?'

‘Ze noemde me Antonette. Maar ik ben goed zo. Ik ben niet zoals mijn moeder. Ik wil blijven zoals ik ben.’

‘Waar is Griet?’ vraag ik. ‘Wat ga je nu doen?’

Ze veegt langs haar ogen. Onhandig leg ik een hand op haar schouder, en opeens word ik bevangen door medelijden met dit kind.

‘Mijn moeder is weg,’ zegt Toontje dan.

Ik frons mijn wenkbrauwen. ‘Weet je waar ze is?’

Toontje schudt haar hoofd. ‘Misschien is ze bij een klant.’ Ze veegt langs haar neus. ‘Het spijt me. Ik vreesde wel dat de mevrouw me een keer zou betrappen, maar dit...’

‘Heb je nog steeds een kamer in je moeders herberg?’ vraag ik.

Toontje knikt somber.

‘Blijf daar voorlopig,’ zeg ik. ‘Je bent op de hoogte van de afspraak die je moeder en ik hebben gemaakt? We zorgen ervoor dat je op een veilige plek terechtkomt.’

‘Mijn moeder heeft een vriend die me naar Haarlem gaat brengen,’ zegt ze. ‘Hij brengt me naar een molen waar ze nog een knecht kunnen gebruiken. Ik weet alleen niet wie die vriend is. Moeder zou dat regelen. Maar als mijn moeder er niet is, hoe kom ik daar dan?’

‘Dat lossen we zo snel mogelijk op,’ zeg ik. Ik zie schuin tegenover de herberg twee mannen in donkere kleren naar ons kijken. Het zijn dezelfde mannen die ik eerder heb gezien, toen Rem me hier aantrof en waarschuwde. Zijn ze me inderdaad gevolgd? Had Rem gelijk toen hij zich zorgen maakte? Ik kijk hen nadrukkelijk aan om te zien hoe ze reageren. Ze overleggen gedempt met elkaar en maken aanstalten om weg te lopen. ‘Ik kom later bij je terug,’ zeg ik tegen Toontje. ‘Ik moet even iets uitzoeken.’

‘Maar...’ Toontje grijpt mijn pols. ‘Blijf bij me, alstublieft. Ik weet niet wat ik nu moet doen.’

Ik denk even na. ‘Kom na zonsondergang naar ons huis,’ zeg ik dan. ‘Neem de achterdeur. Gedraag je discreet, zodat niemand je ziet. En kleed je voor de zekerheid als het meisje dat je bent, zodat niemand je herkent.’

‘Maar,’ ze opent haar mond.

‘Je wilt in de straat niet herkend worden als Pauws knecht die zijn brieven heeft gejat. En evenmin door mijn personeel als het jochie dat voor straf ons huis heeft schoongemaakt na de plundering, of wel? Ik zie je straks.'

Ik klop Toontje nog eenmaal onhandig op de schouder en haast me achter de mannen aan, die zich inmiddels een eindje van de herberg hebben verwijderd. 'Kom, Gomarus,' zeg ik, en ik volg hen, eerst onder de Regulierspoort door, langs het Rokin, naar het Damrak. Ze kijken niet achterom. Als ik zie dat ze naar het kantoor op de Oude Brug gaan, onderdruk ik de neiging om te gillen. Zou het echt...?

De twee mannen verdwijnen achter de deur van het hoge hoekpand waar kooplieden hun invoerrechten betalen over scheepsladingen graan, bier en specerijen. Dit is het enige stadscollege dat niet in het stadhuis gevestigd is. De plek waar Jan met vier collega's de scepter zwaait.

Ik sleur Gomarus haast achter me aan over de drempel van het accijnshuis, door de hal met roodbruine vloertegels. Ik kijk om me heen. Een in het zwart geklede man met een bleek vollemaansgezicht komt me tegemoet. 'Kan ik u van dienst zijn, mevrouw?' vraagt hij.

'Zeker,' zeg ik met opeengeklemde lippen. 'Ik ben op zoek naar mijn broer, Jan de Bisschop.'

De man wijst naar een gesloten gelakte deur die in glans concurreert met zijn gezicht. 'Uw broer heeft net bezoek,' zegt hij. 'Als u enkele minuten kunt wachten...'

Met een korte knik neem ik plaats op een wat stoffige houten bank die tegen de muur staat. Voor de zekerheid knoop ik Gomarus' lijn vast aan de poot van de bank. Ongeduldig bestudeer ik de balken van het plafond.

Even later gaat de deur open. De twee mannen die ik bij Griets herberg heb gezien komen naar buiten. Ze kijken kort naar mij, een van hen tikt grijnzend tegen zijn hoed, en ze lopen door.

'Ik moet je spreken,' zeg ik, wanneer Jan in de deuropening verschijnt. 'Nu.'

Hij kijkt naar Gomarus, die met uitgestrekte poten op de plavuizen ligt te slapen. 'Dat kan. Maar houd die hond hierbuiten.'

'Dus jij bespioneert me,' zeg ik. Ik ga zo dicht voor Jan staan, dat ik de haren van zijn baard kan tellen. Tot mijn ergernis vertrekt hij geen spier. 'Dat doe ik helemaal niet,' zegt hij kalm.

'Houd je niet van de domme. Twee van jouw mannen hielden de wacht voor de herberg van Griet.'

'Griet.' Hij gaat achter zijn bureau zitten, en zet zijn vingertoppen tegen elkaar. 'Die naam heb ik lang niet meer gehoord en wens ik ook niet te horen.'

'Doe niet zo schijnheilig. Die mannen die zojuist uit jouw kantoortje kwamen, komen rechtstreeks bij haar herberg vandaan. En ik ben ze gevolgd.'

'Wat deed jij daar?' Hij schuift een koperen tabaksdoos naar zich toe en maakt hem open.

'Ik was daar. Toevallig. Omdat ik Griet de laatste tijd... wel eens heb gesproken.'

'Dus onze nicht heeft een herberg.' Jan pakt een kleipijp met een lange steel en stopt met zorgvuldige bewegingen de tabak erin.

'Houd nou eens op met je hypocriete gedoe. Je weet heel goed dat ze een herberg buiten de Regulierspoort heeft. En je bent iets van plan. Waarom volg je mij?'

'Ik volg jou helemaal niet.' Jan stampt de tabak aan, loopt naar het haardvuur en steekt een houtspaan in het vuur, dat meteen vlam vat. Hij houdt de vlam bij de pijp. 'Dat zweer ik op de Bijbel. Maar het interesseert mij wel dat mijn zus een bezoek brengt aan een herberg die gedreven wordt door een prostituee en waar bovendien illegale drank verhandeld wordt. Wat is er in jou gevaren?'

Ik zwijg even. 'Illegale drank?'

'Ja, illegale drank.' Uit Jans neusgaten kringelen twee rookwolken. 'Waarom denk jij anders dat ik die herberg in de gaten laat houden? Mag ik je eraan herinneren dat ik accijnsmeester ben?'

Ik kijk of er een stoel is waar ik op kan gaan zitten. 'Wist jij werkelijk niet dat die herberg van Griet was?'

'Nee. Ik wist de naam van de eigenaar niet. Haar herberg maakt gewoon deel uit van een aantal smoezelige kroegen waar orde op zaken gesteld moet worden.' Hij kijkt naar de deur. Vaag hoor ik achter het hout het geblaf van Gomarus. 'Maar ik waardeer het dat je me erop hebt gewezen.'

Ik voel me duizelig worden. 'Ik wil dat je Griet met rust laat,' zeg ik.

'Je weet dat ik criminaliteit niet door de vingers kan zien. Ik vrees dat ik haar herberg zal moeten sluiten.'

'Maar ze is familie. Ze heeft niets anders.'

'Ze vindt wel weer een andere manier om haar inkomsten te vergaren.' Jan richt zijn blik weer op de deur, die nu opengaat. 'Meneer De Bisschop.' Een klerk met een grootboek onder zijn arm kijkt om de hoek. 'Er zijn twee bierstekers die u willen spreken.'

'Laat ze maar binnen.' Jan zet zijn pijp in een standaard en maakt aanstalten om op te staan. 'Het spijt me, Lysbeth. Er is niets wat ik voor je nicht kan doen.'

Ze is ook jouw nicht, wil ik zeggen, maar de ruimte die de twee binnenkomende bierstekers innemen, verdrijft me samen met Jans rookwolken uit de kamer.

'Mama,' zegt Geertruid verwijtend als ik thuiskom met een haastig gekochte homp schapenvlees in mijn mand. 'U had beloofd dat we naar de Warmoesstraat zouden gaan.' Ik zucht. Daar heb ik helemaal niet meer aan gedacht. 'Morgen,' beloof ik. 'En dan krijgen jullie allebei nieuwe kousen bij de winkel van Van den Vondel.'

Geertruid verdwijnt naar haar kamer. Ik denk koortsachtig na over de gebeurtenissen van de afgelopen uren. Hoe kon ik zo stom zijn? In plaats van Griet te helpen, heb ik Jan alleen maar meer munitie gegeven. De situatie tussen Jan en Griet zou wel eens uit de hand kunnen lopen. Maar eerst moet ik Toontje opvangen, als die naar ons huis komt. Het is beter dat niemand van het personeel haar ziet als ze binnenkomt. Ik loop door naar de keuken waar Stijntje en Neeltje bezig zijn met het schuren van de ketels. 'Hebben jullie gezien dat de jaarmarkt is begonnen?' vraag ik, en ik overhandig hen allebei een paar duiten. 'Ik ben in een goede bui. Jullie krijgen de rest van de dag vrij.'

Verbaasd kijken de twee vrouwen op, maar ze maken haastig hun schort los en maken zich uit de voeten.

Dan loop ik naar Rems kantoor. Rem is er, en staat meteen op als hij me ziet. 'Vertel op. Is het die jongen gelukt om de brieven te bemachtigen?'

'Ik vrees van niet,' zeg ik. Kort doe ik verslag van wat er is gebeurd. Dat het muziekgroepje te laat was. Dat Toontje een meisje blijkt te zijn. 'Ze komt na zonsondergang naar ons toe,' zeg ik. 'Althans, dat heb ik haar gevraagd.'

Rems gezichtsuitdrukking wisselt van verbazing en ongeloof naar woede. 'Hoe haal je het in je hoofd om er doodleuk bij te gaan staan kijken? We lopen risico, Lysbeth. En wat moeten we met een stenen gooiende dievegge in mannenkleren die zich hier niet meer in de buurt mag vertonen? We moeten zo snel mogelijk van haar af. Ik dacht dat Griet en jij daar een oplossing voor hadden bedacht.'

'Dat hebben we ook,' zeg ik koel. Het stoort me dat hij alles aan Griet en mij overlaat en zelf naar de beurs gaat, maar als het anders loopt, dat op mij afreageert. 'Maar Griet is momenteel onvindbaar. Ik heb Stijntje en Neeltje vrijaf gegeven, zodat we ongestoord met Toontje kunnen praten. We kunnen Hendrik het beste ook het huis uit sturen. Waar is die man eigenlijk?'

'Die is een paar dagen naar familie in Enkhuizen. Hij komt overmorgen pas terug,' zegt Rem. Opgelucht haal ik adem.

'Mama!' Geertruid komt naar me toe. 'Er is bezoek.'

Als ik naar de hal loop, zie ik een bekend gezicht. Een gezicht dat lijkt op dat van Rem, maar ruim tien jaar jonger is. Rem loopt langs me heen en omhelst de man in het sobere donkergrijze wambuis innig. 'Broer! Waar kom jij vandaan? Je schreef dat je morgen pas zou komen.'

'De reis zat mee. Ik kon aan één stuk door meerijden met een lakenhandelaar uit Den Haag, en door het zomerse weer lag er weinig modder op de wegen.' Simon Bisschop, die al jaren de Latijnse naam Episcopius draagt, neemt zijn hoed af. Hij mist Rems volle bos haar. Zijn ogen, lichtbruin in plaats van het heldere groen van Rem, glijden over de eikenhouten paneelkast die Rem na de plundering van vorig jaar heeft laten maken. In het houtsnijwerk zijn de zeven deugeen afgebeeld: wijsheid, rechtvaardigheid, gematigdheid, moed, geloof, hoop en liefde. 'Dat is lang geleden,' zegt hij dan.

Baefje stuift langs me heen. 'Oom Simon! Hebt u cadeautjes meegenomen?'

'Baefje!' Ik wijs streng naar de houtsnede van de vrouwenfiguur die gematigdheid uitbeeldt en omhels de man die als jongen voor postiljon d'amour speelde tussen Rem en mij. Hij geeft Gomarus, die tegen hem op springt, een aai over zijn kop. 'Draagt dat beest nog steeds die calvinistische naam?' grinnikt hij. Simon is hoogleraar in Leiden, op de plek die ooit werd vervuld door Gomarus, de grote tegenstrever van Arminius. Gomarus schijnt oververmoeid naar Zeeland te zijn vertrokken. Ik vraag me af hoe lang Simon nog in zijn functie kan blijven. Of hij, gezien die functie, überhaupt veilig is. 'Je bent weer alleen,' merk ik op. 'Wanneer neem je nou eens een vrouw mee?'

'Jullie hebben al genoeg gasten,' zegt hij glimlachend, en even vraag ik me af hoe hij weet van Toontje, maar dan vervolgt hij: 'Ik kwam in de buurt van de haven je broer Arnt en zijn vrouw tegen. Ik begreep dat jullie hen vanavond hadden uitgenodigd voor het eten.'

'O nee.' Ik sla een hand voor mijn mond en ik vraag me af waar ik Toontje intussen moet laten, en hoe ik een maaltijd ga opdienen zonder personeel.

'Zo erg is dat toch ook weer niet?' zegt Simon. 'Begroetten alle contraremonstranten me maar zo hartelijk als die twee.'

'Ik was het gewoon helemaal vergeten,' beken ik. Ik ben dankbaar voor de schapenbout die ik bij de vleeshal heb gekocht.

'We zullen wat minder vrijuit kunnen praten,' zegt Rem licht geïrriteerd, alsof ik er de oorzaak van ben dat zijn broer een dag eerder bij ons op de stoep staat.

'Morgen hebben we meer dan genoeg tijd,' zegt Simon. 'Ik reis pas over twee dagen terug naar Leiden.'

'Oom Simon, Stijntje heeft vanmiddag citroenlimonade voor ons gemaakt. En ze zei dat de koperen kaarsensnuiter is verdwenen,' babbelt Baefje door.

Ik geef Baefje een duwtje in de rug. 'Ga jij maar weer naar de keuken. Ik loop met je mee en haal ook wat citroenlimonade voor je vader en oom Simon.'

'Over die verdwenen kaarsensnuiter,' zeg ik terwijl ik de roemers met limonade bij de mannen neerzet. 'Eerder is er ook al een zilveren vingerhoedje verdwenen.' Dit is al het derde voorwerp. Het kan Toontje onmogelijk geweest zijn, toch? Of een van de dienstmeiden? Stijntje is het in ieder geval niet. Dan zou ze nooit tegen Baefje hebben gezegd dat ze een koperen kaarsensnuiter miste.

'We moeten wat voorzichtiger zijn bij het openstellen van ons huis,' zegt Rem cryptisch. Hij werpt een snelle blik op de deur.

'Toontje kan elk moment arriveren,' zeg ik. 'En we hebben een probleem, weet je nog? We hadden met Griet afgesproken dat een vriend van haar Toontje zou meenemen naar Haarlem. Maar Griet is spoorloos, en Toontje heeft geen idee waar die vriend is.'

'Misschien kan Toontje met mijn eerstvolgende scheepslading mee naar Danzig,' zegt Rem.

'Danzig?' zeg ik. 'Tussen al die grove zeelui? Ben je gek? En eenmaal in Danzig ziet Toontje zijn, haar, moeder nooit meer terug.'

'Wie is Toontje?' wil Simon weten.

'Er is bezoek, mama!' klinkt het weer in de gang. 'Een mevrouw. Ze stond zomaar opeens in de keuken.'

'Daar zul je haar hebben,' zeg ik.

'Breng haar maar hiernaartoe,' zegt Rem. 'Hopelijk is alles geregeld voor Arnt en zijn vrouw zijn gearriveerd.'

'Willen jullie me uitleggen wat hier aan de hand is?' zegt Simon verbaasd.

'Daar wilde ik net aan beginnen,' zegt Rem, en hij vertelt Simon in een paar zinnen over de afgelopen uren. 'Kortom,' zegt hij, 'de twee vrouwen hadden een goed plan, maar het enige wat het heeft opgeleverd, is een derde vrouw.'

Ik werp hem een vernietigende blik toe. Als ik Toontje in de keuken tegemoetloop, zie ik dat ze naar me heeft geluisterd. Ze draagt een eenvoudige bruine rok. Het bruine jak en het witte kapje zijn haar iets te groot. Het is de kleding die ik voor Griet had aangeschaft, en die ze droeg toen we haar ontmoetten in ons pakhuis.

'Heb je je moeder nog gezien?' vraag ik.

Ze schudt haar hoofd. 'Ik heb geen idee waar ze is, mevrouw. Maar ze blijft wel eens vaker wat langer weg. Misschien heeft ze een klant die heel goed betaalt.'

'Jij hebt sinds vorig jaar nogal een metamorfose ondergaan.' Rem bekijkt haar kritisch als we zijn kantoor binnen lopen. Toontje slaat haar ogen neer, buigt, tilt haar rok een stukje omhoog en trekt iets uit haar laars. Iets langwerpigs. Een rol papier.

'Alstublieft, meneer,' zegt ze zacht. 'Het zijn er maar twee, maar ik hoop dat u er iets aan hebt.'

Er valt een stilte. Simon, Rem en ik kijken elkaar aan, en ik kan onmogelijk een triomfantelijke glimlach onderdrukken. 'Dus toch,' zegt Rem dan. 'Hoe heb je dit voor elkaar gekregen?'

'Ik had de brieven direct in mijn laars verstopt,' zegt Toontje. 'Daar heeft mevrouw Pauw niet aan gedacht.' Ze trekt haar rok recht en zoekt steun tegen de muur. Er parelen zweetdruppels op haar voorhoofd.

'Wanneer heb je voor het laatst gegeten?' vraag ik.

'Vanmorgen vroeg, mevrouw,' zegt ze.

'Kom,' zeg ik, 'ik zal Geertruid vragen of ze iets te eten voor je maakt.' Ik denk even na. 'Zeg maar tegen haar dat je een verre nicht bent die een lange reis heeft afgelegd. Dan zit je niet eens ver naast de waarheid.'

'Maar mevrouw… ik ben –' Ze kijkt naar haar eenvoudige kleding.

'Van de verarmde tak,' zeg ik. 'Mijn dochters zullen niet raar opkijken. We krijgen wel vaker onbekenden over de vloer.'

Nadat ik Toontje in de keuken onder de hoede van Geertruid heb achtergelaten, haast ik me weer naar Rems kantoor. De deur staat op een kier. Ik kijk erdoorheen en zie Rem en Simon tegenover elkaar zitten zoals ze dat al jaren doen, opbloeiend in elkaars gezelschap, als twee loten van een plant die uit dezelfde grond zijn opgeschoten. Tijdens Simons bezoeken brengen ze veel tijd door met zijn tweeën, ontspannen en vertrouwd, en soms in het bijzijn van andere mannen. Dan zijn ze uitbundiger en boksen ze met wijsheden en spitsvondigheden tegen elkaar op. Ik denk aan de vorige keer dat Simon hier was. Het was een avond waarop het heel laat werd en de drank rijkelijk vloeide. Ondanks de plundering en het ongunstige politieke tij leek Rem daadkrachtiger dan ooit, zijn ogen fonkelden als de wijn in zijn glas. Een van de gasten, een jonge handelaar in olie en kaarsen, liet zich fel uit over een uitspraak van Calvijn. 'Die man mag dan een begaafd theoloog zijn geweest, hij ligt al een halve eeuw in zijn graf. Al die formulieren, concilies en synoden, waarom zouden we aan dat keurslijf moeten vasthouden?' vervolgde hij.

'Zo is dat,' beaamde Rem. 'De Bijbel biedt genoeg ruimte voor andere interpretaties. Waarom zouden we in de kerk allemaal precies hetzelfde moeten denken?'

'Ware vrijheid is dat iedereen zijn gevoelens mag uiten,' had Simon gezegd. 'Geen gewetensdwang.'

Met een soepele beweging was de handelaar op een kist kaarsen gesprongen, die hij als geschenk voor ons had meegebracht. 'Met deze slok wijn, proost ik op verdraagzaamheid en zeg adieu tegen Calvijn!'

'Dat laatste is dan weer iets minder verdraagzaam,' merkte Rem grinnikend op, en de mannen hieven hun glas en proostten met elkaar. In Rems kamer hadden ze onoverwinnelijk geleken. Hier wel. Ik had op de drempel van de deur gestaan en me een toeschouwer gevoeld van iets ongrijpbaars, iets waar ik nooit volledig deel van zou uitmaken. En nu ik hen weer in Rems kamer zie zitten, voel ik me opnieuw zo.

'Soms vraag ik me af of ik wel goed genoeg voor haar ben,' hoor ik Rem zeggen.

'Hoe kom je daar nu bij?' Simons stem klinkt verwonderd. 'Je bent al jaren met haar getrouwd.'

'En met haar familie.' Op Rems voorhoofd tekenen zich in het licht van de kaarsvlam brede rimpels af.

'Rem, ze heeft jaren geleden al voor jou gekozen.' Simons stem lijkt veel op die van Rem, maar dan een timbre lager.

'Ik vraag me af of ze me ooit vergeeft dat ik eerder dan haar het huis heb verlaten.'

'Je had geen keus. Ze zouden je gelyncht hebben.'

Rem haalt een hand door zijn haren. 'Weet je, heel af en toe voel ik me nog steeds die jongen die bij haar broer in dienst was en die geen cent te makken had. Alsof ze nog steeds op die manier naar me kijkt.' Ik houd mijn adem in. Ik heb Rem nog nooit zo horen praten. Gelooft hij echt dat ik hem te min vond? En nu nog, na al die jaren? Ik denk aan de verwijten die ik hem de afgelopen maanden naar het hoofd heb geslingerd. Heb ik hem daarmee nog meer van me verwijderd? Ik houd van hem, dat weet hij toch?

'Je laat je leiden door je vermoeidheid.' Simon schudt zijn hoofd, pakt een van de twee brieven van tafel en bestudeert hem nauwkeurig. 'Mijn goede vriend,' leest hij. Hij laat het epistel zakken. 'Pauw en de prins zijn in elk geval vertrouwelijk met elkaar.'

'In deze brief staat dat er in het najaar een synode moet gaan plaatsvinden, waarin voor eens en altijd duidelijkheid gegeven gaat worden over de predestinatiediscussie,' zegt Rem, die het andere exemplaar van tafel pakt.

'Dat wisten we al,' zegt Simon.

Nu ik hen zo hoor praten, vergeet ik even het persoonlijke gesprek van zojuist. Mijn handen jeuken om de brief uit Simons hand te trekken en ik open de deur. De mannen eigenen zich de documenten toe waar ik hard aan heb meegewerkt. Sterker nog, zij hebben er niet of nauwelijks iets voor hoeven doen. Als ik binnenkom, kijken ze even op van hun papieren, maar praten dan weer verder.

'Hier schrijft Pauw dat hij het eens flink over het land wil laten waaien,' zegt Simon. 'En dat hij graag zijn steentje wil bijdragen aan het proces tegen Oldenbarnevelt en andere zogenaamd staatsgevaarlijke personen.'

'Als de prins daarop ingaat, belooft dat niet veel goeds,' zegt Rem. 'Hé. Hier staat dat de prins over een paar weken weer naar Amsterdam komt.'

'Wat heeft hij hier dan te zoeken?' vraag ik.

'Dat staat er niet bij.' Hij strijkt over zijn baardje.

'Geef mij die brief eens.' Ik hink ongeduldig van mijn ene been op het andere.

'En er staat nog iets over "die belangrijke dag",' zegt Rem. 'Maar de context is onduidelijk.'

Hij legt zijn brief neer op zijn bureau. Ik pak hem, begin snel te lezen en kom tot dezelfde conclusie. Alles wat Reinier schrijft, is in de lijn der verwachting. Had ik nu werkelijk gedacht dat een slimme regent als Reinier in dergelijke formele brieven iets belastends zou schrijven waarmee we zijn positie in de vroedschap aan het wankelen konden brengen? Of dat hij de prins zou schrijven dat hij het brein is achter de plundering van ons huis? Wat was ik naïef.

'Wat doen we met de brieven?' zeg ik dan. 'Verbranden?'

'Nee, misschien dat we ze nog ergens voor nodig hebben,' zegt Rem.

'Ik bewaar ze wel,' zegt Simon. 'Het deel over het proces is interessant voor Van Oldenbarnevelt of Hugo de Groot, al is het de vraag of ze er iets aan kunnen veranderen.'

'Dat lijkt me ook niet,' zeg ik. 'Ze zitten allebei gevangen.'

'Dat klopt. Maar dat betekent niet dat ze niet actief zijn. Van Oldenbarnevelts vrouw heeft hem laatst een schaal grote saffraanperen laten bezorgen waarin ze briefjes en schrijfgerei heeft verstopt. En de vrouw van Hugo de Groot lijkt me minstens zo inventief.'

De kruidige geur van geroosterde schapenbout zweeft door de kamer. Met een zwaai zet ik een grote schaal linzen neer en een kan met melk. Rem zit aan het hoofd van de tafel. Links van hem zitten Simon, Baefje en Geertruid, en rechts Arnt en zijn vrouw Trijn. Ik heb overwogen Rem en Simon te waarschuwen om het niet over theologie en politiek te hebben, maar ik zag ervan af. Aan de praktische Arnt en Trijn zijn die onderwerpen sowieso minder besteed.

Arnt heeft zijn mouwen opgestroopt, zodat de vele sproeten op zijn armen zichtbaar zijn. Trijn schuift haar stoel wat dichter bij de tafel. Ze is klein van stuk, heeft een puntige neus die een scherp karakter zou kunnen suggereren, maar haar blauwe ogen zijn groot en vriendelijk. 'Waar hebben jullie je personeel gelaten?' vraagt ze.

'Er is jaarmarkt op de Dam,' zeg ik luchtig. 'Ik heb de meiden een avondje vrij gegeven.' Ik wrijf over mijn hals, die nog zweterig is van het harde werk in de keuken. Het is jaren geleden dat ik helemaal zelf een maaltijd klaarmaakte. Gelukkig hebben Geertruid en Toontje me geholpen met het roosteren van de schapenbout aan het spit en het kruiden van de sla. Het leek me niet verstandig om Toontje tussen het gezelschap te zetten, dus heb ik haar een matras toegewezen in de linnenkamer en haar daar iets te eten gebracht.

'Waar is onze nicht eigenlijk gebleven?' vraagt Geertruid, alsof ze mijn gedachten leest.

'Nicht? Welke nicht?' vraagt Trijn, terwijl ze verlangend naar de schapenbout kijkt.

Ik schuif een paar flinke stukken vlees op haar bord, hopend dat Arnt niets over een nicht heeft opgevangen, die immers ook zijn nicht is. Maar Arnt is in een levendig gesprek met Simon verwikkeld. 'Een nicht van mijn moeders zijde,' zeg ik tegen Trijn. 'Ze logeert hier, maar voelt zich niet zo lekker. Daarom is ze in haar kamer gebleven.'

'Wat zielig.' Baefje gaat rechtop zitten. 'Ik ga bij haar kijken.'

'Nee, Baefje, jij blijft hier.' Rems toon is streng. Baefje slaat beledigd haar armen over elkaar en laat zich op haar stoel onderuitzakken, waardoor alleen nog haar neus en ogen boven het damast van het tafelkleed uitsteken.

'Veel mensen hier vinden dat Van Oldenbarnevelt terecht gevangen is gezet,' hoor ik Arnt tegen Simon zeggen. 'Ze zeggen dat hij het met de Spanjaarden op een akkoordje heeft gegooid. Sommigen beweren zelfs dat hij Spaans goud heeft aangenomen.' Maar bespreek dat maar eens met een weeskind op straat zonder enig vooruitzicht.'

Ik kijk naar Simon, die ongetwijfeld de aanstichter is van deze discussie. Had ik Rem en hem toch maar gewaarschuwd.

'Dat is een roddel die nergens op is gebaseerd,' zegt Simon sussend. Maar Arnt heeft tot mijn verrassing de smaak te pakken. 'Ik word doodmoe van al die rijke politici met hun mooie praatjes die zich meer met hun eigen geldstromen bezighouden dan met het welzijn van gewone burgers die amper kunnen rondkijken.' Zijn gewoonlijk zo gemoedelijke gezicht loopt rood aan.

'Rondkijken?' zegt Trijn. 'Je bedoelt rondkomen.'

'Dat zei ik toch?' zegt Arnt, en het valt me op dat Trijn hem na zijn verspreking bezorgd aankijkt. De blik in haar ogen verontrust me. Ik kan er mijn vinger niet op leggen, maar er is iets met hem aan de hand. Arnt gedraagt zich anders dan ik gewend ben. Hij praat anders. Zelfs de blik in zijn ogen is anders. Of verbeeld ik me dat?

'Wie wil er nog wat linzen?' probeer ik de gemoederen te bedaren. Wat er ook met Arnt is, ik moet hem enigszins gelijk geven. In deze stad van groeiende welvaart zijn er genoeg kooplieden die zich schaamteloos verrijken over de ruggen van de armen, en sinds de plundering van ons huis vraag ik me steeds vaker af in hoeverre wij hier deel van uitmaken. Kozen ze ervoor ons huis te vernielen uit onvrede, uit afgunst? Zorgen we goed genoeg voor ons personeel? Delen we genoeg van onze rijkdom? Ik geef de schaal met linzen nog eens door en probeer de vele vragen die me de laatste tijd bezighouden van me af te schudden.

De schaal bereikt de plek waar Baefje zit, of heeft gezeten. Haar stoel is leeg. Misschien is ze onder tafel Gomarus aan het voeren. Maar als ik het tafelkleed optil, zie ik haar niet.

'Klopt het dat Pieter de Vlaming kans maakt om tot burgemeester te worden verkozen?' vraagt Simon.

Rem veert op. 'Ik heb inderdaad zoiets gehoord. Dat zou eindelijk goed nieuws zijn.'

'Daar zal Jan anders over denken,' zeg ik.

'Vermoedelijk,' zegt Arnt. Hij kijkt opeens afwezig.

'Er gaan ook geruchten dat Gerrit Jacob Witsen zich voorzichtig van Pauw distantieert,' zegt Rem hoopvol. 'De man is altijd Pauws vaste steun en toeverlaat geweest.'

'Wie weet waait er binnenkort dan toch een andere wind over de stad,' zegt Simon.

Ik denk aan de brieven waarin Reinier schreef dat hij het eens flink over de stad zou laten waaien. Met het woord 'waaien' bedoelde hij vast iets anders dan Simon nu. Bovendien zag het bezoek dat Agneta Witsen aan Elbrich Pauw bracht er heel vriendschappelijk uit.

Baefje steekt haar hoofd om de hoek van de deur. 'Mama, ze huilt.'

'Wie huilt er?' vraagt Arnt met opgetrokken wenkbrauwen.

'Onze nicht,' zegt Baefje. 'Ik heb gezegd dat ze wel aan tafel kan komen zitten.' Ze doet de deur verder open en wenkt Toontje naar binnen.

Ik voel een blos over mijn wangen trekken als Arnt vragend naar mij kijkt.

'Arm nichtje,' zegt Trijn, en inspecteert het vlees op haar bord. 'Kom er toch bij zitten.'

Even later zit Toontje tussen Baefje en mij in aan tafel, en luistert ze wat verdwaasd naar de gesprekken van de mannen, die de gevarenzone van de politiek weer hebben verlaten en nu praten over de uitbreiding van de Amsterdamse stadswallen. Net als het gaat over twee regenten die met grondspeculatie veel geld verdienen, schuift Arnt zijn stoel naar achteren. 'Wat ga je doen?' vraagt Trijn.

Hij gaat staan. 'Ik dacht dat we zouden gaan,' zegt hij.

'We zijn nog lang niet klaar.' Trijn rolt met haar ogen, alsof hij vaker tijdens de maaltijd opstaat, en Arnt laat zich gedwee weer zakken. 'Natuurlijk,' zegt hij. 'Natuurlijk.'

'Gaat het wel goed met Arnt?' wil ik Trijn toefluisteren, maar hij richt zich tot Toontje en vraagt abrupt: 'Ben je een nicht van Rems kant? Je komt me zo bekend voor.'

Toontje kijkt hulpzoekend naar mij.

'Toontje is een dochter van Griet,' spring ik tussenbeide. Ik kan weinig anders doen dan de waarheid vertellen. 'Je herinnert je Griet toch nog wel, uit de tijd dat ik bij oom en tante woonde?'

'Aha, Griet,' zegt Arnt peinzend. 'Daar heb ik lang niets meer over gehoord. Waar woon je, Toontje?'

'Ik kom uit Antwerpen, meneer,' zegt Toontje.

'En ben je hier voor een kort verblijf?' houdt Arnt aan. 'Of voor langere tijd?'

'Ik... ik wil zo snel mogelijk weer terug naar Antwerpen, meneer.'

'Dat is een lange reis,' zegt Trijn. 'Die reis maak je niet in je eentje, neem ik aan?'

'Ze reist met mij mee,' hoor ik Simons stem. 'Ik reis overmorgen terug naar Leiden. Van daaruit vervolgt ze haar weg verder met een goede bekende van mij.'

Opgelucht haal ik adem. Ik hoop dat Simon meent wat hij zegt.

'Maar hoe moet het met mijn moeder?' jammert Toontje de volgende dag. 'Ik wil niet vertrekken zonder afscheid van haar te nemen.' Nu de twee dienstmeiden terug zijn, slaapt ze in de kamer naast Geertruid en Baefje. Tot mijn opluchting herkenden de twee meiden haar niet als stenen gooiende kwajongen of als knecht van Reinier. Voor hen is ze gewoon een onbekende jonge vrouw, mijn nichtje. En als ze iets anders denken, laten ze het niet merken.

'Simon vertrekt morgen pas,' zeg ik. 'Het is een prima oplossing zolang je moeder er niet is. Echt, ze meldt zich nog wel.'

'Maar ik wil niet naar Antwerpen,' snottert ze. 'Ik zei maar iets, omdat uw familie me zo bleef aanstaren. Ik wil eerst afscheid nemen van mijn moeder.'

'Je hoeft ook helemaal niet naar Antwerpen,' zeg ik. 'Je mag met Simon mee naar Leiden. Er gaan talloze beurtschepen heen en weer naar die stad. Je moeder kan je daar bezoeken als ze weer is opgedoken. Je begrijpt toch wel dat je gevaar loopt als je hier langer blijft?'

Ze knikt langzaam. Ik ben blij dat ze niet verder doorvraagt, want waar Simon haar verder zal onderbrengen, weet ik ook niet.

Ik loop naar beneden, waar Rem en Simon met twee andere mannen staan te praten. 'Ik ben nog even weg,' zeg ik.

Rem maakt zich meteen los van het gesprek. 'Waar ga je heen?' vraagt hij zacht.

'Ik wil nog eenmaal kijken of Griet terug is,' zeg ik. 'Ik neem Gomarus mee.'

'Blijf nou uit de buurt van die herberg,' zegt hij, en ik onderdruk een geïrriteerde zucht. Geen gekibbel meer, Lysbeth, spreek ik mezelf toe. Niet nu het net iets beter gaat tussen ons.

'Ik kijk goed uit,' zeg ik. 'Die twee mannen die de herberg in de gaten hielden, kwamen niet eens voor mij. Ze waren van de accijnsinspectie.'

'Dan nog. Beloof dat je binnen een halfuur terug bent. Zo niet, dan kom ik je halen.'

Als ik Griets herberg nader, zie ik dat er iets is veranderd. De deur is dichtgetimmerd. Het uithangbord met 'Antwerpen' is verdwenen. De enige aanwezige in de steeg is een magere man met een stok, die hinkend langs me heen loopt. Ik trek aan de luiken. Die zijn gesloten. Via de brede kier probeer ik een glimp op te vangen van het interieur. Het is donker. Ik kan in de nabijgelegen straat navraag doen over de reden van de sluiting, maar vermoedelijk is er één persoon die me tot in detail kan vertellen wat er aan de hand is: Jan.

Even later sta ik weer in het accijnshuis op de Oude Brug. 'Ik ben op zoek naar mijn broer,' zeg ik.

'Jan de Bisschop?' zegt de man met het glimmende gezicht die me eerder ook te woord stond. 'Helaas, hij is niet aanwezig. Misschien is uw broer in het stadhuis?'

'Mogelijk,' zeg ik, en ik denk even na. 'Kunt u mij niet verder helpen? Ik ben op zoek naar informatie.'

'Informatie.' De man kijkt sceptisch van mij naar Gomarus, die aan zijn laarzen snuffelt.

'Het gaat om een herberg, net buiten de Reguliерspoort. Mijn broer heeft hem laten sluiten.'

'Zulke informatie is vertrouwelijk,' zegt hij.

'Uiteraard.' Ik leg mijn liefste glimlach op mijn gezicht. 'Het geeft niet. Ik zei altijd al tegen mijn broer dat het hoog tijd werd dat hij daar ingreep. Die herberg was een hol van Bacchus en Venus. En illegale handel.'

'Aha, dus dat wist u al.'

'Natuurlijk. Mijn broer moest een voorbeeld stellen. Wel tragisch dat de eigenares is gevlucht.'

'Gevlucht? Daar weet ik niets van.' De man fronst. 'Voor zover ik weet zit de vrouw nog netjes in bewaring.'

Ik onderdruk een gevoel van paniek als ik me realiseer waar Griet is ondergebracht. 'Och, gelukkig maar,' zeg ik quasi berustend. 'In het spinhuis is ze in elk geval in goede handen.'

'Als ze zich niet zo brutaal had opgesteld ten opzichte van uw broer was het bij een tapverbod gebleven, en een fikse boete,' zegt de man, die blijkbaar toch niet vies is van een goede roddel. 'Maar ze vloog hem aan.'

‘Vloog ze mijn broer aan?’ Mijn verbazing is niet gespeeld. ‘Is hij in orde?’

‘Hij wel,’ antwoordt hij. ‘Maar dat wijf is door de magistraat afgevoerd.’

‘Ik heb slecht nieuws voor je,’ zeg ik tegen Toontje wanneer ik weer thuiskom. Ze zit ineengedoken op haar stromatras. ‘Je moeder zit in het spinhuis.’

Ze springt overeind. ‘Ik wil naar haar toe.’

‘Dat kan,’ zeg ik. ‘Maar het is op eigen risico. Wanneer je je op straat begeeft, ben je al kwetsbaar, maar te midden van alle bewakers van het gerecht bevind je je in het hol van de leeuw.’

‘Ik durf het wel aan. Ik ben nu immers gekleed als meisje.’ Ze klemt haar lippen op elkaar. Haar ogen fonkelen. ‘Komt het door jullie plan dat ze is opgepakt?’

Ik schud mijn hoofd. ‘Het heeft niets, maar dan ook niets te maken met Reinier Pauw en de brieven. Je moeder handelde in illegale drank. Ze werd in de gaten gehouden door mannen van het accijnskantoor.’

Toontje kreunt zacht. ‘En toch wil ik naar haar toe.’

‘Hier,’ zeg ik, en ik stop haar twee stuivers toe. ‘Het is kermis, het spinhuis is nu voor breed publiek toegankelijk. Gedraag je zo onopvallend mogelijk. Ik hoop je vanavond terug te zien. Morgen vertrekt mijn zwager naar Leiden. Je mag nog steeds met hem mee, als je wilt.’

Als ik de volgende ochtend de hal in loop, tref ik Rem en Simon daar met elkaar in gesprek, terwijl twee loopjongens een zware kist ons huis binnen tillen. Simon heeft zijn mantel en hoed in de hand. Voor de deur staat een voerman bij een paardenkar. ‘Wat zit er in die kist?’ vraag ik.

‘Papier,’ zegt Rem.

Ik kijk hem strak aan. ‘Leeg papier, bedoel je? Om rekeningen en brieven te schrijven?’

Hij kijkt om zich heen. ‘Een interessant boekwerk dat Simon heeft geschreven,’ zegt hij zacht. ‘De moeite waard om te verspreiden.’

Ik bijt op mijn lip. Het ene gevaar heeft het huis nog niet eens verlaten, en het volgende duikt alweer op. Gelukkig is het stil op straat. 'Staat alles klaar?' vraag ik. 'Kan ik Toontje halen?' Over het bezoek dat ze gisteren aan Griet heeft gebracht, wilde Toontje niet veel kwijt, maar ze stemde in met een vertrek naar Leiden. Ik hoef haar niet meer te roepen. Ze loopt de hal al in, met een huik om haar lichaam geslagen en een stapel oude kleren van Rem onder haar armen geklemd. 'Dank u wel voor de kleren,' zegt ze. 'Als we de stad uit zijn, ben ik gewoon weer zoals ik was.'

Ik kan wel begrijpen dat ze zich als man tijdens een lange reis veiliger voelt dan als vrouw. 'Simon zou je nooit lastigvallen,' zeg ik. 'Hij heeft meer interesse in boeken dan in vrouwen.'

Toontje trekt de kap van haar huik over haar gezicht en samen lopen we de straat op. Ik kijk nog eenmaal om me heen, om me ervan te vergewissen dat de kust veilig is. Het is warm, maar de lucht is grijs en het motregent licht. Het paard voor de kar schraapt zijn hoeven over de keien, klaar om te vertrekken. Net als Simon haar op de kar helpt, komt Hendrik vanaf de andere kant van het Singel aanlopen. Blijkbaar is hij terug van zijn familiebezoek. Ik zie Toontjes gezicht onder de kap verstarren. Ze draait zich naar me toe en kijkt me in paniek aan. Is Hendrik een klant van Griet? Of kennen ze elkaar op een andere manier?

'We gaan vertrekken, meneer.' De voerman heft zijn zweep en slaat hem tegen de flank van het paard.

'Tot ziens,' zegt Simon en hij steekt vanaf het bankje op de kar een hand naar ons op.

Toontjes handen omklemmen de stapel mannenkleren, en ze schudt op een vreemde manier met haar hoofd, maar ik begrijp niet wat ze bedoelt. Dan verdwijnen ze over de brug.

'Het spijt me zo,' zeg ik tegen Griet. Ze heeft haar handen om de tralies geklemd. In de kooi waarin ze haar werk moet doen, ratelen de spinnewielen met erachter apathische vrouwen van wie sommige gezichten zijn aangetast door de Franse ziekte. Eromheen lopen cipiers. Evenals in het rasphuis wordt in het spinhuis flink geld verdiend, maar dan aan de wol die er wordt gesponnen en de stoffen die worden geweven. Bezoekers vergapen zich tegen betaling aan de veroordeelden. Griet zucht en haar adem, die niet bepaald fris ruikt, drijft mijn kant op. 'Ik wist dat ik hier een keer terecht zou komen. Ik heb je broer wel een goeie haal in zijn gezicht gegeven.' Ze laat haar nagels zien, rafelig met zwarte randen. 'Ik denk dat hij de rest van zijn leven een litteken heeft.'

'Hoe breng je je tijd door?' vraag ik. Ik adem zo kort mogelijk in, om de zure stank van de ongewassen vrouwenlichamen en vette geur van schapenwol te mijden.

Ze lacht spottend. 'Ik debatteer wat, ik filosofeer wat en o ja, we hebben eenmaal per dag een banket waar de schutterij z'n vingers bij zou aflikken.' Dan kijkt ze ernstig. 'Lysbeth, haal me eruit. Ik word gek. Ik zit hier dag in, dag uit al spinnend de zonden te overdenken die ik van plan ben te begaan wanneer iemand me niet heel snel bevrijdt.'

'Ik weet niet hoe,' zeg ik. Ik kijk naar de hoek waar een geselbok staat waaraan opstandige gevangenen worden vastgebonden en afgeranseld, en ik hoop dat de afschuw niet van mijn gezicht te lezen is.

'Ik dacht dat jij zoveel connecties had.' Griet krabt aan haar haren, en ik vermoed dat een legertje luizen zijn weg naar haar hoofd heeft gevonden. Instinctief begin ik mezelf ook te krabben.

'Ik heb contacten bij het rasphuis,' zeg ik. 'Maar niet bij het spinhuis, voor zover ik weet. Hoewel...' Ik herinner me opeens dat Arnt een tijdje regent van het spinhuis is geweest. Misschien dat hij nog ideeën heeft? Of misschien kan ik een advocaat inschakelen. De zoon van Rems voormalige patroon heeft een groot advocatenkantoor. Misschien kan hij helpen.

'En vermaak me intussen een beetje, alsjeblieft,' zegt Griet. 'Zelfs in de hel is meer te beleven dan hier.' Ze trekt een gezicht. 'M'n enige verzetje is wanneer er zogenaamd keurige kerels komen om naar ons te loeren. Dan kiezen we er eentje uit en doen alsof hij een oude klant is. Je zou zijn geschrokken tronie moeten zien.'

'Als ik je een advies mag geven: Jans medewerker op het accijnskantoor wist niets van jouw... bijbaan af. Hou het zo,' zeg ik. 'Misschien word je dan eerder vrijgelaten. Hoe is het eten hier?'

'Eentonig,' zegt ze. 'Bonen en gort. En het bier smaakt naar grachten water. Neem alsjeblieft volgende keer een fles goeie wijn voor me mee.'

Dan klaart haar gezicht op. 'Er is nog iets,' zegt ze. Ze kijkt geheimzinnig. 'Toontje heeft me iets gegeven om me een hart onder de riem te steken.'

'O ja? Wat dan?'

Ze gniffelt, kijkt om zich heen en voelt onder de boezem van haar lijfje. Ze haalt er een beduimeld velletje uit. 'Niet openmaken,' zegt ze. 'Neem dit mee en bewaar het voor me, want ik vrees dat ik het kwijtraak als ik word gefouilleerd.'

Als ik eenmaal buiten sta, vouw ik het velletje open. Ik had gedacht dat er een tekst op zou staan, maar in plaats daarvan is het een tekening. Een tekening van een pauw met het gezicht van Reinier. Trots en met een snoevend opgeheven kop. Om zijn hals zitten twee leibanden. Een van de banden leidt naar een berg glinsterende goudstukken, een andere naar een fulminerende predikant die door een duivel woorden ingefluisterd krijgt. De tekening is zo raak dat ik begin te grinniken.

Als ik thuiskom, ligt er een briefje van Geertruid dat ze met Baefje op bezoek is bij de familie De Vlaming. De dienstmeiden zijn boodschappen doen. Op de beschilderde keramieken schaal op tafel ligt een stapeltje brieven. Naast de schaal staat een tinnen kom met een half opgegeten saucijs, die Rem blijkbaar heeft achterlaten. Ik pak de de brieven uit de schaal en neem ze door. De meeste zijn voor Rem. Eén brief is ondertekend door een predikant uit Hoorn. Een tweede, gericht aan Rem en mij samen, is van de voormalige hofpredikant Uytenbogaert, die uit angst voor vervolging is uitgeweken naar Antwerpen. Net als ik het zegel wil verbreken, wordt er gebeld. Op de stoep staat een ijlbode. 'Een boodschap voor u, mevrouw,' zegt hij.

Ik neem het epistel van haar aan en zie aan het zegel met de drie korenschoven dat het afkomstig is van Simon. Ook deze brief is gericht aan Rem en mij samen. Nieuwsgierig open ik hem. Vlug laat ik mijn ogen over de regels glijden. 'We zijn veilig in Leiden aangekomen,' schrijft Simon. 'Toontje woont voorlopig bij mij en mijn huishoudster in, tot we een goede plek voor haar hebben gevonden.' De rest van de brief gaat over een remonstrantse voorman uit Utrecht die is opgepakt en in de cel gesmeten, waar hij enkele dagen later zelfmoord pleegde. Met alle macht verdring ik de opkomende onheilsgedachten in mijn hoofd. Ik laat de brief zakken en staar uit het raam, waar een schuit voorbijvaart met een stapel afgezaagde boomstammen. Vreemd. Hoewel ik geschokt ben door het nieuws, vraag ik me af waarom Simon hiervoor een ijlbode heeft ingehuurd. Ik blader door naar de bijlage onder de brief. Het is een tekening. 'URGENT' heeft Simon erboven geschreven. Er is een slordige tekst bij gekrabbeld, alsof het vel op het laatst nog bij de brief gevoegd is. 'Toontje vroeg me deze tekening naar jullie te sturen. Een tijd geleden heb je gevraagd om een tekening van degene die mannen tegen jullie heeft opgehitst. Zij heeft de man gezien. Hij woont bij jullie in huis.'

Ik ga op de dichtstbijzijnde stoel zitten, druk mijn nagels in het papier en onderdruk een kreet van afgrijzen.

Trillend over mijn hele lichaam staar ik naar de afbeelding die ik in mijn handen heb. Nu begrijp ik waarom Toontje zo gespannen reageerde toen ze Hendrik zag. Ze herkende hem. Hendrik, Rems bloedeigen klerk, is de man die ons heeft verraden. Ongelooflijk. Als Hendrik niet een paar dagen naar familie was geweest, had Toontje ons eerder kunnen waarschuwen. De ene na de andere vraag raast door mijn hoofd. Hoe is Hendrik ertoe gekomen? Hoe is het mogelijk dat we een spion naar Reiniers huis hebben gestuurd, maar er zelf al jaren een in huis hebben? Handelde Hendrik in opdracht van Reinier? Waar haalde hij het geld vandaan om de plunderaars tot hun daden aan te zetten? Ik adem hortend in en uit, en alsof hij aanvoelt wat er aan de hand is, komt Gomarus op me aflopen en drukt zijn snuit tegen mijn knie. Afwezig woelend door zijn bruin-witte vacht probeer ik mijn gedachten te ordenen. Is Hendrik ook de man die onze spullen steelt?

'Kom Gomarus,' zeg ik, en ik houd de hond het overgebleven stuk saucijs voor. 'We hebben geen tijd te verliezen. Rem en Hendrik zijn nu weg. Wij gaan Hendriks kamer bekijken.'

De hond kwispelt en trippelt met het stuk vlees in zijn bek achter me aan de trap op. Ik voel aan de deur. Hij zit op slot. Ik trek mijn chatelaine* onder de plooien van mijn rok vandaan en zoek de juiste sleutel. Zo beheerst mogelijk steek ik hem in het slot, maar ik kan niet voorkomen dat mijn hand beeft. Als de deurklink meegeeft, zie ik in het schemerdonker een keurig opgeruimde kamer. De luiken zijn half gesloten om de zomerwarmte buiten te houden. Het ruikt er naar inkt, ongewassen lakens en een nog niet geleegde po. Ik loop naar de kledingkist in de hoek, open het deksel, trek er een paar hemden uit en laat ze op de grond vallen. Ik bevoel met mijn handen de bodem van de kist. Die is bekleed met dun laken, maar op wat stof en zandkorrels na is er niets te vinden.

Onder het kussen van Hendriks bed ligt alleen een kaarsenstompje. Ik tast onder het matras en slaak een zachte kreet. Ik voel iets kouds en hards. Even later houd ik de verdwenen kaarsensnuiter omhoog. Ik weet genoeg. 'We zijn iets op het spoor, Gomarus,' fluister ik. Achter me klinkt een zachte klik. Ik hoor het kraken van een vloerplank. Met een ruk draai ik me om en kijk in de ogen van Hendrik.

'Jij,' zeg ik. 'Jij hebt ons verraden.' Ik observeer Hendriks muizengezicht, met de kleine, dicht bij elkaar staande ogen, hangende snor en vale sik. Dáárom was Hendrik vlak na de plundering een paar dagen weg. Hij was zijn zaakjes aan het afhandelen. Hij is geen muis, maar een rat.

Ik voel een huivering langs mijn ruggengraat trekken. 'Waar is Rem?' vraag ik. Alsof hij daar nu antwoord op zal geven. Hendrik gooit zijn hoofd in zijn nek en begint te lachen, hoog en schril.

'Maak je geen zorgen. Je man staat nog bij de beurs met zijn vriendjes. Hij had mij weer eens niet nodig toen het echt interessant werd. Je staat er alleen voor.'

Het valt me op dat hij me niet meer met u aanspreekt, laat staan mevrouw tegen me zegt, maar ik heb meer aan mijn hoofd dan dat. 'Werk je voor Pauw?' vraag ik.

‘Pauw?’ Hij haalt zijn neus op. ‘Misschien wel, misschien niet. Laten we zeggen dat ik vooral voor mezelf werk.’

‘Jij hebt ons verraden,’ zeg ik weer. Hoe kon deze man veranderen in een gevaarlijk monster? Of was hij dat altijd al?

‘En dat ontdek je nu pas?’ Hij lacht spottend. ‘Hoeveel jaren werk ik inmiddels voor jullie?’

‘Ik kan het niet geloven.’ Mijn ademhaling is gejaagd. ‘Hoe heb je die mannen omgekocht? Heeft Reinier Pauw je betaald?’

‘Waarom zou dat nodig zijn? Jullie hebben zelf geld genoeg. Ik hoefde maar een paar cijfers in het grootboek te veranderen.’

‘Waarom?’ vraag ik, en ik kan mezelf wel slaan omdat ik Rems boeken nog zelden controleer, zoals ik dat vroeger deed. ‘Waarom heb je ons eigen geld gebruikt om ons huis te molesteren? Wat hebben we je misdaan dat je zover bent gegaan?’

‘Wat denk je?’ Hij snuift.

Ik heb geen idee. Dan herinner ik me opeens weer zijn verzoek om loonsverhoging. Ik hoopte dat hij dat allang met Rem had afgehandeld.

‘Kijk niet zo dom,’ blaft hij. ‘Je weet heel goed waar ik het over heb. Ik wilde trouwen, twee jaar geleden. Ik had een huis willen kopen. In de Jordaan. Maar iemand anders bood meer.’

‘Gaat het om de loonsverhoging?’ zeg ik. ‘Ik ging ervan uit dat Rem dat met je had geregeld.’

‘Een verhoging van niks,’ zegt hij. ‘Jullie zijn een stelletje inhalige ratten. Jullie blaffen me instructies toe, maar nooit een woord van waardering. Hendrik dit, Hendrik dat. Hendrik zus, Hendrik zo. Jullie vangen het grote geld, terwijl wij het werk doen.’

‘Als je zo over ons denkt, was dan ergens anders gaan werken,’ zeg ik. Hij leek altijd zo volgzaam en vriendelijk, maar de man die hier voor me staat, is onherkenbaar. ‘En dat meisje heeft je zeker laten vallen,’ flap ik eruit. ‘Goddank dat ze aan iemand als jij is ontkomen.’

Zijn gezicht loopt rood aan. ‘Ze leeft niet meer. Ze kreeg de pest. En dat komt door jullie.’

‘Door ons?’ Ongelovig kijk ik hem aan. ‘Dat meen je niet.’

‘Ze zeggen het zelf,’ zegt hij. ‘Jullie storten ons in het ongeluk met jullie gedachtegoed. Jullie roepen Gods oordeel over de stad af.’

Ik weet niet wat ik hoor. Ik dacht dat Rem een intelligente klerk in dienst had, maar deze man is gestoord. 'En dus dacht jij: laat ik ook eens voor wraakgod spelen,' zeg ik. 'Slopen, stelen en mensen de stuipen op het lijf jagen.'

Hij doet een stap naar voren. Hij mag dan klein zijn, maar hij is ook pezig en gespierd. Ik omklem het metaal van de kaarsensnuiter. 'Beviel het je niet?' Zijn ogen glinsteren boosaardig. 'Ik hoorde van een van mijn vrienden dat je er wel pap van lust.'

Ik voel het bloed uit mijn gezicht wegtrekken. 'Wat bedoel je?' zeg ik.

'Je schijnt nog een aardig verzetje te hebben overgehouden aan het bezoek,' grijnst hij.

'Gomarus,' commandeer ik, en tot mijn frustratie hoor ik dat mijn stem beeft. Hendrik steekt zijn hand uit naar de hond. Gomarus snuffelt en likt eraan. 'Overloper,' mompel ik.

'Misschien ben je toch niet zo slim als ik dacht.' Hendrik grijnst triomfantelijk.

Plotseling voel ik een razernij in me opkomen die sterker is dan ikzelf. Deze man geniet van andermans ellende, nee, sterker nog, hij is er de oorzaak van. Ik hef de kaarsensnuiter en wil hem ermee in zijn gezicht slaan, maar hij grijpt mijn pols, geeft er een harde ruk aan, en trekt de snuiter uit mijn handen. 'Niet zo snel, mevrouwtje.' Zijn gezicht is nu vlak bij het mijne. Ik kan de haren in zijn neusgaten tellen. 'Gomarus, doe iets!' gil ik. 'Stijntje! Neeltje!' Even schiet door me heen dat Baefje en Geertruid wel eens op mijn gegil kunnen afkomen als ze terugkomen van de familie De Vlaming. Dat wil ik niet, ze moeten hier uit de buurt blijven. Ik wil niet dat mijn meisjes gevaar lopen. Ik kan niet nog een kind verliezen. Niet weer.

Hendrik legt een hand op mijn mond. 'Je begrijpt dat ik je niet zomaar kan laten gaan,' sist hij in mijn oor. 'Het is jij, of ik.'

Hij duwt me tegen de muur en heft zijn hand met de kaarsensnuiter. Ik probeer opnieuw te gillen, maar het geluid wordt gesmoord door Hendriks hand. Zonder verder na te denken grijp ik naar het keukenmes in mijn rok. Terwijl ik probeer het mes open te klikken, vliegt de deur open. Ik zie hoe Hendrik zich een halve slag draait en hoe Rem zich boven op hem stort met een woede die ik nog niet eerder bij hem heb gezien. Hij haalt met zijn vuist uit naar Hendriks kin en stompt hem vervolgens in de maag, waarop de man naar zijn buik grijpt en naar achteren wankelt. Even denk ik dat hij gaat vallen, maar hij vindt steun tegen de muur en herstelt zich snel.

'Je blijft met je poten van mijn vrouw af,' schreeuwt Rem hem toe, en balt zijn vuist opnieuw. Tot mijn schrik zie ik dat Hendrik de snuiter nog steeds vastheeft. De snuiter is bijna even scherp als het mes dat ik bij me heb. In een flits zwaait Hendrik hem omhoog, en ik weet zeker dat hij Rems gezicht of misschien wel zijn oog zal doorboren als niemand ingrijpt. 'O God,' prevel ik. 'Help me.' Zonder verder nog na te denken til ik mijn hand met het keukenmes op en steek toe, in Hendriks geheven bovenarm. Het mes dringt dwars door de stof van zijn hemd, diep in zijn vlees. Brullend grijpt hij naar zijn arm. Verdwaasd zie ik de rode vlek die zich uitbreidt over het gescheurde witte linnen en ik word misselijk. Ik trek het mes dat nog vastzit in Hendriks arm los en deins naar achteren.

'Smeerlap.' Rem geeft de man opnieuw een vuistslag. Hij valt, en tot mijn ontzetting zie ik dat hij met zijn hoofd tegen de kist belandt. Daarna glijdt hij op de grond. Rem wil hem nog een schop geven, maar ik houd hem tegen. Een straaltje bloed sijpelt van Hendriks hoofd op de grond. 'Het is genoeg,' zeg ik. Hendriks hoofd valt opzij.

# 9

## Amsterdam, augustus 1597

Over de jaarmarkt op de Dam liepen marskramers met manden op hun rug, er waren kramen met geroosterd vlees en versgebakken wafels, vrouwen die bollen knoflook verkochten en een kwakzalver die verjongingsmiddeltjes aanprees. Ondanks het regenachtige weer van de afgelopen dagen waren er veel mensen. Het viel me op dat het ook druk was bij het stadhuis. Tientallen nieuwsgierigen verdrongen zich voor de vensters, waar altijd de plakkaten met de belangrijkste mededelingen werden opgehangen. Maar toen ik goed keek, zag ik dat het hen niet om de plakkaten ging. Rondom de zuilen stond een groepje mannen met magere, verweerde gezichten, die druk met de mensen in gesprek waren.

'Wie zijn dat?' vroeg ik aan Cornelia.

'Het is hem gelukt.' Cornelia streek over haar zwangere buik.

'Wie is wat gelukt?' vroeg ik.

'Reinier. De Compagnie van Verre* heeft voor het eerst Indië bereikt. Deze mannen zijn vandaag na ruim twee jaar teruggekomen.' Ze zei het alsof Reinier hoogstpersoonlijk op het schip gestapt was, in plaats van dat hij maandenlang had vergaderd onder het genot van liters wijn, maar ik kon haar niet geheel ongelijk geven. De Compagnie was bij Reinier thuis opgericht. En hij was bezig een van de invloedrijkste mannen van de stad te worden.

Gefascineerd keek ik naar de zeevaarders. Door voor het eerst op eigen gelegenheid naar de Oost te varen had Amsterdam de Portugese concurrenten getrotseerd. Ik wist dat Jan ook geld in de Compagnie had gestoken, en vanavond zou hij beslist in een goed humeur zijn.

'Het schijnt dat de eerste reis nog geen winst heeft opgeleverd,' ging Cornelia door. 'Maar de weg naar Indië ligt open.' Ze keek nerveus naar de klokkentoren van het stadhuis. 'Ik moet zo gaan. Reinier zal willen dat ik bij de kinderen ben.'

De kinderen. Ik liet mijn blik over een kraam glijden waar buskruit en wapens werden verkocht. Ja, natuurlijk. Datzelfde gold voor mij.

Toen Rem was vertrokken en ik mijn baan in Arnts brouwerij moest opgeven, had ik geprobeerd te wennen aan de rol van Jans huishoudster, met kinderen die opgroeiden onder de hoede van mij en een kinderjuffrouw. Ik had me leeg gevoeld, ondanks mijn volle dagen. Ik leefde het leven van iemand anders. Ik had geprobeerd Elisabetje mee te nemen naar de brouwerij terwijl de kinderjuffrouw op de andere kinderen paste, maar Arnt had me met een spijtig gezicht teruggestuurd. 'Geen klein grut in de brouwerij,' was zijn devies, en zelfs toen Elisabetje onweerstaanbaar naar hem lachte, hield hij voet bij stuk. Dagenlang had ik gefantaseerd hoe ik stiekem op een schip stapte naar Koningsbergen, om Rem weer te zien. Dat ik midden in de nacht wegsloop uit Jans huis, met alleen een ransel met wat geld, eten en kleding. Maar dan voelde ik weer de hand van Betje om mijn pols. 'Zweer dat je voor mijn kinderen zorgt...' Ik kon het mijn familie niet aandoen.

En toen was ik naar Arminius gegaan. Het gesprek in de consistorie verliep teleurstellend. Tot de predikant een stapeltje papieren uit de la van zijn bureau pakte en er een verzegelde brief tussenuit haalde. 'De jonge Bisschop heeft me gevraagd u in vertrouwen deze brief te geven,' had hij gezegd. 'Het is goed dat u hier bent, anders was ik het vermoedelijk vergeten. Ik heb andere zaken aan mijn hoofd.' Zijn norse blik werd iets zachter. 'Schrijf elkaar. Als de band zo hecht is als u zegt, zal God die zegenen.'

Het begon allemaal vrij onschuldig. Rem en ik schreven elkaar elke twee weken, waarbij Rems jongere broer Simon voor koerier speelde. De eerste epistels waren gevuld met avontuurlijke reisverhalen van Rem. Zijn uitvalsbasis was Koningsbergen, maar Rems nieuwe patroon, een zeepzieder van middelbare leeftijd, liet hem ook varen naar Lissabon en Franse steden als La Rochelle en Bordeaux. In mijn kleine huiselijke wereld vormden Rems avonturen afleiding, en in gedachten zag ik hem langs de kustlijnen van Pruisen varen, door de stadspoorten van Danzig wandelen en in een Franse haven schepen bevrachten met honing en hout. Jan had nooit iets van onze briefwisseling gemerkt, omdat ik de deur van mijn kamer vergrendelde als ik de brieven las en ze zorgvuldig onder een vloerplank verstopte.

Langzamerhand kregen onze brieven een ander karakter. Was de toon eerst luchtig, geleidelijk aan werden ze de plek waar ik mijn hart uitstortte. Ik schreef alles wat in me opkwam, mijn frustraties over het huiselijke werk, mijn successen en mijn falen, de eerste stapjes van Elisabetje en de dode muis in mijn slaapkamer, waarvan ik vermoedde dat hij van Dirck afkomstig was. Het was alsof Rem voor me zat en ik tegen hem praatte.

Mijn gemoedstoestand leek soms op de golven van de zee waarover onze brieven werden vervoerd. Als ik een tijdje niets van hem hoorde, voelde ik me wanhopig. Welke andere meisjes ontmoette Rem in die verre landen? Stel dat onze brieven voor hem alleen een strategische zet waren om een lijntje te hebben met de zus van een Amsterdamse regent? Maar als ik opnieuw een brief van hem in handen had, vergat ik mijn zorgen op slag.

En toen kwam de brief binnen die anders was dan alle andere. Hij bevatte niet alleen woorden, maar ook cijfers. Rem had een berekening gemaakt. Een meerjarenplan. 'Dit is,' schreef hij, 'wat ik de komende jaren moet verdienen om je te kunnen komen halen.' Als hij had geschreven dat hij van me hield, was er nog steeds een stem in mijn binnenste geweest die me liet twijfelen. Maar hiermee vond hij de weg naar mijn hart. Het meerjarenplan werd een leidraad. Wanneer ik eten serveerde aan regenten die bij Jan dineerden, sloeg ik het handelsnieuws dat ik opving goed op in mijn hoofd en schreef Rem erover. En ik voelde me voldaan als die kennis hem, en indirect ook mij, zakelijk voordeel opleverde dat ons doel dichterbij bracht.

Rem en ik hadden elkaar de afgelopen jaren nog drie of vier keer in Amsterdam gezien, gestolen momenten, vaak op het kerkhof of in de Nieuwe Kerk. Ze maakten de toon van onze brieven intiemer. We begonnen te schrijven wat we zouden doen als we samen zouden zijn, zonder dat iemand keek. Steeds gingen we een stapje verder. En als ik blozend een van Rems brieven openvouwde, was ik blij dat Arminius de inhoud niet kende, en Jan al helemaal niet.

Natuurlijk wist ik dat ik Jan een keer moest vertellen over onze briefwisseling, maar voorlopig was er nog geen sprake van Rems terugkeer, dus ik stelde het uit. Na drie, of misschien vier jaar, zou ik Jan proberen voor te bereiden op wat ging komen.

'Denk je er nooit aan om te hertrouwen?' vroeg ik, toen we op een avond samen bij de haard zaten en hij een document bestudeerde dat vermoedelijk een wisselbrief of obligatie was.

Hij zette zijn glas bier neer en veegde het schuim van zijn snor. 'Ik heb jou toch?'

'Die kinderjuffrouw die je hebt ingehuurd, is een charmante vrouw,' probeerde ik opnieuw.

'Vind je? Ze heeft een neus als een varken, de schouders van een os en een armzalige bruidsschat. Daar is weinig charmants aan.'

'Ben je sinds Betjes dood dan niemand tegengekomen die haar kan vervangen?'

'Ik heb twee vrouwen en drie zuigelingen begraven. Ik heb genoeg van het huwelijk.' Hij nam nog een slok en verdiepte zich verder in het document.

'Mevrouw.' Een tikje op mijn arm deed me opschrikken uit mijn gedachten. Opeens was ik weer op de Dam, met Cornelia naast me. Een jongen die ik maar al te goed kende, keek me vragend aan. 'Er is een brief voor u.' 'Dank je wel, Simon,' zei ik. Simon was een jaar of dertien, met wilde bruine krullen en een rij sproeten op zijn neus. Hij leek op Rem, al miste hij diens felgroene ogen die zijn gezicht zo opvallend maakten, en zijn onbezorgde lach. Deze jongen was een denker, een dromer. Ik drukte de brief onwillekeurig tegen mijn borst. Zes jaar waren er verstreken. En nu was het bijna zover.

Ik wilde de brief in mijn rok stoppen, maar Cornelia had hem al gezien. 'Post van je geheime geliefde?' Ze dempte haar stem, al was

Simon weer weggerend en was er verder niemand in de buurt. 'Wanneer komt hij terug naar Amsterdam?'

Ik aarzelde. Zou ik haar vertellen wat Rem me twee weken geleden had geschreven? Tot dusver was zij de enige die ik in vertrouwen had genomen. Ze wist van ons meerjarenplan en had er, betrouwbaar als ze was, over gezwegen. Toch aarzelde ik. Het was wellicht bijgelovig, maar ik vreesde dat door te delen wat ik wist het alsnog niet door zou gaan. Alsof je een onrijpe appel te vroeg uit een boom plukte, waardoor hij nooit eetbaar zou zijn. 'Het duurt niet zo lang meer voor hij komt,' zei ik.

'Mooi.' Cornelia's stem klonk sarcastisch. 'Want over een jaar zijn jullie Jakob en Rachel voorbijgestreefd.' Ze verwees naar het Bijbelverhaal van de aartsvader Jakob, die zeven jaar werkte voor hij met zijn geliefde mocht huwen. Door een sluwe truc van zijn schoonvader werden het vervolgens zelfs veertien jaar. Cornelia keek ernstig. 'Weet Jan nog steeds van niets?'

Ik schudde mijn hoofd. 'Ik wil het hem zo snel mogelijk vertellen.'

'Dat zou ik dan maar gauw doen,' zei ze. Ze streek over haar buik en haar gezicht kreeg iets nerveus. 'Het spijt me. Ik moet nu echt gaan. Reinier wordt boos als er tussen de middag geen maaltijd voor hem klaarstaat. Zeker vandaag, nu de Compagnie zo'n succes heeft geboekt.'

Ongerust keek ik naar haar. Cornelia was zich met de jaren steeds meer naar Reinier gaan voegen. En Reinier leek elk jaar hogere eisen aan haar te stellen.

'Tante Lysbeth.' Thuis kwam Elisabetje me op blote voeten tegemoet gerend. Ze was uitgegroeid tot een sprieterige zesjarige met voortanden die te groot waren voor haar smalle gezicht. 'Gaan we naar de kermis?'

'Misschien,' zei ik, en ik aaide haar kort door haar vlasblonde haren. 'Het lijkt erop dat het vanmiddag gaat regenen.' Ik herinnerde me ook de waarschuwingen van een predikant over de verderfelijkheid van de kermis, maar die wogen voor mij niet zo zwaar. Het was dezelfde man die vond dat een mens maar met mate moest lachen, want wie op aarde lachte, zou huilen in het hiernamaals, en dat standpunt kon ik onmogelijk serieus te nemen.

'Je kent tante Lysbeth toch,' klonk de stem van Dirck vanuit de hoek van de kamer. Jans oudste zoon was nu een knappe, wat hooghartige jongen van zestien, die na zijn opleiding aan de Latijnse school in de leer was gegaan bij een vriend van Jan, een rijke huidenhandelaar. 'Ze heeft gewoon geen zin.' Ik verstarde. Ik had in de afgelopen jaren al mijn tijd voor Jan en zijn kinderen opgeofferd. Maar Dirck, Jans oogappel, haalde keer op keer het bloed onder mijn nagels vandaan. Als er visite was, behandelde hij me niet als tante, maar als huishoudster. Hij ruimde zijn spullen niet op en klaagde over de kwaliteit van het eten, zelfs, of misschien wel juist als ik met de keukenmeid een avondmaal had voorbereid waar uren werk in had gezeten. En Jan liet het kritiekloos gebeuren. 'Het zou me een plezier doen als je je er niet mee bemoeit, Dirck,' zei ik.

Ik liep naar boven, naar mijn slaapkamer en schoof de grendel voor de deur. Aan de schrijftafel, waar mijn huishoudboek lag, las ik Rems brief nog eens door. Mijn hart bonsde bij elk woord. Rems patroon had hem een positie als factor beloofd. Hij kreeg een eigen huis in Koningsbergen, met ruimte om handelswaar op te slaan. En twee knechten die hem zouden helpen.

Ik streek met mijn vingers over het papier alsof het Rem zelf was. Dit was het moment. Rem zou geen leerling meer zijn. Hij zou kunnen trouwen. Ons levensonderhoud kunnen betalen. Ik zou afscheid nemen van Jan en de kinderen. Dit was het moment waar ik jarenlang naar had uitgekeken, en dat me tegelijkertijd beangstigde. Samen leven met Rem leek een droom, maar wat als ik wakker werd en de werkelijkheid anders was dan ik dacht?

Ik vouwde de brief dicht en stopte hem in de kist waarin ik mijn persoonlijke bezittingen bewaarde. Toen pakte ik het huishoudboek en sloeg het open. Zowel in het huishoudboek als boven het vuur in de keuken draaide alles om balans. Met de juiste verhoudingen kon je wonderen creëren. Het huishoudboek had kolommen met bedragen die we spendeerden aan voedsel, het salaris van het personeel en onderhoud van het huis. Er was ook een tabel met relatiegeschenken, waarin ik had genoteerd dat we onlangs een kilo steur cadeau hadden gekregen van de vrouw van een van de predikanten, en een streepje dat aangaf dat er een tegenprestatie voor verwacht werd. Elke tabel rekende ik door. Terwijl ik de kolommen op me liet inwerken en de getallen door mijn hoofd rolden, werd mijn hartslag rustiger. Al was de toekomst nog zo onzeker, cijfers veranderden niet.

Ik dacht na. Nu de Compagnie was teruggekomen met goede vooruitzichten, was Jan in een opperbest humeur. Vanavond aten we uitgebreid volgens Jans favoriete menu: hutspot met runderpens, boter, kaas en warme wijn. Na de maaltijd zou hij onderuitzakken in zijn stoel en rustig een pijp opsteken. Dan zou ik het hem moeten vertellen. Er was geen weg meer terug. Als Rem zich niet zou bedenken. Want ook dat was een mogelijkheid waar ik rekening mee moest houden.

Diezelfde middag nog ging ik met Elisabetje naar de kermis, ondanks de laaghangende grijze wolken. Van tevoren klopte ik aan bij Cornelia en haalde haar over mee te gaan. Na enig aarzelen nam ze de zesjarige Reinier mee, een verlegen joch dat was vernoemd naar zijn vader. Op de plek waar de jaarmarkt overging in de kermis was een loterij, waarvan de opbrengst naar het pesthuis ging. Op een houten podium kondigde een omroeper de festiviteiten aan. Samen met Elisabetje warmde ik me door de mensenmassa. 'Vanavond doe ik het,' fluisterde ik Cornelia toe.

'Wat gaat u doen, tante Lysbeth?' vroeg Elisabetje.

'Ik ga de loterijmeester vertellen dat ik een lot koop,' zei ik snel.

'Ik wil ook een lot.' Elisabetje straalde, en ze lachte haar onregelmatige tanden bloot.

'Dat kan,' zei ik. 'Misschien win je wel een zilveren lepel. Of een porseleinen schaal.'

'Daar heeft ze wat aan,' klonk een sarcastische stem achter ons. Ik zag Dirck met Cornelia's oudste zoon Adriaan. De twee liepen rond met een air alsof de Dam van hen was.

'Kom.' Cornelia trok aan mijn arm. 'Ik zie Aafje de Vlaming. Laten we naar haar toe gaan. Dan kopen we daarna de loterijbriefjes.'

'Vader zou zeggen dat u op deze plek niets te zoeken hebt.' Adriaan keek Cornelia sceptisch aan.

‘Wat doe jij hier dan?’ wilde ik vragen, maar ik hield mijn mond. Adriaan was Cornelia’s zoon, niet de mijne.

‘Dat geldt ook voor u, tante Lysbeth.’ Dirck grijnsde. ‘Het geld dat u bij u draagt, is niet eens van u.’

Ik wilde iets terugzeggen, maar de jongens zagen een paar bekenden en liepen weg.

‘Adriaan heeft gelijk,’ zuchtte Cornelia. ‘Reinier vindt het maar niets dat ik naar de kermis ga.’

Aafje de Vlaming sloot zich bij ons aan, en Cornelia’s gezicht klaarde op. Aafje had een zak met wafels van de gebakkraam bij zich. Terwijl ze de kinderen elk een geurige wafel voorhield, begon ze te vertellen over een scheepsreis die ze met haar man had gemaakt, naar Danzig, via Vlieland en Emden, en een langdurig oponthoud bij een winderige landtong aan een zeestraat die de Sont heette. Ik luisterde aandachtig. Cornelia keek meermalen naar mij. ‘Jij zou ook graag eens zo’n reis maken, is het niet Lysbeth?’ vroeg ze.

‘Zeker,’ zei ik. Ik keek terloops naar Elisabetje, die haar wafel had opgegeten en met Reinier junior tikkertje deed in de buurt van het podium. Een paar boerinnen onttrokken hen aan mijn zicht. Simon Bisschop kwam voorbij, ik herkende hem aan zijn zwierige loopje, dat me deed denken aan dat van Rem. Er was iemand bij hem. Een man die ook op Rem leek. Dezelfde krullen als Rem, iets korter geknipt. Dezelfde groene ogen als Rem. Mijn hart sloeg over. Het was Rem! Nu al? Zijn gezicht was gebruind door de zon en het leek wel alsof hij iets langer was geworden, maar hij was het. Hij zou pas over een aantal weken naar Amsterdam komen, had hij me geschreven. Had ik een brief gemist? Was er iets wat hij me niet had verteld? Ik wilde het liefst door dwars door de menigte heen stormen, maar bedacht me. Dirck stond in de buurt, met Adriaan. Ik moest Elisabetje in de gaten houden. Dit was niet de plek om elkaar te ontmoeten. Iedereen zou ons zien.

‘Wat is er aan de hand?’ vroeg Cornelia.

‘Ik… ik denk dat ik een bekende zie,’ haperde ik. Op dat moment ontmoetten Rems ogen de mijne. Hij maakte zich los van zijn broer en liep mijn kant op.

Ik gaf Cornelia een por. 'Pas alsjeblieft even op Elisabetje,' zei ik.

Ze knikte verbaasd. Op dat moment, alsof het zo moest zijn, begon het te regenen en de menigte week uiteen om te schuilen onder de zeilen die links en rechts van het podium waren gespannen. Ik maakte me los van het groepje en liep tussen de menigte door, onderwijl naar Rem gebarend dat hij me moest volgen, naar de Nieuwe Kerk. Bij de ingang draaide ik me om, keek nog eenmaal of hij me had gezien en liep toen naar binnen.

Toen we eindelijk op de plek waren waar we ooit afscheid hadden genomen, keek ik hem ademloos aan. Zijn wenkbrauwen leken nog iets voller dan de vorige keer dat ik hem zag, zijn kaak leek nog iets krachtiger. 'Je bent het echt,' zei ik. Hij legde zijn handen aan weerszijden van mijn wangen en kuste mijn lippen voor ik nog iets kon zeggen. Zacht duwde hij me tegen de pilaar. 'Eindelijk,' zei hij.

'Hoe ben je hier opeens?' vroeg ik. 'Ik had je later verwacht.'

'Ik wilde je verrassen,' zei hij. 'De zoon van mijn baas is op bezoek in Koningsbergen, en hij gaf hij mij toestemming met een eerder schip naar Amsterdam te gaan.'

Ik liet mijn handen over het fluweel van zijn wambuis gaan. 'Maar hoe? Wie doet jouw werk nu? En wie past er op je huis?'

'Ik heb nu twee knechten, weet je nog? En een dienstmeid. Käthe.'

Käthe. 'Wat voor type is ze, die meid?'

Hij grinnikte. 'Käthe? Een meid als een rots. Ik zou haar voor geen goud willen missen.'

Ik voelde een steek van jaloezie. Toen legde ik mijn handen in zijn nek en kuste hem weer met een gretigheid die ik maanden had opgespaard.

Ik voelde zijn ademhaling versnellen, toen duwde hij me zachtjes van zich af en slaakte een zucht. 'Je kust geweldig,' zei hij.

'Hoe weet je dat nou?' zei ik. 'Heb je al eerder een meisje gekust?'

Hij keek betrapt. 'Misschien.'

Argwanend deed ik een stap bij hem vandaan. Had hij zes jaar als een monnik geleefd? Dat was wat ik hoopte, waar ik eerlijk gezegd ook op had gerekend, maar tegelijkertijd leek het me bijna onmogelijk. Met zijn charme en knappe uiterlijk zouden er genoeg vrouwen zijn die graag in zijn nabijheid waren. Zwijgend staarde ik hem aan, wachtend tot hij zou doorpraten.

'Ik heb wel eens iemand gekust voordat ik jou kende. En... er was nog iets. Een paar jaar geleden, een weddenschap. Maar toen had ik te veel gedronken.'

Een paar jaar geleden? Was dat voor, of misschien zelfs nadat hij het meerjarenplan had gemaakt?

Zijn wangen waren nu vuurrood. 'Ik wilde het je vertellen,' zei hij. 'Maar ik wist niet hoe.'

Voor ik het wist, haalde ik uit en gaf hem een klap in zijn gezicht. 'Ik vertrouwde je,' barstte ik uit. 'Hoe kón je dat doen.'

'Het spijt me echt.' Hij greep naar de wang waar ik hem had geslagen, en die nu nog roder kleurde. 'Het was op een avond in de haven van Koningsbergen met de bemanning van het schip. Op zo'n avond gaat het er nogal ruig aan toe. Het sloeg nergens op. Het was een kroegmeisje. Ik heb haar nooit meer gezien.'

Ik wilde het niet weten. De gedachte aan een groep vrolijke drinkebroers en Rem die zich liet overhalen om een meisje te kussen was me te veel. 'En daarna?' vroeg ik. 'Wil je zeggen dat het daarna nooit meer gebeurd is?'

'Nooit meer.' Hij keek me recht aan. 'Dat zweer ik op de Bijbel.'

Ik aarzelde. Ik had mijn hart voor hem opengesteld. Ik had voor hem gekozen en hij had een zwakheid begaan, die hij pas opbiechtte nu ik hem ernaar vroeg. Ik voelde me verraden. Anderzijds, hij was achttien geweest, negentien misschien. Het was jaren geleden. Welke jongen beging geen jeugdzonde? Toen, impulsief, kuste ik hem opnieuw, maar beet vervolgens in zijn lip. Hij slaakte een kreet van pijn. 'Was het die Käthe?' vroeg ik.

Hij trok een gezicht. 'Natuurlijk niet. Ze werkte in een kroeg, zei ik toch? Ik schaam me nog steeds kapot. Sindsdien heb ik besloten nooit meer te veel te drinken.'

Ik was nog steeds boos.

'Doe je ogen dicht. Ik heb iets voor je,' zei hij. Met tegenzin sloot ik mijn ogen, terwijl zijn vingers de mijne omsloten. Ik voelde een staafje koud metaal op mijn huid.

'Open je hand maar weer,' zei hij.

Toen ik naar mijn handpalm keek, zag ik een bronzen sleutel.

'De toegang tot ons slot in Koningsbergen,' zei hij. 'Het huis waar jij en ik kunnen gaan wonen.'

Ik dacht na. Ik wilde nog steeds met hem trouwen. Maar opeens was ik me meer dan ooit bewust van de stap die ik ging wagen. Ik was bang. Ik hield van Rem. Ik had in ontelbare brieven mijn hart voor hem uitgestort. Die brieven waren de momenten waaraan ik me jarenlang had vastgeklampt. Maar hield hij genoeg van mij?

'Wat is er?' vroeg hij. 'Twijfel je? Vanwege die kus? Het spijt me, het was een oerstomme daad. Die mannen in Koningsbergen kunnen het je vertellen. Ik zou niet eens meer weten hoe dat meisje eruitzag, zo dronken was ik.'

'Als ik met je trouw, hoe wordt dat dan?' vroeg ik. Het ging me om meer dan die kus. Ik wilde weten dat ik van hem op aan kon.

'Zoals we met elkaar hebben afgesproken in onze brieven, natuurlijk,' zei hij. 'Jij en ik samen, met een bedrijf in Koningsbergen. Mijn ouders kunnen niet wachten om je te ontmoeten.'

'Ik wil dat je me serieus neemt,' zei ik. 'Als ik met je trouw, wil ik dat je me betrekt bij wat je doet. En dat je eerlijk bent. Ik wil je partner zijn en jouw bedrijf, nee, óns bedrijf tot een succes maken.'

'Daar heb ik je toch al over geschreven. Natuurlijk doen we het samen.'

'Ik wil het zeker weten. Beloof je me dat je me als een gelijkwaardige zult behandelen?'

'Natuurlijk.'

'Zweer het,' zei ik.

Hij keek verbluft en liet zich op één knie zakken. 'Lysbeth, ik vraag je nederig om je hand. En ik zweer dat die hand niet voortdurend een bezem hoeft vast te houden, maar dat ze ook grootboeken mag invullen. Is dat voldoende?'

'En contracten mag opstellen.'

'Goed, ook contracten.' Hij grinnikte verlegen. 'Dit is een van de redenen waarom ik je zo'n opmerkelijke vrouw vind.' Ik reikte hem mijn hand en trok hem omhoog.

'Luister,' zei ik toen. 'Jan weet nog steeds van niets. Morgen zal ik hem vertellen dat je terug bent. En wat onze plannen zijn.'

'Hoe denk je dat hij reageert?' vroeg hij.

'Hij was woest op je toen je halsoverkop was vertrokken. Maar dat is zes jaar geleden. Ik zal hem vanavond voorbereiden. Hij is vandaag in een goed humeur omdat zijn bedrijf een meevaller heeft. Ik zal een uitgebreid maal voor hem laten koken.'

Hij knikte. 'Wanneer zien we elkaar weer?'

'Maandag.' Ik leunde tegen hem aan en liet mijn tong zacht over zijn lippen glijden. Hij rook lekker, kruidig naar hennep en specerijen uit het pakhuis waar hij vermoedelijk eerder op de dag was geweest. Ik woelde door zijn dikke, donkere krullen en dwaalde met mijn hand over zijn rug. Ik merkte hoe hij ontspande en ik voelde zijn hand om mijn middel, om mijn billen.

Nu ik gerustgesteld was, wilde ik hem het liefst overal voelen. Ik liet toe dat hij een knoopje aan de bovenkant van mijn jak openmaakte. 'Allemensen,' zei hij toen dat na wat gepruts niet lukte. 'Als ik het hele rijtje wil openmaken, wordt dat ook een meerjarenplan.'

Ik lachte zacht en hielp hem met de eerste drie knoopjes. Terwijl hij het naakte stuk huid beroerde, duwde ik een stukje van zijn wambuis en hemd omhoog. Voorzichtig liet ik mijn wijsvinger over de spieren van zijn borst glijden. Zijn ademhaling versnelde en hij kuste me opnieuw, vuriger nu. In de verte hoorde ik stemmen van andere mensen die de kerk binnenkwamen. Met tegenzin deed ik een stap naar achteren. 'De rest is voor later,' zei ik, en knoopte mijn jak weer dicht.

Toen ik Elisabetje ophaalde bij het podium was ze kletsnat van de regen en in een stralende bui. 'Ik heb een prijs gewonnen!' riep ze. Ze hield een miniatuur scheepje voor zich dat was gemaakt van hout en kleine stukjes laken.

'Prachtig,' zei ik. 'Net echt.' Cornelia keek wat bezorgd en nam kort daarna afscheid.

Toen ik thuiskwam, was het stil. Te stil.

Jan zat in zijn stoel, in het halfdonker. Dirck stond naast hem.

'Ga jij maar naar boven, Elisabet.' Jans stem klonk zacht en onheilspellend. 'Ik wil je tante even alleen spreken.'

'Waarom is Dirck hier dan?' vroeg ik.

'Omdat hij je heeft gezien.' Jan stond op en torende boven me uit.

Ik keek naar Dirck, die zich met een grijns uit de voeten maakte.

'Waar heeft hij me gezien? Bij de loterij op de kermis? Daar gingen Elisabetje en ik samen naartoe. Helaas hebben we niet meer gewonnen dan een piepklein scheepje,' zei ik, en ik hoorde dat mijn stem trilde. Ging Jan zich nu serieus druk maken om een bezoek aan de kermis? Hij was principieel en hield er ook niet van dat ik onnodig geld uitgaf, maar dit ging wel heel ver.

Op dat moment zag ik een lichtflits en voelde ik een vlammende pijn op de linkerkant van mijn gezicht. Jan had me geslagen. Ik deinsde achteruit en greep naar mijn wang, die pijnlijk begon te gloeien. 'Wat doe je?' bracht ik uit.

'Mijn zus gedraagt zich als een hoer. In de kerk,' siste hij en weer hief hij zijn hand. Ik dook weg, maar dit keer greep hij een stoel en smeet hem door de kamer.

'Ik dacht dat ik je kon vertrouwen,' schreeuwde hij, en ik voelde een klodder speeksel op mijn neus landen. 'Maar nee hoor, je laat mijn dochter over aan de zorg van anderen en zet onze familie-eer op het spel.'

Ik rechtte mijn rug en keek hem zo kalm mogelijk aan. Ik zou me niet bang laten maken door mijn eigen broer. 'Jan,' zei ik, 'er hangt spuug in je mondhoek.'

Meteen had ik spijt, want zijn gezicht liep nu paars aan. Hij begon door de kamer heen en weer te stampen, leunde vervolgens met zijn hand tegen de muur en haalde een paar keer diep adem. 'Je hebt me verraden door je maagdelijkheid te verliezen aan een nutteloos stuk vreten dat niet eens zijn termijn afmaakt als leerling.'

'Ik heb mijn maagdelijkheid niet...'

'Houd je mond. Je hebt onze goede naam verpest. Hoe kan ik mijn kinderen uitleggen dat mijn zus zich als een sloerie gedraagt en zich overgeeft aan de eerste de beste kleermakerszoon?'

'Ik ben geen sloerie. Ik wil met hem trouwen. Dat wilde ik je morgen vertellen.'

‘O ja, is dat zo? Met die onbetrouwbare flierefluiter?’

‘Hij is zo betrouwbaar als het maar kan zijn. Jij hebt me jarenlang voorgehouden hoe belangrijk financiële zekerheid is, dus ik heb netjes gewacht. We hebben zelfs uitgerekend wanneer we konden trouwen. We hebben elkaar jarenlang geschreven.’ Weer had ik spijt van mijn woorden. Nu was het voor Jan pas goed duidelijk wat ik voor hem had achtergehouden.

Hij bleef staan en keek me peinzend aan, alsof hij opeens het licht zag. ‘Mooi,’ zei hij toen. ‘Trouw dan maar met hem.’

Verbluft keek ik hem aan.

‘Nou? Waar wacht je nog op?’ Hij was opeens kalm geworden, en deze kalme Jan leek gevaarlijker dan de driftige Jan die hier net nog in de kamer stond. ‘Pak je spullen maar. Je hebt mijn toestemming. Je mag gaan.’

‘Wat?’ Ik wist nog steeds niet wat er gebeurde, maar hij greep me bij mijn pols en duwde me naar de deur. ‘Pak je spullen en ga, als je dan zo nodig weg wilt. Ik hoef je hier niet meer te zien.’

‘Maar waar moet ik dan naartoe?’ Ik voelde mijn ogen branden, en mijn benen trilden.

‘Dat maakt me niet uit. Ik hoop voor je dat je huwelijk langer standhoudt dan zijn werkplek bij mij. Pak je spullen en verdwijn. Nu. Meteen. Je bent hier niet meer welkom.’

Terwijl de tranen over mijn wangen liepen, liep ik naar mijn kamer, en pakte de belangrijkste bezittingen die ik had bij elkaar. Het speelgoed uit mijn kindertijd liet ik liggen. Ik nam alleen een nachthemd, een paar rokken en lijfjes en Rems brieven mee.

‘Waar gaat u naartoe, tante Lysbeth?’ Elisabetje keek om de hoek en kwam naast me staan. Ze bekeek me aandachtig. ‘U huilt.’

Ik veegde langs mijn ogen. ‘Ik ben een tijdje weg,’ zei ik, en ik gaf het meisje een kus op haar voorhoofd. ‘Zul jij goed voor je vader zorgen? Hij is een beetje… in de war.’

‘Hij schreeuwde heel hard.’ Ze keek bedenkelijk. ‘Komt u wel weer terug?’

‘Ik hoop het,’ zei ik, maar ik wist dat dit de laatste dag was dat ik in Jans huis had gewoond.

# 10

## Amsterdam, augustus-oktober 1619

'Het is tijd,' zegt Rem.

Zijn stem komt van heel ver en ik draai me nog eens om. Als hij me zacht door elkaar schudt, geeuw ik, sla slaapdronken de lakens van me af en loop naar de kamer van de kinderen.

Geertruid slaapt nog, maar Baefje niet. Haar donkere ogen zijn wijdopen en ze zit rechtop in bed. 'Ik wil mee,' zegt ze.

'Jij mag blijven liggen,' zeg ik. 'Dat hebben we afgesproken. Stijntje past op je. Je bent nog te jong.' Ik richt de blaker op haar tengere meisjesgestalte. Haar hemd hangt scheefgezakt en op haar hals zie ik een donkere vlek. 'Wat heb je daar?' vraag ik.

Ze schudt haar hoofd. 'Niks. Gestoten. Ik wil mee,' zegt ze weer, en in haar stem hoor ik zowel de eigenzinnigheid van Rem als van mij. Als we haar thuislaten, is ze in staat om ons stiekem op blote voeten te volgen.

'Voorzichtig dan,' zeg ik. 'Maar je weet wat de afspraak is. Geen enkel geluid.' Een paar jaar geleden had ik niet kunnen denken dat ik samen met mijn gezin midden in de nacht zou opstaan om een geheime vergadering bij te wonen.

Als ik Geertruid heb gewekt, staat Rem beneden. Op tafel ligt een stapel wafels die Neeltje gisteren voor onderweg heeft gebakken. Ze heeft er zelfs verse perenjam bij gezet.

'Als ze ons met z'n vieren op straat tegenkomen, zijn we erbij,' zeg ik, terwijl ik de meisjes hun mantels aanreik.

'We gaan in tweetallen,' zegt hij. 'Als we de ratelwacht tegenkomen, zeggen we dat een van de kinderen ziek is geworden en dat we op zoek zijn naar een arts.'

Baefje houdt trots de kaars bij haar jakje, waaronder de blauwe plek zit. 'Dan kan ik deze laten zien, mama!'

'Kijk uit,' zeg ik. 'Straks brand je je nog. Rem, ga jij met Geertruid, dan neem ik Baefje mee.'

'Weten jullie zeker dat jullie mee willen? Ik neem jullie niets kwalijk als jullie thuisblijven,' zegt hij.

Als ik hem aankijk, zie ik dat hij het meent. Er is iets veranderd, de afgelopen maanden. Nog steeds vinden er bij ons thuis af en toe debatten plaats, maar slechts in groepjes van drie of vier en de toon is gedempter. Rem is vaker thuis met mij en met de kinderen. Misschien komt het door het strenge toezicht dat op ons wordt gehouden, maar het lijkt ook alsof het gevecht dat we met Hendrik hadden iets met hem heeft gedaan. Hij predikt niet alleen vrijheid, hij gunt mij ook de vrijheid om zelf te kiezen. Tegelijkertijd is hij zorgzamer. Misschien zelfs iets te zorgzaam.

'Natuurlijk gaan we met je mee,' zeg ik, al was dat vorig jaar nog helemaal niet zo vanzelfsprekend. 'Sinds dat gevecht met Hendrik behandel je me alsof ik van porselein ben.'

Nadat Hendrik bewusteloos in zijn slaapkamer op de grond was blijven liggen, had ik zacht aan zijn schouders geschud, om te voelen of hij nog leefde. Gelukkig ademde hij nog en hij kreunde zachtjes. Met een snelle blik op elkaar hadden Rem en ik zijn armen en benen met een laken bij elkaar gebonden. Ook om zijn gewonde hoofd wikkelde ik een reep laken, en even dacht ik aan hoe ik Toontjes hoofd tijdens de plundering verbonden had. Terwijl Rem Hendrik in de gaten hield, waarschuwde ik de schout, die ditmaal wel bereid was twee rakkers mee te sturen om hem op te halen.

Toen ik terugkwam, was Hendrik weer bij bewustzijn. Hij zat half overeind op een stoel en zijn ogen waren vervuld van haat. Met gemengde gevoelens had ik toegekeken hoe de twee dienaren van de schout hem afvoerden, terwijl hij vloekte en tierde. Ik dacht aan Hendriks opmerking dat wij de oorzaak waren van de pest, die zijn aanstaande vrouw van het leven had beroofd. Geloofde die man dat werkelijk? 'Ik begrijp het niet,' zei ik tegen Rem. 'Hendrik woonde jarenlang bij ons in huis. Hij boog voor je als een knipmes. Hij heeft zelfs aangeboden om jou te zoeken toen ik je niet kon vinden bij dat gemolesteerde pakhuis.'

'Dit was geen opwelling van een jongen die door een groepje leeftijdsgenoten werd opgehitst.' Rem, die blijkbaar net als ik aan de plundering en Toontje dacht, keek verslagen. 'Dit was een man met twee gezichten. Dit was verraad.'

Wat wisten we eigenlijk over Hendrik? Ik wist nauwelijks iets over de vrouw met wie hij wilde trouwen. 'Zou het anders zijn gegaan als wij, als ik, meer interesse in hem hadden getoond?' vroeg ik. 'Als we hem meer hadden betaald?'

'Ik weet het niet,' zei Rem. Hij was ongewoon stil. 'Ik héb hem trouwens wel loonsverhoging gegeven, Lysbeth,' zei hij. 'Nog niet eens zo lang geleden. Maar hij wilde meer.'

'Hoeveel dan?' vroeg ik, en hij noemde een bedrag dat zelfs Reinier niet aan zijn personeel betaalde. Waarom voelde ik me dan nog steeds schuldig?

Ik zag hoe Hendrik zich kronkelend verzette toen de dienaren hem op een wagen zetten. Hij spuwde een van de mannen in het gezicht. Ik voelde me doodmoe. En vreemd genoeg voelde ik me zelf ook een verrader door iemand die ons zo lang gediend had aan het gerecht over te dragen. 'Ik neem anderen kwalijk dat ze niet genadig genoeg zijn,' zei ik zacht, toen de wagen de straat uit reed. 'Maar vandaag voel ik me geen haar beter.'

'Alleen God kan de weegschaal van genade en recht volmaakt in evenwicht houden,' had Rem gezegd, en ik keek verbaasd opzij, omdat deze uitspraak evengoed van een contraremonstrants theoloog had kunnen komen.

Kort daarna volgde een bericht van de magistraat. Tijdens de zweepslagen die Hendrik in de martelkamer onder het stadhuis onderging, noemde hij niet Reiniers naam, maar wel die van een notaris die net als Hendrik een paar jongens had omgekocht. 'Jullie knecht ontmoette die notaris regelmatig in een herberg bij de haven,' was het verslag van Abraham Boom, die als een van de schepenen bij het verhoor aanwezig was geweest. 'Ze spuwden samen hun gal over jullie en andere remonstranten. De rellen zijn door meer veroorzaakt dan door dit duo alleen, maar door het geld dat ze een aantal jongens boden, werd de zaak wel op de spits gedreven.' De notaris kreeg slechts een geldboete. Hendrik werd op een schip naar Oost-Indië gezet, en alles in me hoopte dat de man aan de andere kant van de wereld het beste van zijn leven zou maken.

Baefje propt opgewonden een wafel naar binnen. Zij en ik vertrekken als eerste naar de nachtelijke bijeenkomst. 'Mag Gomarus ook mee?' vraagt ze met volle mond.

Ik schud mijn hoofd. 'Gomarus laten we thuis. Als hij blaft omdat hij een andere hond of een kip ziet, trekt hij meteen de aandacht.'

Zo rustig mogelijk, met slechts een bescheiden lantaarn in de hand, lopen we door de donkere stegen, maar ik besef al gauw dat 'rustig' voor Baefje hetzelfde is als het voeren van een gezellig gesprek tijdens de avondmaaltijd. 'Waarom gaat iedereen niet 's nachts naar de kerk?' vraagt ze, op half-fluisterende toon. 'Dit is veel leuker.'

Ik leg mijn vinger op mijn lippen. 'We doen het omdat we geen keus hebben,' zeg ik zacht.

'O,' zegt ze langgerekt, 'want anders moeten we verhuizen', en het stemt me droevig dat ook mijn jongste dochter niet meer onwetend is van wat zich in het land afspeelt.

Tussen november en mei, nu drie maanden geleden, had in Dordrecht de landelijke synode plaatsgevonden, die maar liefst uit 180 zittingen bestond. Simon had namens onze partij het woord gevoerd, maar het had geen enkele zin gehad. Na een strijd van vijf weken, waarin ze als beklaagden terechtstonden, werden hij en zijn medepredikanten de zaal uitgestuurd. Vol ontzetting hoorden we van een ijlbode dat ze kort daarna voor de keus waren gesteld: wie niet door middel van een 'akte tot stilstand' beloofde zijn ambt neer te leggen, werd verbannen. Simon weigerde en werd met tachtig anderen bij Waalwijk over de grens gezet. Elke arminiaanse preek was sindsdien streng verboden. Dus kwamen we 's nachts bij elkaar.

Op de avond van het nieuws waren we lang opgebleven. 'Misschien moeten we wel vertrekken,' had ik tegen Rem gezegd. 'Wat hebben we hier nog te zoeken als ze het ons zo moeilijk maken? Ze houden ons voortdurend in de gaten.'

Hij zweeg een tijdje. 'En dan?' zei hij toen. 'Dan blijven alle jaknikkers achter. We moeten ons niet laten intimideren en blijven. Bovendien, het is nogal een stap om te vertrekken. Als we naar het buitenland gaan, lopen onze inkomsten met zo'n dertig procent terug.'

Toen begon hij een verhaal over gesprekken die hij had bij de Staten van Holland. Dit was Rem ten voeten uit. Hoe minder ruimte er was, hoe meer plannen er bij hem opborrelden. Dat had ons in de handel voorspoed gebracht en ik bewonderde deze eigenschap ook, maar hoe lang hielden we dit vol? Hoe lang zou het nog duren tot ze hem ergens van beschuldigden?

'Als jij er niet meer bent, is die dertig procent totaal niet meer van belang,' zei ik.

'Wanneer komt onze nicht weer op bezoek?' fluistert Baefje.

'Nicht? Bedoel je Toontje?'

'Ja.' Baefje springt over een plas. 'Ik vind haar lief.'

'Toontje woont nu in Antwerpen. En praat nou zachtjes,' fluister ik en ik knijp zacht in haar arm, omdat ik zie dat bij de kruising verderop twee mannen van de ratelwacht lopen.

'Au!' roept ze, waarop ze een hand voor haar mond slaat en me met angstige ogen aankijkt. Een van de mannen staat stil.

Ik blaas snel de lantaarn uit, druk haar zachtjes tegen de muur en ga er zelf naast staan. Een van de mannen kijkt om zich heen. De tweede blijft ook staan en laat net als zijn makker zijn blik door de straat glijden. Kort daarop lopen ze weer verder en slaan ze de hoek om.

'Waarom schreeuwde je zo?' fluister ik. 'Ik raakte je nauwelijks aan.'

Ze aarzelt even. 'Ik heb nog een blauwe plek.'

'Hoe komt die op je arm?' vraag ik ongerust.

'Ik heb gevochten,' zegt ze dan, en haar stem klinkt bepaald niet bang of verdrietig. Eerder triomfantelijk.

'Gevochten?' Het lukt me net op tijd om mijn stem in bedwang te houden. 'Welke jongedame van bijna tien vecht in vredesnaam?'

‘Ik.’ Ze tilt parmantig haar kin op. ‘Met dat joch van Verdoes.’

‘Wilde hij je iets aandoen?’

Ik herinner me hoe een paar kinderen haar op school ooit voor baviaan hadden uitgemaakt en hoewel ik van mening ben dat het rijmpje van weinig spitsvondigheid getuigt, schijnt de term ‘Arminianen, bavianen’ tegenwoordig op allerlei plekken in het land te horen te zijn.

‘Hij beledigde ons.’ Haar ogen spuwen vuur. ‘Hij zei dat papa een ketter is, en u een hoer. Toen heb ik hem een bloedneus geslagen. En ik heb hem geschopt op een plek waar hij nog heel, heel lang pijn heeft.’

Ik leg een vermanende vinger onder haar kin. ‘Ik wil niet zien dat je vecht.’ Voor het gemak vergeet ik even het gevecht dat Rem en ik met Hendrik hadden. ‘Je bent geen straatmeid.’

‘Hij zei dat papa onthoofd zou moeten worden. Net als… die raadpensionaris. Johan van Oldenbarnevelt.’ Baefje balt haar vuisten.

Ik voel een hete woede opborrelen, deels door Baefjes gedrag, maar vooral omdat onze eer is aangetast. ‘Je moet erboven staan, anders ben je net als zij,’ zeg ik moeizaam. Nu de ratelwacht is verdwenen, pak ik haar hand en neem haar weer mee door het duister.

‘Klopt het, mama?’ zegt Baefje.

‘Wat?’ fluister ik ongeduldig.

‘Dat ze papa willen onthoofden?’

Ik sluit mijn ogen. Ik had gehoopt dat de meisjes niets hadden meegekregen over de onthoofding van Van Oldenbarnevelt, maar die hoop vervloog toen Neeltje op een avond in mei het vel papier op tafel legde. Geertruid had het nieuwsgierig opgepakt.

‘Courant,’ las ze hardop. ‘Wat is dit?’

Rem had opgekeken van een brief die hij aan het schrijven was. ‘Die is voor mij. Sinds kort krijg ik elke week op papier het laatste nieuws thuisbezorgd, en informatie over de beurs.’

Geertruids ogen gleden over de regels en werden groot. ‘Raadpensionaris Van Oldenbarnevelt is terechtgesteld op het Binnenhof,’ las ze hardop.

Rem, die net als ik al op de hoogte was van dit nieuws, had de courant uit haar handen gegrist.

‘Is dat waar, papa?’ Geertruids stem klonk gespannen.

Ik had gezwegen. Onthoofd, dacht ik. Maar dat woord wilde ik niet in de mond nemen waar Geertruid bij was.

'Het is waar,' had Rem gezegd. Zijn woorden klonken verbeten.

'Is de raadpensionaris gedood omdat hij... een remonstrant is?' had Geertruid gevraagd.

Rem en ik hadden elkaar aangekeken. Toen had Rem zijn hoofd geschud. 'Het ligt gecompliceerder dan dat, Geertruid. De man is berecht door een jury die voornamelijk uit zijn persoonlijke vijanden bestond.' In het bijzonder Reinier, vulde ik in gedachten aan. Reinier had, hoe kon het ook anders, de leiding gehad. Volgens een ijlbrief die Rem uit Den Haag had ontvangen, zat Van Oldenbarnevelt geknield op de kale planken van het schavot op het Binnenhof, zonder kussen. Zijn doodskist was een ruwhouten afdankertje van een moordenaar die op het laatst nog vergiffenis had gekregen. Rems woorden leken Geertruid enigszins gerust te stellen, maar ik had destijds niet gedacht dat Baefje er iets van had meegekregen.

'Maak je maar geen zorgen,' hoor ik mezelf tegen haar zeggen. 'Ze vinden papa niet zo gevaarlijk. Ze laten hem wel met rust.' Tot mijn opluchting zie ik dat we het adres van onze bijeenkomst hebben bereikt.

Het hoge huis, dat tegen de stadswallen is gebouwd, heeft een smalle entree. Niets verraadt de enorme achterkamer. We zijn met een stuk of dertig mensen. Flakkerende toortsen beschijnen onze gezichten. De weduwe Arminius is er. Dokter Egbertsz, de man die me in het rasphuis heeft rondgeleid. Een olieslager die eigenaar is van het huis, een boekdrukker, een schoenmaker en een kaarsenmaker en zijn vrouw. Op de tafel in het midden ligt een wit laken. Er staat een schaal met brood en twee bekers wijn. En daarachter zit een pas afgestudeerde jonge predikant van indrukwekkende lengte, die nu vertelt hoe hij incognito de stad is binnengekomen, vermomd als boer met een appelkar.

'Moeten we hier ook zachtjes praten?' Baefje, die naast me op een dekenkist zit, trekt aan mijn arm.

'Ik vrees van wel,' zeg ik. 'De schout mag niet horen dat wij hier zijn.'

'Gaan we niet zingen?' vraagt ze.

'Nee,' zeg ik. 'Als we worden betrapt, krijgen we een hoge boete.'

Ze houdt haar hoofd schuin. 'Hoeveel dan?'

Ik denk na. 'Als we pech hebben, minstens duizend gulden. Daar kan een ambachtsman een jaar of drie zijn gezin van onderhouden.'

'Ik wil later ook wel voor de schout werken,' mijmert Baefje.

Verbaasd kijk ik opzij. 'De schout neemt geen meisjes in dienst.'

'Jammer. Als ik voor de schout zou werken, zou ik hem de andere kant opsturen.' Ze laat haar tanden zien.

Net als de predikant aangeeft dat we kunnen beginnen, klinkt er rumoer vanuit het voorhuis. De jongen die de deur bewaakt, komt de achterkamer inlopen. Hij is een jaar of twintig en heeft een brede onderkaak, die heen en weer maalt terwijl hij op iets onbestemds kauwt. 'Er is hier iemand die het wachtwoord is vergeten,' zegt hij. 'Hij zegt dat hij een broer van u is.'

Ik ga rechtop zitten. 'Als het Jan de Bisschop is, stuur hem dan maar weg.'

De jongen krabt op zijn hoofd. 'Ik weet zijn voornaam niet, mevrouw.'

Ik kijk naar Rem. 'Misschien is het Arnt?' zegt hij.

'Een reus van een man?' zeg ik. 'Rode baard en grijs haar? Flinke buik?'

De jongen knikt aarzelend. Ik loop achter hem aan naar de voorkamer.

'Lysbeth.' In de keuken komt Arnt met uitgestoken handen en onvaste stappen naar me toe lopen. 'Ik had gehoord dat je hier was.'

'Van wie?' vraag ik achterdochtig.

'Jullie bijeenkomsten zijn minder geheim dan je denkt,' zegt hij. 'Ik vroeg me af of ik ook welkom ben.'

Ik kijk hem bezorgd aan. Het liefst wil ik hem vertrouwen, maar hoe is hij aan ons adres gekomen?

'Ben je gekomen om voor Jan te spioneren?' vraag ik. Ik voel me ongemakkelijk bij de scherpte van mijn vraag, maar ik moet het zeker weten.

'Lysbeth.' Hij kijkt moeilijk. 'Heb ik ooit iets van jullie activiteiten aan Jan doorgegeven? Ik wil gewoon graag horen wat jullie te zeggen hebben. Rem weet ervan.' Zijn ogen staan zo vragend, bijna hulpeloos, dat ik hem hier niet wil laten staan. Niet alleen bij Rem, maar ook bij Arnt is de afgelopen maanden iets veranderd. Het viel me al op tijdens het etentje bij ons thuis, met Trijn, Simon en Toontje. Er is iets vreemds met hem aan de hand. De woorden rolden altijd zijn mond uit, luid en snel. Nu praat hij langzamer, slepend bijna, en soms verspreekt hij zich. Trijn vertelde bovendien dat zijn bier-administratie nog chaotischer is dan voorheen. Het is een wonder dat hij de weg naar deze geheime bijeenkomst gevonden heeft. 'Kom maar mee,' zeg ik uiteindelijk. 'Ik vertrouw op je discretie.'

'Oom Arnt!' Baefje springt op als ze ons ziet aankomen.

Arnt neemt plaats op de grond, naast de schoenmaker, en ik troon Baefje weer mee naar de dekenkist waarop we zaten, biddend dat ik het juiste heb gedaan door mijn broer hier binnen te laten.

'Misschien voelen jullie woede,' zegt de jonge predikant. 'Die voel ik ook. Misschien willen jullie hetzelfde doen als degenen die jullie iets hebben aangedaan. Wraak nemen en heersen, zoals zij. Dat wil ik ook.' Ik kijk naar Rem, die voorovergebogen zit, zijn hoofd in zijn handen. 'Maar doe het niet,' klinkt de stem van de jongeman. 'Houd moed. Heb vertrouwen. God staat aan de kant van de verdrukten.'

Hij kondigt aan dat het tijd is voor een rondje nieuws uitwisselen. Ik kijk om me heen. Dit is een risico dat we elke week nemen. Er kan een verrader in de groep zitten. Zelfs in je eigen huis, weet ik. Ik draai me om naar Arnt, die geïnteresseerd zijn ogen over de groep laat gaan. Zou hij echt zijn mond kunnen houden?

'Vorige maand is in Alkmaar een geheime remonstrantse bijeenkomst overvallen,' neemt de boekdrukker het woord. 'Er zijn zes mensen gewond geraakt.'

'Mijn zus logeert sinds kort bij me,' zegt een vrouw. 'Haar man was predikant in Hoorn. Ze moesten met hun gezin binnen een week hun huis verlaten. Ze was hoogzwanger toen ze met een wagen de stad uit reden, en werden bekogeld met stenen.' Er wordt gezucht, gemompeld en de schoenmaker vloekt zacht, wat hem een deels verwijtende, deels begripvolle blik van de anderen oplevert.

'Datzelfde geldt voor de vrouw van de hofpredikant,' merkt een andere vrouw op. 'Zij moest haar huis aan de Hofsingel onmiddellijk ontruimen en afstaan aan een officier van de prins. Mevrouw Uytenbogaert woont nu bij een zus, terwijl haar man naar het buitenland is gevlucht.'

Rem neemt het woord. 'Ik heb belangrijk nieuws,' zegt hij. 'Mijn broer Simon gaat met een groep vanuit Antwerpen een Remonstrantse Broederschap oprichten. Zo kunnen we onszelf landelijk organiseren.'

Het gemompel maakt plaats voor verraste kreten, gevolgd door 'sssst' en allerhande waarschuwingen.

'Wat is een Broederschap?' fluistert Baefje.

'Dat zijn wij nu,' fluister ik terug.

'Een eigen kerk?' vraagt iemand. 'Heeft dat in deze tijd kans van slagen?'

'Geen eigen kerk,' zegt Rem. 'Het is een praktische manier om met elkaar in verbinding te blijven, zoals we eigenlijk ook nu al doen. We hopen nog altijd op een terugkeer in de kerk met ruimte voor verschillende inzichten.'

'Eenheid in het noodzakelijke, vrijheid in het bijkomstige, en in alles de naastenliefde,' stemt de predikant in.

'Dat is het motto van de Broederschap,' beaamt Rem. 'Van iedereen wordt verwacht dat hij een steentje bijdraagt. Zonder steun vanuit de steden kan de Broederschap niet bestaan. Ik praat jullie hier binnenkort verder over bij.'

Ik kijk weer naar Arnt. Die lijkt met zijn gedachten ergens anders. Hij heeft zijn ogen gesloten, en zijn lippen bewegen alsof hij een gebed prevelt.

'Wat kunnen wij doen?' vraagt dokter Egbertsz na afloop van de bijeenkomst. We staan in een klein groepje na te praten, terwijl iedereen in etappes vertrekt om geen argwaan te wekken. Baefje en Geertruid spelen met een nest jonge katjes van de olieslager. Ons groepje bestaat uit Rem, Sebastiaan Egbertsz en de boekdrukker. Arnt zit nog steeds op de bank. Vanaf deze afstand kan hij ons niet horen.

'We moeten onze boodschappen en pamfletten nog voorzichtiger verspreiden,' zegt de boekdrukker zacht. 'Mijn drukkerij is opnieuw onderzocht.' Rem kijkt bezorgd.

'En jij moet geen pamfletten meer laten drukken,' zegt Sebastiaan Egbertsz tegen Rem. 'Je bent te zichtbaar. Laat mij dat werk maar overnemen.' Hij trekt een gezicht. 'Ik heb sinds kort tijd genoeg.'

Ook dit was het werk van Reinier. Hij had de prins in het geheim een lijst gestuurd van vroedschapsleden met remonstrantse sympathieën, waarop de prins met een gewapende escorte naar het stadhuis was gekomen om hen persoonlijk af te zetten. Dat was dus wat Reinier had bedoeld met zijn mededeling over 'die ene dag' en 'dat hij het flink over de stad zou laten waaien'. De hoopvolle nieuwe wind waar Simon het tijdens het etentje bij ons thuis over had gehad, was slechts een betekenisloos briesje geweest.

'Dank je, Sebastiaan,' zegt Rem. 'Dan zijn er nog de predikanten die de grens over zijn gezet en in het geheim terug het land in zijn gereisd. Ze zijn bereid om hun leven in de waagschaal te stellen. Maar ze hebben logeeradressen nodig. Bovendien zijn hun spullen door de regering in beslag genomen. Hun vrouwen en kinderen hebben geen dak boven hun hoofd en geen inkomsten. Er moet dus geld worden ingezameld.'

Veel van de vrouwen die alles kwijtraakten ken ik, en ook ik weet hoe het is om continu in spanning te leven, terwijl je echtgenoot zijn leven op het spel zet voor zijn idealen. 'Ik wil die vrouwen helpen,' zeg ik. In gedachten ga ik een aantal adressen na van mensen die de remonstrantse zaak zijn toegedaan. Ik zie mezelf al met hen in gesprek gaan. Geld inzamelen. Lijsten opstellen.

'Als je hulp nodig hebt met het transport, schiet mij dan gerust aan.' Jacob Reael voegt zich bij ons. Hij is de zwager van Arminius en net als Sebastiaan Egbertsz is hij onlangs uit de vroedschap verwijderd. Terwijl Rem met de mannen doorpraat over het drukken en de distributie van pamfletten, kijk ik weer naar Arnt. Hij zit nog steeds tegen de muur.

'Als we berichten uitwisselen, zullen we ze moeten coderen,' hoor ik Sebastiaan zeggen. 'De kans dat ze onderschept worden, is te groot.'

'Daar ben ik het mee eens,' zegt Reael. 'En de belangrijkste correspondentie moeten we verbergen of verbranden.'

Arnts hoofd hangt scheef. Slaapt hij nu? Ik maak me van het groepje los, loop naar hem toe en tik tegen zijn schouder. In zijn gezicht heeft hij een paar donkere vlekken.

'Arnt,' zeg ik. 'Arnt!' Arnt kijkt versuft om zich heen.

'Gaat het wel goed met je?' vraag ik.

'Ja, natuurlijk,' zegt hij. 'Is de brouwketel al schoongemaakt?'

Ik rol met mijn ogen. 'Je bent hier niet in de brouwerij. Je bent in het huis van de olieslager.' Bezorgd kijk ik om me heen en wend me tot Sebastiaan. 'Mijn broer voelt zich niet goed. Wil jij even naar hem kijken?'

Sebastiaan knikt en weer zie ik Arnts ogen wegdraaien. Als hij me weer aankijkt, kreunt hij zachtjes. 'Trijn,' zegt hij. 'Trijn, zorg dat je de deur goed afsluit.'

'Ik ben Trijn niet,' zeg ik. 'Ik ben Lysbeth. Sebastiaan, kun je zien wat er met hem aan de hand is?'

Arnt gaat rechtop zitten. Het lijkt alsof er een gordijn voor zijn ogen is weggetrokken. Zijn blik is weer helder.

De dokter neemt Arnts gezicht tussen zijn handen en wanneer Arnt zijn tong uitsteekt, mompelt Sebastiaan iets over de balans in lichaamssappen. 'Ik vrees dat je lever de boosdoener is,' zegt hij dan tegen Arnt. Hij kijkt bezorgd. 'Als je uitgebreider advies wilt hebben, zal ik op een later tijdstip bij je moeten langskomen.'

'Goed,' zegt Arnt. Hij staat op en probeert zijn evenwicht te bewaren door tegen het muurtje te leunen. 'Ik moet maar weer eens gaan. Het was een mooie bijeenkomst.'

'Ik loop met je mee naar de deur,' zeg ik. 'Of beter nog, ik loop met je mee naar huis.'

Samen met Arnt loop ik langs een braakliggend terrein waar nieuwe huizen worden gebouwd. Het zachte oranje van de dageraad gloort achter de eerste daken van de stad. Ik houd Arnt angstvallig in de gaten als hij bijna over een uitstekende straatsteen struikelt.

'En, hoe vond je de bijeenkomst?' vraag ik.

'Het was… interessant,' zei hij. Hij kijkt naar boven, alsof hij daar op zoek is naar iets wat hij niet kan vinden. 'Het stemt tot nadenken. Jullie uithoudingsvermogen dwingt respect af.'

In de verte zie ik de toren van de Regulierspoort opdoemen, en ik moet denken aan Griets gesloten herberg, die daar vlakbij is, en aan Griet, die al maanden in het spinhuis opgesloten zit. De laatste keer dat ik haar heb bezocht, is al weken geleden, en een vlaag schuldgevoel overvalt me. 'Arnt,' zeg ik. 'Vorig jaar heb ik je gevraagd of jij iets voor Griet kon betekenen. Jij bent regent van het spinhuis geweest.'

'Is dat zo?' zegt hij. 'Wat is er dan met Griet?'

'Herinner je je dat niet meer?' zeg ik geïrriteerd. 'Ik heb je erover verteld. Griet is opgesloten.'

'Ja. Ja. Natuurlijk,' zegt hij. 'En wat was je vraag?'

'Of jij een mogelijkheid ziet zodat ze vrij kan komen. Jan heeft haar aangegeven voor illegale dranksmokkel.'

'Nee. Nee,' zegt hij. 'Dat kan ik niet. Wat voor brouwer zou ik zijn als ik mijn gildebroeders brood uit de mond neem door illegale drankhandel te stimuleren?'

'Ken je niemand die iets voor haar kan doen?'

'Nee.' Zijn antwoord is kort en bondig. 'Als een advocaat dat al niet kan, kan ik dat zeker niet.'

'Die ellendige Jan,' zeg ik, terwijl we van de Dam naar de Nieuwendijk lopen, waar de blekers in het licht van de opkomende zon rekken plaatsen op de daken van de huizen om de lakens te bleken.

'Jan is een sluwe vos,' zegt hij. 'Maar hij is wel degene die jou heeft grootgebracht. Familie is alles voor hem en hij probeert jou en onze naam te beschermen.'

'Daar slaagt hij dan maar beroerd in. Als Jan er niet voor terugdeinst zijn eigen nicht te laten opsluiten, wat dan? Is hij ook in staat om Rem te verraden als het hem uitkomt?'

'Een zwager is nog iets anders dan een nicht.'

'Denk je?' zeg ik.

'Maak je niet druk. Jan is inmiddels een oude baas, Lysbeth, zo strijdbaar is hij niet meer.' Hij wacht peinzend voor een turfhandelaar met een ossenwagen die de straat oversteekt. 'Ik kan een heel eind met jullie meekomen. Jullie pleidooi voor ruimte en tolerantie, en je verzet tegen het gebruik van formulieren in de kerk die tot in detail beschrijven hoe je moet geloven. Maar het klinkt soms wat... hoogdravend. Soms, als ik mannen als Rem en Simon hoor praten, heb ik het idee dat jullie jezelf als verlichte geesten zien, die van mening zijn dat al die andere mensen het nog niet ontdekt hebben.'

Ik denk na, open mijn mond om iets te zeggen, maar zwijg weer als ik denk aan de groepjes mannen bij ons thuis, de schouderklopjes, het gevoel dat ik dan kan hebben ergens buiten te staan.

Ik kijk naar een groepje in het zwart geklede mannen, dat met elkaar staat te praten voor de ingang van de Nieuwe Kerk. Arnt grijpt mijn arm. 'Zie je een bekende?' vraag ik, en ik kijk naar de mannen. Een van hen is Reinier. 'Nee.' Arnt ziet opeens lijkbleek. 'Nee, dat is het niet. Kunnen we even gaan zitten?'

Ik wijs naar een muurtje in de schaduw. 'Ik ga een dokter voor je halen,' zeg ik.

'Nee, nee.' Hij steekt zijn hand op. 'Het gaat zo wel weer.'

Ik kijk naar de mannen. Reinier Pauw staat te midden van de groep en heeft het hoogste woord.

'Wat is er toch ooit tussen jou en hem gebeurd?' vraagt Arnt.

'We hebben elkaar nooit echt gelegen,' zeg ik. 'Ik zou het hem gunnen als hij een keer een flinke scheepslading verliest. En nog meer dat hij niet wordt herkozen.'

'Sommige mensen kun je maar beter te vriend houden,' zegt hij.

'Een vriend als Reinier is geen vriend. Zulke mensen hebben alleen hun eigen belang voor ogen. En daar gebruiken ze alles voor. Zelfs rechtlijnige predikanten.'

Hij haalt zijn schouders op. 'Gebruik je kracht ergens anders voor dan voor die woede tegen Pauw. Als hij inderdaad zo'n vreselijke man is, komt hij vanzelf door zijn eigen daden ten val.' Weer kijk ik hem verbaasd aan. Het lijkt wel alsof hij de laatste tijd voortdurend adviezen over me wil uitstorten.

Dan maakt Arnt een zwaar kreunend geluid en slaat hij voorover.

'Help!' roep ik over straat. 'Help alstublieft! Mijn broer wordt niet goed.'

Ik zie Reinier kort onze kant op kijken en weglopen, in de richting van het beursgebouw. De andere mannen uit zijn gezelschap komen naar ons toe. 'Kan ik u van dienst zijn?' vraagt een van hen. 'Ik heb een wagen die hier vlakbij staat. Daarmee kunt u naar een chirurgijn.'

'Dank u,' zeg ik, en terwijl twee mannen Arnts grote lijf op een kar hijsen, bedenk ik dat ik Jan moet inlichten over Arnts gezondheidssituatie. Alles staat me tegen om bij mijn oudste broer langs te gaan.

Enkele uren later zit ik met Trijn aan de lange tafel in Arnts achterkamer met een beker honingwijn in mijn handen, terwijl zij een paar haringen fileert met een felheid alsof de vissen schuldig zijn aan Arnts ziekte. Haar haren zijn zo strak onder haar kapje gekamd dat ik me afvraag of ze er geen hoofdpijn van krijgt. Ze legt haar mes neer en veegt haar handen af aan een doek. Dat haar vingers beven, ontgaat me niet.

'Hoe is het met hem?' vraag ik, terwijl ik een slok van de wijn neem. 'Wat zei de dokter?'

Ze wrijft over haar hoofd, waardoor een paar van haar strak gekamde haren uit haar kapje losschieten. 'Hij is de oude Arnt niet meer, dat merkte ik al een tijdje.' Ze zwijgt somber. 'Arnt moet het je zelf maar vertellen.'

'Mag ik bij hem kijken?' vraag ik.

'Ga maar naar hem toe,' zegt ze, en ze wappert met de doek naar het trapgat.

Arnt zit op de rand van zijn bed en braakt in een emmer. Een van de ramen staat open en de zure geur, vermengd met de zomerse hitte van de straat, waait mijn kant op. Rond de blaker bij zijn bed zoemt een vlieg.

Als Arnt opkijkt, veegt hij zijn mond af met zijn mouw. Ik schrik van de gele kleur van zijn huid en zijn ogen. Als hij de blik in mijn ogen ziet, kijkt hij weg. 'Het is de drank, Lysbeth,' zegt hij. 'Die verduivelde drank. Althans, dat zegt de dokter.'

'Heeft hij je iets voorgeschreven?'

'Hij heeft me gepurgeerd en een ontzettend smerig drankje met papaverzaad gegeven tegen de pijn.' Hij neemt een slok bier uit een glas dat naast zijn bed staat. 'Hij had geen goed nieuws.'

'Wat zei hij dan?'

'Dat het de vraag is of ik de herfst ga halen.'

Ik klem mezelf vast aan een spijl van het bed. Arnt. De broer die me leerde bierbrouwen. De broer die me met één hand kon optillen. De broer die kon bulderen zodat de vaten trilden. De rechtdoorzee broer met zijn grote hart. Onwillekeurig komt de gedachte bij me op waarom het juist Arnt is, en niet Jan van wie ik afscheid moet nemen, en meteen schaam ik me voor mijn gedachte. Jan is immers net zo goed mijn broer. Wie ben ik om te bepalen wie het recht heeft om wel of niet te leven?

Ik ga zo rustig mogelijk naast hem zitten. Hij legt een grote, vermagerde hand op mijn knie. 'Ik wil graag dat jij het Jan vertelt. Vraag hem of hij hier wil komen. De dokter zegt dat ik geen lange wandelingen meer mag maken. En anders houdt Trijn me wel tegen.' Hij trekt een gezicht. Ik lach onwillekeurig bij de gedachte aan kleine Trijn tegenover grote Arnt. Ik lach omdat ik anders ga huilen.

Jan zit in zijn vaste armstoel, met een kristallen karaf wijn voor zich. Een oude, wrokkige weduwnaar met een rijk gedecoreerd stadshuis dat te groot voor hem is. Alleen Elisabet woont nog bij hem in, maar die is er vandaag niet. Vermoedelijk is ze bij haar verloofde, een zestien jaar oudere doctor in de rechten, een weduwnaar van het type dat Jan ooit voor mij had bedacht. Binnenkort zal Jan alleen in zijn huis wonen.

Ik schraap mijn keel. 'De laatste keer dat we elkaar hebben gesproken, zijn we niet goed uit elkaar gegaan,' zeg ik.

'Kom je eindelijk je excuus aanbieden?' zegt hij.

‘Nee,’ zeg ik. ‘Arnt is ziek. Volgens de dokter heeft hij niet veel tijd meer.’ Ik probeer de boodschap zo onbewogen mogelijk te brengen, maar mijn stem klinkt onvast.

Jan zet zijn glas op tafel. Rode vloeistof klotst tegen de rand. ‘Jij weet wel hoe je iemand moet laten schrikken.’

‘Hij heeft me gevraagd je te halen,’ zeg ik. ‘Hij wil met je praten.’

‘En wil je nu zeggen dat jij en ik samen naar hem toe lopen? En dat we eensgezind afscheid van hem nemen?’

‘Dat lijkt me niet, na die streek die je met Griet hebt uitgehaald,’ zeg ik. ‘Jij snapt maar weinig van wat familie betekent.’

‘Ik heb het recht laten zegevieren,’ stuift hij op. Ik moet opeens aan vader en moeder denken. Vader, die streed voor het protestantse geloof. Moeder, met de jaarlijkse brieven waarin ze haar liefde voor ons uitsprak. Wat zouden zij ervan hebben gevonden dat Jan en ik zo tegenover elkaar staan?

‘Je mag zelf naar Arnt toe. Ik kom later wel.’ Ik draai me om en loop weer naar de deur. Mijn woorden klinken veel botter dan ik ze bedoel.

‘Ik hoop dat die nicht van ons haar lesje leert,’ zegt hij. ‘Ze mag dankbaar zijn dat de stad de kosten van haar heropvoeding wil betalen.’

‘Praat geen onzin. Hoeveel heb je verdiend aan de dure grond waarop haar herberg stond? Gewoonlijk komt iemand er met een simpele boete van af. Je hebt gewoon een persoonlijke vete uitgevochten.’

Zijn gezicht is vuurrood. ‘Hou op. Als je daarover wilt praten, kom je maar naar het accijnskantoor.’

Het is nog niet eens herfst, en toch is Arnt al gegaan. Tussen Rem en Jan in sta ik in de zijbeuk van de kerk die me vroeger zo vertrouwd was, maar waar ik nu niet meer thuishoor. Ik trek mijn huik wat dichter om me heen. Ik voel niet alleen een diep verdriet, maar ook vervreemding. Herinneringen dringen zich aan me op. Saamhorigheid en warmte te midden van koude kerkgewelven. Het stoofje dat Cornelia en ik met elkaar deelden op een kille zondagmorgen. Hartelijke gesprekken en boze woorden. De doop van het kind van een van Rems broers, waarbij Simon en Rem een verhitte discussie met de predikant kregen over het doopformulier.

Een verdwaalde mus fladdert rond, om met een bons tot stilstand te komen tegen een van de gebrandschilderde ramen. Een aantal mensen kijkt net als ik naar boven. Het is vol in de Nieuwe Kerk. Arnt was geliefd onder zijn personeel en had veel vrienden.

Na een aantal weken van sufheid en verwardheid viel hij steeds vaker weg, totdat hij dagenlang in bewusteloze staat op bed lag. Ik denk aan flarden van ons laatste gesprek.

'Ik geloof dat ik een predikant moet laten komen,' had hij gezegd. 'Maar ik ben al een tijdje niet zo'n trouwe kerkganger.' Hij lachte scheef. 'Wat vind jij, zal er bier zijn in de hemel?' Ik glimlachte, en dacht aan het bordje van Maarten Luther dat altijd in zijn brouwerij had gehangen.

*'Wie bier drinkt, valt snel in slaap. Wie lang slaapt, zondigt niet en wie niet zondigt, komt in de hemel. Laten we dus bier drinken.'*

Hij hees zich iets hoger in de kussens en hijgde. 'Ik ben bang om mijn ogen te sluiten.'

'Waarom?' vroeg ik.

'Omdat ik bang ben dat ze niet meer opengaan,' zei hij. 'En dan weet ik niet of me de hemel of het hellevuur wacht.' Hij verkrampte, greep naar zijn buik en ontspande weer. 'Ga ik jou ooit nog weerzien? Er kunnen geen twee partijen gelijk hebben.'

Ik slikte de brok weg die zich ergens achter in mijn keel vormde. Een brok die voortkwam uit woede en verdriet. Verdriet om Arnt, die ik binnen enkele dagen zou verliezen. Woede omdat ik simpelweg niet kon geloven dat zoiets kostbaars als geloven, waar een mens houvast aan ontleende, door de landelijke twisten werd gereduceerd tot termen als goed en fout. Tot een domein waar een zorgvuldig bewaakte muur omheen werd gezet. Tot de vraag of je afkoerste op de hemel of het hellevuur. Geloven was toch meer dan dat? Liefde, dacht ik. Het woord dat Rem in zijn gesprekken zo vaak gebruikte, en door het vele praten erover misschien zijn kracht verloor. Toch kon ik geen beter woord vinden. Waar liefde was, was God. Als de liefde verdween, had geen enkele discussie nog zin. 'Maak je geen zorgen,' zei ik. 'Ik vraag me af of de Almachtige denkt in termen van gelijk en ongelijk.'

Hij wreef over zijn borst. 'Ik hoop dat je gelijk hebt.' Hij hoorde zelf de woordspeling niet.

'Misschien is het als bij iemand die van een brug af valt, de gracht in,' peinsde ik hardop. 'Een predikant als Gomarus zou zeggen dat de drenkeling bewusteloos is en wordt gered door een held die hem uit het water trekt. Arminius ziet hem als iemand die worstelt met het water en uiteindelijk zijn hand uitstrekt naar degene die hem wil redden. Maar beide mensen worden veilig aan land gebracht, toch?'

'Een drenkeling.' Hij zuchtte. Ik hoopte hem gerustgesteld te hebben, maar in plaats daarvan leek hij in paniek te raken en kneep hij met zo'n kracht in mijn hand, dat het pijn deed.

'Arnt,' zei Trijn, die haar hoofd om de hoek stak. 'Ik heb een predikant voor je laten roepen.'

Arnts ogen schitterden angstig. 'Straks eindig ik verkeerd,' zei hij weer, en even vroeg ik me af of hij misschien twee predikanten wilde laten komen, van elke kant één. En misschien ook nog een pastoor en een rabbijn.

Ik wreef met mijn duim over de muis van zijn hand en drukte er een kus op. 'Ik denk dat alleen het feit dat je zo hard op zoek bent naar het goede, genoeg is,' zei ik. 'Alsjeblieft Arnt, houd op met dat gepieker. Je verdrinkt nog eens in je eigen gedachten.'

'Je moet Jan vergeven,' zei hij. 'Jullie hebben alleen elkaar nog.' Zijn ogen draaiden weg, en toen hij ze weer opsloeg, stonden ze wazig. 'Moeder,' zei hij, en hij streelde mijn pols, plotseling teder. 'Moeder, ik heb het gedaan.'

Ik wilde zeggen dat ik moeder niet was, maar misschien raakte hij daardoor nog meer van streek. 'Wat heb je gedaan?' vroeg ik.

'Ik heb mijn mond gehouden, moeder.'

'Waarover heb je je mond gehouden?' vroeg ik, en verward zag ik dat er tranen in zijn ogen blonken.

'Jan hoeft niet bang te zijn,' zei hij.

‘Waarvoor hoeft Jan niet bang te zijn?’ Ik streek over zijn voorhoofd, dat klam was van het zweet.

‘Dat ze het te weten komen, van vader.’ Hij zuchtte.

‘Dat ze wat weten, van vader?’ Ik schudde aan zijn arm. ‘Wat?’ Maar hij reageerde niet. Kort daarna kwam de predikant binnen. Ik bleef in de kamer, beducht voor dreigende woorden die de man over hem zou uitspreken. Maar tot mijn verbazing hoorde ik hem zacht zeggen: ‘Het is goed, meneer De Bisschop. Het is goed. Voor Gods liefde hoeft u niets te doen.’ Kort daarna verloor Arnt het bewustzijn.

En nu gaapt een eindje bij ons vandaan het gat met zijn grafkist. Met een zakdoek scherm ik mijn neus af tegen de weeë geur van de vele lichamen die hem zijn voorgegaan. Terwijl predikant Plancius de kansel bestijgt, hoor ik Rem diep inademen, om moed en geduld te verzamelen. Gelukkig duurt het ceremonieel maar kort. Als we na de plechtigheid naar buiten lopen, komt Trijn naar me toe. ‘Arnt heeft een aantal brieven van jullie moeder bewaard,’ zegt ze. ‘Hij was er heel zuinig op, maar ik denk dat hij zou willen dat jij ze kreeg. De jouwe zijn immers vergaan bij de plundering. Wil je ze straks komen afhalen?’

Ik knik, en terwijl Trijn door een paar bekenden wordt aangeklampt, tikt iemand me op de schouder. Het is Trijns broer, een van de grootste brouwers van de stad. Net als Trijn is hij klein van stuk, en hij heeft een compacte bouw en een kort baardje. ‘Gecondoleerd,’ zegt hij. We praten over de brouwerij, Arnts joviale karakter en zijn standvastigheid bij het produceren van scheepsbier. ‘Hij handelde altijd voorzichtig,’ zeg ik. ‘Het was scheepsbier, en het bleef scheepsbier. Maar het heeft zijn zaak toch goed gedaan.’

‘Hij vertelde me over jullie situatie,’ zegt de man. ‘Het spijt me dat het stadsbestuur jullie momenteel niet goedgegezind is. Als ik iets kan betekenen,’ zegt hij terwijl hij voorzichtig om zich heen kijkt, ‘kom dan gerust een keer langs.’

Het stapeltje brieven van moeder is niet groot. Voor elk jaar van Arnts leven één, totdat ze zelf stierf. Ik denk aan de brieven die moeder mij ooit had geschreven, en die ergens op de bodem van de gracht zijn vergaan. Daarin schreef ze dat ik een slim en zelfstandig meisje was en leek op vader, die notaris was en ooit vanuit Gent naar Amsterdam was gereisd. Ze vertelde me dat ik was geboren in de Gulden Valck op de Dam, in een huis dat mijn vader enkele maanden ervoor had aangekocht. Ruim een jaar later overleed hij, slechts 45 jaar oud. Die brieven waren de enige draad die me met mijn moeder verbond, en tot op zekere hoogte met mijn vader. En nu zijn er woorden die voor Arnt bestemd waren. Mijn handen trillen omdat ze me misschien iets nieuws, iets onbekends over haar zullen vertellen. En misschien ook wel over Arnt, al kan ik me dat nauwelijks voorstellen, want Arnt was als het scheepsbier dat hij brouwde: eenvoudig, helder en ongecompliceerd.

Ik open de eerste brief.

*Mijn innig beminde zoon.*

De aanhef lijkt op de woorden die moeder mij ooit toevertrouwde, en op de eerste woorden van een brief die ik als twaalfjarig meisje vond tussen een etiquetteboek in Jans kantoor.

Moeder prijst Arnt om zijn harde werk als brouwersleerling en moedigt hem aan om goed voor zijn jongste zusje te zorgen. Dat ben ik. Ik krijg het warm als ik de liefde en bezorgdheid in haar woorden lees en in een impuls druk ik een kus op het papier.

De volgende brief is een stuk ouder. Hij dateert uit 1568, anderhalf jaar nadat Jan uit Amsterdam vluchtte en vader stierf.

*Nog steeds breekt het mijn hart dat jij getuige moest zijn van de gebeurtenis bij de gracht. Weet dat je broer geprobeerd heeft je vader te redden. Het is niet gelukt. Je moet hem vergeven, Arnt. Je vader was van streek door het geld dat Jan heeft gestolen, geld dat een heilige bestemming had, maar we hadden nooit verwacht dat dit zijn einde zou worden. Mijn hart bloedt om wat je hebt moeten aanzien. Ik bid: vergeef je broer, zoals ik hem heb vergeven. Dat zal je rust geven in je eigen hart.*

Verward kijk ik naar de brief. Dat Jan vader probeerde te redden toen hij dreigde te verdrinken, weet ik. Arnt is hier dus getuige van geweest. Maar het zijn vooral de woorden over het gestolen geld die mijn hart doen bonzen. Jan heeft geld gestolen. Geld met een heilige bestemming. Ik blader gehaast door de volgende brieven op zoek naar meer, maar nergens komt moeder terug op wat ze in 1568 schreef, het jaar dat ik nog maar twee jaar oud was. Ik leg de brieven in het kistje van mijn moeder. Nadat het tijdens de plundering zo beschadigd was heb ik het laten repareren. Er is geen plek waar de brieven beter op hun plek zijn dan hier. Morgen, besluit ik. Morgen ga ik Jan opheldering vragen.

'Volgens mij heb je iets voor me verzwegen,' zeg ik, als ik de volgende dag Jans huis betreed. Jan is opnieuw alleen. Zijn enige gezelschap bestaat uit een glas wijn en een stuk gekookte ham.

'Lysbeth, laat me met rust,' zegt hij en veegt met zijn mouw langs zijn mond. 'Je hebt me al genoeg energie gekost. Jij, en die zwager van me. Wil je me niet eens de kans geven om om mijn broer te rouwen?'

'Je bent niet de enige die rouwt,' zeg ik. 'Ik wil het met je hebben over iets belangrijks, waarvan Arnt en jij op de hoogte waren, maar waar jullie me nooit iets over hebben verteld. Over vaders dood.'

Hij gaat rechtop zitten en ik zie zijn gezicht grauw wegtrekken. 'Hoe kom jij daarbij?'

'Ik las iets,' zeg ik. 'Een paar brieven. En dan kom je nog wel eens wat tegen. Bagger uit het verleden die nodig moet worden opgeruimd.' Ik realiseer me hoe hard mijn woorden klinken, terwijl ik me nog zo had voorgenomen om dit gesprek rustig aan te gaan, maar ik slaag er gewoonweg niet in.

Hij zakt naar achteren in zijn stoel. 'En nu kom je verhaal halen?' zegt hij. 'Echt weer iets voor jou, om heibel te schoppen midden in een rouwperiode.'

'Het wordt hoog tijd dat je me gaat vertellen wat er is gebeurd.' Diep vanbinnen zegt een stemmetje dat ik dit gesprek beter met een derde persoon erbij had kunnen voeren. Iemand met tact, iemand die tussen ons had kunnen bemiddelen. Maar wie van mijn vertrouwelingen had dat moeten zijn? Arnt is er niet meer. Onze andere broers en zussen liggen al jaren in een graf of wonen ver weg, overzee. En Rem en Jan, dat gaat niet samen, om over Griet en Jan maar niet te spreken. 'Jouw geldzucht heeft vader het leven gekost,' zeg ik.

'Je kletst,' zegt hij.

'O ja? Leg me dan maar eens uit hoe het wél zit. Je laat mensen opsluiten als het jou uitkomt, je houdt voor iedereen een hoge standaard aan, behalve voor jezelf.'

'Alsof jij zo'n heilige bent.' Opeens begint hij diep te ademen en te wankelen.

'Wat is er?' vraag ik.

'Ik... ik krijg geen lucht,' zegt hij. Hij grijpt naar zijn borst.

Ik pak hem bij zijn schouders. Denkt hij nu echt dat ik hier in trap? 'Doe normaal. Hou me niet voor de gek. Hier kom je niet mee weg.'

'Ik... ik meen het.' Zijn ademhaling gaat raspend, en weer denk ik dat hij een toneelstukje opvoert, tot hij met zijn hoofd voorover op tafel valt. Nee. Dit kan niet waar zijn. In paniek schud ik hem door elkaar. Ik kan niet zo kort na elkaar twee broers verliezen.

'Jan,' zeg ik. 'Hou op! Word wakker.' Hij reageert niet.

Geschrokken wend ik me van hem af en geef de meid opdracht een dokter te laten roepen. Iets in me zegt nog steeds dat Jan zich aanstelt. Dat dit zijn manier is om me niet de waarheid te hoeven vertellen. Maar als ik even later het ernstige gezicht van Sebastiaan zie die in allerijl is gekomen, bind ik in. 'Je broer heeft rust nodig,' zegt hij. 'Hij heeft een grote schok te verwerken gehad. Weet je wat hem zo van streek kan hebben gemaakt?'

Ik schud mijn hoofd en kijk naar Jan, die met gesloten ogen stil op zijn bed ligt, net als Arnt kort daarvoor, met net zoveel zweetdruppels op zijn voorhoofd. Ik herinner me dat ik tijdens Arnts ziekbed een flits van een seconde wenste dat Jan zou sterven in plaats van Arnt, en opnieuw schaam ik me.

'Geef hem genoeg te drinken, en rust. Hij komt er vermoedelijk wel weer bovenop,' stelt de arts me gerust. 'Maar je broer moet niet te zwaar worden belast. Dat kan ernstige gevolgen hebben.'

# 11

## Koningsbergen, zomer 1602

De zomerhitte brandde door de ruiten van ons kantoor aan de Langgasse. Een gebogen boer sjokte door de straat met een zwetende ezel die een zak graan vervoerde. Een jongen van een jaar of twaalf slenterde langs, kauwend op een appel. Bij het huis schuin aan de overkant ging een raam open. Iemand liet een wit laken zakken dat beweginglooos bleef hangen. Snel wendde ik mijn blik af.

Ik nam Marritje over van Käthe, de meid, en duwde mijn dochtertje zacht de houten spiltrap op, naar haar bedje. Dat bevond zich op de eerste verdieping van het lichte, moderne huis dat sinds twee jaar ons eigendom was. Ons eigen huis. Ik voelde een vlaag van tederheid toen ik naar Marritje keek. Vier jaar geleden was ik bang geweest. Bang dat ik het niet kon, moeder zijn. Zes jaar lang had ik Jans huishouden geleid, maar steeds had ik daarbij het gevoel tekort te schieten. Maar toen dit meisje in mij groeide en maanden later op mijn borst werd gelegd, nog steeds geheel afhankelijk van mij, toen ik haar huid op de mijne voelde, warm en plakkerig, verdween alle twijfel. Dit meisje was van mij. Van Rem en mij samen. Ze was geen taak die me was opgelegd, maar al vanaf het eerste moment hield ik van haar, terwijl ik haar niet eens kon zien, alleen nog maar over haar droomde. Ik was bijna nergens bang voor, maar wel om haar te verliezen.

'Mama, vertel nog eens van de zee,' commandeerde Marritje.

'Zachtjes,' zei ik. 'Je zusje ligt in de kamer hiernaast te slapen.' Marritje had een stormachtig karakter. Ze was dol op de zee. Als Rem met zijn knechten aan de haven potas en hennep inlaadde, stond ze het liefst bij de boomwacht die toegang gaf tot de stad, terwijl ze de namen van de scheepstuigage opsomde. Fokkemast. Latijnzeil. Kruiszeil.

‘Goed,’ zei ik. Ik legde haar in bed en dekte haar toe. ‘Toen je vader en ik van Amsterdam naar Koningsbergen voeren, waren we zes weken onderweg. We voeren met een konvooi, weet je wat dat is?’

Ze rolde met haar ogen. ‘Ja. Een konvooi is een groep schepen.’

‘Precies. Als je samen vaart, ben je veiliger voor piraten of Spaanse kapers. Net zoals het veiliger is om samen over straat te lopen dan alleen.’

‘Ik zou tegen de piraten vechten.’ Marritje balde haar vuistjes. ‘Was het een fluitschip?’

‘Het was een fluit,’ beaamde ik. ‘Met een lange kiel, een smal dek en een buik zo bol als…’ Ik keek naar mijn buik, waar ons derde kind me zojuist een schop had gegeven. Het lijfje dat me ooit te wijd was geweest, stond nu op knappen en mijn enkels waren gezwollen.

‘Was ik er ook bij op het schip?’ vroeg Marritje.

‘Een beetje wel,’ zei ik. Tijdens de reis had ik gevochten tegen de golven van misselijkheid. De eerste dagen dat ik boven de emmer hing, had ik gedacht dat ik zeeziek was. De helft van de passagiers braakte over de reling, Rem incluis. Maar toen het braken meer dan twee weken aanhield, tot aan de landtong aan de Sont waar we aanmeerden om de scheepstol te betalen, was het me duidelijk geworden dat ik zwanger was.

‘En, waren er Spanjaarden? Met kanonnen?’ vroeg Marritje.

‘Gelukkig niet.’ Rem zou haar wat minder spannende verhalen moeten vertellen. Tijdens de nachten waarin ik vaak wakker lag door de wandluizen en het gesnurk van de mannen in de aangrenzende kajuit, waren het vooral de spoken van het verleden die me bezighielden. Dan dacht ik aan de familie die ik in Amsterdam had achtergelaten.

Na de slaande ruzie die Jan en ik hadden gehad waarna hij me op straat had gezet, had ik bij Arnt en Trijn op de stoep gestaan, met slechts enkele bezittingen onder mijn arm. Ze stelden geen vragen, maar ik gooide alles eruit, woedend over hoe onrechtvaardig Jan me had behandeld nadat Dirck mijn ontmoeting met Rem had verraden. Ze stemden toe me in huis te nemen, voor zolang dat nodig was.

Jan had na een week spijt gehad, maar ik verdacht hem ervan dat dat voor een groot deel kwam omdat hij zich realiseerde dat hij een belangrijke werkkracht in huis had verloren. En dus zat hij een week na mijn vertrek naast de haard in Arnts achterkamer, wijdbeens, in een zware stoel die ooit van vader was geweest. Hij observeerde me zoals hij naar zijn jongste zoons had gekeken toen ze geprobeerd hadden de staart van een buurtkat in brand te steken. Naast hem zat Elisabetje, die hij als geheim wapen had meegenomen. Het meisje knabbelde aan een stuk koek dat Arnts vrouw haar had toegestopt. 'Ik ben nog altijd je voogd,' had hij gezegd. 'Die idioterie heeft nu lang genoeg geduurd.'

'Ik ben meerderjarig,' had ik zo rustig mogelijk geantwoord. 'Je kunt me niets maken.'

'Jij bent een vrouw,' zei hij. 'Jij weet niet wat goed voor je is.'

Ik keek naar Elisabetje, en ik voelde een steek van gemis. Hoewel de zorg voor haar niet mijn keus was geweest, had mijn nichtje een bijzondere plek in mijn hart gekregen.

'Elisabet is nu even oud als jij was toen onze moeder overleed,' vervolgde Jan. 'Weet je nog dat ik je in huis nam? Jarenlang heb ik voor je gezorgd. En wat krijg ik als dank? Een zus die me voor schut zet en me keihard laat vallen.' Hoezeer ik me ook realiseerde dat hij het recht niet had mij vast te houden, toch voelde ik tranen achter mijn ogen branden. Ik voelde me verscheurd. Het was waar. Hij hád me jarenlang verzorgd. In zijn huis had ik onderwijs gekregen, voedsel, kleding en een zekere mate van vrijheid, al was het voor mij niet genoeg. Ik had me er zelfs meer geliefd gevoeld dan bij oom en tante. Ik draaide het lege bierglas in mijn handen om en om, en tuurde naar de laatste resten schuim die tegen de rand kleefden. Hij kon zeggen wat hij wilde, maar ik weigerde naar hem terug te keren. Het was zijn eigen schuld. Híj had me eruit gezet. En dat ik me door zijn toedoen zelfs nog schuldig voelde ook dat ik zijn kinderen niet verder zou grootbrengen, maakte me alleen maar bozer. Ik had nota bene zes jaar voor hen gezorgd.

'Elisabetje,' zei ik, en ik legde mijn vinger onder haar kin. 'Je vader heeft je ongetwijfeld verteld dat ik nu een tijdje hier woon, bij oom Arnt. Maar dat heeft niets met jou te maken. Ik vind jou nog altijd even lief. Zolang ik hier woon, mag je zo vaak komen als je wilt. Dat vindt oom Arnt ook prima, dat weet ik zeker.'

Jan was abrupt opgestaan en had Elisabetje in zijn kielzog meegenomen, terwijl Trijn zwijgend de bierglazen opruimde en Arnt hem uitgeleide deed.

'Hij is je broer, Lysbeth,' had Arnt herhaald zoals hij dat al jaren deed, toen hij de kamer weer binnenkwam. 'Je moet hem respecteren.'

'Jij bent ook mijn broer, maar jij snapt tenminste dat ik meer ben dan een gewone huishoudster en kinderverzorgster.'

'Probeer de situatie in elk geval vanuit zijn standpunt te bekijken.'

'Ik heb naar hem geluisterd.'

'Je was even toeschietelijk als een dode vis.'

'Ik wil een eigen huishouden en trouwen met de man van wie ik houd. Is dat te veel gevraagd?'

Uiteindelijk legde Arnt me halfslachtig een ultimatum op. Als ik bij hem in huis wilde blijven tot aan mijn huwelijk met Rem, en dat kon nog wel een paar weken of maanden duren, moest ik een wapenstilstand sluiten met Jan.

Enkele dagen later meldde Rem zich in Arnts huis, voor een afspraak met Jan. In Arnts bijzijn voerden Jan en Rem een ongemakkelijk gesprek. Met mijn oor tegen de deur luisterde ik mee. 'Ik kan voor mezelf zorgen en heb een goedlopend bedrijf,' hoorde ik Rem zeggen. 'Ik wil u vragen of u mij als huwelijkskandidaat voor uw zus wilt overwegen.'

Ik hoorde het gekraak van de stoel waarin Jan achteroverleunde.

'Hoeveel verdien je?'

'Inmiddels bijna tachtig gulden per maand. Ik heb van mijn patroon een lening gekregen voor een eigen huis met opslagruimte van goederen. Van alle opdrachtgevers voor wie ik de goederen opsla en verstuur, ontvang ik een vergoeding van één procent.'

'Waarin handel je zoal?'

'Potas meneer. Een ingrediënt voor glas en zeep. Het is te verkrijgen door beuken- en eikenhout te verbranden. Het neemt in volume weinig ruimte in op een schip, maar het levert veel geld op. Daarnaast handel ik in hout en hennep. Hennep voor het vervaardigen van zeep en scheepstouw.'

Jan bromde iets.

'En dat je door dit huwelijk deel gaat uitmaken van een van de invloedrijkste families van de stad, zal ongetwijfeld geen rol hebben gespeeld in je plannen?' klonk het toen sarcastisch.

Gespannen drukte ik mijn oor nog iets dichter tegen de smalle kier tussen de deur en de deurpost. 'Ik ben een zelfstandig man, meneer.' Rems stem klonk rustig en zelfverzekerd. 'Bisschop met of zonder "de" ervoor, dat speelt voor mij geen rol.'

'Als je onze naam op de een of andere manier door het slijk haalt,' klonk Jans stem, laag en ingehouden nu, 'breek ik al je botten. Ik achtervolg je tot in je graf. Ik maak jou en alle Bisschoppen zonder "de" met de grond gelijk. Onthoud dat goed.' Ik ademde diep uit toen hij daarna op luchtige toon doorpraatte over de hoogte van mijn weduwengeld, mocht Rem komen te overlijden. 'Driehonderd gulden moet een redelijk bedrag zijn,' zei hij.

Zelf raakte ik in een soortgelijk gesprek met Jan verwikkeld.

'Ik stem in met een huwelijk, op voorwaarde dat jij tot aan je trouwdag overdag een aantal taken in ons huis blijft doen en voor mijn kinderen zorgt totdat ik een goede gouvernante heb gevonden,' zei hij toen we het over Rems aanzoek hadden.

'We trouwen in januari,' zei ik. 'Dus dat kan, als je voor die tijd iemand hebt gevonden.'

'En wie betaalt het feest, als we dit al een feest mogen noemen?' had hij gevraagd.

'Ikzelf,' zei ik. 'Ik heb gespaard toen ik werkte in Arnts brouwerij. En Arnt heeft beloofd dat hij het bier levert voor de gasten.'

Cornelia, loyaal als altijd, gaf me een rol glanzende zwarte taft cadeau, waarmee Rems ouders een feestelijke rok en een lijfje voor me naaiden. Op het lijfje waren zilverkleurige rozen en lelies geborduurd; ze moesten er avonden lang mee bezig zijn geweest. De rok had een wijd uitstaand model met een baleinen hoepel, het lijfje opgevulde schouders en een hoge kraag. Enkele weken later keek Jan stilzwijgend toe hoe Rem en ik onze handtekening onder de ondertrouwakte zetten, waarmee de vrede leek getekend, en verdreef de feestvreugde voor het grootste deel mijn boosheid. Maar de verstandhouding tussen Jan en Rem bleef koel.

'En nu ga je slapen,' sprak ik streng tegen Marritje, die tijdens ons gesprek over de zee de lakens alweer van zich had afgeslagen. 'Ik ga even naar de haven, naar je vader.'

Ik liep naar beneden en stuitte op een aantal brieven die Käthe op tafel had gelegd. Voor Rem was er een dik epistel bij van Simon, die nu in Leiden theologie studeerde, en een van Jacobus Arminius, die hij steeds meer als vriend was gaan beschouwen. De andere twee waren voor mij. De eerste was van Cornelia. De tweede van Arnt, of van Jan, hun handschriften leken op elkaar. Ik besloot eerst de brief van Cornelia te lezen. Met een snelle beweging verbrak ik het zegel.

'Lieve, lieve Lysbeth,' schreef ze. Rechts bovenaan het papier zat een vlek en bij een paar letters was de inkt uitgelopen. De brief begon met een paar algemene nieuwtjes, maar naarmate de regels vorderden, werd Cornelia's handschrift slordiger. 'Ik ben bang, Lysbeth. Heel bang. Vanwege de pest. Veel Amsterdammers zijn getroffen. Er zijn te weinig begraafplaatsen. Jij en ik weten als geen ander hoe het is om een geliefde aan de verschrikkelijke ziekte te verliezen. Ik heb tegen Reinier gezegd dat ik met de kinderen graag naar een buitenplaats zou gaan waar de dampen niet kunnen komen.'

Ook in Koningsbergen nam de pestdreiging toe. Al weken stopte ik onheilsgedachten weg, ook wanneer ik zag dat er weer een wit laken aan de gevel van een huis werd opgehangen, het waarschuwingsteken dat de ziekte in een huis heerste. Het had geen zin om erover na te denken. Het enige wat we konden doen, was de maatregelen van het stadsbestuur in acht nemen. Elke woensdag en zaterdag de stoepen en goten reinigen. Geen boter, kaas of fruit kopen bij huizen waar de pest heerste. En elke zondag de kerkdiensten bezoeken, biddend dat het onheil aan ons huis voorbij zou gaan.

Op dat moment kwam Käthe uit het voorhuis lopen. 'Er is een klant, mevrouw. Hij vraagt naar uw man.'

‘Die is bij de haven.’ Ik legde Cornelia’s brief op tafel en liep achter Käthe aan naar het voorhuis, waar een kale veertiger stond met een zwarte hoed in zijn hand. Ik herkende hem als een Amsterdamse schipper die kortgeleden in de stad was aangekomen. ‘Meneer Petersen.’ Ik knikte de man toe. ‘Helaas is mijn echtgenoot niet aanwezig. Kan ik iets voor u betekenen?’

De man keek naar Rems bureau, alsof hij daar elk moment onder vandaan kon kruipen. ‘Ik heb een verzoek van een van de zeepzieders aan het Damrak met wie u afspraken hebt gemaakt.’ Hij schoof een vel papier naar voren. ‘Hij zou graag de hoeveelheid potas verdubbelen die hij heeft besteld.’

‘Verdubbelen?’

‘Ja. Dat geldt ook voor de hoeveelheid hennep. We willen het volgende week laten verschepen.’

‘Volgende week? U weet dat de vraag overweldigend is op dit moment.’

‘Waar is uw man?’ De schipper keek ongeduldig om zich heen alsof hij de enige was die potas en hennep wilde, en er niet de afgelopen dagen al talloze orders waren binnengekomen.

‘Mijn man is bij de haven,’ zei ik zo vriendelijk mogelijk. ‘En als u hem spreekt, zal hij u hetzelfde zeggen als ik.’

‘Als u bereid bent tien procent extra te betalen voor de tweede lading, gaan we ons best voor u doen,’ zei ik tegen Petersen, die nog steeds met zijn hoed in de hand voor me stond.

De man bromde iets wat op een akkoord leek.

We moeten uitbreiden, dacht ik.

Ons bedrijf was een van de weinige ondernemingen die hennep en potas naar Amsterdam verscheepten. Het floreerde. Rem had de lening bij zijn patroon binnen drie jaar afbetaald en dat was vooral te danken aan de spectaculair gegroeide productie van zeep. Iedereen wilde zeep, en niet alleen de vollers die er geweven wol mee reinigden. Amsterdam groeide, ondanks de heersende pestepidemie. Een deel van de opbrengst van de hennep en potas investeerden we in rozijnen, wijn en zuidvruchten uit Frankrijk die we in Koningsbergen verkochten. Ik had al gauw ontdekt dat de beste zakelijke afspraken werden gemaakt met lekker eten en goede wijn, en als Rem en ik aan het eind van de dag in de keuken van ons huis aan de Langgasse met de kinderen de restjes van de maaltijd opaten, de wijn opdronken en onze inkomsten telden, voelde ik me tevreden. Dit was mijn huis. Mijn gezin. Rem en ik hadden er samen hard voor gewerkt.

Toen we een paar weken geleden naast elkaar in bed lagen, staarde hij naar de zoldering. 'Het voelt dubbel, Lysbeth,' zei hij. 'Natuurlijk is het fijn dat de zaken goed gaan, maar dat heeft deels te maken met de epidemie.'

'Misschien,' zei ik, en ik kroop wat dichter tegen hem aan. 'Maar we leveren iets wat mensen nodig hebben. We kunnen jouw familie ondersteunen met onze inkomsten. En we doneren regelmatig aan het armenhospitaal. Wat kunnen we anders doen?'

'Dat is ook zo, ik weet het,' zei Rem.

'We zouden moeten uitbreiden,' zei ik. 'Ik heb laatst een pakhuis gezien vlak bij de haven en geïnformeerd naar de prijs.'

Hij glimlachte. 'Op dit moment kunnen we het ons nog niet veroorloven,' zei hij. 'Volgend jaar misschien wel. Of het jaar erna.'

'We kunnen mijn familie vragen of ze ons wat geld willen lenen,' zei ik.

'Nee.' De trek op zijn gezicht werd koppig. Rem stond open voor allerlei mogelijkheden, maar de mogelijkheid van zakendoen met Jan was wat hem betrof uitgesloten, terwijl Jan nu juist ons rijkste familielid was. De onderlinge verstandhouding tussen Jan en Rem was na ons huwelijk amper verbeterd. Dat was ook logisch, er waren nauwelijks mogelijkheden voor geweest. We waren immers al gauw naar Koningsbergen vertrokken.

'Maar dan hoeven we geen jaar te wachten,' zei ik.

'Ik wil niet afhankelijk zijn van jouw broer.'

Ik had me erbij neergelegd. Voorlopig. Intussen werkten we harder door dan ooit, ik nu ook met twee meisjes en een zwangere buik.

Toen Petersen was vertrokken, dacht ik aan de correspondentie die ik nog niet had gelezen en liep terug naar het achterhuis, waar Käthe in een schommelstoel zat te dommelen. Een blik op het zegel van de tweede brief vertelde me dat de brief van Jan was. Snel opende ik hem. Ik wist hoe Rem zou reageren als hij mijn correspondentie met Jan zou lezen, en toch had ik er verstandig aan gedaan, vond ik. De relatie met Jan mocht dan moeilijk zijn, zaken deed je nu eenmaal in eerste instantie binnen je familie. En Jan was daarvan niet alleen het hoofd, maar ook degene met het meeste kapitaal.

Zijn brief was kort en zakelijk, zoals altijd. 'Wat betreft je verzoek om een investering, daar heb ik over nagedacht. Ik ben daartoe bereid, onder de volgende voorwaarden.' Ik keek naar het bedrag dat hij maximaal beschikbaar wilde stellen. Ik slaakte een zachte kreet. Het was genoeg voor een pakhuis, misschien zelfs voor een eigen schip. In ruil daarvoor wilde hij een tiende van de opbrengst. Ik vouwde de brief dicht en stopte hem bij de andere brieven in het houten kistje dat ik ooit van mijn moeder had gekregen. Ik moest Rem overhalen. Als dit slaagde, zou het onze familie misschien bij elkaar brengen. Maar als ik faalde, kon dit zorgen voor meer verwijdering dan er al was.

'Ik ben naar de haven,' zei ik tegen Käthe. 'Let jij op de kinderen?' Käthe was niet, zoals ik een paar jaar geleden had gevreesd, de Venus die Rems hoofd op hol had gebracht, maar een potige vrouw met een pronte snor boven haar bovenlip. Ze was een matige schoonmaakster, maar ze had me sterk en kordaat door beide bevallingen heen gesleept. En ze waakte over de meisjes alsof ze van haar waren. Als dochter van een Hollandse metselaar sprak ze bovendien goed verstaanbaar Nederlands, in tegenstelling tot veel inwoners van Koningsbergen, die Hoog- of Nederduits spraken of een voor mij onverstaanbaar Pruisisch dialect.

'Als u naar de markt gaat, kunt u beter niet door de Holländergasse lopen,' zei Käthe. 'Er zijn daar nieuwe gevallen van de pest geconstateerd.' Daar was weer de angst die ik had gevoeld toen ik Cornelia's brief las, maar ik verdrong hem snel. 'Ik ga niet naar de markt,' zei ik.

Ik trok de deur achter me dicht en sloeg een smalle steeg in. Koningsbergen bestond eigenlijk uit drie steden die waren samengevoegd: de Altstadt, Kneiphof en Löbenicht. Wij woonden op

Kneiphof, een eiland dat werd gevormd door twee vertakkingen van de rivier de Pregel waar ook het raadhuis stond, en de asymmetrische gothische Domkathedraal met slechts één spitse toren. Als je de Pregel overstak, bereikte je de Altstadt met het brede, witgepleisterde universiteitsgebouw en het kasteel, dat op een groene hoogte lag waarvoor het woord 'berg' te hoog gegrepen was.

Langs de oever van de rivier wandelde ik naar de haven. Ik zag hoe een vrouw een dode rat opschepte, en stak de straat over, om er niet te dicht in de buurt te komen. Als er dode ratten op straat lagen, was de pest niet ver weg, wist ik. Rechts naast me torende het pakhuis van een van de rijkste Hollandse kooplieden in de stad. Ik bleef even staan en keek omhoog naar de trapgevel en de brede raampartijen. Het was een pand van maar liefst zes verdiepingen, met hoge ramen die deels waren afgesloten met donkergroene luiken en die als ze waren geopend veel licht binnenlieten. In verhouding lag dit pakhuis veel gunstiger ten opzichte van de haven dan onze woning, en het was wel drie maal zo groot.

Bij een groot fluitschip met een Hollandse vlag werden stapels kisten en tonnen uitgeladen met een houten hijskraan. Rem stond samen met een knecht bij een ossenwagen en inspecteerde een geopende kist. Even bleef ik staan om naar hem te kijken. Boven zijn broek droeg hij slechts een hemd met opgerolde mouwen, waaronder zijn gebruinde armen zichtbaar waren. Hij gooide lachend iets kleins naar een tweede knecht, die op de kar stond. De man plukte het uit de lucht en stak zijn duim op. Rems optimistische en aimabele karakter maakte dat mensen graag in zijn buurt waren, of het nu rijke klanten of loopjongens waren. Ik wist dat we daaraan een groot deel van ons zakelijke succes te danken hadden.

Ik liep naar hem toe en hij kuste me, zonder zich iets aan te trekken van de aanwezigheid van de mannen. 'We hebben gedroogde vijgen uit de Algarve,' zei hij. 'Proef eens.' Ik stopte de vijg die hij me toestak in mijn mond. De vrucht smaakte vol en zoet. 'Er zijn twee brieven voor je gekomen,' zei ik. 'Een van Simon en een van Arminius.'

Hij pakte ze van me aan. 'Kan ik iets met je bespreken?' vroeg ik.

'Natuurlijk.' Hij liep met me mee naar een groenstrook voor een herberg waar twee paarden stonden te grazen en hield zijn pas iets in toen hij merkte dat ik buiten adem raakte. 'Jij en ons kind hebben er een aardige wandeling op zitten.'

'Dat vindt hij ook. Hij protesteert voortdurend.' Ik ging zitten op twee opgestapelde kisten.

'Misschien wordt het een jongen,' zei hij hoopvol.

'Als het maar gezond is,' zei ik, en in één adem voegde ik eraan toe: 'Dat grote pakhuis met de groene luiken aan het begin van de linkeroever gaat in de verkoop.'

Rem fronste zijn wenkbrauwen. 'Waar heb je dat gehoord?'

'Ik liep erlangs en ving iets op.'

Hij streek nadenkend over zijn baardje. 'Dat pakhuis ligt inderdaad op een gunstige locatie. Maar het zal een aardige duit kosten. Dat geld hebben we nog niet.'

Ik haalde diep adem. 'Jan wil investeren.'

'Investeren?' Rem fronste zijn wenkbrauwen. 'Hoezo?'

'Ik heb hem verteld welke plannen we hebben gemaakt.'

Rem knipperde met zijn ogen. 'Je weet dat ik niets van Jan wil aannemen.'

'Het is ook geen gift. Jan weet zelf maar al te goed dat dit voor hem ook een gunstige afspraak is. Hij wil wel tien procent van de opbrengst.'

Hij ging voor me staan, zijn armen over elkaar geslagen. 'Heb je dit met Jan bekokstoofd zonder met mij te overleggen?'

Ik zuchtte. 'Ik wist dat je moeilijk zou doen. Dit is toch een buitenkans?'

Hij keek opzij, waar twee zeemeeuwen zich klapwiekend stortten op iets wat op het kadaver van een dier leek. 'Het verbaast me dat je opeens zo dik met hem bent. Tot voor kort had je geen goed woord voor hem over.'

'Hij is mijn broer,' verdedigde ik me. 'Familiebanden blijven belangrijk, ook al lig je elkaar niet.'

'Ik wil niet afhankelijk zijn van jouw familie, Lysbeth. Ik wil ons bedrijf op eigen kracht opbouwen.'

‘Wat een onzin. Je bent voor je werk voortdurend bezig om contacten te leggen en de juiste mensen om je heen te verzamelen. En jouw familie is ook voor een deel afhankelijk van ons. Waarom weiger je dan dit aanbod?’

‘Ik wil niet de man zijn van wie men zegt dat hij succesvol is geworden omdat hij zijn hand op heeft gehouden bij zijn rijke zwager.’

‘Ik zou niet weten waarom je wel afhankelijk van een vreemde zou willen zijn, maar niet van iemand die toevallig je zwager is, al is hij misschien niet de makkelijkste,’ zei ik.

‘Laten we het hier verder thuis over hebben.’ Hij verbrak het zegel van een van de brieven die ik hem had gegeven en liet zijn ogen over de regels glijden. Zijn gezicht zag grauw, en hij liet de brief zakken.

‘Wat is er?’ vroeg ik. Ik vond nog steeds dat ik er goed aan had gedaan Jan bij onze zaken te betrekken, maar ik had niet gedacht dat Rem er zo door van slag zou raken.

‘Slecht nieuws,’ zei hij. Zijn stem klonk raar. ‘Simon schrijft over de epidemie in Amsterdam.’

‘Simon? Die zit toch in Leiden?’

‘Mijn vader en mijn drie zussen zijn overleden,’ zei hij.

De rest van die dag zat Rem in zijn kantoor en staarde voor zich uit. Hij at en dronk nauwelijks, en aan het zo goed als lege vel papier dat voor hem lag te zien, wilde hij een brief schrijven aan zijn familie, maar kwam hij er niet toe. Zijn ogen stonden dof. Hij reageerde amper op het gebabbel van de meisjes. Zelfs de kleine Geertje, zijn oogappel die de naam van zijn moeder droeg, kon hem geen glimlach ontlokken toen ze haar neus en wangetjes insmeerde met rodebietenpuree.

Er verstreek een week. Rem las en sliep veel. Het noodzakelijke werk liet hij over aan mij en zijn twee knechten. Deze Rem was nieuw voor me, een Rem die onverschillig leek voor hoe de zaken gingen. En de vraag naar hennep en potas bleef komen. Tussen het afhandelen van de bestellingen door had ik uitgerekend hoeveel we voor een pakhuis zouden kunnen betalen zonder Jans lening. Het bedrag was bij lange na niet voldoende.

‘Rem,’ zei ik, toen we op een avond aan tafel zaten, ‘ik wil vanavond graag naar de herberg om wat mensen te spreken. Ik begrijp dat jij tijd nodig hebt om te rouwen, maar sommige zaken kunnen niet wachten.’

‘Als jij naar de herberg wilt, moet je dat doen,’ zei hij.

Ik schepte wat van de stoof op die ik had bereid. Kabeljauw en schelvis, met een mengsel van appel en ui. Zoet en hartig, gekruid met wat peper en saffraan uit het verre Indië.

Hij was weer verdiept in een brief van Arminius. ‘De lichamen worden in Amsterdam opgestapeld als balen goederen in een scheepsruim,’ zei hij. ‘Arminius zegt dat hij zich voorbereidt op het ergste, ook voor hemzelf en zijn gezin.’

Ik wilde het liefst mijn oren dichtstoppen. Natuurlijk, ik had begrip voor zijn verdriet. En het was logisch dat hij met zijn gedachten veel in Amsterdam was. Maar wat voor invloed hadden we vanaf deze plek, honderden mijlen van Holland vandaan, op het lot van onze geliefden daar? We konden niets doen. Niets. Ik wilde het er niet over hebben. Ik veegde met een doek een klodder appelprut van de neus van Geertje, die ik intussen aan het voeren was.

‘Ik wil geen doemdenker zijn,’ zei ik. ‘Het enige wat we kunnen doen, is meer ingrediënten voor zeep verkopen. Daar helpen we de mensen hier mee én zo kunnen we jouw familie steunen. Jans lening kan ons daarbij helpen. Begrijp je dat dan niet?’ Zolang onze levens gespaard blijven, flitste er even door me heen, maar die gedachte stopte ik direct weer weg.

Rem nam een hap van zijn vis. ‘Ik heb tijd nodig,’ zei hij. ‘Tijd om na te denken over mijn vader en mijn zussen. En de rest van mijn familie.’

‘Dat begrijp ik,’ zei ik zo kalm mogelijk. ‘Maar wij zijn ook familie. Wij samen. En ik wil graag het beste voor ons.’

Hij stond op. ‘Het spijt me,’ zei hij. ‘Ik heb geen trek. Ik ga nog even naar boven.’

De volgende ochtend toen ik in de keuken gortepap maakte voor de meisjes, stond Rem op de drempel, veel vroeger dan gebruikelijk. Hij had zich geschoren en zijn haren gekamd. Zijn ogen stonden nog vermoeid, maar de lethargische blik was verdwenen. 'Ik ga op reis,' zei hij.

'Naar Amsterdam?' vroeg ik, en ik legde een hand op mijn buik. Moest ik zonder hem ons derde kind gaan krijgen?

'Nee. Ik moet aan het werk. Het is tijd.' Nu begreep ik wat hij bedoelde. Enkele keren per jaar pakte Rem zijn spullen en vertrok voor drie dagen met de ossenwagen, naar een stadje ruim een uur ten zuiden van Koningsbergen. Daar vlakbij bevonden zich de meeste potasbranderijen, waar hij zijn afspraken maakte.

Ik knikte opgelucht. De Rem die ik kende, was er weer.

'Heb je nog nagedacht over de lening van Jan?' vroeg ik.

'Ik heb nog geen ruimte in mijn hoofd gehad om daarover na te denken,' zei hij.

'Denk daar nu dan over na,' zei ik geïrriteerd. 'Zo moeilijk is het toch niet?'

Hij sneed een stuk kaas af, pakte een brood van tafel en stopte het in zijn ransel. 'Goed,' zei hij toen. 'Ik blijf erbij dat ik dat geld van Jan niet wil.'

Meteen had ik spijt dat ik er op dit moment op had aangedrongen. Och, wat kon die man koppig zijn. Ik had zijn vasthoudendheid tot dusver bewonderd, daardoor had hij immers bijna zeven jaar op me gewacht, maar nu kon ik hem wel slaan.

'En als ik daar nou anders over denk?' zei ik. 'We hebben meer ruimte nodig voor onze goederen, dat weet jij net zo goed als ik.'

Hij kuste me op de wang. 'Alles heeft zijn tijd. En ik wil dat jij geen overhaaste stappen neemt.'

Zodra Rem was verdwenen, begon ik brieven te schrijven. Een naar Cornelia, en een naar Jan.

'Het spijt me,' schreef ik hem. 'Rem heeft nog bedenktijd nodig. Maar het zal niet lang duren. Ik kan hem wel overhalen. Reken er maar op dat het binnen een paar weken rond is.'

'Geertje is moe,' hoorde ik Marritje in de aangrenzende kamer tegen Käthe zeggen. 'En ik ook.' Dat verbaasde me. De dag was nog maar net begonnen.

Die middag wilde Marritje haar gortepap niet eten. Op haar voorhoofd parelden zweetdruppels.

'Ik zal haar weer in bed leggen,' zei Käthe en ze leek ongewoon nerveus. 'En ik houd haar in de gaten.'

Voor ik naar de markt ging om groente te kopen, keek ik nog eenmaal naar Geertje, die met een lepel op een koperen pot tikte. Ik trok de deur achter me dicht, liep de straat op en stak een van de zeven bruggen over. Op de hoek stond een magere predikant in een zwarte toga. Om hem heen had zich een groep mensen verzameld. 'We moeten tot inkeer komen.' Zijn woorden dreven voorbij als donkere wolken boven een dreigende zee. 'Matigen met eten. Breken met zondige gewoontes. Zuipen, dobbelen…' Het gezicht van de man was rood van inspanning, en toen ik me langs de menigte heen worstelde, had ik even het idee dat hij mij aankeek. Buiten de stadspoort, de enige plek waar de boeren hun groenten nog mochten verkopen, kocht ik wat kervel en krootjes.

Toen ik thuiskwam, zat Marritje weer aan tafel en at smakkend haar bord leeg. Geertje zag ik niet.

'Waar is Geertje?' vroeg ik.

Käthe niesde. 'Pardon, mevrouw. Geertje ligt boven te slapen.'

'Geertje is héél erg moe, mama,' zei Marritje.

Ik liep naar boven en vond Geertje zwetend in haar bedje. Het was warm, het was hoogzomer, dus zweten was normaal. Maar haar gezicht was bleek. Ik legde een hand op haar voorhoofd, dat gloeiend heet aanvoelde. 'Geertje.' Ik schudde haar zachtjes door elkaar. Ze hoestte met gesloten ogen. Ik pakte het meisje op. Ze hing tegen me aan als een lappenpop.

'Moge God ons genadig zijn,' zei ik, en mijn stem trilde. 'Käthe, ik wil dat je een dokter haalt.'

Die middag kwam de chirurgijn. Hij had een doek voor zijn gezicht gebonden en liep rechtstreeks naar haar bedje. Hij sloeg het drinken dat ik hem aanbood af en legde zijn vingers tegen haar hals. 'Haar lymfeklieren zijn opgezet,' zei hij. 'Ik zou graag de rest van haar lichaam onderzoeken.'

Toen ik het hemdje van het meisje omhoogschoof, had ik geen diagnose van de arts meer nodig. Wat ik zag, was als een stomp in mijn maag. In Geertjes lies zat een paarse vlek.

'Het spijt me dat ik geen beter nieuws voor u heb,' hoorde ik de stem van de arts achter me.

'En nu?' Ik verdrong de angst die zich in me opkropte en die elk moment leek te kunnen exploderen. 'Wat kunt u doen?'

'Niets,' zei hij. 'Of bijna niets. Ik zal een kompres met mosterd op de plek leggen. Verder moet u afwachten. Geeft u uw dochter veel te drinken.'

Ik knikte en boog me voorover naar Geertje.

'Kom niet te dicht bij uw kind,' vervolgde de arts. 'Er zijn mensen die zeggen dat je het kunt krijgen door de zieke aan te kijken.'

Aankijken? Natuurlijk wilde ik mijn meisje aankijken. Hoe kon ik haar niet aankijken?

'Blijf kalm. Markeer uw huis met een wit laken. Ik kom morgen terug. Mocht op de paarse plek een zwelling zijn ontstaan, dan kan ik daar eventueel een aderlating doen.' Hij liep naar de deur. 'En houd vooral afstand.'

'Dat is onmogelijk,' zei ik. 'Ik ben haar moeder.' Ik wilde wat geld pakken om hem te betalen, maar hij zei: '"Betaalt u mij later maar."' Ik begreep het. Niemand mocht voorwerpen uit een geïnfecteerd huis meenemen. De gevaarlijke dampen zouden zich eraan kunnen hechten.

De uren erna ging Geertje verder achteruit. Er verschenen meer paarse vlekken op haar huid. De hoest leek diep uit haar lijf te komen. Het eten dat Käthe me bracht, schoof ik opzij. 'Denk je dat...' Ik stikte bijna in mijn eigen woorden. Het was alsof wanneer ik ze zou uitspreken, ze werkelijkheid zouden worden. Wanneer zou Rem terugkomen van zijn reis? Wat als Geertje zou sterven? Wat als hij zijn dochter niet eens meer levend zou zien? Op dat moment slaakte Geertje een zachte kreet. Ik draaide me naar haar om en zag een straaltje bloed uit haar mond lopen.

De volgende ochtend was Geertje er niet meer. Haar ogen staarden in de verte, haar lappenpop lag naast haar. Ze was even rustig gegaan als ze was. Ik had de hele nacht naast haar bedje gezeten, en negeerde de pijn in mijn ledematen en mijn zwangere buik. Toen ik me over haar heen boog en ontdekte dat ze niet meer ademde, wilde ik schreeuwen, huilen en me op de grond laten vallen van paniek. Mijn kleine meisje. Ons kleine meisje. Wat moest ik tegen Rem zeggen, die net zijn vader en zussen had verloren?

Marritje kwam binnen in haar nachthemdje, en keek naar haar zusje. Ze pakte Geertjes lappenpop en drukte hem tegen zich aan. 'Niet doen,' zei ik, en bang dat de pop ook besmet was geraakt, griste ik hem uit haar handen. Op dat moment hoorde ik de voordeur opengaan en snelle voetstappen op de trap. 'Geertje leeft niet meer,' zei ik, en ik klampte me aan Rem vast.

De predikant arriveerde met een doek tegen zijn neus gedrukt. 'Het spijt me dat ik niet verder kom dan de voordeur,' zei hij verontschuldigend. 'Vier van mijn collega's zijn al gestorven. Ik ben een van de laatsten. Ik zal de pestdragers verzoeken uw dochter te komen halen.'

'Ik wil erbij zijn als ze wordt begraven,' zei ik.

'Het spijt me mevrouw, u dient hier in huis te blijven,' zei hij.

'Maar ze is onze dochter,' zei Rem.

Hij knikte meelevend. 'Het spijt me, meneer,' verontschuldigde hij zich voor de derde maal. 'Dit is een bevel van het stadsbestuur. Alle familieleden moeten in huis blijven. Drie weken, tot het ergste besmettingsgevaar is geweken.'

'Ik wil mijn dochter begraven,' riep ik. Ik kon haar toch niet haar laatste reis alleen laten afleggen, in het gezelschap van onbekende mannen?

'Mevrouw, u moet uw emoties beheersen,' zei de man. 'Put troost uit het feit dat uw kind in de hemel is.' Ik ergerde me. Waarom dachten mannen toch altijd dat vrouwen hun emoties niet konden beheersen? Dit had niets te maken met vrouwelijke hysterie. Ik had het recht om verdriet te hebben. Dit ging om mijn kind, dat ik zelf ten grave wilde dragen. We konden toch een witte stok meenemen, als waarschuwing voor besmettingsgevaar?

‘U bent toch een predikant, een herder?’ zei ik. ‘U lijkt meer op een gerechtsdienaar.’

‘Ik wil bij Geertje blijven,’ gilde Marritje.

Rem kwam tussenbeide. ‘Eerwaarde, op welke plek wordt onze dochter begraven?’ vroeg hij.

‘Het kerkhof is vol,’ zei hij. ‘Buiten de stadspoort is een nieuw veld aangekocht waar we de doden heen zullen brengen.’

‘Nee.’ Ik raapte alle zelfbeheersing die ik in me had bij elkaar toen ik dacht aan de massagraven die Cornelia had beschreven in haar brief, waar mensen met tientallen tegelijk als bakstenen op elkaar werden gestapeld. ‘Ik wil haar kunnen terugvinden. Ik wil dat ze binnen de stad wordt begraven.’

‘Waarom is dat zo belangrijk voor u?’ De wenkbrauwen van de predikant fronsten boven de doek. ‘Uw dochter is hier niet meer. Ze is nu bij God.’ Als hij nu ook nog ging zeggen dat dit haar lot was, zoals sommigen beweerden wanneer een kind ziek werd en stierf, zou ik alsnog gaan gillen.

Rem kwam tussenbeide. ‘Is er geen mogelijkheid? Stel dat ik een stuk grond zou opkopen, zou de kerk dan bereid zijn het in te wijden als kerkhof?’

‘Dat is hoogst ongebruikelijk.’ De predikant duwde de doek vaster tegen zijn neus. ‘De stad bepaalt waar de kerkhoven komen.’

‘Ongebruikelijke tijden vragen om ongebruikelijke maatregelen. Als ik op zoek ga naar een geschikt stuk grond, zou u dat dan met uw medepredikanten willen bespreken?’

De man keek ongelukkig. ‘Predikant. De anderen zijn al gestorven.’

‘Dank u. We zouden de kerk ook graag een gift geven zodat we de kerk kunnen steunen in het aantrekken van een nieuwe predikant.’

De man keerde zich om en vertrok.

‘Heb je een witte stok voor me?’ zei Rem. ‘Ik ga de stad in.’

Het was pas laat in de avond toen Rem terugkwam. Nadat ik Marritje in bed had gestopt, staarde ik eindeloos in de kaarsvlam zonder iets te zien. Toen hij binnenkwam, stond zijn gezicht strak.

‘Is het gelukt?’ vroeg ik.

'Ja,' zei hij. 'We kunnen voor weinig geld een lapje grond kopen tegenover het kerkhof van Roßgarten.' Ik slaakte een zucht van verlichting. Roßgarten was een hoger gelegen nieuwe wijk in het noorden van de stad, die grensde aan de slotvijver. Er woonden veel Hollandse leerlooiers en vollers, die het water van de vijver gebruikten voor hun vol- en stampmolens.

'Hoe ben je eraan gekomen?' vroeg ik.

'Ik heb een aantal kooplieden gesproken. Sommigen hebben net als wij belang bij een eigen kerkhof, en ze willen de kosten delen.' Zijn gezicht stond nog steeds strak. Toen ik hem wilde omhelzen, weerde hij me af.

'Ik moet nog iets met je bespreken,' zei Rem toen ik door de achterkamer liep en naar het lege kleedje keek waar Geertje altijd op speelde. Het was alsof ze er elk moment weer kon zitten, tevreden sabbelend op haar duim, met haar popje in de hand.

'Natuurlijk,' zei ik.

'Ik zag de brief die je aan Jan hebt gericht,' zei hij.

Ik hoestte even en voelde aan mijn buik, die zwaar aanvoelde. De afgelopen weken hadden me uitgeput. Nu pas realiseerde ik me dat ik de brief aan Jan nog niet had afgemaakt.

'Je spant met hem samen, terwijl je heel goed weet dat ik zijn geld niet wil.' Rem stond nu vlak voor me. Zijn ogen schoten vuur. 'Dat je dit voor me hebt verzwegen, valt me verschrikkelijk van je tegen.'

Ik deinsde achteruit. Ik had hem nog nooit zo kwaad gezien. Ik voelde me opeens zo moe.

'Er is niets gebeurd,' zei ik. 'Ik wilde alleen nog niet direct nee zeggen. Ik beloof je…'

'Ik had je nog zo duidelijk gezegd dat ik zijn geld niet wilde,' zei hij hard. Ik kon het geluid van zijn stem niet verdragen.

'En dat is belachelijk!' Ik wreef over mijn nek, die gloeide. 'Bovendien was je door het overlijden van je vader en zussen met je gedachten ergens anders. Wat begrijpelijk is, maar…'

'Ik weet niet of ik je nog kan vertrouwen.' Opeens stond zijn gezicht heel kalm.

‘O, is dat zo?’ zei ik. ‘Ik wilde dat jij niet zo koppig was. We zouden samen onze handel drijven, beloofde je toen je met me wilde trouwen. Maar uiteindelijk neem jij alle beslissingen en…’

Hij keerde zich van me af, liep de trap af en verdween naar buiten. Het duurde uren voordat hij terugkwam, de klok had al middernacht geslagen en hij rook naar drank. De volgende ochtend keek hij me nog steeds nauwelijks aan. En ik wond me op omdat hij zich bedronk vanwege zoiets kleins.

We stonden voor het veldje, met Marritje tussen ons in. De doordringende stank van de vollersplaatsen en leerlooierijen dreef onze kant op. Aan de achterzijde van het veld stonden een paar beukenbomen. Käthe stond vlak achter ons. Ik pakte Rems hand, maar die voelde slap in de mijne. Ik liet hem weer los en streek over mijn buik, waar ik een lichte kramp voelde. Nieuw leven, dacht ik. Een nieuwe Geertje? Of misschien was het een jongetje. De tranen kwamen steeds, op de meest onverwachte momenten, maar hier, op de plek waar mijn kleine meisje rustte, hoorden ze.

Naast de rouw om Geertje hadden we een week lang in angst geleefd. Zou de pest ook nog een van ons bezoeken? We hadden geen drie, maar zes weken moeten wachten voor we haar graf konden bezoeken, vanwege het besmettingsgevaar. De regels waren aangescherpt. Anderen hadden haar voor ons begraven. Bij haar graf stond een eenvoudige steen met de letter G erop.

‘Je… je hebt een mooie plek voor haar uitgezocht,’ zei ik haperend.

Rem reageerde niet, zoals wel vaker in de afgelopen weken. Tegelijk met het gemis van Geertje was er een ander gemis gekomen. Het gemis van saamhorigheid tussen ons beiden.

Op dat moment voelde ik een scherpe pijnscheut door mijn onderbuik trekken. Dezelfde kramp als zojuist, maar nu heviger, en ik hapte naar adem. Nu al? Het was nog te vroeg. Dit kon niet. Ik voelde vocht langs mijn benen lopen. ‘Ik…’ hijgde ik. ‘Het gaat niet goed…’

Opeens was Rems hand onder mijn arm.

'Blijf hier,' commandeerde hij. 'Ik haal een wagen.'

De wee ebde weg, maar werd al snel gevolgd door een nieuwe. Met Marritje aan mijn hand staarde ik naar Geertjes grafsteen. De G van Geertje. De G van God, van goedheid, van geliefden, en ik probeerde nog meer woorden te bedenken die me afleidden van rampzalige gedachten, gedachten dat ik op het graf van mijn overleden kind een ander kind zou baren, niet wetend of het levensvatbaar was.

Even later reed Rem me op een rammelende handkar naar ons huis, zoals we ooit Wabbetje hadden vervoerd. Ik sloeg mijn armen om mijn lichaam en wiegde heen en weer. De pijn gierde door mijn lijf, maar ik had geen keus. Ik wilde dat Rem en Käthe zouden vertrekken en dat ze Marritje zouden meenemen. Dat ze me alleen zouden laten. Mij en het kind.

'Ga naar de slaapkamer,' commandeerde Käthe, die me even later de trap op hielp. 'En kleed u daar uit. Ik zal water koken en doeken halen.' Gehoorzaam deed ik wat ze zei. Ik was te moe om tegen te stribbelen. Ik wilde alleen maar het kind eruit persen. Ik liep de trap op, naar boven, Rem achterlatend in de achterkamer.

Toen ik mijn kraag af had gedaan, mijn lijfje uittrok en de randen van mijn hemd beetpakte, zag ik een plekje. Ik had het twee dagen geleden ook gezien, toen dacht ik dat ik me misschien had gestoten. Ik keek eens goed.

Achter de deur hoorde ik Käthe iets tegen Rem zeggen over bier en natte doeken.

Het plekje was doorschijnend, paarsachtig. Gezwollen.

Een nieuwe pijnscheut trok door mijn lichaam. Ik trok aan mijn hemd, sjorde aan mijn rokken, gooide ze op een hoopje op de grond. Ik staarde naar de huid van mijn buik, mijn dijen. Er leek ook een plek op mijn been te zitten, vlak bij mijn liezen, al kon ik die door mijn hoogzwangere buik minder goed zien. Ik liet me op mijn rug op het bed vallen en kreunde, gromde, terwijl er opnieuw een wee door mijn lijf trok, die me meteen bij mijn positieven bracht. Ik keek weer naar het plekje op mijn arm, hopend dat het op de een of andere manier verdwenen zou zijn, maar het was er nog, kwaadaardig, genadeloos.

‘Käthe,’ schreeuwde ik.

Ze kwam.

‘Käthe.’ Ik tastte in mijn hoofd naar de juiste woorden, maar die vond ik niet.

‘Niet goed,’ zei ik, en ik wees naar mijn lies, en naar de plek op mijn arm.

Käthe kreeg de blik in haar ogen van een admiraal die zich voorbereidt op de strijd. ‘Mevrouw,’ zei ze. ‘Laat me u bekijken.’

‘God,’ bad ik, mompelde ik bij de volgende wee. ‘Dit kan niet. Ik wil leven. Ik wil leven ter wereld brengen.’

‘Ik heb Marritje naar bed gebracht,’ hoorde ik Rems stem. Ik zag zijn schaduw, hij stond slechts enkele voetstappen bij het bed vandaan.

‘Blijf daar,’ zei ik, en ik negeerde de pijn in mijn buik die me verscheurde.

Dit kind wilde eruit, zonder te weten dat de dood al klaarstond om zijn zeis over hem heen te maaien. Over mij. Over Rem. Of over Marritje. Over Käthe. Ik moest hen bij me vandaan houden. Zover mogelijk.

‘U moet gaan,’ zei Käthe, maar hij bleef staan.

‘Je moet gaan,’ zei ik, en ik draaide me van hem af.

‘Waarom?’ zei hij. ‘Je bent mijn vrouw. Je krijgt mijn kind.’

‘Je moet gaan.’ Ik beet op mijn knokkels om de pijn van de volgende wee niet te voelen. ‘Nu. Ga weg. Verdwijn, voor het te laat is.’

‘Haal het witte laken, meneer,’ zei Käthe, en hij deinsde achteruit.

‘Nee,’ fluisterde hij.

‘Laat me,’ zei ik. ‘Hang opnieuw het witte laken uit het raam, net als bij Geertje.’

In de verte sloegen de klokken van het Slot van Koningsbergen. Hij begon rondjes te lopen en praatte over het branden van wierook en de heilzame werking van jeneverbes. Hij was hier nog steeds. Was hij gek worden? Ik keek naar de bezem in de hoek en stond op van het bed, terwijl de pijn nog steeds door mijn lijf raasde. Ik pakte het ding en sloeg ermee in zijn richting. ‘Ga. Ga weg!’

Bam. Bam. Bam, deden de doodsklokken.

‘Dit kan niet.’ De radeloosheid in zijn ogen was een weerspiegeling van de mijne.

‘Ga. Weg!’ riep ik opnieuw.

Ik maaide met de bezem en sloeg en joeg en ik zag de steeds verder groeiende paniek in zijn gezicht, tot hij langzaam achteruit stapte. Met een klap sloot ik de deur van de slaapkamer en draaide hem in het slot. Ik legde nog eenmaal mijn hand op het zware hout en wankelde naar de uiterste hoek van de kamer, zo ver mogelijk bij hem vandaan. Maar waarin ik ook gefaald had, dit kind zou ik eruit persen, al kostte het me mijn leven. Käthe keek me verbijsterd aan. ‘Jij mag ook gaan,’ zei ik, terwijl ik terugliep naar het bed, maar ze schudde haar hoofd. ‘Ik blijf. Waar moet ik anders heen?’

Het plafond bewoog heen en weer. Ik zweette. De dorst die ik had, was ondraaglijk. ‘Het is een jongetje,’ hoorde ik een stem zeggen, en ik wist niet tegen wie ze het had, maar opeens lag er een glibberig kindje op mijn borst en ik hoorde zacht gehuil. Ik voelde iets lichts door mijn lichaam trekken, en ik greep het zachte lijfje vast, en toen werd het licht weer zwaar en zwart. Ik realiseerde me dat dit kindje ziek kon zijn, door mij. Ze moesten het weghalen, maar nee, dat kon niet, niemand zou het willen hebben, het zou sterven op straat. De enige die voor dit kindje kon zorgen, was ik. ‘Drinken,’ zei ik. Het kind leek te weten wat het moest doen, want opeens voelde ik de bekende stekende pijn van een mondje dat zich om mijn tepel klemde en driftig zoog. Toen zakte ik weer weg. Ik droomde van Rem. Ik moest overgeven, ik rook de zure lucht van mijn braaksel, iemand legde me op mijn zij, ik voelde een plens lauw water over mijn gezicht glijden, over mijn borst, mijn onderlichaam.

Ik hoorde in de verte een stem die een vers uit de Bijbel las. Die leek op de stem van mijn moeder.

*‘Want Hij verlost mij van de strik van de jagers,*
*van de schadelijke pestilentie.*
*Wanneer duizend vallen aan uw zijde,*
*en tienduizend aan uw rechterhand, het zal u niet treffen.’*

Was dat een tekst die moeder ooit had voorgelezen? Ik wist het niet meer.

Het was zo heet. Het was alsof ik in brand stond. Was ik in de hel? Ik zag moeder voor me, de paar flarden die ik me nog van haar herinnerde. Ik rook haar geur. Haar lichte lach en de deur die met een klap dichtviel en daarmee een einde maakte aan alles wat ik aan haar had gekend.

Het werd donker. Nee, toch niet. Er was vuur. Ik zag een kaarsvlam. Bij het licht van de kaars zat Rem. Hij had zijn ogen gesloten en ademde regelmatig.

Hij had blauwe kringen onder zijn ogen en een warrige baard. Ik rilde en tastte om me heen. Mijn borst was leeg. Mijn buik was slap. Waar was het kind? Mijn gedachten fladderden rond als motten rond het kaarslicht en ik leek ze niet te kunnen vangen. Geertje, dacht ik. Nee. Geertje was er niet meer. Marritje. Marritje, waar was Marritje? Ik snoof en rook een zware geur van zweet en uitwerpselen. Ik was het zelf. Ik stonk een uur in de wind, ondanks de wierook die op het kastje in de hoek brandde.

'Rem,' zei ik, maar mijn stem maakte geen geluid. 'Rem,' probeerde ik opnieuw. 'Rem.' Ik hoorde het gebrom van een vlieg die rond mijn oren cirkelde, en voelde hoe het dier neerstreek op mijn voorhoofd.

Opeens realiseerde ik me dat ik geen klokken meer hoorde. Die hadden de afgelopen weken elk uur geluid, vanwege de doden die waren gevallen.

'Rem,' zei ik. 'Ik hoor geen klokken.'

Rem schoot overeind in zijn stoel, zakte toen op zijn knieën.

'God zij geprezen. Je leeft,' zei hij. Er liepen tranen over zijn wangen. 'De klokkenluider is dood,' zei hij. 'Daarom zwijgen de klokken.'

'Het kind,' zei ik. Mijn keel deed pijn. 'Waar is het kind? Het jongetje?'

'Hij slaapt,' zei hij. 'Het gaat goed met hem.' Het leek alsof er iets zwaars van me afviel. 'Egbertje leeft nog. Je hebt hem gevoed door alles heen. Twee weken lang. Ik dacht niet dat je het zou halen. Je had een buil op je arm zo groot als een prinsendaalder*.'

'Egbertje.' Ik proefde de naam op mijn gebarsten lippen. 'Heb je hem Egbertje genoemd?'

'Als jij dat ook goed vindt.'

Egbert, naar Rems vader. Waren er echt al twee weken verstreken? Het leken maar enkele uren. 'Ik heb zo'n dorst,' zei ik, en hij hield me een kruikje water voor. Het was alsof het water direct sissend verdampte in mijn keel.

'Is Egbertje,' ik hoestte even, 'bij Käthe?'

Hij schudde zijn hoofd. 'Käthe is dood. Ze heeft tot vijf dagen geleden voor je gezorgd. Daarna ben ik gekomen.'

Ik bestudeerde zijn gezicht. Er zat een donkere plek bij zijn jukbeen en ik reikte ernaar. 'Je bent gewond,' zei ik, en hij schudde zijn hoofd.

'Dat was toen je me uit de kamer joeg. Ik kreeg een deur in mijn gezicht. Niks bijzonders.'

Ik bloosde. 'Hoe ben je aan eten en drinken gekomen?'

'Een van de knechten heeft om de dag een tonnetje met voedsel in de achtertuin gezet. Vanuit het raam vertelde ik hem ook wat hij in het pakhuis moest doen.'

Ik keek om me heen en zag in de hoek een houten scheepje liggen. 'En Marritje?' vroeg ik. 'Waar is Marritje?'

Hij schudde zijn hoofd. 'Ze is in mijn armen gestorven. Ze is vorige week begraven bij haar zusje.'

Ik begon te huilen.

Zes weken later, volgens de voorgeschreven tijd, kwamen Rem en ik weer buiten. Het was een zonnige najaarsdag, de mussen kwinkeleerden en de lucht was helderblauw, maar Koningsbergen was een schim van zichzelf. Net als wij. Overal waren barrières opgezet. Naast een brandende pekton die dikke, bijtende rook uitwalmde, was een man bezig de schoenen van een overleden koopman uit te trekken. In de goot een eind verderop lag een lichaam in de brandende zon te stinken. Iemand beweerde dat hij certificaten verkocht waarop stond 'in dit huis heeft niemand de pest gehad', en uit een winkel liepen een paar onverzorgd ogende mannen naar buiten, met hun armen vol spullen. Luiken waren gesloten, pakhuizen stonden leeg. Dat ik me een paar weken geleden nog druk had gemaakt om een pakhuis. We hadden ze voor het uitkiezen.

Meer dan veertig dagen hadden Rem en ik noodgedwongen binnen gezeten. Die dagen hadden ons gedwongen te praten en te huilen, opnieuw en opnieuw. Ik had ons jongetje gewiegd, terwijl Rem troost probeerde te vinden in geschriften van wijze mannen. 'Wie twijfelt, erkent het niet te weten,' las hij hardop. 'Wie meent onwetend te zijn, verlangt naar kennis. Door dat verlangen kun je het te weten komen. Maar wie er niet naar verlangt, die zal het niet weten.' Hij legde het papier naast zich neer. 'Dat is het. Het is niet erg om vragen te hebben. Zeker nu niet.'

Toen de voorgeschreven weken voorbij waren, kwamen mannen om ons huis uit te roken om het te reinigen van de pestwalmen.

'Wil je dat we teruggaan naar Amsterdam?' vroeg ik.

'Nog niet. In Amsterdam is het net zoals hier,' zei hij.

En nu stonden we weer bij het graf, waar we een paar weken geleden hadden gestaan. Naast Geertjes steen stond een tweede met de letter M. Marritje. Mijn kleine piraat, die in de storm was omgekomen. 'Er is een dienst voor boetedoening in de Dom,' zei Rem, en zijn stem klonk verbeten. 'Als je wilt mag je gaan, maar ik kan het niet. Als ik de predikant hoor zeggen dat God verkiest wie er sterft, kan ik dat niet aanhoren. De helft van de inwoners van de stad is overleden. Dat kan Gods wil toch niet zijn?'

Ik voelde me moe en slap. Ik dacht aan de afgelopen dagen en wiegde ons jongetje, dat klein en mager was. Het kindje geeuwde. Je moet drinken, liefje, dacht ik. We gaan zo naar huis en dan moet je drinken, want je bent zo schriel als een vogeltje. Ik kuste zijn knuistje. Hoe kon iemand dat denken, dat dit het lot was van onschuldige kinderen, om te sterven? Ik had moeten sterven, niet zij.

Ik keek naar Rem en dacht aan de dagen dat hij aan mijn bed had gezeten. Me had verschoond terwijl ik mijn ontlasting liet lopen. En me fris water en bier gaf tijdens de enorme dorst die ik had. Ik dacht aan de weken die volgden, waarin we ons huis niet konden verlaten en waarin alle leningen van de wereld waardeloos hadden geleken. ‘Het spijt me wat ik schreef in de briefwisseling met Jan,’ zei ik. ‘Het spijt me echt.’ Al bezochten we de dienst voor boetedoening niet, ik voelde me beter toen ik de woorden had uitgesproken.

# 12

## Amsterdam, januari 1620

Het is zaterdag. Ik kijk door de kier tussen de luiken waar een ijzige kou doorheen komt, en zie de mensen op het ijs, als krioelende poppetjes, met Geertruid en Baefje ertussen. Ik hoor kreten van plezier, het gekras van schaatsen. Geertruid schaatst lachend achter een jonge man aan en gooit een sneeuwbal naar zijn hoofd. Baefje heeft Gomarus op een stoel gezet, met een oude hoed van Rem op zijn kop, en duwt hem rond alsof hij de koning zelf is.

Mijn meisjes. Het geschenk waarvan ik na ons verlies in Koningsbergen niet gedacht had het nog te krijgen. Pure genade in de vorm van onbezorgde kinderstemmen en twee paar armen die 's avonds bij het bedritueel om mijn hals worden geslagen.

Rem komt achter me staan en legt zijn handen om mijn middel. Zijn kin rust op mijn haren.

'Ik heb de lijst met namen van de mensen die we steunen aangevuld,' zeg ik. 'En in een ander document per armlastig gezin aangegeven hoeveel ze nodig hebben. De kosten heb ik gespecificeerd.'

Hij bijt zachtjes in mijn oor. 'Ik houd ervan als je zo praat,' zegt hij.

'Gisteren heb ik de familie van Trijn gesproken,' zeg ik. 'Ik heb hen verteld over de gezinnen die hun huis hebben verloren, terwijl hun mannen in ballingschap leven of in het geheim door het land reizen.'

'En?'

Ik noem een bedrag en hij fluit tussen zijn tanden. 'En Trijns familie is niet eens van plan de bijeenkomsten te bezoeken?'

Ik schud mijn hoofd. 'Ze geven het zonder iets terug te verwachten. Ze vinden het belangrijk dat mensen zoals wij in de stad blijven.

Dat komt de handel ten goede.' Ik draai me naar hem toe. 'Gek is dat,' zeg ik. 'Kun je een strijd verloren hebben en toch gelukkig zijn?'

'Misschien,' zegt hij. 'Maar ik heb nog steeds niet het gevoel dat we verslagen zijn. De bijeenkomsten zijn verboden, onze belangrijkste leiders zijn gevlucht of gevangen, maar wij zijn er nog. Onze opvattingen zijn niet veranderd. We hebben laatst weer een interessant pamflet naar Delft gestuurd...' Ik ga op mijn tenen staan en sluit zijn mond met de mijne. Later mag hij verder vertellen over de vellen papier die worden verstopt in balen stof, en boeken die worden vervoerd in zakken meel of vaten met zout.

'Warm me op,' zeg ik. 'Het is zo koud. Gisteren was zelfs de inkt in mijn inktstel bevroren.'

Hij lacht en schuift mijn rok een stukje omhoog, waardoor ondanks de kou een warme gloed door mijn lijf trekt. Net als ik mijn jak wil uittrekken, hoor ik iets vreemds. Beneden klinkt het geluid van rinkelend bestek.

Buiten klinkt de schelle stem van iemand die versnaperingen verkoopt. Er is iets niet in orde, maar ik weet niet precies wat. Misschien verbeeld ik het me.

'Wat is er?' vraagt Rem.

'Ik weet het niet,' zeg ik. Ik tuur opnieuw naar het wintertafereel op de gracht. Baefje kijkt naar ons huis. Gomarus blaft, nog steeds parmantig zittend op de stoel.

Ik draai me naar Rem om. 'Denk jij nog vaak aan Koningsbergen?'

'Soms,' zegt hij.

'Denk je er nooit over om terug te gaan?'

'Nee. Ik heb wel eens gedacht aan Den Haag of Rotterdam. Zo rigide als het in Amsterdam is onder Pauws bewind, is het nergens in Holland.'

Gomarus blaft opnieuw, harder nu.

'In naam van Christus, doe open!' Er klinkt een luid gebons. Ik verstijf en maak snel de spelden van mijn kapje vast. Dan open ik het raam, negeer de winterkou die in mijn gezicht snijdt en kijk naar beneden.

Ze zijn met zijn tweeën. Twee zwarte vilten hoeden. Twee donderbussen*. Twee tinnen borstschilden en rode sjerpen.

'Wacht,' zeg ik, en ik trek aan Rems arm als hij naar beneden wil lopen.

Opnieuw wordt er op de deur gebonsd.

'Meneer, er zijn twee heren voor u,' klinkt Neeltjes stem van beneden, en Rem maakt zich van me los. Een vlaag ijzige januariwind waait de trap op. Ik volg Rem een paar traptreden af en blijf staan. Ik moet horen wat er aan de hand is.

'Goedemorgen heren.' Rems stem klinkt ontspannen. Een hoed wordt afgenomen en een glimmend kale schedel, omlijst door dik blond haar, piept tevoorschijn, als de tonsuur* van een monnik.

'Prettig dat we u zelf thuis treffen, meneer Bisschop. We hebben orders van de schout u mee te nemen naar het stadhuis.' Deze stem is van een magere jongeman met diepliggende ogen en een onvolgroeide snor.

'Mag ik u vragen waarom? Is er iets niet in orde?'

'Daar kunnen we u tot mijn spijt niets over zeggen.' De stem van de monnik klinkt verre van spijtig, eerder alsof hij er plezier in heeft. 'De magistraat zal u verder inlichten.'

Het blijft even stil. 'Voor het eind van de middag moet ik een aantal vrachtbrieven voor Hamburg gepost hebben,' hoor ik Rem zeggen. 'Gunt u me in elk geval de tijd om dat te doen, zodat mijn zaken gewoon kunnen doorgaan.'

De monnik schudt zijn hoofd. 'Daar kunnen de heren niet op wachten.'

'Dan hadden ze me bijtijds een aankondiging moeten sturen. De zaken gaan door, dat begrijpen zij net zo goed als ik. Maar ik wil u graag een kleine tegemoetkoming geven voor uw geduld.'

De blik op het gezicht van de man wordt iets toegeeflijker. 'Ik kan u maximaal een uur geven. Maar niet langer, anders kom ik in moeilijkheden.'

Rem knikt. 'Geeft u mij tien minuten om de brieven af te maken, en dan kom ik naar buiten.'

De deur gaat dicht en Rems opgeruimde gezichtsuitdrukking verdwijnt direct.

‘Wat willen ze van je?’ vraag ik. Ik voel een bekende angst opkomen.

‘Ik weet het niet,’ zegt hij. ‘Maar dat ga ik uitzoeken.’

‘Dat lukt je misschien niet binnen een uur.’

‘Zoek jij mee. Ga langs de bekende adressen – Reael, Egbertsz, De Vlaming en Boom – en informeer of iemand hier meer van afweet. Ik post de brieven en doe een paar andere adressen aan.’

Nadat ik Stijntje heb gevraagd om op Geertruid en Baefje te letten loop ik naar buiten, langs de bevroren gracht, over het Singel dat is bedekt met een verse laag poedersneeuw. Het huis van Sebastiaan Egbertsz aan de Kalverstraat is de eerste plek waar ik heen ga.

De deur staat op een kier. Drie jongemannen komen naar buiten en lopen langs me heen. Het zijn vermoedelijk jonge chirurgijns aan wie Sebastiaan enkele malen per week lesgeeft.

‘Lysbeth de Bisschop!’ Sebastiaan zelf staat in de hal, zijn koperkleurige baard kaarsrecht geknipt als altijd. De afgelopen maanden is hij van een vage bekende veranderd in een gewaardeerde vriend. Als hij me voorgaat naar de voorkamer verwacht ik van alles te zien, misschien zijn echtgenote, misschien een dienstmeid, maar niet het menselijke geraamte dat me met een sinistere grijns aanstaart. ‘Neem me niet kwalijk,’ zegt Sebastiaan, maar zijn tengere gestalte straalt van plezier. ‘Een paar weken geleden heeft een schilder hier een osteologieles op het doek vastgelegd. Het schilderij is inmiddels klaar, maar dit geraamte moet nodig naar de Leidse universiteit worden teruggebracht. Kwam je om deze Magere Hein te bewonderen?’

Normaliter zou ik de tijd hebben genomen om dit natuurverschijnsel te bekijken, maar omwille van de tijd wend ik me van het skelet af. ‘Rem is opgeroepen bij de magistraat,’ zeg ik snel. ‘Heb jij van iemand iets gehoord?’

Sebastiaan schrikt zichtbaar. ‘Ik dacht dat we veilig opereerden. De brieven worden gecodeerd. Voor zover ik weet is het laatste pamflet ook probleemloos verspreid. Iedereen is voorzichtig genoeg.’

‘Dat dacht ik ook.’

Sebastiaan wrijft zich in zijn handen. ‘Ik zal zelf ook wat rondvragen. Informeer vooral bij jullie contraremonstrantse vrienden, misschien weten die meer.’

Ik neem afscheid, kijk nog eenmaal naar het skelet en loop dan verder naar de huizen van Pieter de Vlaming op de Dam en Abraham Boom op de Oudezijds Achterburgwal, terwijl ik me afvraag wat ik hen wel en niet kan vertellen. En in hoeverre zij ons zullen helpen. Ze mogen dan vrienden van Rem zijn, maar als het om politiek gaat, is het de vraag of ze hun nek zullen uitsteken. Maar beide mannen zijn niet thuis. Dan is er nog maar één naam die me te binnen schiet. Iemand die al jaren in de vroedschap zit. Jan.

Aan de ramen van Jans huis hangen ijspegels. Voor de deur staat een opvallende, felrode slee met een paard ervoor dat grijswit van kleur is, als de platgetreden sneeuw langs de grachten. Een knecht is bezig het hoofdstel los te maken, waarop drie goud geverfde veren zijn bevestigd. Ik beklim de drie treden van Jans stoep en laat de klopper vallen.

Jan zelf verschijnt in de deuropening. Op zijn wambuis zit een vlek.

'Zusje.' Jan kijkt vermoeid. Even voel ik een steek van spijt. Zusje. Het klinkt als een liefkozing, maar keer op keer ontaardt onze relatie in ruzie.

Na de confrontatie van afgelopen zomer heb ik Jan maar sporadisch gezien. Nog een paar keer probeerde ik hem voorzichtig te bevragen over de brieven en het geld dat hij zou hebben gestolen, de doktersadviezen in acht nemend, maar ik kwam niet meer te weten dan ik in Arnts brieven had gelezen. En nu sta ik weer voor hem. Ondanks alles gaat mijn hart naar hem uit wanneer hij me zusje noemt. Hij blijft mijn broer. De enige broer die ik nog heb.

'Heb je bezoek?' vraag ik.

Hij schudt zijn hoofd.

'Van wie is die dikdoenerige slee dan?'

'Van mij,' zegt hij. 'Ik ben tegenwoordig wat slechter ter been.'

Ik tik ongeduldig met mijn hak op de tegels terwijl hij begint te praten over een viertal mensen dat in de slee past, en een vijfde persoon die op de bok het paard aanstuurt, en dat het paard een Brabants trekpaard is met sterke benen en een sterk ontwikkelde achterhand. 'Ik heb niet zoveel tijd,' zeg ik. 'Weet jij waarom de magistraat met Rem wil spreken?'

Hij kijkt me verdwaasd aan. 'De magistraat?'

'Ja. Ik weet dat jij niet in de schepenbank zit, maar misschien heb je iets opgevangen. Wordt hij ergens van verdacht? Is er iets in de vroedschap besproken waar ik geen weet van heb?'

Jan denkt na. 'Het enige nieuws dat ik onlangs over jullie... groepering heb gehoord, ging over een stadssecretaris uit Leiden,' zegt hij dan. 'Ene Stochius. Ze hebben zijn huis doorzocht en hij is gevangengenomen vanwege het bezit van verdachte papieren. Maar de naam van je man is daarbij niet genoemd, voor zover ik weet.'

Stochius. Leiden. Het zegt me allemaal niets, maar het is meer dan ik van de anderen heb gehoord. En mijn tijd is bijna om. 'Dank je wel,' zeg ik, en ik laat hem staan, met zijn slee.

Thuis verwissel ik mijn schoenen voor sloffen, blaas mijn handen warm en loop naar de open haard, waar Rem met een paar papieren in zijn hand staat, die hij stuk voor stuk in het vuur gooit. 'Sebastiaan weet niets,' zeg ik. 'Pieter en Abraham waren niet thuis. Toen ben ik bij Jan langsgegaan. Die herinnerde zich dat er in de vroedschapsvergadering iets is gezegd over de stadssecretaris van Leiden. Ene Stochius.'

Rem denkt na. 'Stochius. We schrijven elkaar wel eens en hij bestelt soms goederen bij me. Maar ik snap niet dat daar zo'n commotie over is ontstaan.'

'Wat schrijven jullie elkaar dan?'

'In een brief van een paar maanden geleden informeerde Stochius in bedekte termen hoe het gaat met de geheime bijeenkomsten. Omdat ik hem wel vaker een pakket stokvis stuur, heb ik hem geschreven dat de visvangst hier tamelijk voorspoedig verloopt, ondanks het kille klimaat.' Hij kijkt bedenkelijk. 'Dat nu juist die brieven zijn onderschept. Zo belangrijk waren ze niet.'

'Die mannen van het gerecht kunnen elk moment weer aankloppen,' zeg ik. 'Je moet niet meegaan. Ik heb er geen goed gevoel bij.'

Hij denkt na. 'Zou het niet om een eenvoudige formaliteit gaan? De briefwisseling met Stochius bevat geen belastende informatie. Ze kunnen hooguit concluderen dat ik remonstrant ben, en dat weet de hele stad. Misschien sturen ze me binnen een paar minuten weer naar huis.'

'Ik geloof er niets van,' zeg ik. 'Rem, denk na. De belangrijkste leiders zijn opgepakt. Van Oldenbarnevelt is onthoofd. Hugo de Groot zit opgesloten in Slot Loevestein. Uytenbogaert is gevlucht, Simon is verbannen. Jij bent een van hun volgende doelwitten. Ik voel het.'

Even ben ik bang dat hij zal zeggen dat het gevoel van vrouwen nergens op is gebaseerd, maar dan knikt hij langzaam. 'Drie jaar geleden zei je dat ik geen bijeenkomst in een pakhuis moest organiseren. Toen luisterde ik niet. Misschien moet ik dat nu wel doen.'

Ik krijg een brok in mijn keel. 'Ja.'

Ik loop naar boven en haal een eenvoudig bruin linnen hemd en een pet, die ik vuil heb gemaakt en op sommige plaatsen gescheurd. Ik geef ze hem, samen met het keukenmes dat ik maandenlang bij me heb gedragen. 'Je kunt je rapier niet meenemen. Als ze een armoedzaaier met een degen zien, zullen ze denken dat je hem hebt gestolen.'

'Als we elkaar niet meer zien…' Hij maakt aanstalten om naar zijn kantoor te lopen. Straks gaat hij me nog uitgebreid uitleggen wat ik met het grootboek moet doen.

'Ik red me wel,' zeg ik snel. 'En we zien elkaar weer. Natuurlijk zien we elkaar weer. Schiet op. Ik zal de meisjes zeggen dat je snel weer terug bent. Hoe minder ze weten, hoe beter.'

Ik sla mijn armen om zijn middel. Ik druk mijn wang tegen zijn borstkas en voel zijn hartslag. Dan laat ik hem los.

'Mama, Geertruid is verliefd!' roept Baefje. 'Ik heb het zelf gezien. Ze schaatste hand in hand met een jongen. En papa is in de keuken met heel rare kleren. Hij –' Haar wangen zijn rood van de kou en ze laat een spoor achter door haar twee kletsnatte schaatsen, twee modderige handschoenen en een met sneeuw bedekte mantel.

'Baefje, houd je mond,' bitst Geertruid, die vlak achter haar zusje loopt.

'Geertruid, kan ik je even spreken?' zeg ik, en ik neem haar mee naar de aangrenzende kamer. 'Je vader moet een tijdje de stad uit.'

Ik neem haar hoofd tussen mijn handen en slik om mijn stem rustig te laten klinken. 'Het kan zijn dat ook ik even niet bereikbaar ben. Je bent bijna zestien. Bijna een volwassen vrouw. Ik wil dat jij op je zusje past.'

Ze kijkt me argwanend aan. 'U bent wel vaker druk, en papa is wel vaker weg. Waarom vraagt u dit nu? Vertrouwt u me niet?'

'Ik vertrouw je volledig,' zeg ik, maar ik weet niet of ik de stad waarin we wonen nog vertrouw. Stel dat mijn meisjes iets overkomt, omdat Rem en ik hen niet meer kunnen beschermen? Ik zou het niet kunnen verdragen. Ik denk aan hun zusjes, overleden in Koningsbergen, en ook aan de kleine Egbert, die drie jaar later overleed. Hoe kon het zo zijn dat een kind dat een dodelijke epidemie had overleefd, uiteindelijk door een eenvoudige koorts alsnog van me was afgenomen? Egbertje was vanaf zijn geboorte mager en ziekelijk geweest. Maar op de een of andere manier had ik gedacht dat het zijn bestemming was geweest om te blijven leven. Het was immers een wonder geweest hoe hij de eerste weken van zijn leven was doorgekomen. Toch kwam onverbiddelijk de ochtend waarop ik wakker werd, en hij niet. Toen onze zoon enkele dagen later werd begraven, ditmaal op het kerkhof bij de grote Koningsberger Dom, was het alsof mijn hart voor de zoveelste keer aan stukken brak.

Na een korte aarzeling zeg ik tegen Geertruid: 'Mocht je mij op de een of andere manier niet kunnen vinden, ga dan naar de familie De Vlaming of de weduwe Arminius. Ze zullen je met alles helpen. Beloof je dat?'

Zwijgend kijkt ze me aan.

'Beloof je dat?' herhaal ik.

De klopper op de deur onderbreekt mijn woorden. Ik druk haar kort tegen me aan en loop zo rustig mogelijk naar de deur.

'Mijn man is erg druk,' zeg ik tegen de twee gerechtsdienaren. Ik hoop dat ze de hapering in mijn stem niet opmerken. De man met de monnikentonsuur heeft blijkbaar bij een van de kraampjes aan de gracht een warme worst gekocht en kauwt erop. Een druppel jus blijft in zijn baard hangen. 'U hebt de verkeerde dag uitgezocht om hem te halen,' vervolg ik. 'Het is de drukste dag van de week en hij is onverwacht weggeroepen. Misschien kan ik u verder helpen?'

Zijn jonge metgezel met de halfbakken snor lacht vreugdeloos. 'We vermoedden al zoiets,' zegt hij, en wendt zich tot zijn partner. 'Wat denk jij Cornelis, moeten we het huis doorzoeken?'

In paniek denk ik aan de lijsten met namen van mensen die we ondersteunen, die ik in onze slaapkamer achter het behang heb verstopt, en aan de verboden lectuur. Rem heeft met zijn vooruitziende blik in de laatste minuten voor zijn vlucht al een paar documenten in de haard gegooid, maar nog lang niet alles. Ik gruw bij de gedachte aan de worstvingers van de gerechtsdienaar die onze kasten en kisten opentrekken. Maar ik heb geen keus, en bovendien zijn ze niet op zoek naar documenten, maar naar Rem zelf. De kans dat ze Rem achter het behang en tussen de papiervoorraden gaan zoeken is niet groot. 'Zoals u wilt,' zeg ik zo koel mogelijk, en ik doe een stap opzij.

De monnik veegt zijn vette vingers af aan zijn wambuis. 'Die Bisschop zit heus niet binnen,' gromt hij. 'Hij is hem gesmeerd naar een veilige plek. We kunnen beter een opsporingsbevel regelen.'

'Ik weet niet waar dit over gaat, maar misschien kan ik u van dienst zijn?' waag ik. Hopelijk kan ik daarmee de zoektocht naar Rem verder vertragen. 'Wellicht kan ik de heren schepenen van de benodigde informatie voorzien.'

'Zoals u wilt.' De jongeman maakt een gebaar dat ik moet meekomen. De sneeuwvlokken die uit de lucht vallen, worden dikker wanneer ik tussen de twee gewapende mannen langs de grachten loop. Ik ruik de rokende schoorstenen en de warme wijn en worst die in het stalletje worden verkocht, en voel de blikken van voorbijgangers. Via de ingang aan de Dam lopen we de poort van het stadhuis in, die leidt naar een doolhof van gangen en kamertjes. Ik weet dat de schepenkamer zich op de eerste verdieping bevindt, maar in plaats daarvan brengen de mannen me naar een kleine zijkamer met slechts één klein raam. Het is er kil. IJspegels hangen aan de binnenkant van het venster. Het enige meubelstuk is een stenen bankje. 'Wacht hier.' De stem van de jonge gerechtsdienaar klinkt bars. Ik hoor een klik, een slot dat wordt omgedraaid. Als ik ga zitten, voel ik tegelijkertijd met de kou die door mijn kleren trekt de zorgen op me afkomen.

Zou het feit dat ze Rem zoeken inderdaad met die Stochius uit Leiden te maken hebben? Stel dat het over iets anders gaat? De brieven die we van Reinier en de prins hebben gestolen? Nee, dat is al zo lang geleden.

Achter de gesloten deur klinken stemmen. Ik onderdruk een gevoel van paniek bij de herinnering aan jaren geleden, toen oom en tante me opsloten in de kelder. Instinctief tel ik de balken aan het plafond, die gevaarlijk doorbuigen. Sommigen beweren dat het stadhuis, dat al zo'n driehonderd jaar oud is, vervangen moet worden door een nieuwer pand, en nu ik hier zit, begrijp ik waarom. Er zitten barsten in het metselwerk en het is tochtig.

In de verte klinkt een schelle kreet. Die moet uit de martelkamer komen, denk ik, die zich aan de kant van de Voorburgwal bevindt. De plek waar ook Hendrik zweepslagen heeft gekregen nadat we hem aan de schout hadden overgeleverd.

Via een kier in de muur glipt een rat de kamer binnen. Het beest heeft een dikke staart en blijft stil zitten. Met afgrijzen kijk ik in de kraaloogjes van het dier, de belichaming van ziekte en dood. In Koningsbergen lagen er honderden dood op straat toen de pest heerste. Ik vouw mijn handen en kijk naar boven, naar de bruine balken en prevel een gebed.

De deur gaat open en de jonge gerechtsdienaar steekt zijn hoofd om de hoek. 'U mag meekomen.' Ik loop achter hem aan de trap op. Onze voetstappen galmen door de stenen gewelven. De zaal waar de schepenen vergaderen, is kleiner dan ik dacht. De gordijnen voor de ramen zijn gemaakt van grove gekeperde stof, en de stoelen zijn van een Spartaanse eenvoud alsof ze voor vier stuivers op de markt zijn gekocht. Ik kijk naar het verhoogde zitgedeelte in het midden van de zaal waar de oude schout zit, Willem van der Does. De bank van de vier burgemeesters is leeg, en ik haal opgelucht adem bij de gedachte dat Reinier blijkbaar andere zaken te doen heeft. Aan weerszijden van het verhoogde gedeelte zitten de negen schepenen op banken, en in een hoek zit een griffier. Ik voel me vreemd kwetsbaar ten opzichte van al die starende mannen en ondanks de kou loopt het zweet over mijn rug. Griet heeft hier ook gestaan, bedenk ik. Nadat Jan haar had aangegeven.

De schout geeft een klap op tafel. 'Goed,' zegt hij dan. 'Het stemt me treurig dat we op zoek zijn naar een man, en dat hij vervolgens zijn vrouw op ons afstuurt.'

Ik doe mijn mond open om iets te zeggen, maar hij praat door. 'Uw echtgenoot moet wel een heel goede reden hebben om de oproep van de overheid te negeren. Hebt u hier een verklaring voor?'

Ik ga de gezichten van de schepenen af. Ik zie Pieter de Vlaming en Abraham Boom, en hoop vurig dat zij iets voor me kunnen betekenen, maar herinner mezelf er opnieuw aan dat over twee of drie weken de burgemeestersverkiezingen plaatsvinden. Pieter maakt kans om te worden gekozen. Durft hij zich uit te spreken als dat zijn carrière schaadt? Ik zie ook Reinier Pauw de Jonge, een zoon van Reinier. Een jongeman met blond achterovergekamd haar, een puntbaard en het robuuste postuur van zijn vader. Ik zie een huidenkoopman met slechte financiële vooruitzichten die bij Rem een schuld heeft van achthonderd gulden. Ik zie de zuivelhandelaar die ik jaren geleden, toen ik nog een jong meisje was, heb afgewezen, en die het nu tot schepen heeft geschopt.

Ik had een paar woorden voorbereid, maar nu ik hier sta, ben ik alles kwijt. Ik dwing mezelf tot kalmte. 'Mijne heren,' zeg ik zo langzaam mogelijk, om tijd te winnen, 'dat mijn man hier niet is, komt niet door hem, maar door mij.'

'Arme kerel,' zegt de zuivelhandelaar die Jan ooit als huwelijkskandidaat voor me zag. 'Als ik getrouwd zou zijn met deze hier, zou ik ook mijn kans schoon zien en de benen nemen.'

Er wordt gelachen. Ik herinner me hoe de man bij Jan aan tafel praatte over groene kaas uit Texel, en over vrouwen die hun echtgenoot te allen tijde moesten gehoorzamen. Ik praat door, hopend dat er verstandigere geesten zijn dan deze zuivelkoopman, mannen die wel de moeite nemen om naar me te luisteren. 'Na wat er de afgelopen tijd is gebeurd met sommige arminianen werd ik bang,' zeg ik. 'Mijn man is een van de leiders hier in de stad. Wie zegt me dat jullie hem niets aandoen en hem hier zullen houden? Dat zou ik niet kunnen verdragen. De plundering van ons huis heeft me zo geraakt dat ik er niet meer bij kan hebben.'

De schout buigt zich naar voren, en ik kan de vele vouwen en rimpels in zijn baardige gezicht zien. 'Het feit dat uw man hier niet aanwezig is, pleit alleen maar tegen hem. Wie niet openlijk zijn gezicht durft te laten zien, heeft vast iets te verbergen.'

'Hoe weten we dat het proces eerlijk is?' vraag ik. 'Kunt u mij garanderen dat u hem weer vrijlaat nadat hij zich hier heeft gemeld?'

'Natuurlijk niet,' zegt de schout ongeduldig.

'Daarom heb ik hem dus gezegd dat hij moest vertrekken.' Ik kijk zo neutraal mogelijk naar de zwart-wit geblokte tegels onder mijn schoenen.

De schepen die Rem achthonderd gulden verschuldigd is, staat op. 'U hindert het rechtssysteem. Daar staat een zware straf op.'

Ik kijk hem recht aan. 'Is dat zo? Wil iemand mij vertellen wat überhaupt de aanleiding is dat ik hier sta? Ik heb geen idee waarvan u mijn man verdenkt.'

'Uw man wordt verdacht van opruiing, illegale activiteiten en verraad aan de stadhouder,' zegt de schout plechtig.

'Op grond waarvan?'

'Er zijn in Leiden verdachte brieven gevonden van zijn hand. Bij een ketters sujet dat inmiddels gevangen is gezet. Die brieven zijn naar ons gestuurd.'

Ik sluit mijn ogen. Stochius. Jan had dus gelijk. 'Wat staat er in die brieven?' vraag ik.

'Opruiende woorden, maar ze zijn geschreven in code. Daar willen we meer informatie over inwinnen. Bij u.'

'Ik heb werkelijk geen idee. Ik heb die brieven niet geschreven.'

Ik zie Abraham Boom en Pieter de Vlaming een blik met elkaar wisselen.

'Ze is maar een vrouw,' zegt Abraham Boom. Ik wil hem tegenspreken, maar realiseer me dan dat hij het zegt om me te helpen. 'Als zij de brieven niet heeft geschreven,' vervolgt hij, 'lijkt het me niet zinnig om haar hier te houden.'

‘Misschien liegt ze wel,’ reageert de zuivelhandelaar fel. ‘U weet hoe ze is, heer. Ze heeft de broek aan in huis.’

‘Daar hebben we al eerder iets van gemerkt,’ zegt de schout grimmig. ‘Vrouw, ik wil graag dat u de verblijfplaats van uw man aan ons meldt.’

‘Ik ga nog liever het gevang in,’ zeg ik, en meteen denk ik aan Griet, achter de tralies van het spinhuis.

‘Dat kan worden geregeld,’ zegt de schout.

Ik haal diep adem en kijk naar het houtsnijwerk aan de wand, waar koning Salomo een rechtvaardig oordeel velt over twee moeders die vechten om een kind. ‘Dan is dat maar zo,’ zeg ik zo dapper mogelijk. ‘Ik sterf nog liever dan dat ik mijn man aan jullie uitlever.’

Er valt een stilte in de ruimte. Abraham Boom wil het woord nemen, maar dan zwaait de deur open. Ik draai me om en kijk in het gezicht van Reinier Pauw.

‘Waarom ben ik niet geroepen?’ snauwt hij. Hij beent naar voren. De moed zakt me in de schoenen als ik de man zie die me nog nooit iets goeds heeft toegewenst. Dat uitgerekend hij nu plaatsneemt naast de schout. Als het een van de andere drie burgemeesters was geweest, had ik misschien nog een kans gehad, maar dit maakt de zaak nog erger dan ik dacht.

Hij buigt zijn hoofd naar de schout. ‘Is het huis al doorzocht?’ vraagt hij.

De schout wrijft over zijn grijze baard. ‘Nee, meneer,’ zegt hij. ‘We wilden eerst Bisschop zelf spreken over de inhoud van de brieven.’

Reinier leunt achterover. ‘Zolang hij zichzelf niet meldt,’ zegt Reinier die naar mij kijkt, ‘is er een andere aanpak nodig. Stuur iemand met spoed naar Leiden om die Stochius te spreken over zijn verhouding met Bisschop. Die schepen gaat daarna naar het hof in Den Haag om verslag uit te brengen, en keert terug met advies.’

Vanuit de schepenbank klinkt instemmend gemompel.

‘Doorzoek intussen het huis van de Bisschops,’ zegt Reinier. ‘Van onder tot boven. En lees alle brieven.’

‘Dat kunt u niet maken!’ roep ik. ‘U hebt het recht niet om ons privédomein te betreden.’

‘O nee?’ Reinier buigt zich minachtend naar voren. ‘Dan had uw man zich maar moeten melden.’

Ik kijk hulpzoekend naar Pieter de Vlaming en Abraham Boom, maar beide mannen lijken in gedachten verzonken.

Met pijn in mijn buik van spanning kijk ik toe als de schout gaat staan. ‘Dan is dat bij dezen besloten. Het huis van de familie Bisschop wordt doorzocht. Intussen,’ hij knikt naar mij, ‘blijft u in het stadhuis.’

‘Waarom?’ vraag ik. ‘Mijn dochters zijn thuis. Denkt u dat ze zich niet te pletter schrikken als onze woning nog eens overhoop wordt gehaald?’

‘Het stadsbestuur zal beschaafd te werk gaan,’ zegt Reinier. ‘Hooghkamer en Burgh,’ hij wijst twee mannen aan, ‘u doorzoekt het huis, samen met twee knechten.’ Hij gebaart naar twee dienders achterin. ‘Begeleid mevrouw Bisschop naar een afgesloten kamer en zorg dat ze daar blijft.’

Even later zit ik in dezelfde kamer als eerst. De rat zit nog steeds in de hoek en knabbelt aan de restanten van een kaars. Ik ga niet op het stenen bankje zitten dat tegen de muur is opgesteld. Ik moet bewegen. Ik moet nadenken. Ik loop in rondjes over de tegels; mijn adem laat wolkjes achter in de kille atmosfeer terwijl ik me probeer voor te stellen welke belastende documenten in ons huis liggen. Ik heb heel ferm geroepen dat ik me net zo lief laat opsluiten, maar nu ik nog maar enkele minuten alleen ben, voel ik me al misselijk van angst. Wie gaat er voor onze meisjes zorgen als Rem op de vlucht is en ik word opgesloten? Wat als de heren van het gerecht in hun vonnis over mij veel verder gaan dan een plek achter de tralies? Misschien hebben onze meisjes binnenkort geen ouders meer.

Buiten hoor ik een gil, en een harde bons doet het kleine ruitje trillen. Een donkere ronde afdruk blijft achter op het glas en glibbert langzaam omlaag. Iemand heeft blijkbaar een sneeuwbal tegen het raam gegooid. Mijn benen beginnen moe te worden van het heen en weer lopen. Hoe lang ben ik hier al? Ik ga op het bankje zitten, trek mijn benen omhoog om mezelf warm te houden en sla mijn armen om mijn knieën. Doodmoe sluit ik mijn ogen, terwijl ik denk aan het gezicht van Reinier Pauw, dat straalde van voldoening toen hij opdracht gaf ons huis te doorzoeken. De plek waar ik me eindelijk weer veilig voelde.

Een streep licht valt over me heen en de gestalte van de gerechtsdienaar vult de deuropening van mijn cel. 'U moet meekomen,' zegt hij.

Wanneer ik opsta, word ik duizelig. Ik weet niet hoeveel tijd er is verstreken, mijn maag rammelt en ik moet plassen. Als ik de schepenkamer binnen loop, lijkt de sfeer ontspannen en hangen de mannen naar elkaar over in onderonsjes. Een enkeling rookt een pijp, en de zoete geur van tabak drijft mijn kant op. Reinier Pauw zit op zijn plek alsof hij er de hele tijd zo heeft gezeten.

De schout steekt zijn hand op om iedereen tot stilte te manen. 'Goed,' zegt hij, en hij richt zich tot de twee mannen die rode gezichten hebben van de winterkou. 'Heer Hooghkamer, wilt u ons opnieuw vertellen wat u hebt gevonden?'

Hooghkamer, een veertiger met een warrige peper-en-zoutkleurige baard, loopt naar voren en overhandigt de schout een stapeltje brieven. 'We hebben zo'n tweehonderd brieven doorgenomen,' zegt hij. 'De belangrijkste hebben we hier. Allereerst een ketters gebed van hun geestelijk leider.'

De schout leest de brief door en legt hem opzij.

'Dit is een kopie van een brief die Bisschop aan een vriend heeft geschreven,' vervolgt Hooghkamer. 'Hij schrijft hierin over een betreurenswaardige overheid en de arrogante houding van de calvinisten.'

Er klinkt wat verontwaardigd geroezemoes onder de schepenen.

'En we denken,' de stem van de man klinkt voldaan, 'dat dit u het meest zal interesseren. Het is een lijst met namen.'

Ik voel een siddering over mijn rug gaan. Het kan haast niet dat ze zo grondig te werk zijn gegaan.

'Mevrouw.' Reinier kijkt me bijna vriendelijk aan. 'U kunt ons vast wel vertellen waar deze lijst voor bedoeld is.'

'Ik heb geen idee,' zeg ik. 'Niemand heeft de moeite genomen mij de lijst te laten lezen. Misschien is het wel een boodschappenlijst voor het diner van aanstaande zondag.'

Een van de bedienden neemt de lijst van Reinier aan en houdt hem me voor. O, wat moet ik nodig plassen. Ik bekijk de lijst. Als ik zie dat het niet een van de documenten is die ik heb opgesteld, maar een onbekende namenlijst in Rems handschrift, adem ik zo rustig mogelijk uit. 'Het handschrift is inderdaad van mijn man. Misschien gaat het om mensen die een schuld bij hem hebben. Of connecties met wie hij een handelscontract wil afsluiten.'

'De namen zijn niet van hier,' concludeert de schout. 'Het lijkt me dat dit remonstrantse families zijn die Rem Bisschop naar onze stad wil halen.'

Wat bazelt die man nou? Die gedachte is nergens op gebaseerd.

'Hij heeft contacten met een aantal opruiers in de Staten van Holland,' vult Reinier aan. 'Sommigen zijn bereid om een staatsgreep te plegen, heb ik me onlangs laten vertellen. Straks maken ze van Amsterdam nog een remonstrants bolwerk.'

'Wat een onzin!' roep ik, maar ik word overstemd door een paar schepenen, die door elkaar heen praten.

'Een onruststoker.' Reinier bijt nonchalant een stukje van zijn nagel. 'Een landverrader. Het feit dat hij gevlucht is, maakt hem des te verdachter.'

Vol afgrijzen kijk ik hem aan. 'Mijn man heeft niets gedaan dat het daglicht niet kan verdragen,' zeg ik. 'Hij verdient een eerlijk proces. Geen oordeel van een bullebak van een burgemeester die zijn mening al uitspreekt voordat er een fatsoenlijk onderzoek heeft plaatsgevonden.'

'Zwijg, vrouw.' De schout kijkt me nijdig aan, en ik heb spijt van de keren dat ik hem de afgelopen jaren ter verantwoording heb geroepen na onze plundering. Ik heb geen enkel krediet meer. En de man staat sowieso aan Reiniers kant.

Schepen Hooghkamer lijkt nog iets te willen zeggen, maar zijn metgezel, een kleine man met spierwit haar en al even witte wenkbrauwen, is hem voor. 'Dan is er nog iets,' zegt hij. 'We troffen op de bovenverdieping een kistje aan. We hebben geprobeerd het te openen, maar het zat op slot.'

Ik duw mijn nagels in mijn handpalmen. Mijn moeders kistje. Het kistje met de brieven van Arnt. Als ze lezen wat erin staat, heeft dit geen grote gevolgen voor mij, maar voor Jan. Maar ik kan niets doen. Tot mijn frustratie houd ik het niet meer. Mijn buik verkrampt en ik duw mijn knieën tegen elkaar om te voorkomen dat ik de vloer van de schepenbank bevuil. 'Meneer,' ik kijk de schout aan en voor het eerst klinkt mijn stem kleintjes, 'ik zou eerst heel graag gebruikmaken van het gemak.'

'Goed.' Als ik het gemak heb bezocht, neemt de schout opnieuw het woord. 'Wat betreft dat kistje. Burgh, ik wil dat jij opdracht geeft het te verzegelen, totdat we een smid hebben gestuurd die het kan openbreken. En verder –' De schout krijgt een flinke hoestbui. 'Het advies uit Den Haag moet nog komen. Op basis van wat we hebben gevonden – minachting van de regering, de berichten uit Leiden en een verdachte lijst – hebben we echter voldoende grond om Rem Bisschop op te sporen voor verhoor.'

Ik voel mijn knieën slap worden.

'Verder sluit ik mij aan bij het advies van de burgemeester. Het feit dat Bisschop zich niet meldt, geeft inderdaad alleen maar extra reden tot verdenking.'

Heb ik Rem dan toch het verkeerde advies gegeven? Maar de schout zei het zelf: ze hadden hem niet laten gaan als hij zich had gemeld. We zijn sowieso kansloos. Ze gaan hem verhoren. Ze zullen hem een bekentenis proberen af te dwingen, onder bedreiging en intimidatie. En als hij niet bekent, zullen ze hem vermoedelijk op de pijnbank leggen, waar ze met vuur, water, tangen en gesels met hem kunnen doen wat ze maar willen.

'Ik sta perplex,' probeer ik wanhopig. 'Jaren geleden hebben wij,' ik kijk de zaal rond, 'en onze ouders gestreden voor een stad en een staat met gewetensvrijheid voor iedereen. Ik dacht dat de Spaanse inquisitie ten einde was, maar jullie bewind is geen haar beter.' Mijn armen en schouders trillen, en ik weet niet of het door honger en dorst komt of door de spanning.

'Meneer, op dit moment wordt bij alle stadspoorten al streng gecontroleerd, zodat Bisschop niet kan vluchten,' zegt schepen Hooghkamer.

Enkele schepenen, onder wie Pieter de Vlaming en Abraham Boom, kijken me meewarig aan, maar niemand zegt iets.

'Mag ik nu naar huis?' vraag ik.

'Binnenkort,' zegt de schout. 'U komt uw huis niet eerder in dan dat het kistje verzegeld is.'

Als ik eenmaal buiten sta, schemert het. Op het raam van het stadhuis hangt een man een plakkaat op met Rems naam. Tot mijn verbazing beginnen de klokken in de toren te luiden, alsof het vonnis al is geveld. Er wordt een misdadiger gezocht en zijn naam is Rem Bisschop. Wie hem ziet en aflevert bij het stadhuis, ontvangt een beloning. Een paar jongens verdringen zich om het plakkaat, lachen hardop en één van hen maakt een gebaar alsof hij een keel doorsnijdt.

Als ik door de straten loop, voel ik me een ongewenste vreemdeling in mijn eigen stad. Ik hoor de knerpende voetstappen in de sneeuw van een man die voor me loopt, met een gans onder zijn arm. Het geneurie van een passerende boerin met een juk met twee emmers. De oorvijg en de scheldwoorden van een koopman tegen een jongen die tegen de muur van de Waag pist. Verdwaasd loop ik door terwijl het dagelijks leven in Amsterdam zijn gang gaat.

Mijn blik valt op de Nieuwe Kerk. Voor het portaal scharrelt een hond rond die me aan Gomarus doet denken. Nog maar een paar maanden geleden werd Arnt hier begraven. Ik zou nu zo graag bij zijn graf staan en in gedachten met hem praten. Hem vragen wat hij zou hebben gedaan. Maar het kerkgebouw waar hij ligt is een splijtzwam geworden en maakt deel uit van de ellende die ons is overkomen. Ik kijk naar het symmetrisch opgetrokken gebouw met de vele kapellen en zijbeuken, en vanuit de openstaande deuren hoor ik de klanken van het orgel. Ik sluit even mijn ogen en stel me voor hoe ik langs de pilaren loop die de eerste kus verhulden die ik met Rem deelde. Hoe ik blijf staan bij de plek waar Arnts graf ligt, vlak bij dat van mijn vader. In gedachten leg ik mijn hand op de loodgrijze steen en laat mijn vinger over de inscriptie gaan. De tekst is eenvoudig, in gotisch handschrift. 'Hier ligt begraven, Arnt de Bisschop, brouwer, overleden in het jaar 1619. Zijn vrouw was Trijntje Hasselaer.' Om de tekst zijn twee sierranden met bloemen aangebracht die eerder iets zeggen over Trijns liefde voor bloemen dan over Arnt. Naar de kansel zal ik niet kijken, naar de plek die het domein is geworden van fulminerende predikanten die, verblind door hun dogma's, ons niets goeds toewensen. Mijn geest zweeft verder, naar de vele bogen en gewelven, waarin een kruisvorm is aangebracht. God, ik weet het niet meer, bid ik. Wat moet ik doen?

Als ik langs het Singel loop, langs een paar diep ingevroren schuiten, heb ik het gevoel dat er iemand naar me kijkt. Ik kijk naar de pui van de apotheek, waar de eigenaar een lading sneeuw van zijn stoep wegschuift. Een man loopt langs me heen met een slee gevuld met turf en brandhout. Dan zie ik een vrouw staan. Halverwege de vijftig, eenvoudig gekleed. Ze moet ooit mooi geweest zijn, met haar hartvormige gezicht, gulle boezem en opvallend volle lippen.

'Griet,' zeg ik ademloos.

Ze draait zich van me af en loopt weg, naar de brug bij de Lijnbaansgracht.

'Griet! Ben jij het? Wat doe jij hier?' roep ik, en ik begin te rennen, achter haar aan. Griet loopt snel, en ik moet moeite doen om niet uit te glijden in de opgevroren en besneeuwde karrensporen. Toch slaag ik erin haar te bereiken.

'Wat is dit?' Ik leg mijn hand op haar arm en houd haar staande. 'Je loopt gewoon op straat!' Ik kijk om me heen. 'Ben je ontsnapt?'

Ze kijkt me koel aan. 'Welnee. Ze hebben me vrijgelaten.'

'Sinds wanneer? Hoe heb je dat voor elkaar gekregen?'

'Gewoon,' zegt ze. 'Goed gedrag. Ik ben niet achterlijk, hoor. Ik heb genoeg opvoeding gehad om me te gedragen als een kuise, devote vrouw waar die regentessen van smullen. Is je broer thuis? Zodra ik hem vind, duw ik hem met zijn lelijke kop in het privaat.'

Ik denk aan Jan, die op het punt staat om blootgesteld te worden aan meer ellende dan alleen de toorn van Griet.

'Het spijt me voor je,' zeg ik. 'Het is niet eerlijk wat je is overkomen.'

'Van jou heb ik ook weinig gehoord. Je had me zeker niet nodig? Je hebt me laten stikken achter de tralies.'

'Dat is niet waar,' verdedig ik me zwak. 'Ik heb je laatst nog opgezocht. Maar toen was je er niet.' Nu pas realiseer ik me dat het al maanden geleden is. 'Het spijt me,' zeg ik nog een keer.

'Dat is maar goed ook,' zegt ze.

'En nu?' vraag ik. 'Hoe gaat het met je herberg?'

'Mijn herberg? Meen je dat nou? Als je de moeite had genomen om er een kijkje te nemen had je gezien dat ze hem platgewalst hebben. Er komt een pakhuis te staan van een of andere rijke stinkerd. En ik moet maar zien hoe ik me red.'

'Ga met mij mee.' Ik heb het eruit geflapt voor ik erover kan nadenken.

Ze trekt haar neus op. 'Waarom zou ik?'

'Misschien heb ik werk voor je,' zeg ik. 'Maar eerst moet ik een probleem thuis oplossen.'

'Nee, dank je. Ik heb genoeg Bisschoppen gezien voor de rest van mijn leven. En wat ik zag, beviel me niks.' Met opgeheven hoofd loopt ze weg.

Als ik ons huis nader, zie ik aan de overkant van de straat een onbekende man met een bontmuts die zijn handen staat te warmen aan een vuurtje. 'Wat komt u hier doen?' vraag ik.

Hij maakt een beleefde buiging. 'Ik kom namens de schepenbank, mevrouw.'

'Hebt u mijn huis doorzocht?'

'Nee, mevrouw. Ze hebben mij gevraagd hier de wacht te houden. Voor het geval dat uw man zich meldt.'

Ik kijk naar de rode neus van de man en de dampwolkjes die hij uitblaast. 'Dan wens ik u sterkte,' zeg ik, en ik vraag me af of hij er de hele nacht blijft staan.

De eerste die me bij de voordeur tegemoetkomt, is een kwispelende Gomarus die tegen me op springt. Neeltje loopt met uitgestoken handen achter hem aan, haar buik uitpuilend onder haar schort.

Een jaar geleden is ze getrouwd met Willem, de jonge klerk die Hendrik heeft opgevolgd. En nu is ze hoogzwanger. Haar ogen zijn roodomrand. 'U bent terug!' zegt ze, en haar stem klinkt vreemd.

'Uw dochters zijn bij de weduwe Arminius. Ze hebben de hond hier gelaten, want mevrouw Arminius houdt niet van honden, zei Geertruid.'

En niet van de naam Gomarus, denk ik bij mezelf. In stilte prijs ik Geertruid dat ze daaraan heeft gedacht.

'De heren van het stadhuis zijn zojuist weer vertrokken, mevrouw,' gaat Neeltje door. 'Het spijt me het te moeten zeggen, maar ze zijn erg… grondig geweest.'

In Rems kantoor zit de jonge Willem te midden van een berg paperassen, rekeningen, almanakken en brieven. Zijn lichtbruine haren staan rechtovereind en de bril die Rem hem cadeau heeft gedaan, staat scheef op zijn neus. In de andere kamers zijn de schepenen iets gestructureerder te werk gegaan. Alle laden van het kabinet in de voorkamer staan open, maar de papieren zijn in stapeltjes neergelegd. Op de eettafel staat een aangebroken kruik wijn die de heren meenden zich te kunnen toe-eigenen, en twee gebruikte glazen. Ik loop naar boven. Daar zijn eveneens de kasten en kisten geopend, en ook hier ligt alle linnengoed keurig in stapels. Ik loop naar de hoek van de kamer, trek een stukje van het behang opzij en tast met mijn vingers in de ruimte erachter. Tot mijn opluchting zijn de lijsten er nog. Dan kijk ik naar moeders kistje. Het is inderdaad verzegeld, zoals de schout had aangekondigd.

Ik ga op ons bed zitten. Zwijgend neem ik de kom gekookte melk aan die Neeltje me voorhoudt, vouw mijn vingers om het warme aardewerk en staar naar de rimpeling van het vel dat op de melk drijft.

'Wilt u ook iets eten, mevrouw?' vraagt ze. 'Ik heb een steur gebraden, en er zijn gestoofde wortelen.'

Hoewel mijn maag rammelt, schud ik mijn hoofd. Ik ben ervan overtuigd dat ik geen eten binnenhoud. Heb ik hier echt vanmorgen nog gestaan, terwijl Rem zijn armen om me heen sloeg? Het lijkt weken geleden. Nadat ik met moeite de melk heb opgedronken en de kom aan Neeltje heb teruggegeven, sta ik op. Ik weet nog steeds niet waar ik moet beginnen, maar ik kan maar beter iets doen, wat dan ook. En dan komt de rest vanzelf. Hoop ik.

Als ik over de Nieuwezijds Voorburgwal loop, is het al donker. Met mijn lantaarn in de hand sla ik een steeg in, die naar het Damrak leidt. Ik heb Gomarus thuisgelaten. Ik heb er ook niet aan gedacht een mes in mijn rok te stoppen. Maar wie me nu lastigvalt, na de vele uren in de schepenbank, kan erop rekenen dat ik zo hard ga gillen dat de stadsmuren ervan trillen.

Zonder problemen bereik ik het huis van weduwe Arminius. Die doet meteen open. Lijsbeth Arminius is een kleine vrouw met kalme, donkere ogen en lichte, bijna onzichtbare wenkbrauwen. 'Het gaat goed met de meisjes,' zegt ze geruststellend. 'Kom binnen. Mijn broer is ook net gearriveerd, en dokter Egbertsz.'

Ik knik dankbaar. Dit zijn mensen die ons kunnen helpen. De kalme en kordate Lijsbeth, die zich door intimi Lijs laat noemen, is getrouwd geweest met een van de meest omstreden mannen van het land, en toch lijkt ze zich door de turbulente jaren heen te hebben bewogen als een eend die zich met de golven laat meedrijven. Sebastiaan is met zijn analytische vaardigheden vast in staat om me te helpen bij het ontwarren van de chaos in mijn hoofd. Jakob Reael met zijn indrukwekkende snor, Lijs' broer, heeft als secretaris van de Amsterdamse admiraliteit* genoeg connecties. Misschien ziet hij wel mogelijkheden om Rem per schip de stad uit te smokkelen. Beide mannen zijn te vertrouwen. Niet voor niets zijn ze door hun remonstrantse sympathieën hun plek in de vroedschap kwijtgeraakt.

In de voorkamer, waar een haardvuur brandt, zitten Geertruid en Baefje met Arminius' dochter onder de kaarsenkroon, met een grote schaal tussen hen in. 'We maken een uientaart voor morgen, mama,' zegt Baefje tevreden, en niets aan haar gezicht drukt bezorgdheid uit. 'We mogen hier blijven slapen.'

Bij Geertruid is het anders. Die staat meteen op en komt naar me toe. 'Waar is papa?' vraagt ze op gedempte toon.

'Ik weet het niet,' zeg ik eerlijk.

'Ik hoorde dat ze hem willen arresteren,' fluistert ze.

Ik knik, en ik veeg over mijn ogen. 'Wat ruiken de uien sterk,' zeg ik snel.

Ik leg mijn hand op haar wang. 'Je kent je vader. Hij is slim en kent veel mensen in de stad. Het komt wel goed.' Ik weet dat ik het alleen zeg om mezelf gerust te stellen.

De weduwe wenkt me naar de achterkamer, waar Sebastiaan Egbertsz en Jakob Reael staan, en ik laat de meisjes achter.

De mannen komen meteen naar me toe. 'Dat zoiets onbenulligs als een wrokkige schout in Leiden hier zulke gevolgen zou hebben, had niemand voorzien,' zegt Jakob, als ik heb verteld hoe het op het stadhuis is verlopen.

'Wrokkige schout?' Ik ken de schout in Leiden niet en begrijp niet waar hij op doelt.

'Die schout had nog een persoonlijke rekening te vereffenen met Stochius,' legt Jakob uit. 'Daarom liet hij zijn huis doorzoeken. Als dat niet was gebeurd, hadden we hier geen problemen gehad.'

'Wie staan er op die lijst die ze in beslag hebben genomen? Sommige mensen in de stad zijn doodsbenauwd dat zij de volgenden zijn die bij de schepenen worden geroepen,' zegt Egbertsz.

'Die lijst zou geen probleem moeten zijn,' zeg ik zo kalm mogelijk. 'Althans, ik heb geen idee waar hij voor bedoeld is. De papieren die echt belangrijk zijn, had ik ergens achter het behang verstopt. Ze zijn niet gevonden tijdens de huiszoeking.' Ik tast aan de binnenkant van mijn jak en haal een stapeltje tevoorschijn. 'Ze lijken me niet meer veilig in ons huis. Ik wil ze graag bij jullie in bewaring geven.'

'Ik zal ervoor zorgen dat ze veilig zijn,' zegt Lijs, en ze pakt de documenten van me aan.

'Dank je,' zeg ik. 'Ik wil weten waar Rem is. Of het hem gelukt is om de stad uit te komen.'

De twee mannen kijken elkaar aan. Dan zegt Sebastiaan: 'Hij zit in het rasphuis.'

'Wat?' Ik grijp me vast aan de arm van Lijs. 'Wanneer hebben ze hem opgepakt?'

'Nee, wacht,' nerveus steekt Sebastiaan een hand op. 'Het is niet zoals je denkt.'

'Ik begrijp het niet.'

Sebastiaan kijkt om zich heen, alsof hij zich ervan wil vergewissen dat er niemand meeluistert. 'Rem kwam naar me toe,' zegt hij, en twee zorgelijke rimpels tekenen zich af tussen zijn wenkbrauwen. 'Een uurtje of drie geleden. Hij probeerde de stadspoort uit te komen, maar die worden allemaal streng gecontroleerd. Daarom wilde hij het over het ijs proberen, via het IJ. Maar het werd al donker, en met de wakken op het IJ is dat levensgevaarlijk. Dus moest hij ergens overnachten. Jullie huis wordt bewaakt, en er zijn al een paar huizen doorzocht.'

Ik zucht diep. Ik heb veel respect voor Sebastiaan, maar hij is wel lang van stof. Ik vermoed dat hij als arts meer uitblinkt in zijn vak dan als docent.

'Vervolgens heeft hij Pieter de Vlaming om hulp gevraagd. Maar De Vlamings vrouw zag het niet zitten. Iets met zijn politieke carrière en risico's. Ze heeft nog wel Rems haar en baard er afgeschoren, zodat hij minder zou opvallen.' Hij schraapt zijn keel. 'Toen kwam hij bij mij en hebben we een plan bedacht. Het rasphuis. De provoost is ons goedgezind, en vooral: omkoopbaar. Je weet dat de man een eigen woning heeft die grenst aan de binnenplaats van het gevang? Ik ben naar hem toe gegaan, en heb met hem overlegd. Rem verblijft in een kamer in die woning.'

Ik bijt op mijn nagels. 'Denk je echt dat die man te vertrouwen is?'

Hij klopt op zijn zak. 'Ik ken hem al jaren. Zolang het geld rinkelt, is hij door en door betrouwbaar.'

Nu neemt Jakob het woord. 'We hebben ook een advocaat gesproken, die verderop bij jullie in de straat een kantoor heeft. Die heeft Rem ten zeerste afgeraden zich bij het stadhuis te melden. De advocaat zal zich ook bezighouden met jullie zakelijke belangen.' Hij kijkt ernstig. 'Het ziet er niet goed uit voor jullie, helaas.'

Ik denk aan de woorden van de schout. Als ze Rem inderdaad verdenken van landverraad, zal zijn straf in het ergste geval lijken op het vonnis van raadpensionaris Van Oldenbarnevelt, waar Reinier de hand in heeft gehad. De doodstraf. Ons huis en de huisraad zullen dan verbeurd worden verklaard.

Weer voel ik me misselijk worden.

'De advocaat raadt jullie aan zoveel mogelijk waardevolle spullen onder te brengen bij mensen die jullie vertrouwen,' gaat Jakob door. 'En bedragen die politieke tegenstanders van jullie geleend hebben, kun je maar beter zo snel mogelijk innen. Anders zijn jullie die zeker kwijt.'

Ik probeer zo goed mogelijk te onthouden wat hij zegt, maar zijn woorden lijken van ver te komen.

'Verder heeft Rem gezegd dat je hem vooralsnog niet moet opzoeken. Dat is te gevaarlijk. Hij zal je laten weten wanneer het kan.'

Lijs schudt haar hoofd. 'Ik mis mijn man nog elke dag, maar ik ben blij dat hij er geen weet van heeft wat zich nu in het land afspeelt.' Ze kijkt me aan. 'Wil je hier blijven slapen, samen met de meisjes?'

Ik schud mijn hoofd. 'Ik moet nadenken. Er is zoveel te regelen.'

Ze knikt. 'Laat je dochters intussen hier. Ze mogen hier zo lang blijven als ze willen.' Ze legt een hand op mijn arm. 'En vergeet niet: er staan meer mensen achter jullie dan je denkt. Veel meer.'

Kort daarna lig ik naar de hemel van ons bed te staren. De plek naast me op het matras is koud en leeg. Ik denk aan de woorden van Jakob. 'Blijf thuis. Rem zal van zich laten horen.' Ik probeer de slaap te vatten, maar of ik me nu linksom of rechtsom draai, aan elke kant zie ik hoe Rem net als Johan van Oldenbarnevelt het schavot op loopt, terwijl ik met de meisjes vanuit de menigte toekijk.

Ik word wakker van een zachte klop op de deur. Stijntje staat in de deuropening. 'Mevrouw, er is een boodschap voor u afgegeven.'

'Van wie?' vraag ik, en ik wrijf in mijn ogen. Mijn spieren doen pijn, mijn keel voelt droog en ik heb het gevoel dat ik nog uren zou kunnen slapen.

'Een jongen kwam dit brengen.' Ze houdt een briefje naar voren. Ik kom overeind en neem het van haar aan. Er staan maar twee woorden op en twee cijfers. *Ruth 3 vers 8.*

'Dank je wel, Stijntje,' zeg ik, en ik vouw het briefje weer dicht. Later zal ik de betekenis hiervan verder ontrafelen. 'Wil je wat bier en brood voor me klaarzetten? Ik kom zo naar beneden.'

Ik blijf een tijdje zitten. Mijn blik valt op het kistje met de brieven van moeder. Het is verzegeld met het stadszegel van Amsterdam, een plak roodgekleurde bijenwas met de afbeelding van een zeeschip erop, en kan onmogelijk onopgemerkt verbroken worden. Wat moet ik doen? 'Ik kan het kistje ergens anders onderbrengen,' zeg ik hardop, alsof Rem hier is, zijn gezicht natspettert in de waskom en zijn wambuis aantrekt. 'Misschien kan ik het vervangen door een ander kistje dat er hetzelfde uitziet.'

'Nee, Lysbeth,' hoor ik hem in gedachten zeggen. 'Bedenk iets anders. Dat vervangende kistje moet net zo goed een zegel dragen, en waar haal je zo'n stadszegel vandaan?'

Ik denk aan wat de schout in de schepenbank zei. 'Totdat we een smid hebben gevonden die het kan openbreken.' Hoe lang duurt dat? Het wordt tijd dat ik ga praten met de persoon die hier net zoveel als, nee, nog meer belang bij heeft dan ik.

Nadat ik me heb opgefrist en een paar happen heb gegeten, lijn ik Gomarus aan en loop naar het pand aan het Singel, waar advocaat Pieter Jansz Cloeck kantoor houdt. Cloeck is de zoon van Rems voormalige patroon. 'In het vergulde astonnetje', staat er op de gevelsteen, wat verwijst naar de handel in potas waarmee ook deze familie rijk is geworden. Als ik de hal van het kantoor binnenloop, komt een jongeman me tegemoet. Hij heeft donker haar, een smal gezicht en hazelnootkleurige ogen. Ik herinner me hem van een paar geheime bijeenkomsten. En ik bedenk plots dat het de jongeman is met wie ik Geertruid heb zien schaatsen. 'Mevrouw De Bisschop. Goed u te zien. Mijn naam is Frans van Limborch,' stelt hij zich voor. Ik zie dat hij bloost, en ik probeer te peilen wat mijn dochter in hem ziet. 'Ik ben sinds een tijdje in de leer bij meester Cloeck,' zegt hij. 'Ik heb van uw man gehoord wat er is gebeurd.'

'Is de meester ook aanwezig?' vraag ik. Ik schat de jongeman begin twintig. Tweeëntwintig, drieëntwintig misschien? Hij zal in elk geval net zijn rechtenstudie hebben afgerond.

'Jazeker, mevrouw.' Hij knikt. 'We verwachtten u al.'

Hij kijkt naar de deur om er zeker van te zijn dat er niet meer klanten binnenkomen en wijst me naar een kamer met bewerkte eikenhouten wanden, waar een breed bureau staat. Cloeck, een lange blonde man van halverwege de dertig, staat op en steekt me zijn hand toe. ‘Alles wat hier wordt besproken, blijft uiteraard binnen deze muren,’ zegt hij.

‘Wat kunt u voor ons doen?’ vraag ik.

‘We hebben uw man gezegd dat we erop kunnen aandringen dat er een eerlijk proces plaatsvindt,’ zegt Cloeck. ‘Een officieel proces, met een procureur en een advocaat. Daar heeft hij als poorter van Amsterdam immers recht op.’

‘Denkt u dat ze daarnaar zullen luisteren? En dat hij daardoor een mildere straf krijgt?’

Hij kijkt somber. ‘Helaas is het tij ongunstig. Te veel remonstrantse leiders worden momenteel in het gevang gezet – of erger. We kunnen niet meer dan ons best doen. Zolang we geen reële kans hebben op een goede afloop, kan uw man beter buiten het bereik van de schepenbank blijven.’

‘Zijn er verder nog zaken die u met mijn man hebt besproken?’

Hij knikt naar Frans van Limborch. ‘We proberen te voorkomen dat uw spullen in beslag worden genomen,’ zegt die. ‘Het zou ons helpen als we uw grootboek mogen inzien, en de lijsten met uitstaande schulden. We zullen daarvoor nog langskomen. We bekijken ook graag andere documenten die van belang zijn.’

‘Ik heb… nog een persoonlijk probleem,’ zeg ik dan, en ik vertel hem over het kistje, en het geheim van Arnt en Jan. ‘Wat zou u me adviseren?’

Frans van Limborch glimlacht verontschuldigend. ‘Dat kistje is uw minst grote probleem. Als uw broer hulp nodig heeft, zal hij zich zelf bij ons moeten melden. Maar de inhoud zal sowieso aan het licht komen, ben ik bang.’

De rode slee voor Jans huis is verdwenen, of misschien heeft iemand hem op een andere plek gezet. Als het dienstmeisje me naar binnen brengt, zit Jan aan tafel. Elisabet, die is uitgegroeid tot een blonde jonge vrouw met het mollige postuur van haar moeder, zit bij hem.

‘We zijn net een brief van Dirck aan het lezen,’ zegt hij. ‘Hij zit nog steeds in Moskovië, waar hij pelzen inkoopt en verscheept.'

'Ik hoop dat de zaken goed gaan,' zeg ik. Zodat Dirck daar maar mag blijven, denk ik erachteraan.

'Ik hoorde je verhaal,' zegt Jan vermoeid. 'Het spijt me, ik kan je niet helpen. Ik heb je altijd al voor je man gewaarschuwd, hij is ongrijpbaar en glad als een aal. Nu is mijn voorspelling eindelijk waarheid geworden. Ik had het graag anders gezien.'

'Vader.' Elisabet kijkt verontschuldigend naar mij. 'Laat tante nu eens haar verhaal doen.'

Ze schuift me een glas bier toe en kijkt me afwachtend aan, en brengt me daarbij in een lastig parket. Ik kom hier namelijk niet om mijn verhaal te doen. Ik wil het hebben over het kistje en Jans verleden, waar zij vermoedelijk niets van afweet.

'Ons huis is doorzocht,' zeg ik zo neutraal mogelijk, en ik geef een kort verslag van de gebeurtenissen.

'Zo,' zegt Jan, 'ze pakken het grondig aan.'

Elisabet kijkt meelevend.

'Ik had je gewaarschuwd,' zegt Jan weer.

'Er is iets belangrijks wat ik met je wil bespreken,' zeg ik. 'Kan dat onder vier ogen?'

Jans ogen schieten opeens onrustig heen en weer.

'Ik moet toch nog even kijken of de kokkin al klaar is met de snoek,' zegt Elisabet rustig, en ze verdwijnt naar de keuken.

'Zoals ik al zei,' zegt Jan, 'ik kan je niet helpen. Je hebt deze ellende volledig over jezelf afgeroepen.'

'Ik wil het niet hebben over mijn eigen ellende, maar over de jouwe.'

Hij trekt een wenkbrauw op. 'Daar had je eerder aan moeten denken. Onze familienaam...'

'Jóúw familienaam. Toen Arnt overleed, heb ik een aantal brieven van Trijn gekregen die moeder hem heeft geschreven voor ze stierf. Je weet hoe gestructureerd moeder was, voor elk levensjaar schreef ze er één.'

'Wat is er met die brieven?' Zijn stem klinkt scherp.

'Daar hebben we het vorig jaar over gehad. Op advies van de dokter heb ik ze opgeborgen en besloten het er niet meer over te hebben. Maar nu zitten ze in een kistje waarvan de schepenbank denkt dat er belangrijke papieren in zitten.'

Hij vloekt zo hartgrondig als ik hem nog nooit heb horen doen.

'Een dezer dagen komt er een smid om het kistje open te breken. Ik weet nog steeds niet helemaal precies wat je verhaal is, maar er staat wel in moeders brieven dat jij geld hebt gestolen, geld met een heilige bestemming. En iets over vaders dood. Wil je dat de schepenen daar zelf een verhaal van maken en je uit je functie zetten, of wil je mij vertellen waar het over gaat?'

Hij leunt zwijgend voorover op zijn ellebogen, zijn hoofd in zijn handen.

Als het stil blijft, leg ik een hand op zijn arm. 'Hé, Jan. Ik kom hier niet om je iets te verwijten, ik heb wel andere dingen aan mijn hoofd. Ik probeer je te helpen.'

Ik kijk naar het portret dat aan de muur hangt. Jan in de bloei van zijn leven. Knap, sterk en goedgekleed. Voor mij zit een oude, knorrige man. Hij tilt zijn hoofd op en ik zie dat zijn onderlip beeft. 'Misschien moeten we dat kistje in de gracht gooien,' zegt hij met verstikte stem.

'Daar is het tijdens de plundering al bijna in beland,' zeg ik. 'Weet je nog? Een paar straatschoffies hadden het leeggehaald. Na afloop kwam jij het terugbrengen, zonder inhoud. Ik ben niet van plan het kistje opnieuw te vernietigen of te laten verdwijnen. Bovendien, als het plotsklaps is verdwenen, straffen ze mij en mijn gezin omdat ze denken dat ik de rechtsgang heb belemmerd en staatsgevaarlijk materiaal heb verduisterd.'

Hij wrijft over zijn voorhoofd. 'Goed dan,' zegt hij na een tijdje. 'Ik zal het je vertellen.'

'Ik luister.'

'In het jaar dat jij werd geboren, is er veel gebeurd,' zegt hij. 'Toen ik achttien was, namen vader, moeder en ik afstand van het Spaanse bewind, het katholieke geloof met alle geldzuchtige geestelijken, de inhalige burgemeesters die niet van hun plek af te slaan waren – de hele corrupte bende. De stad was verdeeld in twee groepen: degenen die trouw bleven aan het traditionele gezag en de Spaanse koning, en degenen die in opstand kwamen. Daar hoorden wij bij. Het kwam op een dag zelfs zo ver dat we gewapend tegenover elkaar stonden. Maar toch leek het erop dat het met een sisser afliep, onder andere door bemiddeling van de vader van Reinier Pauw, die daarna evengoed door de Spanjaarden tot eeuwigdurende ballingschap werd veroordeeld.'

Ik trek een wenkbrauw op. 'Dat moet een heel ander type zijn geweest dan zijn zoon. Maar ik snap niet wat dit met gestolen geld te maken heeft.' Ik stel me Jan voor als een van de leden van het verzet. Misschien handelde hij in opdracht van vader, of een van de geuzen.

'Ik was nog jong en ging in die tijd wel eens naar de kroeg.' Zijn stem klinkt hees. 'Daar hoorden we het laatste nieuws. Op een dag speelde ik voor geld.'

Het beeld van de achttienjarige idealist valt ter plekke in scherven.

'Veel geld,' vervolgt Jan. 'Ik vergokte zoveel dat ik een schuld had.'

'Je bent niet goed wijs. Waar had je dat geld voor nodig?'

'Dat doet er niet toe. Geld gaat snel op, zoals je weet.'

'Je besteedde zeker alles aan wijntje en trijntje*,' zeg ik, en hoewel ik me had voorgenomen rustig te luisteren, hoor ik de minachting in mijn stem.

'De man aan wie ik geld schuldig was, was geen lieverdje. Ik had geen idee hoe ik het probleem moest oplossen.'

'En dus besloot je ook maar een greep in de zak van een ander te doen.' Ik had gehoopt dat het verhaal een plausibele verklaring had, maar die hoop is verdwenen. Ik had het kunnen weten. Als er een goede verklaring was geweest, had Jan zijn verhaal niet zo lang verborgen gehouden.

Hij zwijgt.

'Had je in plaats daarvan vader en moeder niet om hulp kunnen vragen?' ga ik door.

'Het is duidelijk dat je vader nooit gekend hebt.'

'Je zei ooit dat ik op hem leek.'

Hij lacht bitter. 'Hij was nogal opvliegend, ja. En hij had hoge verwachtingen van me.'

Hij draait aan de gouden zegelring om zijn vinger. 'Vader zamelde buiten het zicht van het stadsbestuur geld in voor de toen nog verboden kerk.'

Dat hebben vader en ik dus gemeenschappelijk. Even voel ik me warm worden vanbinnen.

'Een deel van het geld bewaarde hij thuis, in zijn kantoor,' vervolgt Jan langzaam. Zijn stem wordt laag. 'Ik heb een bedrag weggenomen. Er was zo veel dat ik dacht dat het niet zou opvallen.'

Ik pak het glas bier dat Elisabet voor me heeft neergezet en drink het in één teug leeg. Dus dit hebben Jan en Arnt voor me verzwegen. Al die tijd, in een poging de familie bij elkaar te houden.

'En toen?' zeg ik. 'Vader heeft het natuurlijk ontdekt.'

'Hij betrapte me. Precies op het moment dat ik ermee wilde weglopen.'

'Hij was vast laaiend.'

Jan staart in zijn bierglas. 'Ik liep naar buiten, vader kwam achter me aan. Het was winter, net als nu. Het vroor licht, en het was glad op straat. Vader hield me tegen. Ik rukte me los. Opeens begon hij te wankelen. Hij stond vlak bij de gracht en...'

Ik sla mijn handen voor mijn ogen. 'Nee.'

'Ik weet nog hoe hij me aankeek. Met een blik vol walging, alsof ik zijn zoon niet meer was. Misschien had hij iets te veel bier gedronken die dag. En hij was buiten zinnen door ons conflict.' Hij zucht. 'Hij gleed uit. Ik hoorde een plons.'

'Wat deed je?'

'Ik sprong hem achterna. Meteen. Maar het was al donker. Vader kon niet zwemmen. Hij spartelde, waardoor hij me juist tegenwerkte. Ik kreeg hem aan wal, maar ik was te laat.'

Ik weet niet wat ik moet voelen. Ik voel een vlaag van medelijden. Jan was nog maar een jongen. Hoe moet het zijn om je eigen vader in het water te zien vallen, te proberen hem te redden, zonder succes? Maar ik voel vooral woede. De onkreukbare Jan, toonbeeld van kracht en deugdzaamheid. De man die alles heeft gedaan om de familie-eer te beschermen en anderen dwarsboomde die niet in het perfecte plaatje pasten. Wat een schijnvertoning. 'En Arnt was er getuige van,' zeg ik, en ik schuif mijn stoel naar achteren. 'Hoe kun jij met jezelf leven? Hoe kun je anderen zo veroordelen terwijl je zelf zo'n geheim hebt bewaard? Als ik Arnts brieven niet had gehad, had je het me niet eens verteld.'

Voor het eerst in mijn leven zie ik tranen in Jans ogen. 'Ik gaf het geld terug. Moeder heeft mijn schuld afbetaald van het geld dat ik anders geërfd zou hebben,' zegt hij.

'Hoeveel was het?' vraag ik argwanend. 'Was het alleen jouw geld, of ook óns geld?'

Hij zwijgt. 'Het was misschien iets meer dan alleen mijn eigen erfenis. Toen ik de stad uit vluchtte, moest moeder zuinig leven om jullie te onderhouden.' Zijn stem klinkt nu boos. 'Zeg het maar. Zeg maar dat vaders dood mijn schuld is. Dat die slechte oudste broer een puinhoop heeft gemaakt van jouw zogenaamd ideale leven. Natuurlijk. Alles is mijn schuld.' Hij lacht cynisch, tussen de tranen door. 'En jij bent zeker de perfecte zus, met je opruiende man en zijn illegale bijeenkomsten.'

'Jan, dit helpt ons niet verder,' zeg ik. 'Jouw geheim ligt binnenkort op straat.'

'Het is jouw schuld,' zegt hij en wendt zich van me af. 'Als jouw man zich niet zo halsstarrig had vastgeklampt aan die ketterij, zou jullie huis niet zijn doorzocht. Dan waren deze brieven nooit naar buiten gekomen. Jij hebt onze familienaam bezoedeld.'

Ik sta op en trek mijn mantel over mijn schouders. 'Het ga je goed,' zeg ik. 'Ik wens je sterkte met alles wat je te wachten staat.'

Als ik de voordeur van mijn huis nader, voel ik een tik op mijn schouder. Ik draai me om en kijk in het gezicht van de wachtpost die ons huis in de gaten houdt. Hij heeft prominente wenkbrauwen en aan zijn rode neus kleeft een druppel. Het vuurtje dat hij heeft aangestoken om zichzelf warm te houden, brandt nog steeds. 'Jij houdt het wel uit, zie ik,' zeg ik.

'Vannacht word ik afgelost.' Hij glimlacht schaapachtig. 'Ik moest u een boodschap doorgeven. Van het gerecht. Morgen aan het eind van de ochtend komt er een smid bij u langs.'

'Dank je wel,' zeg ik. 'Goed om te weten.'

Ik loop naar binnen, naar de achterkamer en blijf staan bij het haardvuur. Daar staar ik in de vlammen, terwijl ik nadenk over Jans verhaal. Natuurlijk kan ik begrijpen dat een jongeman van achttien wel eens dobbelt, zich met aantrekkelijke vrouwen van de straat inlaat en daarbij te veel geld uitgeeft. Maar geld stelen dat voor de kerk was bedoeld? En hoe heeft hij de ruzie met vader jarenlang voor zich kunnen houden? Ik herinner me nu ook zijn eindeloze waarschuwingen om niet naar verkeerde kroegen te gaan, toen ik nog bij hem thuis woonde, en zijn aversie tegen vrouwen als Griet. Het zijn allemaal elementen van een verleden dat hij niet onder ogen wil zien. En waar hij, nu ons huis is doorzocht, alsnog keihard mee wordt geconfronteerd.

Ik hoor geschuifel achter me. Het zacht schrapen van een keel.

Ik draai me om en verwacht Neeltje te zien. Of Stijntje. Of Willem. Maar in plaats daarvan kijk ik in de waakzame ogen van Griet.

'Hoe kom jij hier binnen?' vraag ik.

'Je zwangere meid heeft me binnengelaten,' zegt ze. 'Ik heb me bedacht. Als je werk hebt voor een vrouw die in het spinhuis heeft gezeten, ga ik akkoord.'

Ik knijp mijn ogen tot spleetjes. 'Waarom heb je je bedacht?'

Ze lacht vreugdeloos. 'Laten we zeggen dat er weinig alternatieven beschikbaar zijn. Maar wat sta jij hier te staren?' Ze kijkt naar de zwarte sintels die opspatten als een stuk hout in het vuur uiteenvalt.

'Ik dacht na,' zeg ik. 'Over familie. Over van alles.'

'O.' Ze zwijgt en vraagt dan: 'Weet je hoe het met Toontje gaat? Ik maak me zorgen over hem.'

'Haar,' verbeter ik haar. 'Waarom heb je me nooit verteld dat Toontje een meisje is?'

Ze snuift. 'Doet dat ertoe?'

'Voor haar blijkbaar niet,' zeg ik. 'Ze wil de jongen blijven die ze was.'

'Precies,' zegt ze. 'Verder is het niet belangrijk.'

'Nee?' Ik houd mijn hoofd schuin.

'Snap je dat dan niet, hoeveel makkelijker het is om een jongen te zijn?' zegt ze. 'En veiliger. Zeker in de buurt waar wij woonden. Nou, vertel. Hebben jullie nog nieuws?'

‘Toontje is veilig,’ zeg ik. ‘Al is ze,’ ik schraap mijn keel, ‘of hij, op een andere plek dan we in gedachten hadden.’ Ik vertel kort hoe Toontje samen met Simon en een aantal anderen op een kar bij Waalwijk over de grens is gezet en verder is gereisd naar Antwerpen, dat na vele belegeringen weer in Spaanse handen is. Hoe ze in Antwerpen op zoek zijn gegaan naar een huis, met slechts weinig geld tot hun beschikking, maar er verrassend hartelijk werden ontvangen, en uiteindelijk een klein onderkomen hebben gevonden in een zijstraat van de Grote Markt. Griet reageert zichtbaar opgelucht en kijkt om zich heen. De tafel is nog niet afgeruimd, en er liggen nog steeds stapels papieren die de schepenen hebben bekeken. ‘Wat een zooi is het hier,’ zegt ze.

Ik vertel over de afgelopen uren. Over de schepenbank, de huiszoeking. Over Rem, die ondergedoken zit, al vertel ik haar niet waar hij is. Over de kans dat we alles zullen verliezen. Er lopen tranen over mijn wangen. Dan voel ik een klopje op mijn schouder en een zachte boezem waar Griet mijn gezicht tegenaan drukt. Ze ruikt naar kleding die lange tijd niet is gewassen. Over Jan en het kistje zwijg ik.

‘En nu?’ vraagt Griet. ‘Waar kan Rem naartoe? Terug naar Koningsbergen?’

Ik veeg mijn ogen droog. ‘Ik weet het niet,’ zeg ik, en ik denk aan de grafjes van Marritje, Geertje en Egbertje. Koningsbergen is nog steeds een bron van inkomsten, maar vooral een weg terug in de tijd die ik niet meer wil inslaan. Ik gebaar naar een stoel. Griet gaat zitten en ik schenk haar wat honingwijn in. Zwijgend drinken we, en opnieuw schenk ik onze glazen vol. Ik wil weg uit de mallemolen in mijn hoofd. Ik moet het over iets anders hebben, anders word ik gek. ‘Jij hebt in Antwerpen gewoond,’ zeg ik. ‘Hoe is het daar?’

‘Amai, dat is lang geleden!’ zegt ze met een Vlaams accent en rekt zich uit. ‘Toen ik Amsterdam verliet, was ik nog maar een jaar of zeventien, iets ouder dan jouw oudste dochter. Ik reisde mijn Spaanse liefje achterna.’

Ik zie het wanhopige gezicht van oom en tante voor me, en kan me er iets bij voorstellen. Als Geertruid met haar liefje naar het zuiden zou vertrekken, zou ik in alle staten zijn.

‘Hoe?’ vraag ik. ‘Was het een Spaanse soldaat? Ging je mee met het Spaanse leger?’

‘Welnee, zo spannend was het ook weer niet. Hij was tolk voor de oude regering. Vlak voor de Alteratie plaatsvond en de protestanten hier de macht overnamen, ging hij als een van de laatste Spanjolen de stad uit. Ik was gek. Gek van verliefdheid, en ik volgde hem. En ja, we bereikten samen Antwerpen. Mijn vriend en ik leefden samen, maar na een jaar of wat had hij er genoeg van. Hij miste Spanje en wilde terug, maar ik mocht niet mee. Ik viel van mijn hemelse wolkje af en belandde, hopsa, in de krochten van Antwerpen. Eerst bleef ik alleen. Maar toen kwam er weer een volgende belegering, en was ik het zat. Via Zeeland ben ik toen teruggereisd.’

‘Maar hoe is Antwerpen?’ vraag ik weer.

Ze kauwt op haar lip. ‘Het schijnt ooit het centrum van de handel te zijn geweest, zoals Amsterdam nu. Maar er is veel gebeurd. Eerst was er de Spaanse furie, vlak voordat ik aankwam. Het schijnt dat de Spanjolen duizenden huizen in de fik hebben gestoken, mannen hebben vermoord, vrouwen hebben verkracht. Daarna kwam weer een belegering door de hertog van Parma. Maar da’s jaren geleden. Antwerpen is niet zo’n wereldstad meer als Amsterdam, maar ik denk dat Toontje zich daar wel redt. Hij is niet met een zilveren lepel in de mond opgegroeid, zoals die dochters van jou.’ Ze zet haar handen in haar zij. ‘Wat wil je dat ik ga doen in je huis?’

‘Neeltje krijgt binnenkort een kind. Je mag haar taken overnemen. Voor zolang het kan.’

‘Mevrouw,’ klinkt het vanuit de deuropening, ‘uw broer is hier.’

Jan heeft zich geschoren en zijn beste kleren aangetrokken, alsof hij naar een zakelijke afspraak gaat. Als ik mijn ogen tot spleetjes knijp, lijkt hij weer op de gedistingeerde man op het portret in zijn huiskamer. Als hij Griet ziet, verschijnt er een uitdrukking op zijn gezicht die zijn chique kleding ontsiert. ‘Wat doet zij hier?’ vraagt hij.

‘Ik ben hier op uitnodiging van je zus,’ zegt Griet. ‘Ik werk hier.’

Snel zeg ik: ‘Griet werkt hier sinds vanmiddag. Onze Neeltje kan elk moment een kind krijgen. Voor je staat onze nieuwe hulp in huis.’

Jan snuift en maakt aanstalten om weg te lopen, maar lijkt zich dan te bedenken. 'Ik ben hier om te praten over... het onderwerp waar we het al eerder over hadden,' zegt hij.

Ik kijk naar Griet, die geïnteresseerd tegen de muur leunt.

'Dat kan,' zeg ik, en ik werp Griet een veelzeggende blik toe.

Glimlachend kijkt ze van Jan naar mij.

'Onder vier ogen,' zegt Jan.

'O, is dat de bedoeling?' Griet trekt een wenkbrauw op.

'Misschien wil jij alvast even naar Stijntje lopen, Griet,' zeg ik. 'Ze zal je wegwijs maken in de keuken.' Ik kijk naar de rok en het lijfje die ze in het spinhuis heeft gedragen. 'En ze zal je ook de kleding geven die je nodig hebt.'

Schouderophalend verlaat Griet de kamer.

'Waar is het kistje?' vraagt Jan als ze buiten gehoorsafstand is.

'Loop maar mee,' zeg ik. Boven in de slaapkamer inspecteert hij het zegel. Nadat hij het kistje om en om heeft gedraaid, gaat hij op ons bed zitten. 'Dit zegel is onmogelijk te herstellen als het eenmaal verbroken is,' zegt hij. 'Het is een stadszegel, en van het stempel is er maar één. Het stempel wordt zorgvuldig bewaard, zodat onbevoegden het niet in handen kunnen krijgen. Het zit in een koffer met drie sleutels, die in het stadhuis wordt bewaard.'

'En wie heeft de sleutels?'

'De burgemeesters.'

Ik denk aan Reinier Pauw en de moed zinkt me in de schoenen. Een nieuwe inbraak in zijn huis is onmogelijk. Over een kleine twee weken zijn de burgemeestersverkiezingen. Was Pieter de Vlaming maar vast gekozen. Misschien zou die bereid zijn iets voor ons te doen. Meteen verwerp ik die gedachte weer. Als Rem al niet kon onderduiken bij de De Vlamings, zijn gevaarlijkere methodes al helemaal geen optie. En de drie burgemeesters die op dit moment samen met Reinier de stad besturen, zijn stuk voor stuk goede maatjes van Reinier.

'Ik heb nagedacht,' zegt Jan. Zijn stem klinkt schor. 'Ik ga met het kistje naar het stadhuis.'

'Om wat te doen?' vraag ik verbaasd.

'Ik zal mijn verhaal vertellen aan Reinier Pauw. Ik zal mijn jeugdzonde opbiechten en de brieven vrijgeven. Ze zullen me verachten en mijn naam door het slijk halen. Ik ben nota bene jarenlang diaken geweest in de kerk. Maar ik ben een oude man.' Zijn blik is berustend. 'Mijn tijd in de vroedschap zit erop. Ik laat het los.'

Ik speur zijn gezicht af op zoek naar addertjes onder het gras, maar tot mijn verrassing zie ik dat hij het meent. Van zijn trots en vastberadenheid is weinig over.

'Nee,' zeg ik dan. 'Dat doen we niet.'

Hij kijkt op. 'Wat zeg je?'

'We doen het niet. Reinier kent geen genade. Straks gebruikt hij jouw verhaal om ons allemaal te gronde te richten. Misschien komt er nog een oplossing. Ik weet niet hoe, maar ik ga er een nacht over slapen.'

Hij schudt zijn hoofd. 'Die oplossing komt er niet.'

Als Jan is vertrokken, staat Griet in de deuropening, haar armen over elkaar geslagen. Ze draagt een nette rok en een lijfje uit de meidenkast. Haar gezicht glimt alsof ze het zojuist heeft geboend. 'Wat is er met dat kistje?' vraagt ze.

Ook dat nog. 'Heb je ons afgeluisterd?' vraag ik.

'Neeltje en ik gingen de linnenkast inruimen,' zegt ze kalm. 'Dat jullie zulke harde stemmen hebben, daar kan ik ook niks aan doen. Nou? Wat is er met dat kistje?'

'Daar zitten een paar gevoelige brieven in. Als de schepenen die lezen, heeft dat nare gevolgen voor de familie.'

'Voor Jan, bedoel je.' Ze neemt een hap van een stuk roggebrood dat Neeltje haar blijkbaar heeft gegeven. 'Wat de reden ook mag zijn, ik verheug me erop dat hij zijn plek in de vroedschap kwijtraakt. Eindelijk gerechtigheid.'

'Griet,' zeg ik, en ik ga zo dicht voor haar staan dat ik het roggebrood in haar mond kan ruiken. 'Ik wil een paar zaken met je afspreken. Als je bij mij in dienst komt, verwacht ik dat je de belangen van mij én mijn familie vooropstelt. Ik heb al eerder iemand in dienst gehad die de boel verstierde, namelijk de voormalige klerk van Rem. Ik wil zoiets nooit meer meemaken.'

Ze kijkt beledigd. 'Ik heb het beste met jou voor.'

'Dat hoop ik,' zeg ik. 'Als jij wraak wilt nemen op Jan, heeft dat ook gevolgen voor mij. En daarmee misschien ook voor jezelf.'

Ze zwijgt even, en slaakt dan een zucht. 'Ik wilde u, mevrouw,' ze kijkt spottend, 'laten weten dat er twee advocaten voor u in de hal staan. En het avondeten is over een uur klaar.'

Nadat ik Cloeck en Van Limborch een tijd heb laten meekijken in ons grootboek en andere documenten die ze graag willen inzien, schuif ik aan de avondmaaltijd, maar ik eet slechts een klein stuk vis en een schepje kool. Ik voel me alleen zonder Rem, zonder de meisjes. In de keuken hoor ik het opgewekte gekwebbel van Griet en Stijntje, en ik zou hun gezelschap op kunnen zoeken, maar dat wil ik ook niet. Ik wil nadenken. Ik laat de rest van mijn eten staan, neem alleen het mes mee en loop naar de slaapkamer. Daar lees ik nogmaals het briefje dat Rem me heeft laten bezorgen. Ik rommel in de lade van mijn kabinet, haal er een zware metalen spijker uit, neem een kaars, bekijk de lengte en snijd een stukje van de kaars af ter grootte van een duim. Dan druk ik de spijker net zo diep in de onderkant van de kaars dat ik hem niet meer kan zien. Vervolgens loop ik naar het raam. Even staar ik naar buiten en zie Griet voor ons huis in de sneeuw staan, verdiept in een gesprek met de wachtpost. Ze legt een hand op zijn arm en hij lacht luid. Een onbehaaglijk gevoel bekruipt me. Wat zijn Griets motieven? Iets in me zegt dat ik voorzichtig met haar moet zijn, maar ik heb de energie niet meer om naar beneden te gaan en uit te zoeken wat ze aan het doen is. Met een klap sluit ik de luiken.

Ik zet de kaars in een metalen schaal met een stang erboven, die zo is ontworpen dat de kaars een eindje boven de bodem zweeft. Ten slotte steek ik hem aan, ga op bed liggen en sluit mijn ogen.

Na een tijdje word ik wakker van het gerinkel van de spijker die op de bodem van de schaal valt. De kaars is opgebrand. Het is tijd. Ik kijk door een kier in de luiken en zie dat het vuurtje voor ons huis nog steeds brandt. Een nieuwe wachtpost, langer van postuur dan de eerste, zit op een krukje en neemt een slok uit een kruik. Ik loop naar de keuken, pak een paar koeken uit een schaal en wikkel ze in een doek. Dan loop ik door het donker naar de achterdeur, trek mijn schoenen aan en sla mijn mantel om. Achter ons huis zal misschien ook een wachtpost zijn, maar ik weet via de achterkant wel een route om hem te omzeilen. Sinds Rem na de plundering een nieuwe, steviger poort heeft laten plaatsen, zit er een kleine doorgang naar de tuin van de buren, voor geval van nood. Vanaf de buitenkant is hij niet te zien. 'Het spijt me maatje,' zeg ik tegen Gomarus, die zijn snuit tegen mijn hand duwt. 'Vannacht ga ik weer alleen.' Gomarus jankt zachtjes. Ik pak een lantaarn van de haak bij de achterdeur, maar steek hem nog niet aan. De kou van de opgevroren sneeuw op het tuinpad trekt door mijn voeten. Ik wurm me door de kleine opening naar de tuin van de buren, die een stuk langer is dan de onze en die uitkomt op een smalle steeg. De buren hebben me verteld dat de sleutel van hun poort rechts onder een steen ligt, en dat klopt nog steeds. Als ik de poort heb geopend, hoef ik slechts de steeg te volgen, een eind het Singel af te lopen en links af te slaan naar de Heiligeweg. De ratelwacht, die me kan beboeten omdat ik zonder lantaarn loop, is nergens te bekennen.

In de verte slaan de klokken twaalf keer. Sneeuwvlokken dwarrelen omlaag en ik ril. 'Midden in de nacht schrok hij wakker, draaide zich om en zag een vrouw aan zijn voeteneinde liggen,' herhaal ik in gedachten de tekst uit het Bijbelboek Ruth, die op het briefje stond. Ik lijk wel gek, denk ik als ik naar de poort loop die naar het rasphuis leidt. Wie waagt zich nu midden in de nacht in een hol met misdadigers? Stel dat ik me heb vergist in de boodschap? Of dat Rem inmiddels is opgepakt?

De poort leidt naar een met sneeuw bedekte plaats waaraan de woning van de provoost zich bevindt. Als ik zacht tegen het raam tik, doet de zwaarlijvige man open die ik drie jaar geleden heb gezien toen ik met Arnt een bezoek aan het rasphuis bracht. Boven zijn broek draagt hij een te klein hemd waaronder een deel van zijn behaarde buik uitpuilt. Zijn stem is hees. 'Wat wilt u?' vraagt hij.

'Ik ben Lysbeth de Bisschop,' zeg ik. 'Ik heb hier een afspraak.'

'Midden in de nacht?' vraagt hij, en hij knijpt zijn ogen samen.

Even voel ik me ik onzeker worden, dan zeg ik zo rustig mogelijk: 'Als het goed is, bent u op de hoogte. Ruth 3 vers 8.'

Zijn ogen krijgen een sluwe uitdrukking. 'Er is meer nodig om mijn geheugen op te frissen.'

Natuurlijk. De man denkt vooral in penningen, stuivers en guldens, vertelde Sebastiaan Egbertsz. Ik tast in mijn rok en haal er twee stuivers uit. Hij grist de munten uit mijn hand. 'Er begint me iets te dagen. Voor nog twee stuivers ben ik bereid u binnen te laten in mijn stulpje.'

Zuchtend overhandig ik de man opnieuw twee stuivers en loop achter hem aan het huis in. Het is er schemerig en het ruikt naar gekookte erwten.

De provoost wijst me een deur achter in de hoek. 'Daar moet u zijn.'

Zodra ik de deur open, zie ik hem zitten, in een hoek van de kamer. Ik herken hem nauwelijks. Zijn hoofd is kaalgeschoren en hij mist zijn baard en snor. Dan voel ik zijn armen om me heen en ruik de vertrouwde geur. Ik hoor de bekende stem in mijn oor van de man met wie ik zoveel lief en leed heb gedeeld. 'Je bent er,' zegt hij schor.

'Je leeft,' zeg ik, houd hem een eindje van me af en laat mijn vingers over zijn gladgeschoren kin glijden. 'Je lijkt op Simon, zo met je kale hoofd.'

Ik houd hem het pakketje met de koeken voor die ik uit de keuken heb meegenomen. 'Oliekoeken. Je lievelingskoeken. Helaas deze keer niet in de vorm van een predikant of Reinier Pauw.' Hij pakt het pakketje gretig aan en zet zijn tanden in een van de baksels. 'Je hebt de boodschap op het briefje begrepen,' zegt hij.

'Natuurlijk,' zeg ik. 'Wil je nu echt dat ik aan je voeten ga liggen?'

Hij lacht, duwt de deur achter me dicht en trekt me tegen zich aan, terwijl ik begin te vertellen over mijn ervaringen in de schepenbank.

'Abraham en Pieter waren nogal zwijgzaam,' zeg ik. 'Het ziet ernaar uit dat niemand zijn nek voor ons wil uitsteken.'

'Ik ben bezig een brief naar Abraham te schrijven,' zegt hij. 'En die jonge advocaat Frans van Limborch is ook een en ander aan het uitzoeken. Ze zijn hoe dan ook op zoek naar een manier om me op te pakken. Alleen al die lijst die ze hebben meegenomen en waar ze zoveel ophef over maken. Die lijst heeft niets met Stochius te maken.'

'Weet je wat er op die lijst staat?'

'Geen idee. Het kan van alles zijn.' Hij lacht kort. 'Wie zegt dat er geen namen op staan van mensen die ik wilde uitnodigen voor mijn begrafenis?'

'Mij hoef je niet te overtuigen,' zeg ik. 'Je moet de stad uit. Je hebt geen keus.'

Hij knikt.

'Vreemd toch dat ze mij verder nergens van verdenken,' zeg ik.

Hij haalt zijn schouders op. 'Je bent een vrouw,' zegt hij. 'En misschien verdenken ze je ook wel, maar zijn ze zich ervan bewust dat ze jou net zo goed straffen als je geen man en geen huis meer hebt.'

De deur gaat open. 'U hebt nog heel even,' zegt de provoost.

'Nu al?' vraag ik. 'Ik ben hier net.'

'Tijd is geld.' Hij maakt een veelzeggend gebaar met zijn hand, en hij verdwijnt weer.

'Waar kun je heen?' vraag ik. 'Naar Koningsbergen?'

'Ik heb nagedacht,' zegt hij. 'Ik ga naar Antwerpen. Daar kan ik handelen met Lissabon en corresponderen met mijn contacten in Koningsbergen. Simon is daar, en Uytenbogaert en nog een aantal anderen. Antwerpen heeft zware jaren gekend, maar krabbelt weer op. We kunnen het er uithouden tot het klimaat hier milder is.'

Antwerpen. Ik moet denken aan Griet. Toontje is daar ook.

'En onze spullen?'

'De komende twee dagen ga ik met Cloeck en de jonge Van Limborch alles in het werk stellen om te zorgen dat zo veel mogelijk van onze spullen veilig zijn. Zij nemen onze belangen daarna over. Een aantal vrienden heeft al gezegd dat ze bereid zijn geld van ons te lenen, en onze waardevolste spullen tijdelijk in beheer te nemen.'

Ik knik. Mijn hoofd tolt. 'Morgen komen ze een kistje openbreken,' zeg ik.

'Kistje? Dat kistje van je moeder?'

'Laat maar,' zeg ik. Ik wil hem niet belasten met Jans problemen. 'Het is niet belangrijk. Dus over twee dagen vertrek je.'

'Met jou,' zegt hij. 'En de meisjes. Als jullie dat willen.'

Mijn hart begint hevig te bonzen. 'Bedoel je dat we alles achterlaten?' zeg ik.

'Durf je het aan?' vraagt hij.

'Ik weet het niet,' zeg ik. Ik denk aan wat we in de afgelopen jaren hebben opgebouwd in deze stad. Het huis waarin we zoveel hebben meegemaakt. De meisjes, onbezorgd schaatsend op het Singel. Dit is mijn thuis, de plek waar ik ben geboren, en na onze terugkeer uit Koningsbergen had ik gedacht dat ik hem nooit meer zou verlaten. Ik vraag me af of ik het aankan om opnieuw Amsterdam te verruilen voor een onzekere toekomst. We zullen worden gezocht. Als we veilig de grens halen, zullen we verblijven in een stad die officieel in Spaanse handen is. Nu heerst er vrede in Antwerpen, maar het Twaalfjarig Bestand is volgend jaar ten einde en alleen God weet wat er dan gebeurt. Aan de andere kant, wat heb ik hier zonder Rem te zoeken? Ik weet hoe het is om met hem door moeilijkheden te gaan. Maar zonder hem, dat kan ik niet. Dat wil ik niet.

Ik zie weer voor me hoe Rem en ik samen in het kleine huis zaten, aan de Langgasse in Koningsbergen, nota bene vlak nadat hij alsnog had toegestemd om die lening van Jan aan te nemen waarover we zo'n ruzie hadden gehad. Ik met de kleine, fragiele Egbertje aan mijn borst, herstellend van de pest. Hij lezend in een middeleeuws geschrift dat hem door Arminius was toegestuurd. Even had hij het geschrift neergelegd, en zijn ogen waren vochtig geweest toen hij naar Egbertje en mij keek. 'De dingen waarvan we houden, vertellen ons wie we zijn,' had hij de schrijver geciteerd, die geloof ik Thomas van Aquino heette. Gek dat deze woorden me nu opeens weer te binnen schieten.

'Waar gaan we slapen?' vraag ik. 'En hoe moet dat met de meisjes? Wie gaat hen lesgeven? En onze spullen, hoe nemen we die allemaal mee? En wat doen we met ons personeel?'

Hij neemt mijn hand in de zijne. 'We zullen iets moeten achterlaten om verder te kunnen met ons leven. Maar ik verplicht je tot niets, Lysbeth. Als jij liever hier blijft, accepteer ik dat. Dan zien we elkaar weer wanneer de tijd rijp is. Ik zal je schrijven als ik in Antwerpen ben.'

Ik slik moeizaam. Het lijkt al weken geleden dat hij het huis heeft verlaten. Ik mis hem nu al, terwijl ik dicht tegen hem aan sta. Ik denk aan de maanden dat we langs elkaar heen leefden, aan hoe ongelukkig ik me toen voelde. Het was alsof ik rondzwierf, al woonde ik in kamers vol meubels en had ik een keuken vol voedsel. Ik denk aan Koningsbergen, waar hij aan mijn sterfbed heeft gezeten, en ik realiseer me dat het niet de bezittingen waren die ons veiligheid en geluk brachten, maar wij samen en onze meisjes. Ik neem een besluit. Wat er ook gebeurt, ik kan beter samen met Rem zwerven dan zonder hem in Amsterdam zijn. 'Ik ga met je mee,' zeg ik.

Er verschijnt een glimlach op zijn gezicht. 'Ik zorg ervoor dat ik 's ochtends vroeg buiten de stadsmuren ben. Neem de Overtoom en de Sloterweg tot je bij het dorp Sloten bent, ten zuiden van de stad. We ontmoeten elkaar klokslag twaalf uur, in de herberg naast de Sloterkerk. Zorg dat je de belangrijkste bezittingen bij je hebt. Het wordt een zware tocht. We reizen via Den Haag, over land en over ijs.'

'Dan zullen we moeten lopen.'

'In eerste instantie wel.'

En als jij er niet bent, wil ik vragen. Wat als ze je gevangennemen? In plaats daarvan vraag ik: 'Hoe kom je de stadspoort uit? Alle poorten worden in de gaten gehouden.'

'We bedenken wel iets.' Hij kust me lang op mijn mond en even vergeet ik de naar erwten stinkende woning van de provoost.

Wanneer ik de volgende ochtend beneden kom, is iedereen in huis al op. De achterkamer ruikt naar versgebakken brood en gebakken eieren. Ik voel me hoopvol en gespannen tegelijk. 'Neeltje is er nog niet,' kondigt Griet aan. 'Ga zitten en eet wat. Je heb vast slecht geslapen. Je ziet eruit als een dweil.'

Ze heeft geen idee hoe weinig slaap ik heb gehad. Toen de zon opkwam, maalde ik nog steeds over Rems vlucht uit de stadspoort, hoe ik de meisjes zou meenemen, urenlang wandelend door de sneeuw, en toen ik na toch wat slaap wakker werd, dacht ik aan het kistje met daarin het bewijs met Jans jeugdzonde, dat opeens weer verrassend onbelangrijk leek.

Griet zwaait met een tweede bord met twee plakken brood en een pul bier. 'Is dat voor jezelf?' vraag ik. Ze schudt haar hoofd. 'Dit is voor een van de kerels die voor de deur de wacht houdt. Arme drommel. Hij stond er alweer om zes uur in de ochtend.'

'Dezelfde als waar je gisteravond mee stond te praten?' vraag ik. 'Jullie leken het nogal gezellig te hebben.'

Ze grijnst. 'Houd je vrienden dichtbij, maar je vijanden nog dichterbij. Zou jij ook moeten doen.'

Ik neem een hap van het brood dat ze heeft gebakken en dat warm en smeuïg is, bijna zoals ik het zelf zou maken, maar mijn keel is zo droog van de spanning dat ik het nauwelijks kan doorslikken.

Terwijl ik het brood wegspoel met een paar slokken bier klinkt vanuit de hal het geluid van de klopper op de deur.

'Daar zul je de smid hebben voor het kistje,' zegt Griet die net weer binnenkomt, nu zonder het bord met eten.

'Nu al?' Ik had nog tijd willen hebben. 'Ik dacht dat die man pas aan het eind van de ochtend zou komen.'

Ze haalt haar schouders op en loopt naar de deur. 'Welkom,' hoor ik haar zeggen tegen de bezoeker. 'Doe uw schoenen uit. Ja, u zult blij zijn dat u even de warmte van het haardvuur voelt. Nee, uw schoenen uit, zeg ik. We willen geen plassen smeltwater op de vloer.'

De deur gaat open en een pezige oudere man met een verweerd gezicht komt binnen op kousenvoeten, met een zware ransel over zijn rug, gevolgd door de wachtpost van de schepenbank, die eveneens op kousen loopt.

'Mevrouw,' zegt Griet met een brede glimlach, 'hier is de smid. Hij komt het kistje openen dat boven staat.'

Ik knik stuurs. 'In het kistje zit persoonlijke correspondentie,' zeg ik. 'Ik kan er nog steeds met mijn verstand niet bij dat de schepenbank voor zijn plezier de intiemste zaken uit ons leven denkt te kunnen doorspitten.'

De smid haalt zijn schouders op. 'Ik ben hier alleen maar om mijn werk te doen.'

'Het spijt me, mevrouw,' zegt de wachtpost. 'Voor mij geldt hetzelfde. Ik zal er zelf niets van lezen. De correspondentie gaat rechtstreeks naar de schout.'

‘Wilt u iets drinken?’ vraagt Griet aan de mannen. ‘We hebben warme honingwijn.’

Ze houdt een kruik omhoog en geniet zichtbaar van het moment dat Jans geheim boven water zal komen

‘Graag, dank u,’ zegt de smid, en ik zie dat één teen door zijn kousen steekt.

Griet overhandigt hem een glas, en ook de wachtpost neemt de warme wijn aan.

‘Lekker,’ zegt hij, terwijl hij een grote slok neemt. ‘Goed. Waar is het kistje?’

‘Het kistje bevindt zich… boven,’ zeg ik, en zo traag mogelijk loop ik voor de twee mannen uit de trap op, alsof ik door het uit te stellen het onheil kan afwenden.

Achter me laat de wachtpost een luide boer.

De smid is traag. Hij keert het kistje om, bekijkt de voor- en achterkant. Bestudeert het sluitwerk en het ijzerbeslag en lijkt zelfs interesse te hebben in de naden in het hout. ‘Dit wordt geen eenvoudig klusje,’ zegt hij dan.

Griet buigt zich geïnteresseerd naar voren, terwijl de man zijn ransel opent en er omstandig in begint te rommelen, op zoek naar het juiste stuk gereedschap. Hij haalt er meerdere stukken ijzer uit, die allemaal op elkaar lijken, en legt ze naast elkaar op de vloerplanken. Vervolgens pakt hij het ene na het andere voorwerp op en bekijkt het nauwkeurig. Hoewel ik er alle belang bij heb dat het kistje dicht blijft, begin ik nu toch mijn geduld te verliezen. Die man is zo sloom dat ik me afvraag of hij wel goed bij zijn hoofd is.

De wachtpost laat zich wijdbeens op ons bed vallen en zet zijn lege wijnglas op mijn nachtkastje.

‘Hé,’ zeg ik. ‘Heb ik u toestemming gegeven om op mijn bed te gaan zitten?’ De man negeert mijn opmerking en leunt voorover om het werk van de smid te bestuderen. Ik zou deze twee ongewenste gasten het liefst het raam uit gooien.

‘Hiermee moet het lukken,’ zegt de smid, terwijl hij nadenkend een langwerpig stuk gereedschap in de lucht steekt. 'Wilt u dat ik u uitleg hoe ik het kistje ga openen?' vraagt hij aan de wachtpost.

'Nee, nee.' De wachtpost steekt afwerend zijn handen in de lucht. 'Begin nu maar.'

De smid gaat op zijn knieën voor het kistje zitten en begint te wrikken. Zijn hoofd loopt rood aan en hij veegt met zijn hand over het voorhoofd. 'De inhoud van de kist moet wel heel belangrijk zijn,' zegt hij peinzend. 'Ik heb ooit een kist moeten openen van een burgemeester op de Nieuwendijk die...'

'Schiet eens op, man,' zegt de wachtpost. Zijn buik maakt een rommelend geluid. 'Ik... ik heb de opdracht om de inhoud zo snel mogelijk naar het gerecht te brengen zodra mijn vervanger er is.'

De adamsappel van de wachtpost wipt nerveus op en neer. 'Man, heb jij trouwens geen...?'

'Geen wat?' De smid wrikt ingespannen door, maar er lijkt nog geen beweging in het kistje te komen.

'Waar is het gemak hier?' vraagt de wachtpost, die overeind is gesprongen. Hij begint rusteloos heen en weer te lopen.

'Kijk eens aan,' zegt de smid. Met een helder gekraak springt het kistje open, en tegelijkertijd klinkt er een knetterend geluid uit het lichaam van de wachtpost. De man haast zich naar de deur.

'Volgens mij is mijn werk gedaan,' zegt de smid. 'Ik ga.'

'Het gemak, alstublieft,' zegt de wachtpost tegen mij.

Ik loop naar de deur om hem zo snel mogelijk het huis uit te werken. Straks bevuilt hij hier de vloer van onze slaapkamer nog. Heel even vraag ik me af of dit een mogelijkheid is om alsnog de inhoud van het kistje te bemachtigen.

'Meneer,' zegt de smid tegen de wachtpost. 'Wilt u dat ik het kistje bewaak wanneer u het gemak bezoekt?'

'Een goed idee,' zegt de wachtpost. 'Smid, houd jij dat kistje goed in de gaten.'

Ik laat Griet en de smid achter in de slaapkamer, loop met de wachtpost naar de achterdeur en wijs hem de tuin. Hij heeft zoveel haast dat hij bijna struikelt.

Als ik even later boven kom, heeft de smid het kistje nog steeds stevig vast. Kort daarna arriveert ook de wachtpost weer, met een lijkbleek gezicht. De smid overhandigt hem het kistje.

'Mooi,' zegt de man. 'Hartelijk dank voor uw medewerking.'

Even later verlaten de heren het huis, en ik sta met lege handen in de kamer.

'Hoe kon je,' zeg ik tegen Griet. 'Ik zag je genieten toen ze dat kistje openmaakten.'

Ze grijnst. 'Eind goed, al goed.'

'Wat sta je nou dom te grijnzen,' zeg ik.

'Ik had je creatiever ingeschat,' zegt ze. 'Mij is in elk geval gelukt wat jou en je broer niet gelukt is.' Ze graait in haar rokken. 'Alsjeblieft.' Ze zwaait met een stapeltje brieven. 'Ik heb ze er niet allemaal uit gehaald, dat zou te veel opvallen, maar ik denk dat dit is wat je nodig hebt.'

Met open mond staar ik ernaar, bekijk de brieven en zie dat het de epistels van moeder zijn, gericht aan Arnt. 'Griet,' zeg ik. 'Hoe… waarom… hoe heb je dit gedaan?'

'Ho.' Ze steekt haar hand op. 'Even voor de duidelijkheid, ik deed dit niet voor jou.'

Verward kijk ik haar aan. 'Je maakt me niet wijs dat je dit voor Jan gedaan hebt.'

'Zeker niet.' Ze glimlacht breed.

'Ik begrijp het niet.'

'Je broer was me wel wat verschuldigd, dacht ik,' zegt ze. 'Toen jij gisteravond andere dingen te doen had, heb ik ook niet stilgezeten. Ik ben bij je broer op bezoek geweest. En ik heb hem een aanbod gedaan.'

Ik kijk haar vragend aan.

'In ruil voor een flinke financiële compensatie en die fraaie slee die voor zijn huis staat, heb ik iets geregeld. Waarom denk je anders dat ik die wachtpost de afgelopen uren heb gevoerd?'

Niet-begrijpend kijk ik haar aan. 'Dus… jij hebt laxeerkruiden in zijn eten gestopt?'

'Eindelijk begint er iets te dagen.'

'Maar de smid bewaakte het kistje. Hoe heb jij het dan kunnen openen?'

'Omdat dit niet de echte smid was. Ik heb wat met de wachtpost gepraat. Hij mocht me wel, geloof ik.' Ze wiegt met haar heupen.

'Hij vertelde me welke smid zou komen, en hoe laat. Vanmorgen vroeg ben ik bij die kerel langs gegaan om hem – uit naam van mijn goede vriend de wachtpost – te laten weten dat zijn klus niet doorging.'

'Maar waarom zou hij jou geloven?'

Ze grijnst. 'Ik heb hem een kleine tegemoetkoming gegeven.'

Ik knipper met mijn ogen. 'En daarmee bedoel je?'

'Ik ben zo vrij geweest om een bedrag uit jullie kas te nemen. Je broer betaalt het je wel terug.'

Ik ben nog steeds volledig in de war.

'Verder was het heel eenvoudig,' zegt ze. 'In plaats van de echte smid heb ik een ouwe vriend van mij gevraagd om langs te komen. Hij moest flink treuzelen, tot die wachtpost het niet meer zou houden en naar het gemak zou rennen. De zin "het gemak alstublieft" was het teken om het kistje open te laten springen. In het bijzijn van mijn eigen "smid" hoefde ik alleen maar even de nodige brieven eruit te halen.'

Ik schud mijn hoofd. 'Je bent… ongelooflijk.'

'Ongelooflijk rijk.' Ze kijkt tevreden. 'Goed. Ik ga zo je broer maar eens opzoeken om te halen waar ik recht op heb.'

Hoofdschuddend laat ik haar gaan, hopend dat Jan en zij er met elkaar uitkomen. Ik twijfel er niet aan dat Jan bereid is Griet een fors bedrag te betalen in ruil voor de brieven. Ik zou me blij moeten voelen, maar ik ben vooral in de war en er ligt nog steeds een steen op mijn maag. Nog één nacht slapen, en dan ga ik met de meisjes de stad uit. Op weg naar Antwerpen. Als Rem erin slaagt te ontkomen.

Als Griet naar Jan is vertrokken, zoek ik spullen van de meisjes bij elkaar. Twee rokken per persoon. Twee lijfjes. Twee plooikragen en twee zakdoekjes. Een paar hemden. Voor Rem zoek ik eveneens wat kledingstukken uit, en dan voor mezelf.

Ik kijk naar de stapel die hoger en hoger wordt. Hoe gaan we dit allemaal meenemen? Het is koud, we moeten maar veel lagen over elkaar aantrekken. Maar ook dan lukt het nog steeds niet om alles te dragen. We moeten immers ook voedsel meenemen. Bier. En geld.

Ik loop de trap af, waar Gomarus me tegemoet komt. Sinds de meisjes bij de familie Arminius logeren, lijkt het dier zich verloren te voelen. 'Kom Gomarus,' zeg ik, en ik aai de hond over zijn kop. 'We gaan de meisjes ophalen.' Neeltje, Stijntje en Willem vertel ik nog niets over onze plannen om de stad te verlaten. Griet is nog niet terug. Misschien komt ze ook wel niet meer, bedenk ik. Nu ze een grote som geld bij Jan heeft opgeëist, is ze immers niet meer afhankelijk van mij.

'Mama!' In het huis van de familie Arminius komt Baefje me juichend tegemoet. 'En Gomarus!' Lijs, die sinds kort op de hoogte is van de naam van het dier, kijkt met een toegeeflijke blik toe als Baefje haar armen om zijn harige hals slaat. 'Geertruid bezoekt een vriendin,' verklaart ze, als ik vraag waar ze is. 'Maar ze zal binnen een uur terug zijn.'

Aangezien Baefje niet kan wachten om naar huis te gaan en ik nog veel voor te bereiden heb voor ons vertrek, belooft Lijs dat ze Geertruid zal vragen zo snel mogelijk naar huis te komen. Samen met Baefje, die Gomarus aan de lijn houdt, wandel ik terug door de besneeuwde straten. Ik heb het gevoel alsof ik alles voor het laatst zie. De Dam met het stadhuis, de Waag en de Nieuwe Kerk. De grachten. Ik voel weemoed en tegelijkertijd daadkracht.

Bij een rij pakhuizen waar een drietal manshoge stapels hout is neergelegd, begint Gomarus opeens aan de lijn te trekken. 'Houd hem goed vast, Baefje,' zeg ik, want ik herinner me nog goed hoe ik door de stegen draafde toen het dier op zoek ging naar zijn voormalige baasje, en hoe ik buiten adem in Griets kroeg eindigde. Toen leverde het een bijzondere ontmoeting op, maar wie weet in welke smerige herberg we nu weer belanden. Maar het is al te laat. De lijn schiet uit Baefjes hand en Gomarus stuift weg. Al gauw zie ik wat zijn aandacht heeft getrokken. Een elegante, sneeuwwitte windhond met lange poten en smalle heupen, bijna een kop groter dan Gomarus zelf. Gomarus draait om het dier heen en snuffelt driftig aan haar vacht. De andere hond lijkt niet afkerig en doet hetzelfde. Dan hoor ik de stem van het baasje, dat enkele meters verderop staat. 'Hierrr,' klinkt het bars. Die stem ken ik. Ik kijk op, recht in het rode gezicht van Reinier Pauw.

Hij is gehuld in een dikke bontmantel waardoor hij er nog zwaarder uitziet dan hij is. Slechts enkele seconden staan we zwijgend tegenover elkaar. Dan maakt hij aanstalten om door te lopen, maar zijn windhond draait haar achterste naar Gomarus en zwaait parmantig haar staart opzij, waarna Gomarus haar nog geestdriftiger besnuffelt. O nee. Straks bespringt hij haar. Honden trekken zich duidelijk niets van de geschillen van hun baasjes aan.

Blijkbaar ziet Reinier hetzelfde als ik. Met één stap is hij bij zijn hond en trekt met volle kracht aan haar halsband. Aan zijn woeste bewegingen zie ik dat hij in staat is Gomarus iets aan te doen. Gehaast loop ik naar voren en trek Gomarus bij het voorwerp van zijn adoratie weg.

'Houd die lelijke hond van je in toom,' sist Reinier.

'Gomarus is niet lelijk,' hoor ik Baefje achter me zeggen. 'Gomarus is heel lief. Waarom doet u zo boos?'

Even zie ik een onzekere blik op Reiniers gezicht. Misschien omdat hij niet gewend is dat een kind hem tot de orde roept, of door de naam van Gomarus. Ik denk aan de laatste maanden van Cornelia's leven, toen hij me zijn huis uit had laten gooien. Slechts eenmaal kreeg ik een briefje van Cornelia, dat me werd overhandigd door een van hun volwassen zoons. Ik herinner me vaag dat het Reinier Pauw de Jonge was. 'Het spijt me,' stond er met beverige letters op geschreven. 'Ik mis je, maar Reinier verbiedt het me.'

Eerst geloofde ik het niet. Ik ging bij haar huis langs, maar het personeel weigerde me de toegang. In de kerk hoorde ik dat ze ernstig ziek was geworden, maar de enigen die me bij de deur te woord stonden als het personeel zich door me liet overhalen, waren Elbrich en een zus van Reinier, die me met een ijzige blik wegstuurden. Ik soebatte en smeekte of ik nog eenmaal afscheid van Cornelia mocht nemen, bonsde uiteindelijk zelfs wanhopig op de deur, maar slaagde er niet in een van hen te overtuigen. Een paar maanden voor ons huis werd geplunderd, stierf ze.

Ik kijk weer in het trotse gezicht van Reinier en vermoed dat de barrière die hij opwierp tussen mij en mijn beste vriendin, voor hem slechts een futiliteit was, alsof hij een lastige hond wegstuurde. En als het anders is, zal hij dat nooit toegeven. Misschien zie ik hem na morgen nooit meer terug. Ik herinner me opeens wat Arnt tegen me zei, vlak voor hij stierf. 'Als die man ten val komt, zal dat door hemzelf zijn. Niet door jou.'

'Het geeft niet,' zeg ik in een opwelling tegen Baefje. 'Deze man slaapt nogal slecht omdat hij wordt geplaagd door schuldgevoel. En omdat hij bang is voor zijn positie. Daarom doet hij zo boos.'

Reinier geeft nog eenmaal een harde ruk aan de halsband van zijn hond. Dan wendt hij zich van ons af.

Als we thuis zijn, zit Frans van Limborch in de voorkamer op me te wachten. 'Ik heb goed nieuws en slecht nieuws,' zegt de jonge advocaat.

'Begin maar met het slechte nieuws,' zeg ik. 'Dan hebben we dat gehad.'

'De kans op een eerlijk proces is op dit moment nihil,' zegt hij.

Ik adem langzaam uit. Het is slecht nieuws, maar hij had ons er al op voorbereid.

Van Limborch kijkt peinzend naar de deur. Als ik zijn blik volg, zie ik Geertruid op de drempel staan, met blozende wangen en glanzende ogen, en ik realiseer me dat deze jongeman meer dan één motief heeft om ons te helpen.

'Geertruid, wil jij Gomarus iets te eten geven?' vraag ik. In normale tijden zou ik misschien gevraagd hebben of ze erbij kwam zitten, maar op dit moment zijn er belangrijkere zaken dan een potentiële huwelijkskandidaat. Bovendien, het leeftijdsverschil is groot. Geertruid is nog geen zestien. En het is maar de vraag wanneer we naar Amsterdam terugkeren. Zelfs óf we naar Amsterdam terugkeren.

'Dan het goede nieuws,' vervolgt Van Limborch. 'Ik heb een paar mensen bij de schepenbank gesproken en vermoedelijk worden uw spullen niet in beslag genomen.'

'Meen je dat?' Ik slaak een zucht van verlichting. Dat is wel degelijk goed nieuws. 'Hoe kan dat?' vraag ik. 'Heeft Rems brief naar Abraham Boom geholpen?'

'Die brief is zeker nuttig geweest,' zegt hij, 'maar de belangrijkste aanleiding is dat de schepenbank de procedure niet nauwkeurig heeft gevolgd. Ze hadden niet zomaar voor uw man de klokken mogen luiden. Uw man is een poorter van Amsterdam, iemand die bijdraagt aan het welzijn van de stad, en iemand zonder uitstaande schulden. In het poortersreglement staat dat men zo iemand niet in diskrediet mag brengen als hij zelf afwezig is.'

Opluchting en angst strijden om voorrang in mijn binnenste. Onze spullen zijn veilig, maar Rem wordt nog steeds gezocht.

'Wat verwacht je verder van de schepenbank?' vraag ik aan Frans. 'Stel dat ze mijn man toch weten te vinden. Wat denk je dat de straf zal zijn?' Ik wil het niet weten, en toch wil ik het horen.

Hij schudt zijn hoofd. 'Als hij inderdaad heeft gedaan waarvan hij wordt verdacht, is de straf op zijn minst gevangenschap. Echt, hij kan nog steeds beter vertrekken.'

'En als mijn dochters en ik ook vertrekken, levert dat geen problemen op?'

Ik zie een glimp van teleurstelling in zijn ogen, maar hij herstelt zich snel. 'Dat levert inderdaad geen probleem op. U wordt nergens van verdacht.'

'Is mijn man nog steeds... op dezelfde plek?'

Hij knikt. 'Zolang de zakken van de provoost gevuld blijven, is er weinig gevaar.' Hij staat op. 'Ik zal u niet langer ophouden. U hebt vast nog veel te doen.'

'Ik wist het,' zegt Griet. 'Je gaat de stad verlaten.' Tot mijn verbazing staat ze opeens weer in de kamer. Ze draagt geen dienstmeidenkleding meer, maar ziet er met haar dure zwart met rood geborduurde rok en mantel uit als een vermogende, iets te opzichtig geklede zakenvrouw. Het kapje op haar hoofd is rijkversierd.

'Waar heb je die chique kleding vandaan?' vraag ik verbaasd. Ik kan me niet voorstellen dat een kleermaker haar zo snel een complete garderobe heeft kunnen aanmeten.

Tevreden wiegt ze met haar heupen. 'Tweedehands, lieve schat. Bij de lommerd. Ik mag nu dan rijk zijn, ik let nog steeds graag op de kleintjes. Maar vertel. Ga je weg?'

Het heeft geen zin om mijn plannen voor haar geheim te houden. ‘Dat klopt,’ zeg ik. ‘Ik vertrek zo snel mogelijk.’

‘Alleen?’ vraagt ze.

‘Met de meisjes natuurlijk.’

‘Maar waar is je man?’ vraagt ze. ‘Is hij de stad al uit?’

‘Ik hoop hem ergens daarbuiten te ontmoeten.’

‘Maar jullie huis.’ Ze laat haar blik over de meubels glijden. ‘Jullie spullen.’

‘Daar heb ik me zorgen over gemaakt, maar ik heb zojuist gehoord dat onze spullen voorlopig veilig zijn. En we hebben vrienden die bereid zijn om ons te helpen. Ik vraag het personeel op het huis te passen.’

Ze glimlacht, waardoor haar karakteristieke gebit met de twee gaten zichtbaar wordt. ‘Het personeel, daar hoor ik ook bij, niet-waar?’

Er gaat van alles door me heen, en een van die dingen is hoe de slimme, maar grillige Griet onze zaken op haar eigen manier zou regelen. Daar ben ik niet gerust op. Ze begint te grinniken. ‘Maak je niet druk, Lysbeth. Ik heb andere plannen.’

‘O ja? Wat ga je doen? Een nieuwe herberg openen met het geld dat je van Jan hebt losgepeuterd?’

‘Misschien.’ Ze kijkt peinzend.

‘Hoeveel heb je eigenlijk van hem gekregen?’

‘Genoeg.’ Ze maakt een afwijzend gebaar. ‘Luister. Ik ga met je mee.’

Verrast kijk ik haar aan. ‘Mee? De stad uit?’

‘Precies.’ Ze dempt haar stem. ‘Antwerpen, zei je toch? Ik ken die stad, en ik durf wel te geloven dat ik daar meer ruimte krijg dan hier. Bovendien woont Toontje daar nu.’ Ze slaat me op de schouder en begint te stralen. ‘Wat dacht je ervan, lieve nicht? Wij samen, op weg naar het zuiden. En weet je wat het goede nieuws is? Die slee van Jan geeft genoeg ruimte. Ik hoop trouwens dat je het niet erg vindt dat ik zojuist tijdelijk een paard in je tuin heb gestald.’

‘Kun jij dan ook een paard voor de slee spannen?’

‘Let jij maar eens op.’

'Mama, ik mis papa.' Baefjes donkere vlecht zwiert om de hoek van de slaapkamerdeur.

'Ik ook lieverd, ik ook,' zeg ik geeuwend. Ik probeer al een uur de slaap te vatten, maar slaag er ook deze avond niet in.

'Ik wil bij jou in bed.' Baefjes stem klinkt beslist en met een grote plof springt ze naast me en nestelt zich tegen me aan. Als ik haar warme lijfje tegen me aan voel, voel ik een loomheid die me rustig maakt.

'Mama, ik kan niet slapen,' klinkt een stem uit de deuropening. Nu is het Geertruid.

'Kom maar bij ons!' roept Baefje enthousiast, en ik ben te moe om te protesteren. Ik bedenk dat we vanaf morgen wel vaker dicht op elkaar zullen slapen, in herbergen of bij mensen thuis – als we geluk hebben. Als ik even later, tussen mijn twee meisjes ingeklemd, wegdoezel, voel ik een natte tong langs mijn wang schuren. 'Ik heb Gomarus ook gehaald,' giechelt Baefje.

'Bah,' zeg ik. Maar als ik het dier wil wegduwen, gaat de deur open.

'Ik wilde even controleren of je nog iets nodig had.' Griets brede grijns is zichtbaar boven het licht van de blaker. 'Blijkbaar is alles in orde hier. Zal ik er ook bij kruipen?' Haar hoofd verdwijnt weer en ze doet de deur achter zich dicht.

De volgende ochtend stap ik met spierpijn uit mijn bed. 'Ik heb de slee al klaargemaakt,' deelt Griet mee, die eruitziet alsof ze een lange nacht heeft gehad.

'Ik heb vers brood gebakken voor onderweg, mevrouw,' zegt Neeltje. 'En Willem heeft het paard ingespannen. U kunt uw bagage naar de hal brengen.' Ik heb Stijntje, Neeltje en Willem de avond van tevoren alles verteld. Samen zullen ze op ons huis passen, totdat er meer duidelijkheid is over onze toekomst. 'De weduwe Arminius is jullie aanspreekpunt,' zeg ik. Met een brok in mijn keel voeg ik eraan toe: 'Ik hoop jullie spoedig weer te zien.' Opeens realiseer ik me hoezeer ik deze mensen ga missen, hoezeer ik afhankelijk was van hun zorgen, en hoe weinig ik daarbij heb stilgestaan.

'Hebben jullie twee lagen kleding over elkaar aangetrokken?' vraag ik aan Geertruid en Baefje. Die vraag had ik niet hoeven stellen, want de figuren van de twee meisjes zijn bijna vierkant door de vele kleding die ze dragen. Ik reik hun mantels aan en kijk naar Griet, die al klaarstaat met een warme mof en een pelsmuts op haar hoofd die eruitziet alsof ze hem uit Moskovië heeft gehaald. De wachtpost staat nog steeds voor het huis en slaat ons argwanend gade, maar hij zegt niets. Net als we willen opstappen, slaat mijn hart een slag over. Ik zie twee mannen aankomen. Het zijn de twee gerechtsdienaren die Rem eerder wilden ophalen.

'Mevrouw De Bisschop. U wordt opnieuw bij de schepenen verwacht,' zegt de jongste gerechtsdienaar. 'Er is nieuws vanuit Leiden en we willen graag uw reactie horen.'

Dit kan niet. Ik moet rond het middaguur in Sloten zijn. 'Moet dat nu?' vraag ik. 'Ik heb een afspraak, zoals u ziet.'

'Helaas kan dit niet wachten,' zegt de oudere gerechtsdienaar met de tonsuur. 'Ik verzoek u ogenblikkelijk mee te komen.'

'Ga naar het advocatenkantoor en haal Pieter Cloeck of Frans van Limborch,' sis ik tegen Willem. 'En stuur ze direct naar het stadhuis.'

Opnieuw loop ik door de gangen van het stadhuis, maar ditmaal brengen ze me niet naar de koude kamer met de rat. Voor de deur van de schepenkamer vragen de gerechtsdienaren me te wachten, terwijl ze zelf al naar binnen gaan en de deur weer achter zich sluiten. Ik wip van mijn ene been op het andere en kijk om me heen. Een paar meter bij me vandaan staat een deur op een kier. Ik hoor gedempte stemmen. 'Die Bisschop verdient het om gevierendeeld te worden,' zegt iemand. 'Om een voorbeeld te stellen, zou bij elke stadspoort een deel van zijn lijf op een staak gespietst moeten worden.'

'U had het niet beter kunnen formuleren,' hoor ik een tweede, zwaardere stem, die ik duidelijk herken als die van Reinier. 'Kruipen moeten ze. Het is onze taak hen eronder te houden.'

Verderop komt iemand aanlopen, en tot mijn opluchting kijk ik in het gezicht van de jonge Van Limborch. Hij heeft een paar rollen papier onder zijn arm. 'Ik ben zo snel mogelijk gekomen,' zegt hij hijgend. 'Waar is deze bijeenkomst voor bedoeld?'

'Ik weet het niet,' zeg ik, maar dan gaat de deur open en de oudste gerechtsdienaar treedt weer naar buiten. 'Het gaat slechts om enkele vragen,' zegt de man. 'Hopelijk kunnen we hiermee de zaak sneller ophelderen.' Hij wendt zich tot mij. 'Daar hebt u immers zelf ook belang bij.'

In de schaars verlichte ruimte zie ik opnieuw de rij schepenen en de oude, halfversufte schout, die op zijn vaste plek zit. Vanuit het gat van de deur loopt Reinier Pauw langs me heen, samen met de schepen die een schuld bij Rem heeft uitstaan. 'Die twee willen Rem gevierendeeld hebben,' fluister ik de jonge Van Limborch toe. Die fronst en bladert nerveus door zijn papieren. Ik kijk naar een schilderij aan de muur dat het Wederdopersoproer uitbeeldt, dat zo'n tachtig jaar geleden plaatsvond. Op de afbeelding worden de opstandige aanhangers van de sekte met het zwaard ter dood gebracht. Rechtsonder in de hoek van het schilderij ligt een man op zijn rug. Een soldaat heeft een voet op zijn buik geplaatst, terwijl hij een speer door zijn borst boort. Vlug wend ik me van het schilderij af.

'Dit hoeft niet lang te duren,' opent de schout de bijeenkomst. 'Allereerst hebben we het advies van het hof in Den Haag ontvangen.'

'Mijnheer de schout,' begint Frans van Limborch. 'Zou u mijn cliënt misschien nog een korte samenvatting willen geven van uw bevindingen?'

'Natuurlijk.' De schout kijkt naar mij. 'Stochius uit Leiden is aan een onderzoek onderworpen. Hij geeft toe dat hij is betrokken bij het verzamelen van fondsen voor remonstranten. We hebben hem ook de lijst met namen voorgehouden. Hij heeft bevestigd dat het Bisschops handschrift is, maar de namen op de lijst komen hem niet bekend voor. Hij heeft vergiffenis gevraagd voor zijn misstap en is onder borgtocht vrijgelaten.'

Ik kijk opzij naar Van Limborch. Dat iemand die net als Rem verdacht is van illegale activiteiten, nu is vrijgelaten, is een goed teken. Tot dusver is er dus niets nieuws en belastends aan het licht gekomen. In gedachten zie ik Rem bij de herberg in Sloten, waarna ik hem tegemoetkom met het goede nieuws dat we kunnen terugkeren naar Amsterdam.

‘We mogen dan met u, meneer Van Limborch,’ zegt de schout en tikt met zijn pen op tafel, ‘tot overeenstemming zijn gekomen over de goederen van de familie Bisschop, er is nog steeds genoeg aanleiding om Bisschop te verdenken van illegale activiteiten. Er zijn fondsen voor remonstranten ingezameld. En de sporen leiden wel degelijk naar Rem Bisschop.’

Nu stapt Van Limborch naar voren. ‘Meneer. Er wordt voetstoots van uitgegaan dat, als er al geld wordt ingezameld, de fondsen worden gebruikt voor de opbouw van een kerk. Maar wie zegt dat er geen geld wordt ingezameld voor de armen, of ze nu remonstrants zijn of een ander geloof aanhangen? Sinds wanneer is het een mens verboden geld aan behoeftigen te geven?’

Boven ons hoofd klinken de klokken van het stadhuis. Tien keer. Nog twee uur, denk ik. Nog twee uur en dan moet ik buiten de stadsmuren zijn.

‘We zijn hier niet bijeen om te discussiëren over de exacte bestemming van het geld, meneer Van Limborch,’ zegt de schout. ‘Het gaat ons erom dat er gecodeerde brieven tussen Amsterdam, Leiden en Den Haag worden uitgewisseld met de bedoeling het remonstrantse gedachtegoed te versterken. Dit veroorzaakt onrust in de stad en in ons land. En in Den Haag is men het daarmee eens, zo blijkt. Daarover hebben we inmiddels bericht ontvangen. Ook aan het Hof is men van mening dat Bisschop gearresteerd moet worden.’

Hij buigt zich naar voren en kijkt om zich heen. ‘Dan een tweede punt van aandacht. Het kistje. Heer Hooghkamer, u hebt de moeite genomen de brieven te lezen. Wat is er gevonden?’

Geschrokken kijk ik van de schout naar schepen Hooghkamer, nog amper bekomen van de schok dat men zelfs landelijk heeft bevolen Rem op te pakken. ‘Wat is dit?’ fluister ik voor me uit. Het kistje? Daar kan niets verdachts meer in zitten. Griet heeft de brieven van Arnt over Jan er immers uit gehaald. Koortsachtig ga ik na welke brieven er achtergebleven kunnen zijn. Ik heb er ook wat correspondentie met Cornelia in gestopt, van lang geleden. En wat brieven van Rem en mij.

‘Het kistje bevat een aantal persoonlijke brieven, meneer,’ zegt de schepen. ‘Vrouwenpraat. Niets bijzonders. Op dit document na dan.’

De man haalt iets uit een buidel die hij bij zich draagt. Het is een papier, maar ik kan niet goed zien wat het is. Hij overhandigt het aan Reinier. Reiniers wenkbrauwen vernauwen zich en met een gezicht vol afkeer geeft hij het papier terug aan de gerechtsdienaar.

'Een tekening,' zegt de schout. 'Ik wist niet dat u de gave van het tekenen machtig was, mevrouw De Bisschop.'

Ik zie Van Limborch verrast naar me kijken. 'Mogen wij inzage in dit document?' vraagt hij.

Als de gerechtsdienaar het vel aan ons voorhoudt, is het alsof mijn keel wordt dichtgeknepen. Het is de tekening die Toontje heeft gemaakt. De tekening waar een pauw met het gezicht van Reinier vastgeketend zit aan tierende predikanten en geld. Veel geld. Ik kan wel door de grond zakken.

Hulpzoekend kijk ik naar Van Limborch, maar die doet er het zwijgen toe.

'Wat is het?' vraagt een van de andere schepenen. De schout kijkt naar Reinier, die met duidelijke tegenzin toestemming geeft om de tekening rond te laten gaan. Hier en daar klinkt afkeurend gemompel, op andere plaatsen wordt besmuikt gelachen.

'Dit document is niet van mijn man,' zeg ik. 'Hij heeft hier niets mee te maken.'

'En hoe weet u dat?' De schout kijkt me indringend aan. 'Bent u er zelf bij betrokken?'

Reinier wil iets zeggen, en Van Limborch ook. Maar ik ben hen voor. 'Zoals u weet, bevatte het kistje dat u hebt verzegeld privédocumenten. Vrouwenzaken, zo u wilt. Sommigen onder u weten dat ik bevriend ben geweest met Cornelia, de vrouw van burgemeester Pauw. Helaas lagen haar man en ik elkaar minder. Dat is al zo vanaf onze jeugd. Toen Pauw zich bovendien weinig behulpzaam opstelde in de periode dat ons huis werd geplunderd heb ik,' zeg ik en denk even na, 'mijn boosheid afgereageerd. Ik vraag u hiervoor om begrip.'

Reinier snuift en wendt zich tot de schout. 'Gelooft u dat? Dit kan ze niet zelf hebben gemaakt. Ze moet iemand hebben ingehuurd. Ik heb nog nooit iets artistieks van haar hand gezien.'

Alsof hij ooit de moeite heeft genomen zich in mijn leven te verdiepen. 'Fijn om te horen dat je de tekening artistiek vindt,' zeg ik.

'Dit is toch overduidelijk?' Reinier kijkt de zaal rond. 'Deze tekening maakt deel uit van een lastercampagne met pamfletten. Sommigen van u herinneren zich misschien hoe deze vrouw,' hij kijkt minachtend naar mij, 'zich heeft opgesteld na de plundering van haar eigen huis. Ze heeft geen respect voor het gezag. En ze oefent een duivelse invloed uit op haar man.'

'O ja,' zeg ik. 'Laten we het eens over pamfletten hebben. Ik meen me te herinneren dat ik drie jaar geleden een tekening aan jou heb voorgehouden. Die was een stuk minder fraai gemaakt dan deze. Er stond een doodsbedreiging op. Ter attentie van mijn man. Toen zei je dat dit geen enkele reden tot zorg was. Wat is precies het verschil? O, natuurlijk, nu is jouw ijdelheid in het geding.'

Ik hoor een paar mensen lachen, maar de schout slaat op tafel.

'Orde!' roept hij. Met ogen die uit hun kassen puilen van woede richt hij zich tot mij. 'U dient zich met eerbied te gedragen tegenover het gezag. Hier in de schepenbank spreekt u slechts als het u gevraagd wordt. En u gedraagt zich respectvol tegenover de burgemeester.' Hij kijkt om zich heen. 'De vraag is wat we met deze vrouw aan moeten.'

Van Limborch stapt nu toch naar voren. 'Heeft niet elk mens zijn persoonlijke gevoelens en de behoefte die te uiten, soms binnenshuis, soms buitenshuis? Wat zou er gebeuren als de schout en schepenen ieder huis in de stad zouden onderzoeken, of zouden afluisteren wat er in de herbergen onderling wordt besproken aan persoonlijke voorkeuren? Niemand zou nog fatsoenlijk kunnen leven.'

Een van de andere schepenen staat op. Ik weet dat hij Andries Bicker heet, van de libertijnse* fractie, en dat hij net grinnikte toen de tekening van Reinier voorbijging.

'Inderdaad, mevrouw De Bisschop heeft een venijnig spotprentje bewaard,' zegt hij. 'Maar in wat voor stad leven we als we hier in de schepenbank persoonlijke vetes gaan uitvechten? Wil je hier een gewoonte van maken, Pauw? We herinneren ons allemaal nog goed hoe het door jouw toedoen met onze raadpensionaris is afgelopen. En je was daarin niet geheel vrij te pleiten van persoonlijke belangen.'

Er klinkt instemmend gemompel, en ik herinner me weer de heldere stem van Toontje, in Griets herberg. '*Hij vindt Van Oldenbarnevelt een landverrader, omdat die heeft aangedrongen op een vrede met Spanje. Dat is slecht voor de handel. Ook voor zijn eigen handel.*'

'In wat voor stad zouden we leven als dit niet meer mag?' stemt een ander in. 'We leven in Amsterdam. De orde moet bewaard worden, maar wat mij betreft is het voldoende als we Rem Bisschop gevangennemen. Laat zijn vrouw gaan.'

Een aantal schepenen valt hem bij, onder wie Pieter de Vlaming en Abraham Boom.

Onwillig schuift de schout zijn stoel heen en neer. 'Goed,' zegt hij dan. 'Laten we stemmen.'

Ik kijk naar de negen schepenen die in de bank zitten. Reinier heeft niet het recht om te stemmen, maar wat zullen de anderen doen?

'Wie is ervoor om de vrouw vast te houden?' vraagt de schout. Een aantal handen gaat omhoog. Die van de zuivelhandelaar. Die man die Rem geld schuldig is. Die van de twee vrienden van Reinier. Tot mijn verbazing steekt Reinier Pauw de Jonge zijn hand niet op. Het zijn er vier van de negen. Vijf mannen hebben hun handen voor zich gevouwen. Rillend van spanning, opluchting en vanwege de tocht in het stadhuis, kijk ik naar de schout. Zijn er schepenen die zich zullen onthouden van stemming? Is de schout dan degene die de beslissing neemt, en is mijn lot dan alsnog bezegeld? 'Goed,' zegt Van der Does dan, 'wie stemt ervoor om de vrouw te laten gaan?'

Vijf handen gaan omhoog.

De schout maakt een vermoeid gebaar met zijn hand. 'Laat haar maar gaan.'

Kort daarop sta ik buiten. Voor de deur staat een rode slee. 'Eindelijk,' zegt Griet. 'Ik dacht al dat je daar bleef wonen.'

# Epiloog

## Amsterdam, 1650

Langzaam glijdt de rij populieren aan me voorbij. Ik strek mijn knieën op het bankje van de trekschuit van Amsterdam naar Haarlem en doezel wat weg in de zachte zomerzonnestralen, dicht tegen Baefje aan. Mijn dochter is inmiddels een vrouw van middelbare leeftijd. In haar dikke, donkere haar zitten enkele grijze strepen. Rechts van haar zit Rem, haar oudste zoon, met dezelfde dikke donkere krullen als zijn moeder en opa. Links van mij zit Philippus, de zoon van Geertruid en Frans van Limborch. Mijn beide kleinzonen, met hun hoekige schouders, pluizige snorretjes en lange benen, beginnen steeds meer de trekken van volwassen mannen te vertonen.

Ik recht mijn rug. Mijn botten doen pijn, maar voor een oude vrouw heb ik weinig te klagen. Ik kijk naar een paar opstuivende eenden in het water en hoor Philippus iets zeggen tegen zijn buurman. De twee voeren al een tijdje een gedempt theologisch debat met de twee heren op het bankje tegenover hen. De overburen verdedigen ijverig het standpunt van de calvinisten. Philippus pleit voor het onze, en de derde man, een jonge doopsgezinde man met dun strogeel haar, valt hem bij. Het onze? Ach, ik heb die jeugdige strijdlust niet meer. Stilletjes moet ik lachen om de gedrevenheid van mijn kleinzoon, en ik ben ook een beetje trots op hem, omdat hij zo leergierig is en net als zijn oudoom Simon theologie wil gaan studeren.

'Ik heb de geschriften van Simon Episcopius gelezen,' zegt Philippus' doopsgezinde buurman. 'Ik las dat die man ook een broer had, ene Rem Bisschop. Zijn huis is geplunderd toen Pauw burgemeester was.'

Baefje buigt zich naar voren en wijst naar mij. 'Als u daar meer over wilt weten, hier zit zijn vrouw.'

Ik zucht even, omdat ik het verhaal al zo vaak heb verteld dat iedereen om me heen de details kan dromen, maar ik voel dat ze een klopje geeft op mijn hand en zie dat de man zich naar mij heeft overgebogen, met ogen die stralen van verrukking. 'Meent u dat nu? Bent u de vrouw van wie het huis is geplunderd? Wilt u ons daar meer over vertellen?'

Het jongensachtig enthousiasme op het gezicht van de man herinnert me aan iemand anders, jaren geleden. Aan Toontje.

'Goed dan,' zeg ik, en tegen wil en dank begin ik te vertellen, van de eerste bijeenkomst in het pakhuis, de plundering en Rems vlucht uit Amsterdam. Sommige passages sla ik over. Het wordt stiller op de trekschuit. Een boerin met een mand met kippen heeft zich naar me toegewend, evenals een jonge officier en de calvinistische ijveraars in hun zwartlakense pakken. Terwijl ik vertel, is het alsof ik alles opnieuw beleef. De vlucht naar Antwerpen, mijn vrijlating uit het stadhuis. Jans paard dat jakkerde door de sneeuw. Mijn hart dat raasde bij elk huis dat we passeerden, terwijl ik me afvroeg of Rem er nog zou zijn, bij de herberg in Sloten waar hij op me zou wachten.

Ruim een uur later dan de bedoeling was, zagen we de molen en de kerk van Sloten. Voor de deur van de herberg ernaast troffen we Sebastiaan Egbertsz aan. Hij stond bij een wagen, getrokken door twee ossen, met een koetsier op de bok. Op de wagen stond een doodskist die bedekt was met een laken.

Ik sprong van de slee, rende naar de wagen en het was alsof mijn hart uit mijn lijf werd gerukt. 'Waar is hij?' hijgde ik. 'Wat is er met hem gebeurd?' Had iemand Rem iets aangedaan toen hij probeerde te vluchten? Misschien hadden ze hem met een mes doorstoken of in elkaar geslagen. Ik huiverde bij de taferelen die zich aan me opdrongen. Had Sebastiaan de kist de stadsmuren uit gebracht zodat ik hem in elk geval kon begraven, zoals ik ooit met mijn kinderen in Koningsbergen had gedaan?

Angstig keek ik naar de kist met het laken, waar fijne sneeuwvlokken op neerdwarrelden.

'Kom mee,' zei Sebastiaan. 'Als we buiten het dorp zijn, zal ik jullie alles vertellen.'

Trillend van angst stapte ik weer in de paardenslee en reed achter Sebastiaan en zijn wagen aan, tot we bij een schuur kwamen, aan de rand van een dichtgevroren moeras. De schuur zag er verlaten uit.

Sebastiaan stapte van de bok en keek om zich heen. De omgeving was wit en doodstil. Het enige levende wezen was een kraai die op een knotwilg zat en kraste.

Toen ging de deur van de schuur open, en zag ik hem. Nog steeds zonder baard, zonder haren, maar hij was het. Ik rende naar hem toe en klemde mijn armen zo stevig om zijn hals dat hij bijna omviel. 'Je leeft!' zei ik. En opnieuw: 'Je leeft. Wat is er gebeurd? Hoe ben je door de stadspoort gekomen?' Achter me voelde ik de armen van Geertruid en Baefje en minutenlang bleven we staan, ons niets aantrekkend van Griet en Sebastiaan en een uitgelaten blaffende Gomarus.

'En ik ben veel te laat,' zei ik. 'Hoe wist je dat ik toch zou komen?'

'Dat heb je aan je dochter te danken. Die is naar Lijsbeth Arminius gegaan en heeft haar gewaarschuwd dat ze je bij de schepenen hadden ontboden,' zei Rem, en hij drukte een kus op Geertruids voorhoofd. 'Lijsbeth Arminius heeft ervoor gezorgd dat het nieuws bij mij terechtkwam.'

'Hoe ben je de stad uit gekomen?' vroeg ik weer.

'Vertel jij het maar, Sebastiaan,' zei Rem, en hij liep lachend naar de wagen en trok het laken van de kist. Toen Rem voorzichtig het deksel van de kist optilde, zag ik het geraamte dat kortgeleden nog in Sebastiaans huis stond.

'We hebben Magere Hein nogal opzichtig de stad uit vervoerd,' zei Sebastiaan. 'Ik heb de poortwachters een document laten zien waarop staat dat het naar de universiteit van Leiden moest. Dat er onder de kist met het skelet een dubbele bodem zat met jouw man erin, hadden ze niet in de gaten.'

Ik sloeg een hand voor mijn mond. 'Wilden ze niet zien wat er in de kist zat?' vroeg ik.

'Natuurlijk wel. Maar een van de poortwachters was nogal bijgelovig en durfde het geraamte niet aan te raken. De andere deed een poging, maar vervolgens ben ik zo tegen hem tekeergegaan, dat hij zijn hand gauw terugtrok.'

Kort na onze hereniging, die we zo uitbundig vierden als mogelijk was bij een verlaten schuur zonder enige luxe, reisden we met Sebastiaan door naar Leiden, waar hij afscheid van ons nam. We vervolgden onze weg, in de paardenslee die Griet aan Jan had ontfutseld. Dagenlang waren we op reis, eerst naar een dorpje buiten Den Haag, waar we bij vrienden overnachtten, en toen naar Rotterdam en Breda. Ondanks onze warme kleding en het feit dat we dicht tegen elkaar aankropen, was onze huid ijskoud, raakten onze vingers gezwollen en verstijfd en onze tenen gevoelloos. Doodmoe voelden we ons toen eindelijk de rivier de Schelde voor ons opdoemde met daarlangs de torenspits van de Onze-Lieve-Vrouwekerk en de molens en gevels van Antwerpen.

'Antwerpen,' zegt de boerin met de kippen die zacht kakelen op haar schoot. Een veertje vliegt op en dwarrelt op de grond. 'Hoe lang bent u daar gebleven?'

'Een jaar,' zeg ik, en ik vertel over de ontmoetingen die we daar hadden met andere bannelingen. Rem had gelijk gehad. Antwerpen had net als Amsterdam een beurs waar hij kon onderhandelen met Vlaamse, Franse en Portugese kooplieden, ditmaal vooral in rogge en tarwe. Er was een haven waar goederen gelost en geladen konden worden. Het huis dat we bewoonden, was niet groot en stond in een steeg waar de stank van een leerlooierij hing, maar we hadden elkaar en een kleine groep vertrouwelingen. Ook in Antwerpen kon ik Baefje erop attenderen dat ze zand over haar brieven moest strooien om geen inktvlekken te maken en Geertruid leren hoe ze een gestoofde kapoen* kon bereiden met bier uit Leuven of Hoegaarden. Griet had in de buurt van de Oude Koornmarkt een herberg geopend, waar Toontjes muurschilderingen al gauw werden opgemerkt. Enkele maanden later maakte Toontje voor het eerst in opdracht een schilderij, en niemand leek te weten dat de kunstenaar een vrouw was.

Maar het Twaalfjarig Bestand liep bijna op zijn eind en we woonden als protestanten in Spaans gebied. En Amsterdam bleef trekken. Ik miste de Dam met zijn markten, ik miste de klokken van de Nieuwe Kerk, ik miste Stijntje en Neeltje, ik miste onze vrienden.

Baefje en Geertruid misten hun vriendinnen en Geertruid praatte over Frans van Limborch, van wie ik moest toegeven dat hij een capabele jongeman was. En tot mijn verbazing miste ik na een aantal maanden zelfs Jan, zodat ik besloot hem een brief te schrijven.

Kort daarna kreeg ik antwoord. Hij schreef dat hij moe en oud was, maar dat het hem goed ging. En dat ik vast blij zou zijn, omdat er voorzichtig iets begon te veranderen in de stad. 'Je weet misschien wel,' schreef hij, 'dat de oude schout is overleden. En wellicht heb je ook iets gehoord over Reinier?'

Dat had ik. Reinier, die zijn oudste zoon Adriaan handig op de functie van stadspensionaris had gemanoeuvreerd, had nu Reinier Pauw de Jonge naar voren geschoven voor de openstaande positie van schout. De meerderheid van de vroedschap was zijn dwingelandij en vriendjespolitiek zat. Een collega-burgemeester had hem toegesnauwd dat er geen einde kwam aan zijn nepotistische plannetjes. Zelfs een van zijn trouwste politieke vrienden, Gerrit Jacob Witsen, bij wie ik na de plundering van ons huis in de tuin was beland, keerde zich van hem af. Er werd massaal gekozen voor een gematigde kandidaat, een zwager van Sebastiaan Egbertsz.

En toen kwamen opnieuw de jaarlijkse burgemeestersverkiezingen. Pieter de Vlaming werd een van de nieuwe burgemeesters. Reinier vertrok voor een tijdje naar het buitenland, als onderhandelaar met de koning van Denemarken en werd uiteindelijk door zijn collega's genomineerd voor de functie die voor elke regent het einde van zijn politieke carrière in de stad betekende: regent van de Weeskamer. En zo keerde, tegelijk met het einde van het Twaalfjarig Bestand met Spanje, voor ons voorzichtig de rust terug in Amsterdam. Op advies van Rem reisde ik alvast terug naar de stad, om ons huis te inspecteren.

Rem waagde de terugkeer een paar maanden later. Eerst verborg hij zich een paar dagen in huis, daarna waagde hij zich voorzichtig op straat en op de Beurs. Toen hij een bezoek bracht aan de Handboogdoelen, de plek waar de schutterij bijeenkwam, werd hij vriendelijk door de nieuwe schout aangesproken. Die zei dat hij een tijdje geleden opdracht had gekregen iets over hem uit te zoeken, maar dat er weinig haast bij was. Het kwam er nooit meer van. Ons leven hervatte zich. Voor slechts een paar jaar. Want toen scheidde het lot ons alsnog van elkaar op een manier die ik niet had voorzien.

Rems gezondheid was de maanden ervoor al niet zo best geweest. De gebeurtenissen hadden hem getekend. In april 1625, dezelfde maand dat er geruchten rondgingen dat prins Maurits op sterven lag, werd hij ziek. Het begon met een hoestje. Het hoestje werd dieper, hij kreeg koorts en geheel in strijd met zijn persoonlijkheid, trok hij zich terug in de slaapkamer. Als ik hem vroeg naar onze zaken in Danzig en Koningsbergen, zei hij: 'Dat komt morgen wel.' Het deed me denken aan onze eerste jaren in Koningsbergen, toen ik per se ons bedrijf wilde uitbreiden en het pakhuis wilde kopen, en ik hield mezelf voor dat hij toen ook weer was hersteld. Maar diep vanbinnen wist ik dat dit anders was. 'Morgen,' zei ik bezorgd, 'morgen ben je misschien nog zieker.'

'Kijk niet zo droevig,' zei hij, en ik probeerde mijn angst te verbergen, hoewel ik ervan overtuigd was dat hij zou sterven, hoe hard hij het ook ontkende.

Elf dagen lag hij op zijn ziekbed, bleek, benauwd en hoestend. Ik zat naast hem, zoals hij ooit in Koningsbergen naast mij had gezeten, en terwijl ik me zorgen maakte om hem, vroeg hij zich bezorgd af of ik me zou redden.

'Maak je geen zorgen om mij,' zei ik. 'Ik zal me voorbeeldig gedragen.'

Hij lachte moeizaam. 'Ik houd zoveel van je. Ook de woordenwisselingen die we gehad hebben, waren goed, want anders was de hoeveelheid geluk die ik met jou had, te groot.'

Door mijn tranen heen zei ik dat wanneer ik boos op hem was geweest, dat vooral was omdat ik bang was dat hem iets zou overkomen.

Och, ik miste hem zo als ik door ons kantoor liep, en aan het bureau ging zitten waar hij altijd had gezeten. Ik miste hem als ik zijn boeken en brieven opende, of geld in het kistje stopte dat hij zo vaak in zijn handen had gehad. Ik stelde me voor hoe hij de bolle lepel met zachtgele was boven een kaars hield, het gesmolten goedje boven de sluiting van de brief druppelde en zijn zegelring in het stolsel drukte. Voor mijn omgeving deed ik alsof ik sterk was, maar vanbinnen was het alsof ik probeerde boven te komen uit diep water, maar voortdurend weer zonk, en net als ik dacht dat ik adem kreeg, werd ik weer naar beneden gezogen. Ik miste zijn moed en optimisme. Ik miste zijn gedrevenheid en volharding die me soms wanhopig hadden gemaakt, maar waardoor hij ook bijna zeven jaar op me had gewacht toen we nog jong waren. Hij was er altijd geweest, terwijl ik zoveel dierbaren had verloren. Ik bad zelfs dat God me uit deze wereld weg zou nemen en ik samen met mijn man in het graf kon liggen, terwijl onze geesten in de hemel verenigd waren. En daarna schaamde ik me voor mijn ongeduld en voor de meisjes die me nog zo nodig hadden.

In gedachten praatte ik met Rem als ik liep door het nieuwe huis aan de Keizersgracht, dat hij voor ons had gekocht toen we waren teruggekeerd uit Antwerpen en dat we het Slot van Koningsbergen hadden genoemd. Ik had het gevoel dat hij erbij was toen we onze bijeenkomsten bezochten, die nog steeds geheim waren, maar door het stadsbestuur stilzwijgend werden gedoogd. Ik praatte met hem toen ik twee nieuwe pakhuizen liet bouwen, en af en toe was het alsof ik hem hoorde lachen van plezier, zeker toen er in 1630 een ander gebouw verrees aan de Keizersgracht, op de plek waar ooit een hoedenmakerij had gestaan. Een remonstrantse schuilkerk, met twee verdiepingen, met de naam Vrijburg, verstopt tussen een rij huizen. Het stadsbestuur wist ervan en liet het zo. 'Als je dit toch eens had gezien,' fluisterde ik tegen hem toen Simon de eerste preek hield, in het bijzijn van 250 mensen, die net als ik een handtekening hadden gezet op het verzoekschrift om vrijheid van godsdienst.

'En nu ben ik 84 jaar,' besluit ik. 'Ik heb Reinier Pauws bewind overleefd. Ik heb Reinier zelf overleefd. Maar ook Rem is er niet meer, de man van wie ik zielsveel heb gehouden.'

'U zult wel boos zijn op Pauw en de predikanten,' zegt de vrouw met de kippen, en terwijl ze dat zegt, dringt tot me door dat ik dat was. Natuurlijk. Maar nu, na zoveel jaren, na zoveel verhalen, na zoveel letterlijke en figuurlijke littekens, na zoveel mensen die hebben geleefd, met wie ik heb gevochten en van wie ik heb gehouden, ben ik dat niet meer. Vreemd hoe ik me dat opeens realiseer, zittend op de trekschuit van Amsterdam naar Haarlem op een te harde bank. Ik kijk naar Baefje, die de jonge Rem over zijn kastanjebruine krullen streelt. Naar Philippus met zijn schrandere geest, die zich scherpt aan de mening van anderen. En ik hoop dat er voor hen ruimte is om te leven, ruimte waar hun voorouders voor hebben gestreden. Ruimte in de verschillen. En te midden van alles de liefde.

*Lysbeth Philipsdochter de Bisschop stierf op de leeftijd van 86 jaar. Zij werd op 31 mei naast Rem begraven in de Nieuwe Kerk te Amsterdam.*

# Nawoord

Het verhaal van de plundering van het huis van Rem Bisschop en Lysbeth Philips de Bisschop bereikte in de zeventiende, achttiende en negentiende eeuw heel wat geschriften en geschiedschrijvingen. Joost van den Vondel, een tijdgenoot, maakte er bijvoorbeeld melding van in zijn treurspel *Palamedes oft vermoorde onnozelheid* (1625), een aanklacht tegen de dood van Van Oldenbarnevelt. In deze tragedie noemt Van den Vondel, geen liefhebber van Reinier Pauw, hem Reintje, de sluwe vos, en Rem een eerlijk burger:

*Een eerlyk Burger, die dit aenzag met verwonderen,*
*Most vlugten, en bedrukt zyn huisgoôn noch zien plonderen.*

In deze roman zitten veel elementen die waargebeurd zijn en elementen die waargebeurd kúnnen zijn. Wie benieuwd is naar de feiten en de fictie, hoeft slechts te googelen op Lysbeths naam. In het bijzonder het essay 'De gezeefde werkelijkheid van Lysbeth Philips de Bisschop', geschreven door historica Els Kloek, dat vrij online te lezen is, biedt een prachtig inkijkje in Lysbeths leven.

Lysbeth had meerdere broers en zussen. Sommigen werden oud, anderen stierven al jong. Toen de twaalfjarige Lysbeth bij Jan in huis kwam wonen, waren er nog zes in leven, waarvan de meesten al volwassen waren. Om het verhaal overzichtelijk te houden, heb ik hen niet allemaal een nadrukkelijke plek gegeven. Zo waren er in de familie- en vriendenkring van Rem en Lysbeth meerdere Jannen, Trijntjes en Elisabeths, die door hun namen de lezer tot wanhoop zouden kunnen drijven. Tijdens het stamboomonderzoek raakte ik vooral gefascineerd door Jans aantekeningen waarin Griet Segers stond vermeld, Lysbeths nicht. Bij haar naam stond enkel: 'Heeft gehad drie

Spanjaarden, waarvan een dochter, Anthonette.' Toen ik historicus Raymond Fagel raadpleegde, gespecialiseerd in contacten tussen Spanje en de Nederlanden, was die nogal verbaasd over het aantal van drie, zeker in een tijd waarin de Spanjaarden zich hadden teruggetrokken uit Amsterdam. Zo is het personage van de vrijgevochten Griet ontstaan.

In de roman heb ik me zo nauwkeurig mogelijk gehouden aan de feiten, data en locaties die ik in de bronnen kon terugvinden. Toch heb ik een paar uitzonderingen gemaakt, met name voor het proces en de achtervolging van Rem, die volgens Lysbeths kleinzoon Philippus van Limborch twee tot drie weken duurden. Rem slaagde er blijkbaar in om wat langer binnen de stadsmuren verborgen te blijven, zaken te regelen en daarna te vluchten. Omwille van de vaart van het verhaal heb ik dit samengevoegd tot enkele dagen.

Ook voerde de kerkenraad van de Nieuwe Kerk twee waarschuwingsgesprekken met Rem en Lysbeth, in plaats van één. Eenmaal vlak na de plundering van hun huis, en eenmaal in juni 1621, toen Rem was teruggekeerd uit Antwerpen. In datzelfde jaar nam Lysbeth het tijdens een geheime bijeenkomst op voor een predikant die in de boeien werd geslagen en gelastte dat de onderschout hem zou losmaken, waarna de man nog gauw een geheime lijst met namen kon wegmoffelen. Ook hierover is in het essay van Els Kloek meer te lezen.

'Liet de schepenbank werkelijk dat kistje in huis staan, met het stadszegel?' vroeg mijn man sceptisch toen hij het manuscript van dit boek las. Ja, dat was inderdaad het geval. De meest ongeloofwaardige dingen zijn vaak echt gebeurd. Dat maakt het schrijven van historische fictie zo bijzonder.

Ik wil vooral Els Kloek hartelijk danken voor het vrij ter beschikking stellen van het vele materiaal dat ze heeft gebruikt tijdens haar onderzoek naar Lysbeth in 2003. Dank ben ik ook verschuldigd aan Henk Florijn en Elles Lans, die tot in de kleine uurtjes hebben meegelezen, op zoek naar anachronismen en andere onvolkomenheden. En aan het team van uitgeverij Mozaïek, in het bijzonder aan Beppie de Rooy, die me hielp de weg naar het verhaal terug te vinden als ik dreigde te verdwalen in het landschap vol historische gebeurtenissen. Dank voor jullie vertrouwen, steun, adviezen en zinvolle opmerkingen. Jullie zijn fantastisch!

De vergelijking met de drenkeling op pagina 231 heb ik geleend van ramblingeveron.com.

# Woordenlijst

**Aanspreker** Een aanspreker of doodbidder lichtte na een overlijden de nabestaanden in en regelde begrafenissen.

**Admiraliteit** De bestuurlijke organisatie van de oorlogsvloot of zeemacht (marine).

**Album amicorum** Een album waarin de eigenaar persoonlijke bijdragen van vrienden, collega's en belangrijke kennissen verzamelde.

**Alteratie** De omwenteling in Amsterdam op 26 mei 1578, toen de katholieke stadsregering werd afgezet.

**Arminiaan** Aanhanger van de leer van Arminius, ook wel remonstrant genoemd.

**Aquavit** Sterkedrank, geïmporteerd uit Scandinavië.

**Biersteker** Tussenverkoper/handelaar in bier, die levert aan herbergen.

**Bombazijn** Sterke geweven stof, veel gebruikt voor beddengoed en voeringstof voor kleding.

**Calvinist** Aanhanger van de leer van Calvijn. Steile calvinist: een bekrompen en vasthoudende calvinist.

**Cerberus** Monsterlijke waakhond van het dodenrijk uit de Griekse mythologie.

**Chatelaine** Een riem of gordel die om het middel kan worden gedragen en waaraan diverse gebruiksvoorwerpen hangen.

**Compagnie van Verre** Amsterdamse voorloper van de Verenigde Oostindische Compagnie.

**Consistorie** Ruimte in de kerk waar de kerkenraad (predikant, ouderlingen en diakenen) vergadert.

**Donderbus** Handvuurwapen.

**Duivekater** Traditioneel streekbrood.

**Factor** Iemand die in een andere plaats zelfstandig optreedt namens een koopman, tegen kostenvergoeding en een percentage van de omzet.

**Franse ziekte** Syfilis.

**Gomarist** Aanhanger van de leer van Gomarus, ook wel contraremonstrant of precieze genoemd.

**Gereformeerden** Ook wel calvinisten genoemd. De meerderheid van de protestanten in Holland was gereformeerd (andere protestanten waren onder andere doopsgezinden en lutheranen). Nadat de remonstranten uit de kerk waren gezet, bestond de (Nederduitsch-) Gereformeerde Kerk slechts nog uit contraremonstranten.

**Grauw** Volk, gepeupel.

**Hondenslager** Iemand die in dienst van het stadsbestuur op honden jaagde.

**Huik** Lange mantel met kap, zonder mouwen.

**Kapoen** Gecastreerde haan.

**Keur** Plaatselijke verordening.

**Koningsbergen** Stad in Oost-Pruisen waar de Republiek der Zeven Verenigde Nederlanden intensief handel mee dreef. Tegenwoordig de Russische enclave Kaliningrad.

**Levant** Historische term voor het gebied direct ten oosten van de Middellandse Zee.

**Libertijn** Vrijdenker, iemand die alle dogmatisch geloof verwerpt en absolute individuele vrijheid voorstaat.

**Magistraat** Uitvoerende rechterlijke macht, bestaand uit schout, schepenen en burgemeesters.

**Patijnen** Houten overschoenen, ook wel trippen genoemd.

**Pinksternakel** Pastinaak.

**Plebejisch** Vulgair, volks.

**Poorter** Een burger die in een plaats met stadsrechten woonde en daar bijzondere economische en politieke rechten genoot. Poorter werd je door een huwelijk of door betaling als je van buiten de stad kwam. Alleen poorters konden ambten bekleden of lid worden van een gilde.

**Potas** Kaliumcarbonaat, gewonnen uit verbrand hout en veel geïmporteerd vanuit het Oostzeegebied. Potas werd onder andere gebruikt voor het vervaardigen van zeep.

**Prinsendaalder** Grote zilveren munt die in 1583 door de Staten van Holland is ingevoerd, met een afbeelding van Willem van Oranje erop.

**Rakkers** Helpers van de schout, te vergelijken met de politieagent van nu.

**Rapier** Lang, puntig zwaard dat vooral in de zestiende en zeventiende eeuw in Europa werd gebruikt. Het rapier was een voorloper van de degen.

**Rasphuis** Instelling waar jonge mannen die van het rechte pad waren geraakt, aan het werk werden gezet. De gevangenen moesten hout uit Brazilië raspen tot pigmentpoeder, waar dan verf van kon worden gemaakt. Daarom heette het tuchthuis ook wel rasphuis.

**Ratelwacht** Nachtwakers in de stad, die met een ratel in hun hand de ronde deden en elk half uur riepen hoe laat het was.

**Rederijkers** Amateurdichters en voordrachtskunstenaars van burgerlijke en adellijke komaf. In Lysbeths tijd verenigden ze zich in rederijkerskamers, waarvan onder andere Joost van den Vondel deel uitmaakte en Pieter Cornelisz Hooft, zoon van de familie Hooft met wie Rem en Lysbeth een goede band hadden.

**Rommelpot** Volksmuziekinstrument. Een aardewerken pot met een vlies erover gespannen.

**Saai** Lichte, gekeperde wollen stof.

**Sint-Lucasgilde** Gilde van kunstenaars en kunstambachtslieden.

**Slijkgeuzen** Spotnaam voor contraremonstranten die weigerden met remonstranten in de plaatselijke kerk bijeen te komen. In plaats daarvan trokken ze hun woonplaats uit en kwamen bijeen in schuren op het platteland.

**Synode** Samenkomst van vertegenwoordigers van een kerk.

**Tonsuur** Het gedeeltelijk kaalscheren van de bovenkant van het hoofd, waarbij er min of meer een rand haar overblijft.

**Tortuur** Foltering, pijnbank.

**Trijp** Mohair velours, een kostbare stof die gebruikt werd en wordt voor meubelbekleding, wandbekleding en galakleding.

**Vendel** Compagnie.

**Visbennen** Grote ronde manden waarin vis rechtstreeks uit de zee werd vervoerd en vers/levend werd verkocht.

**Vlieger** Lange, wijde mantel of jurk met korte mouwen, gemaakt van zwarte stof.

**Vroedschap** De 36 raadsleden van Amsterdam. Wie eenmaal lid was van de vroedschap, was dat in principe voor de rest van zijn leven, behalve de enkele keer dat in crisis de 'wet werd verzet', zoals in 1619. Familiebanden waren zeer belangrijk om toe te kunnen treden, maar ook welstand en sociale status telden mee. Vroedmannen moesten voldoen aan een tweetal voorwaarden: lidmaatschap van de Gereformeerde Kerk (zie Gereformeerden in deze lijst) en het bezit van een huis.

**Waardgelders** Huursoldaten die door de magistraat werden aangesteld als de schutterij of stadssoldaten de rust in de stad niet konden handhaven. Johan van Oldenbarnevelt maakte het door middel van de Scherpe Resolutie mogelijk om uit eigen beweging waardgelders aan te stellen om remonstrantse burgers te beschermen.

**Waggelmussen** Andere benaming voor leden van de vroedschap die bij het calvinistische kamp hoorden, maar in staat waren om elk moment over te lopen naar de zijde van libertijnen of remonstranten.

**Wijntje en trijntje** Drinkgelagen en vrouwen.

## Afbeeldingen

Van Rem en Lysbeth zijn helaas tot op heden geen portretten teruggevonden. Op rkd.nl staat een portret uit de Remonstrantse Gemeente Rotterdam dat aan Rem wordt toegeschreven, maar recenter onderzoek wees uit dat het vrijwel zeker om een afbeelding van Simon gaat (zie ook de bijdrage van kunsthistoricus Marijke Tolsma in 'Arminianen in de Maasstad', Tjaard Barnard en Eric Cossee, pagina 222).

Frans van Limborch (1597-1664) en Geertruid/Geertruyd Bisschop (1604-1664), een tweeluik door Thomas de Keyser. Nagelaten aan het Brooklyn Museum of Art.

Compagnie van kapitein Jan de Bisschop en vaandrig Pieter Egbertsz Vinck. Geschilderd rond 1599 door Aert Pietersz. Jan is de vierde van rechts op de onderste rij. Vlak achter Jan staan twee mannen die op de kaart Nova Zembla aanwijzen. In bezit van Amsterdam Museum.

Reinier Pauw (1564-1636). Kopergravure naar een schildering van Jan van Ravesteyn, door Jacob Houbraken. Locatie: RKD – Nederlands Instituut voor Kunstgeschiedenis (Collectie Iconografisch Bureau), Den Haag.

Ets met de titel 'Het plonderen van het huis van Rem Bisschop op 't Cingel, benoorden de Bergstraat'. Gemaakt rond 1780-1795 door Harmanus Vinkeles, naar een tekening van Jacobus Buys. Eigendom van het Rijksmuseum, Amsterdam.

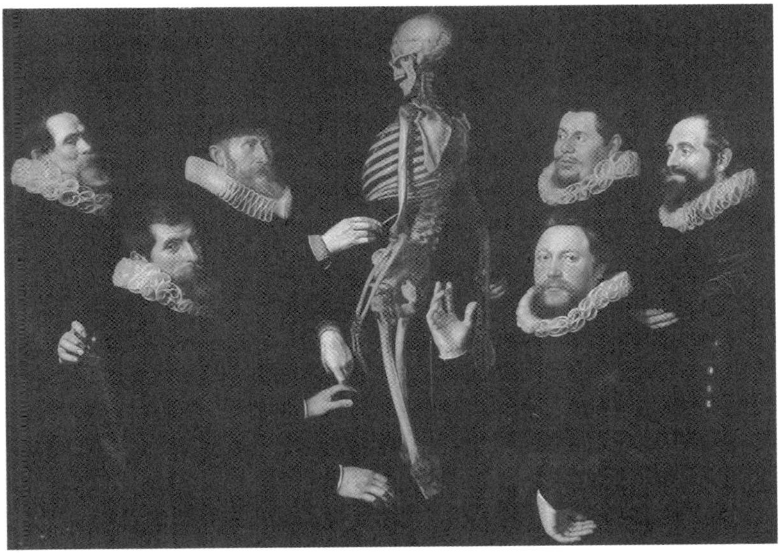

De osteologieles van dr. Sebastiaan Egbertsz. de Vrij, in het jaar 1619 geschilderd door Nicolaes Eliasz Pickenoy. Sebastiaan is de derde man van links. Eigendom van Amsterdam Museum.

Cornelia de Lange (1562-1616), echtgenote van Reinier Pauw. Vermoedelijk postuum geschilderd in 1626 door Michiel van Mierevelt. Collectie: privé.

Jacobus Arminius (1560-1609). Geschilderd door Hieronymus van der Mij naar een werk van Michiel van Mierevelt met gewijzigde achtergrond. Collectie Universiteit Leiden.

Simon Episcopius (1583-1643), prent door Willem Jacobsz. Delff naar een schilderij van Dirck Pietersz. Bontepaert. Vervaardigd in 1623. Op de afbeelding is Simon zo'n 40 jaar oud. Stadsarchief Amsterdam.

Philippus van Limborch (1633-1712). Kleinzoon van Lysbeth, remonstrants predikant, later hoogleraar aan het Remonstrants Seminarium te Amsterdam. Prent door Pieter van Gunst, ontworpen door David van der Plaats. Stadsarchief Amsterdam.

# Bronnen


*Artikelen*:

- De gezeefde werkelijkheid van Lysbeth Philips de Bisschop (1566-1652), Els Kloek (De Zeventiende Eeuw, jaargang 19, 2003)
- Documenten betreffende de politieke en kerkelijke twisten te Amsterdam (1614-1630), J.G. van Dillen. (Bijdragen en mededeelingen van het Historisch Genootschap, 1938)

*Boeken*:

- 1001 vrouwen uit de Nederlandse geschiedenis, Els Kloek. Uitgeverij Vantilt, Nijmegen, 2013
- Amsterdam: geschiedenis van de meest vrijzinnige stad ter wereld, Russell Shorto. Ambo Anthos, 2014
- Amsterdam in 1585, het Cohier der Kapitale Impositie, J.G. van Dillen. De Bussy, Amsterdam, 1941
- Amsterdam in zyne opkomst, aanwas, geschiedenissen, voorregten, koophandel, gebouwen, kerkenstaat, schoolen, schutterye, gilden en regeeringe, Jan Wagenaar. Amsterdam, 1765
- Amsterdam voor vijf duiten per dag. Maarten Hell en Emma Los. Uitgeverij Athenaeum, 2011
- Arminianen in de Maasstad, 375 jaar Remonstrantse Gemeente Rotterdam, onder redactie van Tjaard Barnard en Eric Cossee. De Bataafse Leeuw, 2007
- Bavianen en slijkgeuzen, A. Th. van Deursen. Uitgeverij Van Wijnen, 1998
- Beeldenstorm en burgerlijk verzet in Amsterdam 1566-1567, Henk van Nierop. Socialistiese Uitgeverij Nijmegen, 1978
- Bier! Geschiedenis van een volksdrank, R.E. Kistemaker, V.T. van Vilsteren. De Bataafsche Leeuw, Amsterdam, 1994

- Brieven van verscheyde vermaerde en geleerde mannen deser eeuwe (o.a. Arminius, Uytenbogaert, Hugo de Groot en Simon Episcopius), Jan Rieuwertz. Amsterdam, 1662
- Brieven en onuitgegeven stukke van Johannes Wtenbogaert. Verzameld en met aantekeningen uitgegeven, H.C. Rogge. Kemink en Zoon, Utrecht, 1869
- De Arminiaanse Vredeskerk: redevoeringen van Jacobus Arminius (1606) en Simon Episcopius (1618), Simon Vuyk. Uitgeverij Verloren, 2015
- De levensbeschouwing van Cornelis Pietersz Hooft, burgemeester van Amsterdam 1547-1626, H. A. Enno van Gelder. Kruyt Amsterdam, 1918
- De Nieuwe Kerk te Amsterdam, Marijke Beek en Ernest Kurpershoek, met foto's van Nicolas Sapieha. Tiebosch/Scala, Amsterdam, 1983
- De Opstand in de Nederlanden 1568-1648, Anton van der Lem. Uitgeverij Vantilt, 2014
- De voortrekkers van Oud-Nederland. Uit Nederland's geschiedenis buiten de grenzen, F. Dekker. L.J.C. Boucher, Den Haag, 1938
- De vroedschap van Amsterdam 1578-1795, Johan E. Elias. Haarlem, 1903-1905
- De zaak Oldenbarnevelt, Wilfried Uitterhoeve. Uitgeverij Vantilt, Nijmegen, 2019
- Droeve ghevancknisse ende blijde uitkomst, Dominicus Sapma. Uitgever onbekend, 1621
- Een kleine geschiedenis van Amsterdam, Geert Mak. Uitgeverij Atlas, Amsterdam, 2009
- Geschiedenis van Amsterdam (deel 2), H. Brugmans. Uitgeverij Spectrum, Utrecht/Antwerpen, 1972
- Geschiedenis van Amsterdam (deel VI en VII), Jan ter Gouw. Cosimo Klassiek, New York, 2012. (Oorspronkelijk in 1889 uitgegeven)
- Geschiedenis van de Lage Landen, Jaap ter Haar. Deel 2 en 3. Fibula van Dischoek, Haarlem, 1976

- Geschiedenis van het Amsterdamsche regentenpatriciaat, Johan E. Elias. Tweede omgewerkte druk van de inleiding tot 'De vroedschap van Amsterdam.' Martinus Nijhoff, 's Gravenhage, 1923
- Geschichte der Pest in Ostpreussen, Wilhelm Sahm. Verlag von Duncker & Humblot, Leipzig, 1905
- Goud uit graan, Nederland en het Oostzeegebied 1600-1850. Onder redactie van Remmelt Daalder. Waanders, Zwolle, 1998
- Het dagelijks leven in de gouden eeuw (deel I en II), Paul Zumthor. Uitgeverij Spectrum, Utrecht, 1962
- Het land van Rembrand. Studies over de Noordnederlandse beschaving in de zeventiende eeuw, Conrad Busken Huet. Agon, Amsterdam, 1987 (1e druk 1883)
- Het maatschappelijk leven onzer voorvaderen in de zeventiende eeuw, G.D. J. Schotel, J.G. Strengholts's Uitgeversmaatschappij NV, Amsterdam, 1905
- Historie der reformatie en andere kerkelyke geschiedenissen, G. Brandt. Barent Bos boekverkooper, Rotterdam, 1704
- Jacobs vlucht, een familiesaga uit de Gouden Eeuw, Craig Harline (portret van Jacob Rolandus). Uitgeverij Vantilt, 2016
- Jacobus Arminius, een biografie. J.H. Maronier. Rogge, Amsterdam, 1905
- Johan van Oldenbarnevelt, Arnout van Cruyningen. Uitgeverij Omniboek, Utrecht, 2019
- Kerckelycke geschiedenissen begrypende de swaere en bekommerlijcke geschillen..., J. Trigland, p. 915-919, Leiden, 1650
- Levensbeschryvinge van Mr. Simon Episcopius, beschreven door Philippus van Limborch. Amsterdam, Izaak Pietersz, 1693
- Nederlandse rekeningen in de tolregisters van Koningsbergen 1588-1602, P.H. Winkelman. Martinus Nijhoff, 's Gravenhage, 1971
- Onder Censuur, Herman Roodenburg. Uitgeverij Verloren, Hilversum, 1990
- Ons Amsterdam, de historische ontwikkeling van Amsterdam, J.C. van der Does, J. de Jager, A.H. Nolte. Uitgave van de gemeente Amsterdam, 1949

- Ooggetuigen. Een mozaïek van ervaringsverhalen uit de Nederlandse kerkgeschiedenis van 1516 tot 2016, Henk Florijn. Uitgeverij Omniboek, Utrecht, 2016.
- Ook dat was Amsterdam (deel, I, II en III), R.B. Evenhuis, Amsterdam 1965, p. 240, 257-259
- Simon Episcopius als apologeet van het Remonstrantisme in zijn leven en werken geschetst, Anton Hendrik Haentjens. A. H Adriani, Leiden, 1899
- Tolerantie in turbulente tijden: Johannes Wtenbogaert (1557-1644) en denkers van nu over verdraagzaamheid. Eric Cossee, Joost Röselaers en Marthe de Vries. Uitgeverij Kokboekencentrum Utrecht, 2019
- Troost der gelovigen in 't afsterven hunner vrienden. Begrepen in verscheide brieven van geleerde mannen. Jacobus van Nieuweveen. Amsterdam, 1695-1699
- Voor den spiegel der historie, Amstels kerkelijk leven van de eerste zestig jaren der vrijheid. Gedenkboek bij gelegenheid van het 325-jarig bestaan van den kerkenraad en van den classis van Amsterdam, G.J. Vos. Amsterdam, Bom, 1903.
- Vrije jongens, een geschiedenis van de Nederlandse handel. Cordula Rooijendijk. Atlas Contact, Amsterdam, tweede druk, 2014